발칙한
프러포즈

발칙한 프러포즈

초판 1쇄 찍은 날 § 2007년 9월 17일
초판 1쇄 펴낸 날 § 2007년 9월 27일

지은이 § 김수희
펴낸이 § 서경석

편집장 § 문혜영
편집책임 § 이종민
편집 § 한지윤

펴낸곳 § 도서출판 청어람
등록번호 § 제1081-1-89호
등록일자 § 1999. 5. 31
어람번호 § 제5-0163호

주소 § 경기도 부천시 원미구 심곡1동 350-1 남성B/D 3F (우) 420-011
전화 § 032-656-4452 팩스 § 032-656-4453
http://www.chungeoram.com
E-mail § eoram99@chollian.net

ⓒ 김수희, 2007

ISBN 978-89-251-0919-0 03810

※ 파본은 구입하신 서점에서 교환하여 드립니다.
※ 저자와 협의하여 인지를 붙이지 않습니다.

김수희 지음

발칙한
프러포즈

도서
출판

청어
람

프롤로그

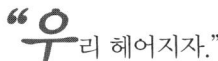 -그와 그녀의 사정

"우리 헤어지자."

처음엔 귀에 이상이 생긴 줄 알았다. 그래서 잘못 들은 거라고, 자신의 귀가 잘못되어서 그런 거라고 굳게 믿었다. 그랬는데 유령처럼 하얗게 바랜 얼굴을 한 남자가 그녀에게 또 말했다.

"사랑하는 여자가 생겼어. 미안하다, 난희야."

스펀지에 물이 스며들듯이 그의 말들이 조금씩 뇌리에 와 닿았다. '사랑하는 여자가 생겼어'. 하지만 그게 무슨 뜻인지 도무지 이해할 수 없었다.

"농담하지 마, 상필 씨."

"난희야……."

"하지 말라니까!"

입술이 너무 떨려 목소리가 가닥가닥 흩어졌다. 눈 안쪽에 불이 붙은 것처럼 화끈거렸다. 나 울고 있는 거야? 자신에게 물으면서도 어이가 없어 고개를 저어야 했다.

"상필 씨가 사랑하는 여자는 나야. 그러니까 하지 마. 그런 농담 진짜 재미없거든."

웃으려 했다. 진짜 농담인 양 웃어넘겨야 한다고 생각했다. 하지만 천천히 그녀 앞에 무릎을 꿇은 남자는 눈앞에 서 있는 그녀를 젖은 눈으로 올려다보았다. 고통에 찬 그의 눈을 바라보지 못해 돌아서고 말았다. 아무것도 들리지 않고, 아무것도 보지 못했다고 스스로를 세뇌했다. 그러나 그는 울먹이는 소리로 기어이 그녀의 심장을 찢어놓았다.

"석 달 전에 회사에서 만난 여자야. 그 후 하루도 빠짐없이 그녀를 만났어."

신입사원이라 바쁘다며 번번이 데이트를 미루던 이 남자.

"난희 널 두고 그런 짓을 하면 안 된다고 수없이 나를 질책했어. 정말 안 그러려고 했어. 하지만 그 여자가 눈에 밟히는데, 잠을 자면서도 그 여자를 꿈꾸고, 깨어 있을 때에도 생각나서 미치겠는데, 이런 내 마음을 어떻게 해? 내가 이렇게 널 울리게 될 줄 알았다면 멀리 도망이라도 쳤을 거야. 그런데 난희야, 나 너무 아파. 그 여자가 없으면 살 수 없을 것 같다."

흐느낌으로 변한 그의 목소리가 찢어진 가슴을 후벼 파는 듯했다. 그녀는 눈을 감고 가만히 입술을 깨물었다. 입 안에서 피 맛이 났다. 그런데 아픔은 느낄 수 없었다. 아니, 이젠 아무것도 느껴지지 않았다. 귓속에서 천둥처럼 울리는 그의 목소리밖에는.

"그 여자가 없으면 살 수 없을 것 같다."

빌어먹을.

"나와 만나면서 동시에 그 여자를 만난 거네. 그럼 양다리를 걸친 거니?"

그가 끄덕였다. 거짓말을 할 용기도 없는 자식이.

"내게 할 말이 그것뿐이야?"

"미안하다. 구차한 변명은 늘어놓지 않을게. 죽으라 해도 달게 받아들일게."

"죽어."

그 말 한마디에 담긴 수백수천의 감정을 그가 느낄 수는 있었을까?

아마도 느끼긴 했을 것이다. 당황한 그의 얼굴이 벌겋게 물드는 걸 보았으니까.

"난희야."

"내 이름 함부로 지껄이지 마, 나쁜 놈아!"

손에 잡히는 대로 주스 잔을 들어 그의 얼굴에 날려 버렸다. 엉겁결에 딸기 주스 잔을 뒤집어쓴 남자는 외마디 비명을 지르며 펄쩍 뛰었다. 말끔하게 다듬어진 머리와 라이트 그레이의 양복이 순식간에 새빨갛게 물들었다. 그런 그를 손가락질하며 발악하듯 외쳤다.

"네가 어떻게 이럴 수 있니? 나쁜 놈, 더러운 자식, 벌레 같은 놈아!"

그의 얼굴을 향해 소리 나게 침을 뱉었지만 속이 후련해지긴커녕, 폭주하는 심장의 고동 소리에 귀가 멀 지경이었다. 눈앞에서 어른거리는 붉은 불길이 더욱 거세졌다. 정말 그 순간만큼은 눈에 아무것도 보이지 않았다. 깨닫고 보니, 그의 머리채를 두 손으로 잡아 흔들고 있었다. 비명을 지르며 괴로워하는 남자의 머리와 얼굴, 목을 사정없이 손톱으로 할퀴며 부드러운 머리카락을 몇 움큼이나 뽑아내고 있었다. 흠칫 놀라서 손을 놓았을 땐 이미 호텔방 안은 날리는 머리카락으로 엉망진창이 된 후였다.

숨을 몰아쉬는 동안, 그가 자신의 얼굴을 가린 손가락 사이로 흐느끼며 말했다.

"무슨 말로도 네게 용서받을 수 없겠지만, 그녀를 사랑하는 내 마음을 돌이킬 순 없어. 그리고 우린 이미 헤어질 수 없는 사이가 됐고. 제발, 난희야."

머릿속이 하얗게 돼버렸어도 그 말의 의미는 소름 끼치도록 정확하게 와 닿았다.

"뭐라고? 그 여자와…… 헤어질 수 없는 사이라고?"

"그 여자…… 임신했어."

순간 눈앞이 아득해졌지만 이를 악물고 견뎠다.

"그 말은, 나랑은 언제든지 헤어질 수 있단 뜻이니?"

"적어도 우린 육체관계가 없었잖아. 넌 처녀고, 잊지 못할 추억에 시달리는 일도 없을 테니까. 그러니까 나 같은 놈은 금세 잊고 새출발할 수 있을 거야."

짝!

그의 얼굴을 인정사정없이 후려쳤다. 하지만 그건 스스로 가슴에 칼을 꽂는 행위였다. 그의 말이 진실이었기에 너무도 비참했다.

고교 동창이란 이름으로 시작한 관계. 그 후 나란히 대학교에 입학해 캠퍼스 커플을 거쳐, 사회인이 된 후에도 이어져 온 그들이었다. 그 오랜 감정을 추호도 의심해 본 적이 없었다. 친구처럼, 연인처럼 지내온 인연은 '사랑'이라는 말 한마디로 설명할 수 없을 만큼 깊었다. 광풍에 휩쓸린 것 같은 열정의 순간은 없었지만, 누구보다 믿고 의지할 수 있는 관계라고 생각했었다. 적어도 그녀는 그렇다고 생각해 왔다. 그런데 그것이 그녀만의 착각이었단다. 그걸이제야 깨닫게 된 어리석음을 누구에게 하소연할 수 있단 말인가!

"이 말을 하려고 호텔로 날 불러낸 거니?"

무려 칠 년이었다. 결혼할 때까지 서로 순결을 지키자고 맹세했건만, 이 남자가 원하면 이제 침대에 함께 누울 수 있다고 생각했었다. 지난 칠 년 동안 그녀를 기다려 준 연인에게 감사하는 마음으로 기꺼이 밤을 함께 보내겠다고.

그래서 이틀간의 휴가를 얻어 백화점에서 비싼 원피스를 사 입고, 뷰티숍에서 전신 마사지와 특수 화장까지 받은 터였다. 오늘밤에 치러질 연인과의 특별한 의식을 위해서 자신의 전부를 투자할 거라 결심한 상태였다. 그런데 고작 호텔방에서 들은 말이 '다른 여자를 임신시켰다'라니?

"네가 바람피운 걸 고백하려고 이 빌어먹을 호텔로 날 불러낸 거야? 이상필, 그런 거니?"

딸기 주스를 뒤집어쓴 남자가 눈물을 흘렸다. 보는 것만으로도 환장하게끔 처량한 소리로 울먹였다. 그녀에게 늘 웃어주던 남자, 그녀가 세상에서 가장 사랑스럽다고 말해주던 남자가 울고 있었다. 다른 여자 때문에.

"진짜 웃긴다, 너. 누가 보면 내가 가해자인 줄 알겠다. 왜 우니? 뭘 잘했다고 울어? 더 큰 소리로 외쳐 보지 그러니. 아니, 호텔 옥상에 올라가서 춤이라도 춰봐. 유난희를 배신한 천하의 나쁜 놈이 드디어 심경을 고백했습니다! 칠 년간 바보처럼 한 남자를 해바라기한 유난희를 드디어 떼어냈습니다, 라고 말이야. 나쁜 놈아!"

"넌 나를 남자로서 사랑한 적 있니?"

일순 피가 거꾸로 치솟는 것 같았다.

"뭐? 그게 무슨……."

"내가 너에게 어떤 존재인지 늘 궁금했었어. 날 한 남자로서 사랑하는 건지, 아니면 돌아가신 네 부모님을 대신해 의지할 수 있는 존재로 날 사랑하는 건지. 이상필이란 남자 그 자체를 원하는 건지 말이야."

진실의 소리는 언제나 쓰디썼다. 듣고 싶지 않을 만큼 독한 기운을 뿜어냈다.

"넌 내가 사랑하는 남자, 이상필이야. 무슨 말이 더 필요한데?"

그가 눈물을 흘리면서도 엷게 미소 지었다.

"난희야, 난 그걸로 부족했어. 난 네게 절대적인 존재가 되고 싶었어."

"대체 무슨 말을 하는 거야?"

"할머니와 나, 둘 중 하나를 선택하라면 넌 누굴 선택하겠니?"

"그건 당연히……."

그러나 말을 끝맺지 못했다. 할 수가 없었다. 대신 비틀거리며 뒷걸음질쳤다. 무섭게 달려드는 진실의 칼날을 피하고 싶어 무조건 도망치고 싶었다. 그러자 그가 씁쓸한 미소를 띤 입술로 조용히 말했다.

"차라리 너와 사귀지 말 걸 그랬다. 그러면 널 계속 볼 수 있었을 텐데."

"이상필, 그만 해."

"난 그 여자 포기 못해. 그러니까 우리 끝내자. 부탁한다, 난희야."

그러고는 고개를 떨구었다. 엎드린 채로 흐느껴 울었다. 덩치가 산만한 어른 남자가, 그녀가 사랑해 마지않았던 남자가.

오랜 사랑이 이렇게 허무하게 무너졌다. 그럼에도 다른 여자를 임신시킨 야비한 자식에게 매달리고 싶은 자신에게 화가 났다. 하나, 그녀에게 머리카락을 다 뽑히는 순간에도 다른 여자에 대한 감정이 사랑이라 선언하는 남자에게서 뭘 기대하겠는가? 게다가 자신이 그를 남자로서 사랑한 게 아니었다는 말. 부정할 수 없는 진실에 더 미칠 것 같았다.

그래서 포기했다. 아니, 포기해야 한다고 생각했다. 그렇지만 이 순간의 고통을 어떻게 견뎌야 할지 몰랐다. 갑자기 발가벗겨져

거리로 쫓겨났어도 지금처럼 절망스럽지는 않을 것이다. 마지막 지푸라기를 잡는 심정으로 아득해지는 정신을 붙들었다. 그리고 눈물을 떨어내며 그에게 선언했다.

"너, 반드시 후회하게 될 거야. 기어와서 내게 용서를 구걸하게 만들 거라고. 두고 봐, 개 같은 자식아!"

더 이상 떨어질 데도 없었다. 난생처음 그녀의 입에서 쏟아지는 거친 욕설에 그는 아연한 표정이 되었다. 휘둥그렇게 뜬 두 눈과 떡 벌어진 입이 어찌나 우스꽝스럽던지 그를 향해 깔깔거리며 웃지 않을 수 없었다. 미친 여자처럼 울고 웃으며 소리쳤다.

"다신 내 근처에 얼씬도 하지 마! 널 알았던 시간들, 모두 지울 거야. 너란 자식을 깨끗이 잊을 거라고!"

어서 룸을 나가야 했다. 배신자와 한공간에 있다간 숨이 막혀 죽을 것 같았기에.

그녀는 뒤도 돌아보지 않고 문으로 향했다. 젖은 시야가 흔들려 앞이 잘 보이지 않았지만 어쨌든 룸을 탈출하는 데 성공했다. 오늘 저녁, 그녀가 유일하게 잘한 일이라곤 그것밖에 없었다.

스물여덟 유난희. 지난 칠 년간의 사랑에 그렇게 이별을 고하고 미친 듯이 호텔 복도를 달려나갔다.

"우리 파혼해요."

이 여자가 지금 무슨 소릴 하는 거야?

동혁은 눈살을 찌푸린 채 맞은편의 여자를 빤히 쳐다보았다. 들려오는 낮고 허스키한 음성은 분명 약혼녀의 것인데, 그 말이 무슨 뜻인지 도통 알 수가 없었다.

"동혁 씨, 내 말 알아들었어요?"

한영희가 불안하게 떨리는 목소리로 다시 말했다. 그 순간 고양이의 것처럼 가느다랗게 치켜 올라간 그녀의 눈꼬리가 은빛으로 반짝이는 걸 보면서 동혁은 문득 생각했다.

아주 델리킷한 화장법이군. 결점은 커버하고 장점을 최대한 드러내는 기술이라……. 파리에서 이 년 동안 메이크업 공부를 한 덕을 톡톡히 보는 여자야.

뜬금없는 생각에 사로잡혀 멍하니 여자의 얼굴을 바라보는데, 그녀의 이마에 자잘한 주름이 잡혔다. 불안하고 초조한 표정, 그럴 만했다.

"조동혁 씨! 내 말 안 들려요?"

"잘 들려. 그래서 나더러 어쩌라고?"

동혁은 낮게 깔린 어조로 되물었다. 그의 사고회로가 다시 작동하기 시작했다. 지금은 여자의 얼굴을 감상하고 있을 때가 아니란 걸 그의 이성이 강력하게 경고하고 있었다. 하지만 시간이 지날수록 그의 기분은 빠르게 수직으로 하강했다.

"우리 약혼, 깨자고요. 헤어져요. 깨끗이."

동혁은 피식 웃었다. 그러나 입술만 살짝 일그러진 웃음이었다.

"정신 나갔군. '헤어져요. 깨끗이'. 그러면, 내가 얼씨구나 좋아서 찬성할 줄 알았나?"

"네. 당신도 기꺼이 동의해 줄 거라 여겼어요."

조금도 망설이지 않는 여자의 대답에 동혁은 더욱 불쾌해졌다.

오늘 만나자고 한 용건이 겨우 이건가 싶어 실망스러웠다.

"갑자기 이러는 이유가 뭐야?"

"당신을 사랑하지 않으니까요."

"웃기는 소리."

"난 전혀 안 웃겨요. 당신, 나 사랑해요?"

또 사랑 타령이군.

동혁은 알 수 없었다. 여자들이 말하는 사랑이 대체 어떤 건지. 아니, 그의 약혼녀인 한영희가 말하는 사랑이 뭔지.

"동혁 씨가 날 사랑하지 않는 거 알아요. 그래도 괜찮을 줄 알았어요. 처음 당신을 보았을 때 당신은 너무나 근사했고, 결혼 상대로는 최고의 남자였으니까요. 그래서 부모님이 결정하신 약혼, 거부감이 없진 않았지만 동혁 씨와는 잘될 거라 믿었어요. 그렇게 할 자신도 있었고요."

거기에서 말을 멈춘 여자가 목이 타는지 주스 잔을 들었다. 가느다란 손이 눈에 띄게 떨렸다. 주스를 한 모금 삼킨 뒤에야 여자가 다시 입을 열었다.

"날 사랑하게 만들 자신이 있었다고 하는 게 더 정확한 말이겠죠. 노력하면 된다, 내가 동혁 씨 몫까지 사랑하면 될 거다. 그렇게 나 자신을 달랬어요. 하지만 당신은 변하지 않았어요. 내가 바라는 거, 내가 진정으로 원하는 게 뭔지 단 한 번도 귀 기울여 들어주지 않았어요. 아니, 내가 어떤 여자인지조차 알려고 하지 않았어요. 당신과 결혼할 여자이니까 당연하다는 듯이 나와 밥을 먹고, 커피를 마시고, 키스를 했죠. 그게 전부였어요. 내가 당신에게 바랄 수 있는 건 그게 다였어요."

동혁은 묵묵히 경청했다. 그러나 그녀가 왜 이렇게 구구절절 말을 늘어놓는지 알 수 없긴 마찬가지였다. 단 한 마디를 하기 위해 저렇듯이 연설을 할 필요가 있을까 싶었다. 그래서 힘겨워 보이는 여자를 위해 대신 말해주기로 했다.

"다른 남자가 생겼나?"

그 순간 영희가 목이 졸린 듯한 신음 소리를 냈다. 그랬군. 동혁은 무감각하게 그녀를 응시했다. 기분이 바닥까지 가라앉았다. 반면 두뇌의 회전은 더욱 기민해졌다. 감정을 자제하고 이성을 유지하는 건 그에게 어려운 일이 아니었다.

그는 거듭 물었다.

"나와 약혼한 상태에서 다른 남자를 만나고 다닌 건가?"

"도, 동혁 씨."

"대답해. 그 남자를 언제 만났지?"

여자의 떨리는 눈가로 눈물이 흘러내렸다. 그러나 동혁은 더 이상 그녀의 눈물에 속지 않았다. 청순한 척, 수줍어하던 모습도 기억나지 않았다. 이 순간부터 한영희는 못 볼 꼴을 잔뜩 보게 될 테니까.

"두 달 전 파리에서……. 그 남잔 한국 대표단의 일원이었어요."

파리. 국제 메이크업 페스티벌.

생각났다. 일주일간의 파리 여행에서 돌아온 그의 약혼녀는 예전과 달리 들떠 있었고, 때론 멍하니 사색에 잠겼으며, 그와 함께 있을 때에도 정신이 반쯤 나간 사람처럼 굴었다. 동혁은 그걸 결혼하기 전의 짧은 방황이라 여겼었다. 대수롭지 않게 생각했었는데, 그것이 실수였다. 하지만 실수는 깨달았을 때 바로잡아도 늦지 않은 법.

"당신이 말하는 사랑이, 약혼자 몰래 다른 남자와 바람을 피우는 걸 의미하는 거라면 굳이 알고 싶지 않군. 보이지 않는 감정 따위, 당신이 바람을 피우듯이 이 남자에게서 저 남자로 쉽게 옮겨 가는 거라면 내 쪽에서 먼저 사양하겠어."

"난 사랑받고 싶었을 뿐이에요!"

"그 사랑이란 거, 당신이 내 아내가 된 후에 친절하게 알려주면 안 되나?"

냉담한 어조, 차가운 표정. 그는 흔들리지 않았다. 가슴이 찢어지는 것 같은 아픔을 느낄지라도, 그는 초연했다. 그렇게 보이도록 애썼다.

"그는 날 사랑해요. 내가 사랑받는 여자라는 걸 느끼게 해줘요. 한영희라는 여자를 자기 목숨보다 더 사랑한대요. 그걸 이해하겠어요?"

영희가 테이블 위에서 주먹을 쥔 채 애원하듯이 말했다. 그녀는 울고 있을 때조차 아름다웠다. 그런데도 뱉어내는 말들은 한결같이 추했다. 지저분한 스캔들을 사랑이라는 말로 이해시키려 드는 배신자. 그래서 더 용서하기 어려웠다. 그는 테이블 위로 여자의 손목을 틀어쥐었다.

"시답잖은 사랑 타령은 다른 데서 해. 우리 약혼, 결혼까지 간다. 죽음이라도 방해할 수 없어. 내 말 알아들었나?"

그의 음성은 소름 끼치도록 차디찼다. 분노의 감정이 폭발하지 않게 자신을 단단히 붙들어 두고, 대신 그 강도만큼 차갑게 이성을 조절하는 것. 그런 거라면 얼마든지 자신있었다. 가슴의 아픔을 모른 척할 수 있다면.

그러나 영희는 그의 시선을 피하지 않았다. 그에게 틀어잡힌 손목을 빼려는 시도조차 하지 않았다. 그녀의 동요없는 눈빛에 그는 더욱 화가 났다.

"당신과 결혼할 바엔 죽어버릴 거예요."

"……!"

동혁은 소리 없이 숨을 삼켰다. 동시에 얼음 가면 같은 그의 얼굴에 균열이 생기기 시작했다. 생생한 충격의 빛은 삽시간에 그의 얼굴 위로 번져 갔다.

"대체 당신…… 정신 나갔어?"

"날 사랑하지 않는 남자의 아내로 살아갈 자신이 없어요. 난 사랑받고 싶어요. 날 사랑해 주는 남자와 내가 사랑하는 남자와 결혼하고 싶다구요."

애원. 흐느낌. 눈물.

동혁은 냉혹한 눈길로 그녀를 바라보았다. 할 수만 있다면 그녀를 눈으로 찢어 죽였으리라. 그녀가 바라 마지않는 죽음을.

"부모님들이 가만히 계시지 않을 텐데?"

한참 후에 그가 나직이 물었다. 그래도 겁없는 여자, 한영희는 무모한 도전을 포기하지 않았다.

"그러니까 모두 내 탓으로 돌려요. 내게 다른 남자가 생겼다고 솔직히 말해요."

"안 돼. 정신 나간 당신의 말은 안 들은 걸로 하지."

있는지도 몰랐던 가슴의 어느 한부분이 몹시 아팠다. 방금 전 한영희가 무슨 말을 하는 건지 알 수 없을 때에도 이런 아픔을 느꼈었다. 이런 느낌일 줄은 몰랐다. 바람을 피운 약혼녀에게 버림을 받는 기분이 이런 것인 줄 몰랐던 거다. 예측하지 못한 사고. 참을 수 없어 단호하게 일어서는데 그의 팔을 뭔가가 강하게 붙들었다. 따라 일어선 영희가 그의 팔을 두 손으로 움켜잡고 있었다. 그녀는 새파랗게 질린 얼굴로 신음하듯이 말했다.

"나, 임신했어요."

"⋯⋯!"

"나와 결혼하면 다른 남자의 아이를 당신 호적에 올려야 할 거예요. 그래도 우리 결혼, 밀고 나갈 건가요?"

그녀를 물끄러미 바라보는 동혁의 눈동자가 커다랗게 변했다. 눈동자의 동공이 새까맣게 타 들어갔다. 그는 입술을 거의 움직이지 않고 영희에게 물었다.

"사실이야?"

그녀가 말없이 끄덕였다. 다음 순간, 동혁의 한 손이 머리 위로 번쩍 올라갔다. 영희가 기다렸다는 듯이 눈을 감았다. 그에게 맞아도 당연하다는 듯이.

클래식의 선율이 흐르는 특급 호텔의 커피숍 한가운데에서 남자에게 뺨을 맞는 장면, 피해자는 당연히 이 여자가 될 것이고 그의 의지와는 상관없이 면죄부가 허락될 것이다. 지켜보는 눈들이 너무 많았다. 호기심과 비난 어린 시선들이 그의 목을 조여왔다. 약혼녀의 배신과 추잡한 스캔들의 주인공이 되는 것. 둘 중 어느 것이 더 굴욕인지는 단번에 결론이 났다.

조동혁이 바람난 약혼녀 때문에 이성을 잃고 짐승처럼 발광을 한다?

일고의 가치도 없는 일.

"너희 두 인간, 후회하게 될 거다. 나, 조동혁의 이름을 걸고 반드시 그렇게 만들 거라고 맹세하지."

영희가 고개를 홱 돌려 그를 쳐다보았다. 커다란 눈동자에는 눈물이 그렁그렁했다. 동혁은 여자의 아름다운 얼굴에 침을 뱉어주고 싶었다.

"꽤 시끄러워질 거야. 부모님들뿐만 아니라, 언론에서도 난리를 쳐대겠지. 만일 파혼의 후유증이 가라앉기도 전에 당신의 임신 사실이 세상에 알려지면, 당신을 포함해서 당신 아버지 회사까지 모조리 지옥으로 처넣을 테니까 처신에 신경 쓰도록 해. 지금부터 두 달이야. 그동안 죽은 듯이 지내. 알겠나?"

영희는 고개가 떨어져 나가라 끄덕였다.

"고마워요, 동혁 씨. 정말 고마워요."

울먹이는 여자의 음성이 들리자, 그의 가슴속을 헤집어놓은 뭔가가 울컥 솟구쳤다. 구정물을 삼킨 듯한 불쾌감이 몸 구석구석으로 흘러들었다. 동혁은 이를 악물었다. 조금만 더 참자고 수없이 되뇌어야 했다. 그렇게 필사적으로 감정을 억누른 결과, 지독하게 쉰 음성이 그의 이 사이로 밀려 나왔다.

"천만에. 이 모욕, 잊지 않겠어."

"당신이 상처를 받을 줄은 몰랐어요. 미안해요, 동혁 씨. 정말 미안……."

"널 사랑했다면 이 자리에서 널 죽여 버렸을 거야. 앞으로 내 눈에 띄지 마라, 한영희."

동혁은 미련없이 등을 돌려 커피숍의 입구로 향했다. 그의 등 뒤에서 흐느끼는 여자의 울음소리가 커져 갔지만, 그는 한 번도 뒤돌아보지 않았다.

꼿꼿한 걸음걸이로 커피숍을 벗어난 동혁은 곧장 화장실로 달려갔다. 그리고 변기 안에다 그날 먹은 걸 모조리 토해냈다. 누런 위액까지 다 쏟아낸 뒤에야 속이 조금 편해졌다.

잠시 후, 그는 숨을 헉헉 몰아쉬며 세면대로 걸어갔다. 다리가 후들거려 하마터면 젖은 바닥에 넘어질 뻔했다. 찬물을 얼굴에 몇 번이고 끼얹었지만, 화끈거리는 증상은 가라앉지 않았다.

그는 거울을 보았다. 방금 전 파혼당한 얼간이의 모습이 고스란히 비쳤다. 짙은 감색의 맞춤 양복을 좍 빼입은 허우대 멀쩡하고 준수한 용모의 183㎝짜리 얼간이였다. 천하에 부러울 것 없는 재력과 우수한 혈통을 타고난 잘난 놈. 하지만 그래 봤자 얼간이다. 약혼녀의 부정을 알아채지도 못한 얼간이. 뜻하지 않게 가슴이 욱신거렸다. 놀라서 왼쪽 가슴을 손바닥으로 눌렀다.

설마!

그는 어이가 없어 픽 웃고 말았다.

설마, 내가 그 암캐를 좋아했었나? 설마, 그럴 리가……! 그런데 이 가슴의 통증은 뭐지? 터질 것 같은 이 심장의 고동 소리는 대체 뭐냐고!

너무 분하고, 억울하고, 화가 났다. 한영희와는 비록 정략적인 목적으로 약혼한 사이였지만 그래도 그는 약혼자로서 지켜야 할 덕목을 단 한 번도 깨뜨린 적이 없었다.

원래 바람둥이도 아니었지만 육 개월 전 한영희와 약혼한 뒤로는 다른 여자에게 눈길조차 돌린 적이 없는 그였다. 바쁜 업무 중에도 간간이 분위기 좋은 레스토랑으로 약혼녀를 불러내어 세련된 대화를 나누며 값비싼 보석들을 선물하곤 했다. 데이트를 끝낸 다음 키스도 빼먹지 않았다. 영희의 오피스텔 앞에서 부드럽게 키스를 나누고, 그녀가 건물 안으로 사라지는 모습을 끝까지 봐주었다. 그리고 이틀 걸러 한 번씩은 꼭 그녀에게 전화를 해주었으며, 아무리 바빠도 그녀의 메이크업 쇼에는 참석을 해서 자상한 약혼자의 면모를 보여주었다. 데이트 계획표까지 짜서 실천했던 약혼자의 덕목은, 그러나 이렇게 무참히 짓밟히고 말았다. 다른 남자의 아이를 임신했으니 파혼하자고 당당히 선언하는 약혼녀에 의해서. 서른두 해를 살아오는 동안 이렇게 자존심을 짓밟힌 건 오늘이 처음이었다. 나쁜 한영희 때문에. 흐윽!

동혁은 흐느낌이 새어나오는 입술을 질끈 깨물었다.

너무 분하면 눈물이 나오나 보다. 하지만 남자가 소리 내어 울부짖는 건 있을 수 없는 일이다. 암, 그렇고말고. 더구나 내가 누구야? 〈한국 최고의 신랑감 베스트 5〉에서 한 번도 탈락한 적이 없는, 이 시대 최고의 총각이 아닌가.

혼자만의 생각에 골몰한 그에게 낯선 소리가 들리지 않는 건 어쩌면 당연했다. 하지만 거울 속의 자신을 죽일 듯이 노려보고 있는 동안 조금씩 그 소리가 의식을 뚫고 동혁의 귀로 들어왔던 것이다. 그 소리를 의식한 순간, 동혁은 얼어붙었다. 대낮에 귀신의 곡성이? 그야말로 모골이 송연해지는 여자의 울음소리가 화장실 안에 메아리치고 있었다. 귀를 기울여 들어야 할 만큼 간헐적으로 아주 낮게.

"흑흑. 허으윽……."

"누구야!"

동혁은 버럭 소리를 지르며 맨 안쪽 화장실 문을 발로 차서 열었다. 두 손은 놀란 가슴 위에 올린 채였다. 두 번째 칸은 건너뛰려다 혹시나 해서 발로 열어 확인해 봤다. 아무도 없었다. 이제 마지막 칸만 남았다.

그가 발을 들어 올린 순간, 달칵하면서 세 번째 화장실의 문이 열렸다. 여자를 발견한 것은 그의 발이 거세게 허공을 가로지르며 여자의 하얀 원피스의 복부에 정확히 내리꽂힌 그 순간이었다. 물컹한 느낌과 함께 찢어지는 듯한 여자의 비명 소리가 터져 나왔다. 덩달아 놀란 동혁도 여자의 비명 소리에 질세라 있는 힘껏 소리 질렀다.

"치, 치한이야! 아아아악! 치……!"

"아악! 너, 넌 뭐야!"

자신의 고함 소리에 더 놀란 동혁이 황급히 한 손으로 입을 가렸다. 그리고 나머지 한 손으론 여자의 입을 막았다. 둘 중 누가 더 놀랐는지는 신만이 아실 거다.

"남자 화장실에서 대체 뭐 하는 거야?"

동혁이 호통 치자, 여자가 그의 정강이에 발길질을 했다. 뾰족한 하이힐의 앞 코에 찍히는 고통은 경험해 보지 않으면 모른다. 이것이 그의 두 번째 '첫 경험'이었다.

당황함은 곧 분노로 변했다. 동혁은 발버둥치는 여자를 붙들어 세면대 쪽으로 질질 끌어냈다. 가냘픈 몸매를 가진 여자는 보이는 것과 달리 무게가 제법 나갔다. 여자가 버둥거리는 통에 몇 번이나 무릎을 얻어맞았다. 얼마나 아픈지 눈물이 찔끔 나올 정도였다. 안간힘을 쓰느라 그의 얼굴이 벌겋게 달아올랐다. 겨우 세면대에 도착한 순간 여자가 그의 얼굴을 할퀴려 들었다. 그는 재빨리 고개를 들어 여자의 공격을 피했다. 너무 화가 나서 몸에 밴 신사도는 잊혀진 지 오래였다.

"당신, 변태야?"

동혁이 고함을 치자, 여자의 몸부림이 더욱 심해졌다. 그 와중에 여자의 입을 막은 동혁의 손이 떨어져 나갔다. 그러자 날카롭게 갈라지는 여자의 목소리가 쩌렁쩌렁 울렸다.

"변태는 당신이잖아!"

"뭐? 아니, 이 여자가 진짜!"

"여긴 여자 화장실이야, 이 얼간아!"

안 그래도 스스로 얼간이라 자책하고 있던 차에, 낯선 여자의 '얼간이'라는 한마디는 상처에 왕소금을 뿌린 격이었다.

동혁은 자신에게로 여자의 몸을 돌려 세웠다. 그 순간 그는 '헙!' 숨을 삼켰다.

눈물로 얼룩진 여자의 얼굴은 끔찍했다. 마스카라가 줄줄 흘러내리는 뺨과 퉁퉁 부은 눈두덩이, 야트막한 코와 립스틱이 번진 큼직한 입술까지 차마 눈을 둘 곳이 없을 정도로 지독했다. 그의 평생, 다시는 보고 싶지 않을 못생긴 여자였다. 예쁘지도 않은 여자가 그에게 겁탈이라도 당한 듯이 발광을 해대니 미칠 노릇이 아닌가!

"눈은 뒀다 뭐 해? 여긴 남자 화장실이야."

"나가서 확인해 봐, 이 얼간아!"

"한 번만 더 날 얼간이라고 부르면, 저 변기통에 당신 얼굴을 처박을 거야!"

이젠 못생긴 여자에게까지 모욕을 당하다니. 조동혁, 오늘 재수 더럽게 없는 날이다!

그의 으름장에 여자의 눈이 휘둥그레졌다. 부은 눈이라 별로 표시도 나지 않았지만.

"얼간이라고 하니까 찔리나 보지? 도둑이 제 발 저린다더니……. 아얏! 이거 놔, 변태야! 야, 얼간아. 어서 이 손 안 놔?"

동혁은 입을 꾹 다문 채 다짜고짜 여자를 화장실 입구로 끌고 갔다. 고래고래 소리를 지르던 여자의 몸이 벽으로 힘껏 밀쳐졌다. 그녀가 펄펄 뛰며 항의했다.

"야! 살살 좀 하면 안 되냐?"

동혁은 화장실의 표지판을 힐끗 쳐다보곤 회심의 미소를 지었다. 딱 걸렸다, 너!

"눈이 있으면 좀 보시지?"

그의 손짓을 따라 고개를 들어 올린 여자의 눈이 화등잔만해졌다. 가만히 그녀를 응시하던 동혁은 고개를 끄덕였다.

음, 저 커다란 눈동자만큼은 괜찮다고 인정해 줘야겠군. 저 눈 때문에 지금껏 살아왔겠지. 누구에게나 최후의 희망은 남아 있는 법이니까. 그래도 너무하잖아. 저건 못생긴 얼굴이 아니라, 아예 안 생긴 얼굴이야. 저러니 미칠 만도 하지. 쯧쯧.

"아깐 분명히 여자 화장실이었는데……. 당신, 언제 표지판을 바꿔치기 한 거야?"

기가 막혀 동혁은 한동안 말을 잇지 못했다. 점입가경으로 여자의 엉너리치는 말은 더욱 정도가 심해져 갔다.

"비열한 놈 하나 처치하고 나오니, 이젠 별 재수 없는 변태를 다 만나네. 멀쩡하게 생긴 인간이 더 무섭다더니만. 아이고, 내 신세야. 어찌 되는 일이 이리도 없냐?"

"그 얼굴을 뜯어고치지 않는 한, 당신 인생은 계속 꼬이기만 할 걸. 아무튼 여긴 남자 화장실이야. 두 눈 똑바로 뜨고 다녀, 못생긴 여자야!"

동혁이 쏘아붙이자, 여자의 얼굴이 심하게 일그러졌다. 그러더니 그녀는 동혁의 가슴을 집게손가락으로 쿡쿡 찌르며 맹렬히 반격해 왔다.

"매너없고, 안하무인에 얼굴 껍데기만 따지는 얼간이 씨. 울고 있는 여자에게 손수건은 못 내밀망정 저주를 퍼부어? 당신이 내 얼굴에 보태준 거 있나? 없음 가만 계셔. 나, 지금 눈에 뵈는 게 없는 상태거든. 이 세상의 남자란 것들은 죄다 씨를 말려 없애 버리고 싶은 기분이니까, 날 자극하지 말란 말이야. 알겠어, 얼간이?"

파혼의 아픔은 완전히 잊혀졌다. 대신 동혁의 가슴속에서 그를 비웃는 여자를 향한 혐오감이 몽글몽글 피어올랐다. 너무 혐오스러워서, 그녀가 여자라는 걸 잊고 한 대 올려치고 싶을 정도였다.

그러나 마침 누군가 복도를 걸어오는 소리가 들려, 그는 간신히 이성을 회복할 수 있었다. 보아하니 '안 생긴' 이 여자도 막 혹독한 시련을 겪은 모양이다. 호텔의 화장실에서 통곡을 할 정도의 일이란 뻔했다. 휴우, 실연당한 인생이 또 하나 있었군.

그런 생각이 들자, 동혁은 여자에게 반격하고 싶은 마음이 사라졌다. 여자는 훌쩍이고 있었다. 반소매의 하얀 차이나 칼라 원피스 복부에 선명하게 찍힌 그의 발자국이 눈에 들어왔다. 꽤나 아팠을 것이다. 분노가 약간 누그러지는 걸 느끼며 동혁은 가라앉은 음성으로 퉁명스럽게 말했다.

"누구에게나 고통스런 일은 있기 마련이야. 그렇다고 다들 당신처럼 욕하고 울부짖진 않아."

"꺼지셔, 아저씨."

여자의 커다란 눈에서 왕방울만한 눈물이 뚝뚝 떨어졌다. 잠깐 망설이던 동혁은 양복 상의 주머니를 뒤져 손수건을 꺼냈다. 그걸 여자에게 내밀자, 자그마한 몸이 놀란 듯이 굳어졌다.

"닦아. 닦은 뒤엔 버려. 돌려받을 생각은 추호도 없으니까."

"흐어어어!"

갑자기 여자의 울음소리가 커졌다. 화장실 쪽으로 다가오던 사람들이 놀라서 걸음을 멈췄다. 아예 그 자리에 서서 두 사람을 구경하기까지 했다. 창피하고 당황스러워 동혁은 얼굴을 들 수 없었다. 그는 여자에게서 슬금슬금 떨어져 섰다.

"어서 가라니까아…… 흐윽…… 가요. 어서!"

여자가 한 손을 휘휘 저어 동혁을 내쫓는 시늉을 했다. 심호흡으로 정신을 가다듬은 동혁은 몸을 돌려 복도를 걸어가기 시작했다. 그러다 문득 되돌아서서 여자를 쳐다보았다. 벽에 기대어 쪼그리고 앉은 여자가 그의 손수건에 얼굴을 묻고 대성통곡을 하고 있었다. 사람들이 그녀를 내려다보며 뭐라고 수군거렸지만 여자의 울음소리는 더욱 커지기만 했다.

동혁은 기분이 다시 나빠졌다. 불쾌함이라고만은 할 수 없는, 어쩐지 안절부절못하는 심정 같은 것이 그의 내부에서 차 올랐다. 어이없게도 또다시 눈물이 나오려고 했다.

젠장!

동혁은 거의 뛰다시피 해서 호텔 밖으로 나갔다. 주차 요원이 가져다준 차에 오른 후에도 그 여자의 울음소리가 귀에서 떠나지 않았다.

바람난 약혼녀에게 일방적으로 파혼당하고, '안 생긴' 여자에게 봉변까지 당한 조동혁.

그의 인생 최악의 날이 그렇게 저물어가고 있었다.

제1장

원수, 외나무다리에서 만나다

"**바**보 같은 놈! 그깟 여자 하나 다스리지 못해서 이런 분란을 만들어? 너 이제 어쩔 거냐? 제주도 리조트 타운 쇼핑몰은 어쩔 거냐고! 수백억이 걸린 계약이 눈앞에서 날아가게 생겼는데, 어쩔 거냐고!"

대노(大怒)해서 고함치던 조창래 회장이 갑자기 헉헉거렸다. 풍선에서 바람이 빠지는 듯한 숨소리가 그의 파리한 입술 사이로 흘러나왔다. 눈을 감고 경청하고 있던 동혁이 놀라서 그에게 달려갔다.

"아버지, 괜찮으세요?"

다급하게 외치는 아들의 손을 사납게 뿌리치며 조 회장은 안락의자에 푹 기대앉았다. 그는 한 손으로 심장 부근을 누른 채 아들을 매섭게 노려보았다.

"얼간이 같은 놈! 바보, 등신!"

귀에 딱지가 앉은 '얼간이'라는 소리.

동혁은 마른침을 삼키며 애써 고함을 참았다. 흥분해서 맞대응하는 건 절대 피해야 할 일이다. 최근 두 번에 걸친 심장 수술로 인해 아버지가 쇠약해지신 걸 잊지 말자고 자신에게 되뇌었다.

"고정하세요, 아버지. 〈삼정건설〉 말고도 우리와 손잡을 회사는 많습니다. 영희 씨와 헤어지게 된 것도 알고 보면 제 탓이 커요. 정략 약혼이라고 내팽개쳐 뒀으니, 어떤 여자인들 안 질리고 견디겠습니까?"

"변명하지 마. 이런 사태를 예상했으면 일찍 애라도 만들어뒀어야지."

동혁은 신음했다.

"아버지, 제발……. 전 속이 후련해요. 사업이야 우리가 하기 나름이고, 삼정 따위는 얼마든지 구워삶을 수 있잖아요. 애초에 우리와 손잡고 싶어서 안달이 난 것도 그쪽이었고요. 아마 영희 씨 때문에 그쪽 집안도 난리가 났을 겁니다. 그러니 상황을 좀 낙관적으로 바라보세요. 가뜩이나 심장이 안 좋은데, 흥분하다 또 쓰러지시기라도 하면……."

"시끄러워! 뭐가 잘났다고 떠들어대는 거냐! 여자 하나 못 잡아 두는 얼간이가 뭘……."

"아버지! 얼간이라는 소리, 이제 그만 하세요. 저도 안다고요!"

인내심이 바닥난 동혁은 버럭 소리 지르고 말았다. 그러자 조 회장이 움찔해서 입을 다물었다. 여간해선 흥분하거나 소리 지르는 법이 없는 외아들이 지금 그에게 소리를 지른 것이다.

조 회장은 가슴을 욱 치고 올라오는 격분을 간신히 잠재웠다. 평소 차분한 성격의 아들놈이 한 번 흥분하면 끝장을 보고야 만다는 것을 익히 알고 있는 그였다. 조씨 집안 두 부자의 불같은 성미는 문중(門衆)에서도 알아주고 있지 않은가.

"흠흠. 얼간이라는 소리는 취소하마."

조 회장이 무뚝뚝하게 사과했다. 동혁은 심호흡을 하며 흥분을 가라앉혔다.

"네. 저도 소리 질러 죄송합니다, 아버지."

잠시 불편한 침묵이 흘렀다. 엄청난 이윤을 남길 수 있는 사업적인 거래가 물거품이 되어 비탄에 잠긴 조 회장과 부서진 자존심을 필사적으로 되살리기 위해 영민한 머릿속을 파헤치고 있는 그의 아들. 각자 생각에 잠겨 침묵하던 그들은 잠시 후 동시에 입을 열었다.

"사내자식이 좀 부끄럽진 않냐?"

"제게 다른 여자가 있습니다."

그 말이 끝나기도 전에 조 회장의 얼굴에 화색이 돌기 시작했고, 동혁은 아차 하는 심정에 입술을 깨물었다. 그의 잘생긴 얼굴이 벌겋게 달아올랐다. 된통 걸렸다. 아버지의 저 희희낙락하는 눈빛은……!

"허허, 녀석. 그렇다고 진작 말을 하지. 언제부터 사귄 여자냐?"

화색이 도는 아버지의 얼굴을 동혁은 울적하게 응시했다. 하나밖에 없는 아들 녀석이 총각 귀신이 될까 두려워한 나머지 정략약혼을 강행한 아버지였다. 그런 아버지에게 사귀는 여자가 있다고 말씀을 드리다니, 무덤에 제 발로 걸어 들어가는 짓이라는 걸 동혁이 깨달았을 때는 이미 엎질러진 물이었다.

아예 결혼 날짜를 잡자고 하실 태세군. 어떻게 빠져나가야 돼? 아아, 몰라. 될 대로 되라지!

지금껏 '충동'이란 단어의 뜻을 모르고 살아온 동혁은 그 순간 스스로도 경악할 만한 발언을 하고 말았다.

"영희 씨와 약혼하기 전부터 사귄 여잡니다."

조 회장의 눈이 휘둥그레지더니 곧이어 우렁찬 웃음소리가 쏟아졌다. 한동안 안락의자의 팔걸이를 두 손으로 두드리며 웃어대던 조 회장은 시작할 때처럼 갑자기 웃음을 뚝 그쳤다. 예리한 눈빛으로 아들을 쏘아보며 뭔가를 곰곰이 생각하다 이내 걸걸한 목소리로 말했다.

"그럼 네가 영희를 버린 거냐?"

"그런 셈이죠. 제게 다른 여자가 있다는 걸 그녀가 알아버렸거든요."

실연당한 남자보다는 바람피운 남자가 되길 선택했다. 둘 다 경멸받아 마땅한 유형이지만, 지금과 같은 상황에선 자존심을 무조건 살리고 봐야 하니까. 그래도 한영희, 내게 이런 고생을 시키는 널 가만두지 않을 거다!

동혁은 이를 갈면서도 겉으론 침착하게 미소 지었다. 그의 깍은 듯한 입술이 살짝 비틀리면서 한쪽 볼에 깊은 보조개가 생겼다.

"남자로서의 제 자존심은 멀쩡합니다, 아버지. 진작 말씀드리지 못한 건 죄송합니다. 아버지가 삼정과의 계약에 너무 애달아하셔서 차마 약혼을 거부하지 못했던 거구요. 아무튼 이렇게 된 마당에 더 이상 숨길 게 뭐가 있겠습니까?"

조 회장이 만족스럽게 고개를 끄덕이며 흐흠 하고 콧소리를 냈다.

"녀석, 진작 내게 말을 했으면 약혼 같은 건 진행하지 않았을 텐데."

잠깐 멈추었다가 크게 숨을 내쉬며 다시 말을 이었다.

"그래도 언론에선 네가 버림받았다고 떠들어대더라. 영희에게 다른 남자가 있다나?"

뜨끔 놀란 가슴을 애써 수습한 뒤, 동혁은 천연덕스레 대답했다.

"설마요. 한영희라면 조신, 우아, 고귀함의 표상이잖아요. 우리 세계에선 알아주는 일등 신붓감이구요. 그런 여자가 약혼자 몰래 바람을 피우다니, 있을 수가 없는 일입니다, 아버지."

조신, 우아, 고귀함? 흥, 개나 줘라!

동혁은 속으로 이를 갈면서도 입가가 팽팽해질 정도로 활짝 웃었다.

"음, 아무튼 찜찜해. 우리 집안의 남자가 여자에게 버림받다니. 너, 그 여자 한 번 데리고 와봐라. 내가 보고 마음에 들면 당장 며느리 삼아야지."

"아, 아버지, 그건……."

조 회장의 눈이 가느다랗게 좁혀졌다. 그는 안락의자에 양팔을 벌리고 앉아 근엄하게 아들을 노려보고 있었다. 세상 무서울 것 없는 대제국의 제왕다운 풍모였다.

국내 최고의 유통업체 〈세한그룹〉을 이끌고 있는 조 회장은 떡 벌어진 체격만큼이나 호탕하고 불같은 성미로 유명했다. 뭐든 마음에 들면 그곳에 투자를 아끼지 않는다. 그러나 그의 기준에 조금이라도 어긋나면 밑바닥까지 뜯어가는 철저한 기업 사냥꾼이기도 했다. 주로 재무구조가 불안정한 중소 백화점이나 유통 업체만을 포획한다는 것에 다들 안도의 숨을 내쉴 정도였다. 기업 인수와 합병을 통해 거대 기업으로 발돋움한 세한은 전국 요지의 상권을 거의 장악하고 있다고 해도 과언이 아니었다.

그런 아버지의 배경에 조금도 기죽지 않고 단시일에 최고의 위치에까지 오른 동혁 또한 실업계에서 유명했다. 미국 유학 시절, 그가 대형 할인마켓에서 아르바이트 짐꾼으로 이 년간이나 일했었다는 일화는 널리 알려져 있었다. NBA를 취득하기도 전에 그는 이미 유통업계에서 잔뼈가 굳어진 일꾼이었고, 상업 마케팅과 유통사업에 관련된 각종 자격증을 획득한 것은 당연한 수순이었다. 아버지를 제외한 그 누구도 자신의 장래에 걸림돌이 되지 못하는 경지를 스스로 일궈낸 것이다. 잘나고 능력 많은 남자, 조동혁. 그렇게 불려지는 그에게도 감당하기 벅찬, 일생 최악의 시련이 찾아왔으니…….

치욕과 구사일생의 갈림길에서 동혁이 선택한 길은 오직 하나였다. 거짓말에 날개 달기.

"아직 보여 드릴 수 없습니다, 아버지. 그녀가 워낙…… 수줍음이 많아서……."

"뭐? 수줍음? 그게 우리 집안과 어울리는 말이냐? 당장 때려치워!"

역정을 내는 아버지의 서슬에 놀란 동혁은 급히 무마에 나섰다.

"아뇨, 아버지. 조만간 데려오겠습니다. 하지만 언론의 눈도 있고 하니, 분위기가 좀 가라앉은 뒤에요."

그제야 조 회장의 인상이 다시 펴졌다. 동혁은 속으로 안도하면서도 절망적인 마음을 가눌 길이 없었다.

여자라면 이제 치가 떨리는데, 어떻게 해야 되지? 어디서 말 잘 듣는 여자라도 하나 구해 와야 하나?

영희에게 버림받던, 아니, 모욕당하던 그 순간부터 시작된 두통이 다시 그를 엄습했다. 자근자근, 퍽퍽퍽, 두글두글두글. 뭔가가 머릿속에서 푸드덕거리는 것도 같았다. 불쾌함이 전신을 쓸어내리면서 지독한 피로감이 몰려왔다. 파혼 발표 뒤에 거의 닷새를 언론과 일가친척들의 눈치에 시달려야 했던 그다. 이젠 정말 쉬고 싶었다. 진짜 아무 생각 없이 잠이나 실컷 잤으면 좋겠다고 동혁은 뻐근한 목 뒤를 문지르며 간절히 소원했다. 그런 심정을 읽은 모양인지, 조 회장이 그의 얼굴을 뚫어지게 바라보았다.

"그래도 괘씸해. 우리가 어떤 집안인데, 저것들이 감히……."

"삼정은 그대로 두세요. 그쪽 일은 제가 알아서 처리할 겁니다."

동혁은 하품을 삼키며 가라앉은 목소리로 중얼거렸다. 아버지가 나서게 되면 언론의 관심이 더욱 집중될 것이고, 그러면 파혼의 실상이 속속들이 밝혀지게 될 것이다. 그것은 동혁이 가장 원치 않는 일이었다. 추락한 그의 자존심이 시궁창에 빠지는 일은 상상하는 것만으로도 등에 식은땀이 흘렀다. 최후의 보루는 반드시 지켜내야 한다. 파혼의 비밀은 당분간 아무도 알아선 안 된다. 아버지는 특히나 더욱.

아들의 눈치를 살피던 조 회장이 느릿느릿 말문을 뗐다.

"그쪽이 우리에게 먼저 파혼을 통고한 건 괘씸한 일이지만, 네게 다른 여자가 있다는 것도 썩 자랑스런 일은 아니지. 그래, 그쪽 일은 네게 맡겨두마. 그래도 내 힘이 필요하면 언제든 말하거라."

"그럼 삼정과의 제휴 건은 어떻게 되는 겁니까?"

"끝났다. 어차피 결혼으로 성사될 계약이었어. 그쪽 일은 앞으로 내 귀에 들리지 않도록 해라. 파혼당한 아들을 바라보는 아비의 심정을 안다면 아무도 경박하게 입을 놀리진 않을 게야."

입맛을 다시며 커다란 목소리로 엄포를 놓는 아버지에게 동혁은 고개를 끄덕여 보였다. 달리 방법이 없었다. 영희의 부정을 아버지가 아시게 되는 날엔 실업계가 발칵 뒤집어지는 사태가 벌어질 게 뻔했다. 그녀의 집안이 몰락할 때까지 쪼아댈 아버지였다. 상대의 숨통이 끊어질 때까지 결코 포기하지 않는 아버지의 근성이야말로 지금의 〈세한그룹〉을 이룩한 토대가 아닌가. 연일 언론에서 두 집안의 파혼 사실을 떠들어대는 통에 가뜩이나 신경이 예민해진 아버지의 성미를 자극하는 위험은 자초하지 말아야 할 것이다.

"그나저나 네 할머니한텐 어떻게 말씀드려야 하니? 그걸 생각하면 나도 골치가 아파."

동혁의 가슴이 철렁 내려앉았다. 힘없는 어조로 불쑥 질문을 던진 조 회장의 얼굴에도 초조한 기색이 배어들었다.

"돌아오시면 난리가 날 게다. 애초에 반대하시던 약혼이니. 휴우, 이래저래 골치가 아픈 일투성이야. 동혁이 네가 여자에게 파혼당할 줄 누가 알았겠니? 여자 하나 후리질 못해서, 원."

자신의 말에 아들의 눈초리가 사나워지는 걸 발견한 조 회장이 급히 입을 다물었다.

녀석, 자존심은 있어 가지고……. 그래, 네 심정이 오죽하겠냐. 사랑하지도 않는 여자와 약혼해 놓고 일방적으로 파혼당했으니. 쯧쯧쯧.

조 회장은 헛기침으로 주의를 환기시켰다. 그는 피곤함으로 쾡한 눈을 한 아들을 동정하듯 바라보며 조심스럽게 말했다.

"이제 나가봐라. 할머니 문제는 내가 알아서 하마."

"아버지도 감당이 안 되시잖아요?"

그 말에 조 회장의 얼굴이 붉어졌다.

그랬다. 조씨 가문의 수장(首長), 김춘자 여사는 조 회장마저 함부로 대할 수 없는 여인이었다. 수십만 평에 달하는 부동산의 소유자인 그녀는 〈세한그룹〉의 숨어 있는 실세로서, 십여 년 전 아들인 조 회장에게 완전히 경영권을 넘긴 뒤로는 해외 유람에 몰두하며 유유자적하는 세월을 보내고 있었다. 그래도 날카로운 혀와 냉철한 판단력으로 집안의 대소사를 좌지우지하시는 분이었다. 칠순을 넘긴 노인에게 집안 남자들이 쩔쩔매는 걸 상상해 보라. 165cm의 여장부에게서 쏟아져 나오는 그 걸쭉한 욕설과 서릿발 같은 잔소리를 그 어떤 남자인들 제대로 배겨내겠는가!

동혁과 마찬가지로 조 회장도 그런 상상에 빠진 듯 침울한 표정이었다. 그러나 아들 앞에서 체면을 세우고 싶은 모양인지, 조 회장은 주먹으로 팔걸이를 내리치며 자신만만하게 소리쳤다.

　"프랑스에 며칠 더 머무르신다니까, 그동안 주변을 말끔히 정리해 놔야지. 잔소리야 듣겠지만 기자 놈들이 떠들어대는 잡소리보다야 시끄럽겠니? 내, 이 기자 놈들을 싸그리 잡아서……."

　할머니의 아들이 맞아요, 아버지. 핏줄이 어디 갑니까?

　거친 욕설로 애꿎은 기자들에게 분풀이를 하는 아버지를 동혁은 우울하게 바라보았다. 아버지의 서재에서 거의 두 시간을 꼼짝없이 앉아 잔소리와 비난을 들어야 했던 그로서는 현재 유일한 소원은 딱 한 가지뿐이었다. 자고 싶었다. 모두 잊고 푹 자고 싶었다.

　하지만 한국의 언론 보도 자세에 대해서 비난을 퍼붓기 시작한 아버지의 태도를 보아하니, 앞으로 몇 시간 안에 잠자기는 그른 듯싶었다. 지독한 피로감에 눈을 감으며 동혁은 반수면 상태로 빠져들기 시작했다. 근육이 나른하게 이완되면서 줄곧 긴장해 있던 신경이 부드럽게 풀리는 걸 느낄 수 있었다. 자장가처럼 울리는 아버지의 걸걸한 음성도 그의 귓가에서 아련히 멀어져 갔다.

　"사랑하는 여자가 생겼어. 그녀가 없으면 살 수 없을 것 같다."

　"넌 날 남자로 사랑한 게 아니야."

　"차라리 너와 사귀지 말 걸 그랬다. 그러면 널 계속 볼 수 있었을 텐데."

사랑이라고? 한 여자의 신의를 저버리고 다른 여자를 임신시키는 것이 사랑이라면, 난 결코 사랑 따원 하지 않을 거야. 그런 빌어먹을 감정에 나 자신을 쓰레기로 만드는 짓 따위 다시는, 절대로 용납하지 않을 거야. 절대로!

피가 배어나올 정도로 힘껏 입술을 깨물고 난희는 현실로 돌아왔다. 어제의 일처럼 생생한 그 굴욕적인 장면을 회상하노라면 피가 거꾸로 치솟는 것 같았다. 거의 사흘 밤낮을 남몰래 가슴을 쥐어뜯으며 눈물 바람에 시달렸는데도 나아진 건 없었다. 이렇게 문득 문득 생각이 날 때면 너무 분해서 미칠 것 같았다. 벌써 일주일이 넘었건만, 뇌리에 각인된 그날의 기억은 도무지 잊혀지지가 않았다.

난희는 절망적인 심정으로 눈을 감으며 한숨을 내쉬었다. 그때 뭔가 딱딱한 것이 팔꿈치를 쿡 찔렀다. 놀라서 고개를 들자, 바로 옆 자리의 중년 여자가 걱정스럽게 그녀를 들여다보고 있었다.

"괜찮아?"

이곳 상가의 이층에서 분식집을 운영하는 아주머니였다. 난희는 재빨리 고개를 끄덕였다.

"네. 잠시 생각 좀 하느라구요. 제게 무슨 말씀 하셨어요?"

"아니, 유 선생이 말할 차례야."

여자의 눈짓을 쫓아 시선을 돌린 난희는 순간 놀라서 숨을 삼켰다. 스무 명 남짓한 사람들이 모두 그녀를 주시하고 있었던 것이다. 대부분 중, 장년층인 상가 입주민들은 한결같이 뭔가를 기대하는 표정으로 그녀를 뚫어지게 보고 있었다. 그제야 난희는 회의실 안을 가득 채운 기묘한 적막감을 알아차렸다. 공기의 흐름조차 멈춘 듯한 정적이었다.

난희는 당황해서 옆 자리의 아주머니에게 속삭였다.

"무, 무슨 말을 해야 되는데요?"

아주머니가 쯧쯧 혀를 찼다.

"잘 모르겠거든 그냥 '네, 동의합니다'라고만 해."

"하지만 내용이 뭔지 알아야……."

그때 오늘 회의의 주최자인 상가 번영회 대표의 음성이 마이크를 통해 흘러나왔다.

"에…… 우리는 여기 건물주인 박복순 여사님의 대리인 자격으로 참석한 유난희 양에게 희망을 걸고 있습니다. 그러니 유난희 양은 기탄없이 자신의 의견을 밝혀주세요. 다수의 의견에 유난희 양은 동의합니까?"

난희의 대답에 흡사 자신들의 목숨이라도 달린 양 모두가 숨죽인 채 그녀를 응시하고 있었다. 졸지에 부모님뻘인 어른들의 목숨줄을 쥐고 있는 처지가 되어버린 난희가 할 수 있는 대답이 뭐가 있을까? 그녀는 영문도 모른 채 엉거주춤 일어선 자세로 '네, 동의합니다'라고 대답하고 말았다. 모기 소리만한 그 작은 음성을 들은 사람들이 갑자기 박수를 치며 환호하기 시작했다. 난희는 더욱 당황했다. 상가 번영회 대표가 걸어나와 그녀에게 악수를 청하고, 다정하게 어깨를 두드렸을 때에도 멍한 상태였다. 대체 뭐가 어떻게 된 일인지 알 길이 없었다. 딴생각에 빠져 있느라 오늘 회

의 내용의 맥을 놓쳐 버린 것이 분명했다

"아저씨, 무슨 일인데요?"

사람들이 물밀 듯이 빠져나가는 틈을 이용해 난희는 번영회 대표에게 물었다. 세탁소를 운영하는 오십대의 남자가 싱글거리는 얼굴로 그녀를 쳐다보았다.

"네가 우릴 살렸어. 너라면 틀림없이 성공할 거야."

"자세히 말씀해 보세요, 아저씨. 대체 제가 뭘 어쨌는데요?"

"오늘 저녁에 〈파레스 쇼핑 타운〉의 사장과 만나기로 했어. 네가 그 사람을 만나서 우리 입장을 똑 부러지게 전달하고, 긍정적인 답을 얻어와야 돼."

숨이 턱 막혔다. 난희는 떨리는 손으로 입을 가렸다.

"파, 파레스…… 쇼핑 타운이요?"

잔뜩 쉬어 이상한 목소리로 그녀가 반문했지만, 남자는 두 손을 비비며 즐거운 기색으로 덧붙였다.

"그런 대기업에서 우리 상가의 대표를 만나고 싶다고 하니, 얼마나 좋은 기회냐? 그 쇼핑 타운이 생기면 우리 상가는 완전히 죽어 버리는데, 가만히 앉아서 당할 순 없잖니. 보상도 필요없고, 쇼핑 타운 내에 우선 입주권을 달라고 요구해야 돼. 우리 상권은 우리가 지킨다고, 그만큼의 수익은 보장할 거라고 설득해 보란 말이야."

충격을 이기지 못한 난희가 의자에 털썩 주저앉았다.

"그쪽 사장이 아직 새파란 놈이라더라. 제 아빌 닮아서 피도 눈물도 없는 놈이라는데, 말발로는 유 선생을 못 당할 거야. 학식이나 말발로 치면, 너 하나가 우리 전부를 합친 것보다 더 막강하지.

안 그러냐?"

울고 싶었다. 옴짝달싹할 수 없는 덫에 제 발로 걸어 들어간 격이다.

"아저씨, 전 자신없어요. 파레스라면, 그 〈세한그룹〉인가 뭔가에서 추진하는 쇼핑센터…….."

"난희야, 아니, 유 선생. 이건 우리 목숨이 걸린 일이야. 보상을 받고 여길 나가도, 우린 달리 할 일이 없단 말이야. 이건 돈 몇 푼 받고 끝낼 일이 아니야. 널 믿고 따르는 사람들을 생각해 보렴. 모두 네 부모님이나 다름없는 분들이시잖니. 네 할머니가 이곳에 계셨다면, 분명히 우리 생각에 동의하셨을 거야. 그분이 말씀하시길, 유난희 양에게 전권을 위임하니 문제가 생기면 손녀딸과 상의하라고 하셨거든. 당신이 돌아오실 때까지 난희 양이 책임지고 이 사태를 잘 처리할 거라고 말이야. 그러니 용기를 내. 네가 바로 우리의 마지막 희망이야."

구구절절 옳으신 말씀! 할머니가 여기 계셨다면 쌍수를 들고 동의하셨을 거다. 하나밖에 없는 손녀딸을 괴롭히는 걸 낙(樂)으로 여기는 고약한 노인이니까. 이런 걸 두고 진퇴양난(進退兩難)이라고 해야겠지. 삼층짜리 상가 건물의 소유주인 박복순 여사님이 내 할머니인 것도 운명일 테고. 아이고, 골치야!

희망과 기대로 눈을 빛내고 있는 아버지뻘의 어른 앞에서 어찌 거절의 말을 꺼내겠는가? 결국 난희는 정의의 잔 다르크가 되기로 결심했다. 바로 옆에서 한창 건설 중인 초호화 쇼핑센터의 주인을 상대로 협상을 벌이기로 한 것이다. 그야말로 다윗과 골리

앗의 싸움. 그것에는 치밀한 작전과 고도의 숙련된 심리전이 필요했다. 대학에서 심리학을 잠시 공부한 과거가 제발 도움이 되기를! 그래도 〈세한그룹〉이라니……. 오, 하나님! 이게 무슨 날벼락입니까? 제발 절 도와주세요. 제발이요!

파란 물이 뚝뚝 떨어질 것 같은 하늘을 올려다보며 난희는 그렇게 부르짖었다.

"몇 시에 오기로 했습니까?"

동혁은 설계도면에서 눈을 떼지 않고 날카롭게 물었다.

"여섯 시 정각입니다."

그의 옆에서 조심스럽게 대답한 남자가 안전모를 벗고 이마에 밴 땀을 재빨리 닦아냈다. 삼십 분 이상을 꼿꼿한 자세로 서 있던 탓에 그의 몸에 쥐가 날 지경이었다.

본사에서 갑자기 들이닥친 젊은 사장은 사소한 것 하나도 그냥 보아 넘기는 법이 없었다. 아예 양복 상의를 벗고 안전모를 쓴 채 먼지투성이의 공사 현장을 직접 둘러보면서 일일이 상황을 체크했던 것이다. 전문가에 버금가는 예리한 질문을 퍼부으며 지하에서 지상 십삼층까지 거의 두 시간 이상을 돌아다닌 젊은 사장은 그래도 전혀 지치지 않은 얼굴이었다.

처음엔 영화배우처럼 잘생긴 사장의 외모에 깜짝 놀랐다. 명성을 익히 들었기에 그가 아무 짝에도 쓸모없는 재벌 2세가 아니라는 건 알고 있었지만, 사진보다 더욱 잘생긴 외모는 쳐다보기가 부담스러울 정도였다. 일견 얼굴만 잘난 인간처럼 보이지만, 서른

두 살의 이 젊은이가 자신의 아버지만큼이나 가차없는 사업가라는 건 분명했다. 그의 질문에 대답을 어물거리기라도 하면 당장 호된 질책이 날아들었다. 부실 공사, 무책임한 날림 공사, 눈 가리기 식의 마감. 그것은 세한그룹과 손을 잡은 건설회사에서 절대 피해야 할 세 가지 악재였다. 조동혁 사장에게 들들 볶이면서도 섣불리 저항할 수 없는 것은 그런 원칙적인 윤리의식 때문이었다. 어떠한 상황에서도 흔들리지 않는 경영자의 이념. 그것이 바로 세한그룹의 계열사들이 하나같이 대단한 성공을 거두게 한 요인이었다. 공사 현장 감독관은 몰래 한숨을 삭이며 깐깐한 사장의 눈치를 살피기에 바빴다.

"내달 초까지는 마감을 끝내도록 하십시오. 골든 빌리지가 들어서기 전에 개장 시기를 잡아야 하니까요."

"하지만 진달래 아파트 상가에서 아직……."

동혁이 미간을 잔뜩 찌푸렸다.

"오늘 그쪽 대표를 만나서 끝장을 봐야죠. 이제 와서 설계도를 변경할 순 없잖습니까? 물류창고의 골조를 다 허물고 그쪽 부지와의 경계선에서 겨우 몇 백 미터 떨어진 곳에 다시 세울 수도 없고요. 몇 십억이 그냥 날아갈 판인데, 가만히 두고 볼 순 없죠. 오늘 끝장을 봅시다."

탁 소리 나게 책상을 내리친 동혁이 안전모를 벗었다. 엉켜서 흐트러진 머리칼이 푸르스름하게 윤기를 발했다. 그는 손끝으로 대충 머리를 빗어 넘기며 간이 욕실로 걸어갔다.

"그쪽 사람이 도착하면 안에 들이지 말고 기다리라고 하세요.

제가 부를 때까지 그대로 있으라고요."

"네?"

비누로 손을 씻고 있던 동혁이 휙 돌아서서 의미심장한 미소를 지었다.

"기다리는 시간만큼 초조해져서 실수를 하게 될 테니까."

"아……!"

다시 정면의 거울을 향한 동혁이 이를 갈듯 뇌까렸다.

"요구 조건이라고? 그래, 어디 한번 들어나 보자."

그리고 정확히 여섯 시 삼십 분. 노크 소리와 함께 현장 감독관이 다시 모습을 드러냈다. 책상 모서리에 걸터앉아 공사 진행 보고서를 읽고 있던 동혁은 인상을 찡그리며 그를 노려보았다. 당황해서 벌게진 남자의 얼굴이 마음에 들지 않았다.

"무슨 일입니까?"

"진달래 아파트 상가 대표 분이 오셨는데…… 저, 그것이……."

동혁은 보고서를 내려놓고 짜증스럽게 언성을 높였다.

"그런데요?"

그 순간 머뭇거리던 감독관의 몸이 크게 흔들렸다. 뒤에서 누군가가 그를 밀치고 안으로 달려들어 온 것이다. 여자였다. 165㎝가 될까 말까 한 키에 폭탄 맞은 파마 머리.

동그란 여자의 얼굴이 너무 새빨개서 동혁은 화를 내는 것도 잊어버리고 그녀를 쳐다보았다. 그토록 완전히 익어버린 사람의 얼굴을 보는 것은 처음이었다. 빨간 대야도 무색할 그 울긋불긋한 낯빛이라니.

"이봐요! 고의로 날 기다리게 했죠? 그럼 이쪽이 초조해져서 이성을 잃을 거라 생각했을 테니까. 졸렬하고 유치하기 짝이 없는 심리전이에요. 당신, 사람 잘못 봤어요. 심리학을 공부한 내가 그따위 수작에 넘어갈 것 같아요?"

찢어지는 고성과 안하무인의 삿대질. 그런데 그런 여자의 모습이 어딘지 낯설지가 않았다. 동혁은 기분 나쁜 예감에 등줄기가 서늘해졌다. 저런 무지막지한 빨간 대야를 내가 알고 있을 리가 없는데……. 이 찝찝한 느낌은 뭐지?

"가만, 우리 어디서 만난 적 없어요?"

여자가 중얼거리며 그를 훑어보기 시작했다. 동혁은 손짓으로 감독관을 내보냈다. 둘이 남게 되자 그는 본격적인 취조에 들어갔다.

"만난 적이 있을 리가 있나. 당신같이 안 생긴 여자를 내가……."

헉!

그때 생각나지 않아도 될 기억이 떠올라 버렸다. 너무 놀라서 벌떡 일어서던 동혁은 순간 몸의 균형을 잃었다. 그러고는 무지막지한 빨간 대야의 눈앞에서 말 그대로 바닥에 엉덩방아를 찧으며 나동그라지고 말았다. 그와 동시에 찢어지는 여자의 비명 소리가 터져 나왔다.

"아악! 당신, 벼, 변태?!"

제2장
막상막하 대혈전

실로 엄청난 고성이었다. 일어나려고 버둥거리던 동혁을 두 번째로 나자빠지게 만든 걸로도 모자라, 세상 사람들을 다 불러들일 정도였으니까.

문이 벌컥 열리고 현장 사무실의 직원들이 달려들어 왔다. 그러나 그들이 채 몇 걸음 내딛기도 전에 동혁이 집어던지듯이 고함쳤다.

"모두 나가!"

흠칫 놀란 직원들이 그대로 몸을 되돌려 달아났다. 문이 소리를 내며 닫힘과 동시에 동혁은 일어섰다. 책상 모서리에 의지해서 가까스로 몸을 곧추세울 수 있었다. 그동안에도 빨간 대야는 입을 한껏 벌리고 뭐라 소리를 질러대고 있었다. 동혁은 한 손을 들어

허공을 갈랐다.

"입 다물지 않으면 던져 버릴 거야!"

그 순간 비명 소리가 딱 그쳤다. 마치 기다렸다는 듯이 말이다.

기가 막혀 동혁은 한동안 말을 잇지 못했다. 언제 그랬냐는 얼굴로 가만히 서 있는 여자의 뻔뻔함에 질려 평소의 논리 정연함 따위는 깡그리 잊고 말았다. 맙소사, 내가 말문이 막히다니! 그는 눈을 감은 채 속으로 숫자를 세기 시작했다. 하나, 둘…….

"내게 뭘 던진다는 거죠?"

날카로운 여자의 음성이 들려왔다. 동혁은 실눈을 뜨고 빨간 대야를 응시했다.

"당신. 내가 먼저 질문하지. 여기에 왜 왔지? 여기 온 목적이 뭐야?"

냉엄하게 쏘아붙였지만, 여자는 분통이 터질 만큼 가벼운 코웃음으로 그를 무시했다.

"날 집어 던질 수 있을 정도로 힘이 좋아 보이진 않는데요. 그리고 그건 내가 하고 싶은 질문이에요. 당신 같은 변태가 어째서 여기에 있는 거죠?"

"변태라니! 거긴 남자 화장실이었어. 당신도 표지판을 봤잖아!"

"흥, 당신이 바꿔치기 한 건지도 모르잖아요? 쓸데없는 말로 시간 끌지 말고 내 질문에 대답이나 해요. 당신은 파레스 쇼핑 타운과 무슨 관계가 있죠?"

이것 봐라? 보통 뻔순이가 아니구만!

동혁은 허리에 두 손을 얹고 몸을 쭉 폈다. 여자가 흠칫하며 뒷걸음질쳤다. 신장의 우위를 점령한 동혁이 싸늘한 시선으로 여자를 뜯어보기 시작했다.

동글동글한 얼굴에 화장기라고는 다갈색의 가느다란 눈썹과 오렌지 빛의 립글로스가 전부였다. 소매가 없는 하얀 니트와 검은 스커트, 굽이 낮은 샌들과 비즈 장식이 달린 검은 숄더백은 평범하고 값싼 제품이었다. 그러나 경멸적인 시선을 들어 여자의 얼굴을 다시 보았을 때, 동혁은 깜짝 놀라 숨을 들이마셨다. 가슴을 꿰뚫는 듯한 눈빛이 그에게로 쏟아지고 있었던 것이다. 예사롭지 않은 광채가 그 커다란 눈동자 속에 가득했다. 영민하면서도 심술궂은 기색이 가득한 눈빛. 일순 광채가 작열하는가 싶더니, 번개처럼 그의 얼굴로 예리한 시선이 내리꽂혔다.

"감상 다 했어요?"

여자가 대놓고 그를 비웃었다. 그녀 역시 모욕적인 시선으로, 아주 천천히 그의 몸을 훑어 내렸다.

"변태들은 평범하게 생겼다던데, 당신은 좀 튀네요. 그 양복도 비싸 보이고. 하긴 돈 많은 변태들이 한둘이겠어."

크게 한숨을 내쉰 여자가 내처 말을 이었다.

"우리 만남이야 처음부터 재수없었던 거, 그냥 신경 끄기로 하죠. 이제 당신이 누구이고, 여기서 뭘 하고 있는지 차근차근 설명해 봐요. 설마 파레스 쇼핑 타운의 주인이니 뭐니 하는 소리를 지껄이는……."

"맞아. 내가 그곳 주인이야."

갑자기 여자가 '악!' 외마디 비명을 질렀다.

"말도 안 돼! 변태와 무슨 협상을 하라고!"

마침내 동혁은 이성을 되찾았다. 그는 이마 위에 흐트러진 머리를 쓸어 넘기며 책상 뒤에 섰다.

"한 번만 더 당신 입에서 '변태' 라는 소리가 나오면 협상이고 뭐고 없을 줄 알아."

여자가 항의하기 위해 입을 벌렸지만, 그가 더 빨랐다.

"난 조동혁. 〈파레스 쇼핑 타운〉의 총책임자요. 지금부터는 철저히 사무적으로 이야기합시다."

뻔뻔한 빨간 대야의 도발에 넘어가는 건 있을 수 없는 일이다. 협상의 유리한 고지는 전적으로 그의 차지였다. 침착하게 숨을 골라 평소처럼 냉정하게 대처하면 가능하리라. 두손두발 모아 애걸해도 모자랄 판국에 저 화상이 변태니 뭐니 하면서 사람 속을 뒤집어놓을 양이면 애초에 상대를 하지 말아야지.

조소를 머금은 채 동혁은 뻣뻣이 서 있는 여자에게 책상 앞의 의자를 권했다.

"앉아요. 커피?"

여자가 두 다리를 비스듬히 모아 의자에 앉았다. 그러는 동안에도 눈부신 광채가 서린 그녀의 눈동자는 그를 똑바로 노려보고 있었다.

"커피는 안 마셔요. 차가운 레모네이드나 아이스티는요?"

동혁은 입을 삐죽이며 팔짱을 꼈다.

"여긴 커피숍이 아니요. 당신 이름은?"

"유난희예요. 근데 당신 말투가 참 묘하군요. 이왕이면 깍듯이 존대해 주시죠?"

일단 심호흡 한 번으로 성질을 다스린 동혁은 쏘듯이 여자의 얼굴을 쳐다보았다.

"직업이 뭡니까? 선생? 아니면 교도관?"

여자의 두 눈썹이 하늘 높이 치켜 올라갔다.

"교도관은 아니지만 한때 그 비슷한 일을 했었어요. 청소년 교화 상담소의 카운셀러요."

동혁의 입이 떡 벌어졌다. 그러자 여자가 인상을 찡그렸다.

"잠시 했던 일이지만 말썽 많은 십대 아이들을 야단치고 구슬리는 역할은 꽤 보람있었어요. 그래서 말투가 이래요. 나도 모르게 설교조가 튀어나오는 때가 있거든요."

청산유수. 여자가 어찌나 술술 말을 쏟아내는지 신기할 뿐이었다. 믿을 수 없는 심정으로 그녀를 빤히 응시하던 동혁은 한참 후에야 말을 할 수 있었다.

"혹여 날 십대 아이로 착각은 하지 마십시오, 유난희 씨."

"그럴 리가요. 그 덩치만 봐도 십대라곤 절대 착각할 수 없을걸요."

어째서 저 여자의 입에서 나오는 말마다 날 비웃는 소리로 들리는 걸까?

동혁은 부아가 치미는 걸 애써 참으며, 생글생글 웃고 있는 여자를 미심쩍게 쳐다보았다.

사실 난희는 그의 감정까지 고려할 정신이 없는 상태였다. 너무 긴장을 한 나머지, 떨리는 두 손을 무릎 위에서 마주 잡고 필사적으로 자신에게 괜찮다고 주문을 외울 정도였다. 말로만 들어온 〈세한 그룹〉의 후계자이자, 몇 백 억대의 쇼핑 타운의 주인이 될 남자가 바로 눈앞에 있지 않은가!

더구나 두 사람의 첫 만남은 또 어떠했는가. 꺼림칙한 과거의 면면들이 머릿속에 좌악 펼쳐지면서 난희의 가슴은 무서운 속도로 뛰기 시작했다.

그 장소가 남자 화장실이었다는 걸 뒤늦게 깨닫고 곧장 사과를 하지 못한 걸 두고두고 후회했었다. 결국 파렴치한 인간은 그녀였고, 추태를 부린 그녀 자신을 얼마나 저주했었는지 모른다. 그런데 바로 이 순간, 이 중요하고도 특별한 자리에서 딱 부딪친 인간이 하필 그때의 그 남자라니!

그걸 인식한 순간 갈라진 땅 밑에 숨어버리고 싶었지만 그녀는 되레 남자에게 큰 소리를 쳤다. 안 그러면 당장 꼬리를 내리고 이곳을 뛰쳐나가야 할 테니까. 〈파레스 쇼핑 타운〉이라는 거대 공룡을 상대하고 있는 이 순간에 말이다. 자신이 생각해도 가증스런 조우인데, 저 살벌한 눈빛을 한 남자의 심정은 오죽할까? 그에게 뺨이라도 얻어맞지 않으면 기적이겠지.

근데 왜 하필 이 남자였던 거야! 왜냐고요, 하나님! 도망가면 안 될까요? 아무도 날 모르는 곳으로…….

그때 기다렸다는 듯이 그녀의 뇌리에 서른 명의 얼굴들이 스포트라이트처럼 명멸했다. 곧이어 나약함을 용납하지 않는 현실 감각이 그녀를 덮쳐 왔다. 난희는 재빨리 고개를 숙여 혼란을 감추었지만, 당혹할 만큼 두근거리는 가슴은 진정되지 않았다. 억장이 무너지는 것 같은 절망감이 그녀를 짓눌렀다.

정신 차려, 유난희. 다윗과 골리앗. 잊지 말자, 다윗이 승리한다.

결전을 앞둔 용사처럼 마음의 결의를 다지고 있는 그녀를 동혁은 눈도 깜짝이지 않고 보고 있었다.

"진달래 아파트 상가의 부지와 건물 소유주는 박복순 여사님인 걸로 아는데, 그분과는 무슨 관계입니까?"

드디어 전투 시작.

난희는 기어들어 가려는 목소리를 애써 가다듬었다.

"제 할머니세요."

"전 그분 손녀따님이 아니라, 그분을 직접 만나뵙고 말씀을 나누고 싶은데요."

담담한 말투였지만, 그 말속에 도사린 경멸감을 난희는 민감하게 알아차렸다. 그녀의 얼굴이 또다시 붉어졌지만, 다행히 이성을 날려 버릴 정도는 아니었다.

"할머닌 해외여행 중이세요. 할머니의 부재 시엔 제가 대리인의 자격으로 권리를 행사해 왔고요. 그러니 제게 말씀하시면 됩니다, 조동혁 씨."

남자의 눈이 가느다랗게 변했다. 덩달아 난희의 표정도 싸늘하게 굳어졌다.

조동혁이란 남자에겐 어딘지 그녀의 신경을 거슬리게 하는 부분이 있었다. 정중한 척하는 말투와 태도는 차치하고라도, 여자를 대하는 매너가 너무 형편없었다. 자신의 몸을 훑어보던 그의 차가운 눈길을 떠올리자 난희는 가슴에서 불길이 솟구치는 것 같았다.

흥, 내가 몸매 빵빵한 슈퍼 모델이었으면 저런 눈으로 쳐다보지 않았을 거야. 얼굴만 잘생기면 다야? 돈밖에 모르는 속물 덩어리!

"그럼 유난희 씨가 박 여사님을 대신해서 말씀하시는 거라고 보면 됩니까?"

"네. 그렇게 생각해 주세요."

"이미 지난주에 서면으로 전달받았지만, 오늘 직접 듣고 싶군요. 제게 그쪽의 요구 조건을 말씀해 보시죠."

동혁은 의자에 등을 기대고 앉았다. 긴장으로 그의 몸이 뻣뻣해졌다.

"〈파레스 쇼핑 타운〉의 매장 일부를 저희 아파트 상가 입주민 여러분들께 양도해 주세요. 저희 상가 부지 매입가를 포함해서 입주민의 이주 비용과 보상비까지 전폭 지원하는 방향으로 이곳에 입주할 수 있는 권리를 달라는 겁니다. 그것만 약속해 주시면 진달래 아파트 상가에 대한 모든 권리를 넘겨 드릴게요. 매입가의 줄다리기 협상 없이요."

약간 들뜬 듯한 여자의 음성이 매끄럽게 흘러나왔다. 동혁은 무표정하게 귀를 기울이고 있었다. 조마조마한 심정으로 그를 바라보던 난희는 시선이 마주치자 활짝 웃어 보였다. 짧은 침묵 끝에 동혁이 미소도 띠지 않은 얼굴로 입을 열었다.

"이쪽의 출혈을 감수하란 뜻입니까?"

악문 잇새로 흘러나온 그의 목소리는 어이없어하는 심정을 그대로 반영했다. 난희가 크게 고개를 끄덕이자 그의 얼굴에 험악한 냉기가 감돌기 시작했다. 그가 이를 갈듯 말했다.

"일방적인 요구라는 생각이 드는군요. 우리에게 필요한 건 땅덩어리이지, 그 안에 살고 있는 군식구가 아닙니다."

"군식구라뇨? 엄연히 세를 들어 살고 있는 입주민들입니다. 제 할머니가 가족처럼 여기는 분들이세요."

"설사 돈이 개입되지 않았어도 가족이라 여길 수 있을까요?"

싸늘한 빈정거림에 울컥한 난희가 의자를 밀치고 일어섰다.

"말씀이 지나치시군요! 군식구이든 아니든 그건 이쪽 문제잖아요!"

"그들을 내게 떠넘기려는 의도로 봐선 단순히 그쪽 문제만은 아닌 것 같은데요. 이봐요, 유난희 씨. 하나만 물어봅시다. 그 식구들에게 돈을 받고 여길 찾아온 겁니까, 아니면 순수한 공명심에 떠밀려 총대를 멘 겁니까? 솔직하게 대답해 주면, 우리의 협상이 좋은 방향으로 흘러갈 것 같은데요?"

난희는 너무 화가 나서 말도 나오지 않았다. 이성적인 대화로 최선의 결론을 끌어내리라 다짐하고 찾아온 그녀에게 이런 모욕은 예상치 못한 사고였다. 칼날 같은 시선과 느릿한 어조에 밴 경멸감은 동혁이 그녀를 어떻게 생각하는지, 아니, 진달래 아파트 상가와 같은 영세 상가의 대표자를 어떻게 보고 있는지를 똑똑히 알려주었다.

두 사람의 시선이 공중에서 만나 불꽃이 튀었다. 동혁은 이제 엷은 미소까지 띠고서 그녀를 응시하고 있었다. 분통이 터질 만큼 여유만만한 태도였다. 난희는 목구멍에서 겨우 목소리를 쥐어 짜냈다.

"난 여기에 협상하러 온 거지, 모욕당하러 온 게 아니에요."

할 수만 있다면 저 남자의 매끈한 면상을 갈겨주고 싶다!

난희는 근질거리는 손끝을 스커트의 옆구리에 문지르며 속으로 이를 갈았다. 동혁이 오만하게 고개를 끄덕였다.

"물론 그렇겠죠. 하지만 워낙 말이 안 되는 요구 조건이라……."

어깨를 움츠리며 의도적으로 말끝을 흐린 뒤 한숨을 내쉬었다.

"다른 분들을 제치고 유난희 씨가 이곳에 온 이유가 있겠죠. 굳이 여자를 내세워 이런 터무니없는 요구를 하는 이유를 알고 싶진 않지만."

느물거리는 남자의 음성에 귀가 썩어 들어갈까 두려울 정도였다. 난희는 그의 얼굴을 증오의 시선으로 노려보며 속으로 숫자를 10까지 셌다. 그런 뒤에야 그녀는 잔뜩 가라앉은 목소리로 입을 뗐다.

"다시 한 번 말씀드리지만 전 박복순 여사님의 대리인으로서, 진달래 아파트 상가의 입주민을 대표해서 이 자리에 온 겁니다. 조동혁 씨를 구워삶는 여자의 역할은 제 쪽에서도 사양하고 싶답니다."

"가당치도 않죠. 우리 사이에 남자와 여자의 만남이라니."

난희의 입매가 꽉 다물리는 걸 보며 동혁은 회심의 미소를 지었다. 아예 기를 죽여서 이쪽의 제안을 받아들이게 만들어야지.

"차라리 부지 매입가를 올려달라고 하세요. 그럼 우리 만남이 훨씬 기분 좋게 느껴질 텐데요."

"돈만 받고 끝낼 일이 아니에요. 저분들이 우리 상가를 떠나서 살아갈 방법을 제시해 줘야……."

"참으로 안타깝군요. 건물 소유주가 입주민들의 생계까지 책임져야 합니까?"

난희는 크게 숨을 들이마셨다. 가슴이 답답해서 비명이라도 지르고 싶었다. 모욕을 당하면서도 큰소리치지 못하는 자신이 한심했다. 하지만 지금 그녀는 그냥 유난희가 아니라 진달래 아파트 상가의 대표자인 유난희가 아닌가. 참자. 아직은 성질을 터뜨릴 때가 아니다.

두세 번의 심호흡 뒤에 그녀는 고르고 고른 어조로 말문을 열었다.

"이건 단순히 땅을 사고파는 차원의 문제가 아닙니다. 수많은 사람들의 삶이 달린 문제예요. 가족의 생계를 책임지고 있는 여러 어르신들의 거취 문제요. 제발 숙고해 주시기 바랍니다."

'제발'이라는 단어가 나왔다. 이 정도면 자존심을 밑바닥까지 드러낸 셈이다. 할 수만 있다면 무릎이라도 꿇을까 싶은 충동에 사로잡혀 난희는 남자를 뚫어지게 바라보았다. 자신의 얼굴에 떠오른 갈망의 표정도 의식하지 못한 채.

동혁은 그 모든 것을 보았고 느꼈으며, 결론을 내렸다. 그러나 사업에 있어 동정은 어불성설(語不成說). 그는 갑자기 상체를 꼿꼿이 세워 난희를 똑바로 쳐다보았다.

"단도직입적으로 말씀드리죠. 우린 진달래 아파트 상가 입주민 여러분의 요구를 받아들일 수 없습니다."

일말의 망설임도 없이 그가 선언했다. 놀라서 치켜뜬 난희의 눈동자가 휘둥그레지더니 기묘한 광채가 어지러이 명멸하기 시작했다. 그동안에도 침묵은 깊어져 갔다.

수면 위에 떨어진 돌멩이처럼 잔잔한 파문을 만들며 공중으로 퍼져 나가는 남자의 목소리.

그 말의 의미가 난희의 뇌리 속에 전달되기까지는 제법 오랜 시간이 걸렸다. 목덜미까지 새빨개진 그녀의 얼굴이 한순간 경련을 일으켰다. 동혁은 문득 그녀가 기절하는 게 아닐까 싶었다. 그러나 난희는 힘껏 이를 악문 채 꼿꼿하게 앉은 자세를 유지했다.

"애초에 그런 결정을 하신 모양이군요. 그럼 왜 오늘 만남을 추진하신 거죠?"

동혁은 손에 들고 있던 얇은 서류 한 장을 그녀의 앞에 밀어주었다.

"비용 절감이란 측면에서 생각해 보시죠. 그 이면에 도사린 위험을 감수하면서 무리하게 일을 추진할 필요는 없으니까요."

난희는 잠자코 그 서류를 내려다보았다. 〈파레스 쇼핑 타운〉 건설 부지의 변경과 공사 진행 상황에 따른 비용 가감 대조표가 깔끔히 정리되어 있었다. 건설 경기에 문외한이라 해도, 지면 가득한 총천연색의 그래프와 뚝 떨어지는 숫자들의 의미를 알 수 있을 것이다.

"우리 아파트 상가를 밀어버리지 못할 경우, 이곳의 공사 비용 손실이 엄청나다는 뜻인가요?"

난희는 숨찬 어조로 조용히 물었고, 동혁이 짧게 고개를 끄덕였다.

"시공하기 전에 부지 매입 문제를 해결하는 게 우선 아닌가요?"

재차 질문하자 그는 눈살을 약간 찡그렸다. 난감해하는 기색인데도 목소리만큼은 얄밉도록 침착했다.

"애초에 설계도면상의 문제는 없었지만, 물류창고와 주차장 수용 면적에 문제가 생겨서 부지를 더 늘려야……."

"건물을 짓다 보니 평수를 늘려야 되는 상황에 처했다, 뭐 그런 뜻인가요?"

"똑똑하시네요."

남자의 빈정거림이 들린 순간, 난희는 손에 든 서류를 책상 위로 내던졌다.

"협상, 끝났어요."

벌떡 일어서자 동혁이 놀라서 고개를 쳐들었다.

"이봐요, 유난희 씨!"

"애초에 협상할 마음 따윈 없었죠? 사람을 불러다 놓고, 비용이니 뭐니 하면서 겁을 줘서 땅을 내놓게 만들 속셈이었던 거죠. 안 그래요?"

이맛살을 찌푸린 동혁이 무뚝뚝하게 반문했다.

"도대체 말이 안 되는 요구잖아요. 땅을 사면서 입주민들까지 함께 사달라는 뜻이 아니고 뭡니까?"

"내겐 말이 돼요. 당신 같이 돈에 눈이 먼 속물은 전혀 이해할 수 없는 말이겠지만."

동혁은 기가 찬 얼굴로 여자를 노려보았다.

"유난희 씨, 말씀 가려서 하시죠. 명예훼손으로 고소당할 수 있습니다."

"맘대로 하세요. 아무튼 당신네 쇼핑 타운은 우리 아파트 상가를 끼고 만들어야 할걸요?"

드디어 동혁의 여유만만한 태도에 금이 가기 시작했다. 재빨리 사라지긴 했지만 그의 잘생긴 얼굴을 가로지른 초조한 표정을 난희는 똑똑히 보았다. 뭐니 뭐니 해도 칼자루는 그녀의 것이었다. 눈엣가시 같은 영세 상가를 철거하지 못해 안달이 난 쪽은 바로 이 남자였다. 이 싸움에서 아쉬울 것 하나 없는 그녀가 아니라.

난희는 가뿐하게 자리를 접고 나가려 했다. 그런 그녀를 돌려세운 것은 씹어뱉는 듯한 남자의 나직한 목소리였다.

"당신네 상가도 좋을 게 없어. 우리가 이 일대의 상권을 장악하게 되면 당신네들처럼 영세한 상인들은 손가락만 빨아야 할 테니까."

난희는 조소를 머금고 그를 비스듬히 쳐다보았다.

"그래서요?"

"우리 제안을 받아들이든지, 아니면 그대로 앉아서 거지가 되든지 둘 중 하나를 선택하란 말이야."

어느새 다시 반말 투가 되어버린 남자의 목소리를 흘려들으며 난희는 천장을 올려다보았다. 곰곰이 생각하는 표정으로, 아주 심각한 인상을 풍기면서. 그러다 갑자기 손가락을 퉁기며 그녀가 말했다.

"차라리 거지가 되고 말겠어. 당신, 진짜 재수없는 얼간인 거 알아?"

동혁의 얼굴이 붉으락푸르락해졌다. 난희는 모욕으로 느껴지게 끔 아주 천천히 그의 머리에서 발끝까지 훑어보았다. 책상 아래 가려진 그의 다리를 보기 위해 일부러 고개를 쑥 빼어 갸웃거리기까지 했다.

"흠, 몸매가 아깝다. 그 재수없는 말투 하며 인상. 집안 교육이 엉망이라는 소리는 안 듣니?"

"내게 말조심하라고 했잖아!"

"난 댁한테 반말 하지 말라고 했어. 내가 당신 여동생이야? 난 꿀릴 거 하나도 없는 여자야. 당신이 말 까면 나도 해. 기억해 두셔, 조동혁 씨."

남자가 벌떡 몸을 일으킨 순간, 난희는 잽싸게 문으로 달려갔다. 그녀의 등 뒤에서 살기등등한 음성이 날아왔다.

"협상은 끝내고 가야지!"

문고리를 틀어쥔 난희가 어깨 너머로 대답했다.

"진심으로 나와 협상할 생각이 있으면 정신 똑바로 차리고 다시 찾아오셔. 그때 가서 만나주든지 말든지 할 테니까."

"유난희 씨, 정말 이럴 겁니까?"

억지로 쥐어짜 낸 듯한 음성이 메아리쳤다. 난희는 주먹 쥔 손의 엄지손가락을 추켜세워 바닥을 가리켰다.

"여차하면 동반 자살을 택할 거니까 잘 생각하고 와요. 우리가 함께 살길이 뭔지 안다면 오늘처럼 대책없이 날뛰지 말고. 그럼 우리 다시 만나요. 내 연락처는 금방 알아낼 수 있겠죠?"

"자, 잠시만 우리……!"

난희는 그의 말을 끝까지 듣지 않고 문을 힘차게 열어젖혔다. 그 바람에 문밖에서 귀를 세우고 있던 다섯 명의 남자 직원이 한꺼번에 쏟아져 들어왔다. 둘은 사무실 안으로, 셋은 문밖으로 보릿자루가 쓰러지듯 우르르 허물어져 내렸다.

난희는 바닥에서 버둥거리는 남자들을 한심하게 쳐다보고는 고개를 설레설레 저으며 발걸음을 옮겼다. 그녀의 등 뒤에서 이성을 잃은 야수가 울부짖는 소리가 들렸다.

"누구 맘대로! 더 이상 협상은 없어!"

흥, 끝까지 기고만장이군. 유난희의 성질을 건드려서 무사한 인간을 못 봤다. 인정머리없는 속물 같으니, 어디 한번 끝까지 가보자구!

대형 크레인의 엔진 소리가 진동하는 대기 속으로 발을 내디디며 난희는 속으로 결의를 다졌다. 그러고는 잠시 걸음을 멈추고 시야에 가득한 하늘을 올려다보았다. 심장은 여전히 요동치고 있는데, 기분은 우울하기 그지없었다. 그녀는 시큰거리는 눈가를 손등으로 문지르며 깊은 한숨을 내쉬었다. 그 한숨과 더불어 그녀의 가슴을 짓누르고 있는 불편함이 배가되었다. 다가올 미래에 대한 걱정. 결국 오늘은 그녀의 반쪽짜리 승리라고나 할까…….

돌아가서 상가 입주민들에게 뭐라고 하지?

다윗의 지혜가 너무도 아쉬운 하루였다고, 그녀는 우울하게 생각했다.

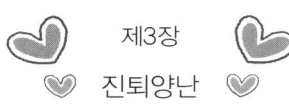

제3장
진퇴양난

찌푸린 얼굴로 나타난 난희를 보자 그녀의 약국 동료인 김 성주가 대뜸 말했다.

"너, 또 치질이냐?"

터덜터덜 걸어 들어오던 난희가 우뚝 멈춰 섰다. 참으로 힘든 하루였다. 진달래 아파트 상가 일층의 입구에 위치한 이 약국에 들어오기가 얼마나 싫었는지, 원수 같은 친구인 성주가 짐작이나 할까 싶었다. 상가 입주민들이 다 지나다니는 이곳에 말이다. 그녀의 표정이 살벌해지자 성주는 아무렇지 않게 말을 바꾸었다.

"아님 말고."

난희가 군말없이 데스크 안쪽으로 들어오자 성주는 의아해했다.

"얼굴이 왜 그래? 잘 안 된 거야?"

하얀 가운을 집어 들어 천천히 입는 중에도 난희는 침묵했다. 그녀에게 뭐라고 말을 붙이려던 성주는 때마침 들어온 손님에게 신경을 돌려야 했다.

잠시 후 둘만 남게 되자 성주는 숨 가쁘게 난희를 닦달하기 시작했다.

"말 좀 해봐. 어떻게 됐냐니까?"

"그전에 나 속 풀리는 약 좀 주라."

성주가 기다렸다는 듯이 까스활명수를 건넸다. 난희는 한심하다는 듯이 그 작은 갈색 병을 쏘아보았다.

"고작 이거냐?"

"너한텐 이게 만병통치약이잖아. 얼른 먹어."

난희는 약병을 단숨에 비웠다. 목을 타고 넘어가는 달콤 쌉싸래한 맛이 평소와 달리 쓰게만 느껴졌다. 갈색 병을 눈으로 깨뜨릴 듯이 쏘아보았다.

"이거 유통기한 지난 거 아냐?"

"말 돌리지 말고. 얼른!"

그제야 불편했던 숨통이 조금 트이는 기분이었다. 난희는 하얀 가운의 단추를 다 채운 뒤 의자에 털썩 주저앉았다.

"협상 결렬이야."

"뭐? 왜?"

성주의 눈이 동그래졌다. 그녀는 늘씬한 몸매에 웬만한 남자 하나쯤은 거뜬히 상대하고도 남을 장신의 소유자로, 난희와는 약대

시절부터 둘도 없는 친구 사이였다. 약사 자격증 취득 후 국내 최대의 제약 회사에 들어간 난희가 교통사고를 당한 할머니를 간호하기 위해 미련없이 회사를 그만두었을 때, 성주는 그녀에게 약국을 함께 운영하자고 제의했었다. 그 당시 한 대학병원의 약제실에서 근무하고 있었던 성주는 조직 생활이 영 체질에 맞지 않는다며 난희를 구슬렸고, 기어이 박복순 여사에게 가게 투자금의 절반을 빌려 이곳 상가의 일층에 약국을 열게 만들었던 것이다. 자린고비, 지독한 구두쇠인 박 여사는 손녀딸에게 빌려준 돈의 일 원도 깎아주는 법이 없었다. 매달 꼬박꼬박 할머니의 통장에 빌린 돈의 원금과 이자를 입금할 때마다 난희는 구시렁거렸지만, 그래야 뒤탈이 없다는 걸 잊지 않았다. 할머니의 철저한 금전 관리법은 혈연보다 우선됐기 때문이다.

성주는 오늘 난희가 어떤 임무를 맡고 누굴 찾아갔었는지 잘 알고 있기에 당연히 그 결과에도 관심이 많았다.

"응? 왜 협상이 결렬됐는데?"

난희는 데스크에 두 팔을 괴고 앉아 포갠 손등에 턱을 올렸다.

"휴우, 말도 하기 싫어. 성질을 죽이고 참아보려고 했는데, 그 인간이 너무 재수없어서……."

"너, 또 성질 부렸구나? 그렇게 참으라고 신신당부했는데."

친구의 타박에 난희는 곱지 않은 눈길을 던졌다.

"너도 한번 당해봐라. 그 남자, 진짜 재수없더라니까."

"그 영화 안 봤구나? 사무엘 잭슨, 케빈 스페이시 주연의 '네고시에이터(The Negotiator)'. 협상가의 첫째 조건은 참을성이야. 참고 참고 또 참고, 그러다 기회를 봐서 상대의 허를 찔러 들어가는 거지. 유난희가 거길 찾아간다고 했을 때부터 예감이 좋지 않았어. 이쪽이 무조건 빌어야 하는 입장인데, 너는 누구한테 아쉬운 소리를 잘 못하니까."

성주는 입에 발린 소리를 하지 않았다. 돌려서 말하거나 과대포장해서 말하는 법도 몰랐다. 그런 친구의 야속한 입담이 이 순간만큼은 달갑지 않아 난희는 인상을 찌푸렸다.

"그만 하자. 가뜩이나 심란해 죽겠는데."

"이제 어쩔 거야? 한 시간 동안 우리 약국 앞을 서성이다 간 사람들이 한두 명이 아니야. 〈행복비디오〉의 장 사장님은 다섯 번이나 화장실을 들락거리시더라. 지나가는데 시선이 우리 약국 안에 꽂혀 있더라니까. 보고 있는 내가 민망할 정도였어."

난희는 딱히 할 말이 떠오르지 않았다. 첫 만남부터 악연이었던 남자와 맞장을 뜨다시피 하고 돌아왔다고 어떻게 말을 하겠는가!

한숨만 푹 내쉬는 그녀를 안타깝게 보고 있던 성주가 슬그머니 위로의 손길을 건넸다. 난희의 축 처진 어깨를 쓰다듬으며 성주는 부드럽게 중얼거렸다.

"네게 힘든 시기인 건 알아. 찢어 죽여도 시원찮을 상필이 놈 때문에 정신이 없는 데다 어려운 임무까지 떠맡았으니 오죽하겠니."

"상필 씨 얘긴 하지 말자."

"왜 말리니. 달려가서 그놈 머리를 죄다 뜯어버려야 하는데."

살벌한 말투로 으르렁대는 성주는 당장이라도 달려갈 기세였다. 그녀 성격으론 그러고도 남았다. 상필과 헤어진 이유를 알고

서 그를 죽여 버리겠다고 길길이 날뛰는 그녀를 말리느라 난희는 진땀을 흘렸으니까. 난희가 스스로 해결하겠다고 강력하게 말한 다음에야 사태가 진정되었지만, 그녀는 승주가 언제든지 상필에게 달려갈 준비가 되어 있다는 걸 알고 있었다. 하지만 엎질러진 물을 쓸어 담으려 한들 무슨 소용이겠는가? 난희는 피곤한 듯이 이마를 손끝으로 문질렀다.

"어떻게 해야 할지 모르겠어. 할머닌 하필 이럴 때 여행을 가셔서……."

"이래저래 심란하지? 그치만 할머님이 너한테 전권을 위임하신 이상…… 어머! 박 사장님, 어쩐 일이세요?"

갑작스런 화제의 전환에 난희는 흠칫했다. 고개를 들자 상가 번영회 대표가 기대감으로 눈을 빛내며 다가오고 있었다. 난희는 마지못해 일어났다.

"유 선생, 어떻게 됐어?"

난희는 붙어버린 입술을 가까스로 떼어 말했다.

"저, 그게요…… 그러니까……."

"뭐라고 해? 우리 요구 조건을 수용한다고 하던가?"

아이고.

"음, 그러니까 저는 분명히 말씀을 드렸지만 저쪽에서……."

"안 해준대?"

눈에 띄게 풀이 죽는 어르신의 얼굴을 보고 난희는 더욱 당황했다. 진실을 밝혀야 하지만 차마 그럴 수가 없었다. 이러지도 저러지도 못하는 심정으로 난희는 친구에게 도움을 요청했다. 그러나 성주는 애원하는 것 같은 난희의 시선을 피해 슬그머니 컴퓨터 앞에 앉았다. 이대로는 난처한 상황을 모면할 방법이 없었다. 점점 더 낯빛이 어두워지는 박 사장을 보면서 난희는 자신도 모르게 불쑥 말을 내뱉고 말았다.

"일단 그쪽에 우리 요구를 전달했고요, 다시 만나서 좀 더 상의하기로 했어요."

언제 그랬냐는 듯이 박 사장의 얼굴이 환해졌다.

"진짜? 긍정적으로 받아들였다는 건가?"

"그게…… 그런가요?"

"역시 유 선생은 대단해. 박 여사님이 자랑스러워하실 거야. 그럼 난 돌아가서 사람들한테 알릴게. 수고했어!"

"저기요, 박 사장님!"

난희가 만류할 틈도 없이 박 사장은 횡허케 사라져 버렸다. 입을 벌린 채 우두커니 서 있는 난희의 어깨 위로 부드러운 손길이 와 닿았다. 성주가 혀를 차며 난희의 귓가에서 속삭였다.

"너, '네고시에이터' 꼭 봐야겠다."

성주를 멍하니 쳐다보던 난희가 두 손에 얼굴을 묻고 털썩 주저앉았다. 앓는 듯한 신음 소리가 그녀의 얼굴을 가린 손가락 사이로 흘러나왔다. 성주는 그런 친구를 위해 약을 준비했다. 타이레놀 두 알. 두통에 시달리는 난희에게 두 번째 만병통치약이었다.

"약혼녀 몰래 바람을 피웠대. 뭐, 사랑하는 여자가 따로 있었다나? 그런데도 집안 사업을 위해서 부모가 골라준 여자와 약혼해

놓고 뒷구멍으론 애인이랑 그 짓을 벌인 거지. 그러다 약혼녀한테 들통나서 뺨 맞고 파혼당하고 말이야. 생긴 대로 논다고, 그 남자 사진 보니깐 딱 기생오라비더라. 꼴값을 한다는 말 있잖아. 하여간 우스워. 돈 많은 인간들은 달라도 뭐가 다르다니깐."

윙윙대는 드라이어의 소음에 머리가 몽롱하건만, 친구의 수다는 수그러들 기미가 없었다. 난희는 한숨을 쉬며 고개를 떨구었다. 그러자 머리털이 몽땅 뽑히는 것 같은 아픔에 절로 비명이 나왔다.

"아얏!"

머리 위에서 쯧쯧 혀를 차는 소리가 들려왔다.

"히스테리 부리지 마. 누가 노처녀 아니랄까 봐."

"뭐, 노처녀? 스물여덟이 무슨 노처녀야!"

난희의 격렬한 항의는 가벼운 코웃음으로 묵살되었다.

"난 그 나이에 애가 둘이야. 넌 뭐 했니?"

"야, 이유정!"

"그래, 내 이름은 이유정이다. 자, 이쪽으로 고개 돌려봐. 머릿결이 엉망이네. 일주일새 머리를 이랬다저랬다 난리를 쳐대니 멀쩡할 리가 있니. 케어를 좀 받아야겠어. 애, 움직이지 마. 거의 다 됐단 말이야!"

헤어 디자이너인 유정은 진달래 아파트 상가의 정보통으로 불리는 친구였다. 걸쭉한 입담과 끓어오르는 호기심의 원천으로서, 아파트 입주민들 개개인의 속옷 사이즈까지 꿰고 있는 친구였다. 그런 친구가 〈파레스 쇼핑 타운〉의 젊은 사장에 대해서 일찌감치

조사를 마쳤으리란 건 당연했다. 하지만 이 정도일 줄은 몰랐다. 그 돈벌레의 시시콜콜한 사생활까지 들먹이며 내 속을 뒤집어놓다니!

난희는 친구의 얼굴을 보며 이를 갈았다.

"다신 너한테 내 머리 안 맡길 거야. 매직 스트레이트 한 번에 세 시간이라니, 너 진짜 헤어디자이너 맞아?"

유정이 흥, 소리 내어 콧방귀를 뀌었다.

"이젠 불똥이 나한테 튀는군? 이런 성깔머리로 그 대단한 남자를 어떻게 요리할 거니?"

울컥 치미는 짜증을 참지 못하고 난희는 친구의 손등을 때렸다.

"대단하긴 뭐가 대단해! 돈이 많으면 다야? 사람 알기를 개떡으로 아는 인간이니 파혼당하는 거지. 그 꼴에 바람을 피워? 꼴 같지도 않은 인간이 뭔⋯⋯."

말을 하다 보니 더욱 화가 났다. 요 며칠간 그 남자에게 시달린 걸 생각하자 머리끝에서 김이 새어나올 정도였다.

조동혁. 그 밥맛없는 인간을 공갈 협박의 고수라고는 인정해 주자. 변호사를 보내 강제로 이 상가 부지에서 입주민들을 쫓아내느니 마니 협박한 것도 귀엽게 봐주자. 그런데 왜 남의 뒷조사를 하고 다니느냔 말이야! '제약회사에 입사한 지 석 달 만에 그만두셨더군요. 대기업에 입사한 남자 친구와는 헤어지고, 아주 영세한 약국을 운영하고 계시던데, 혹시 돈이 필요하지 않으십니까?' 라고 지껄이던 그 변호사 인간의 입을 찢어주고 싶었다.

생각할수록 부아가 치밀어 올랐다. 〈파레스 쇼핑 타운〉의 주인이 자신의 사생활까지 샅샅이 조사한 걸 알고서 너무도 격분한 나머지, 난희는 그의 고문 변호사가 내민 협상 제안서를 갈가리 찢어 면전에 뿌려 버렸었다. 그게 바로 이틀 전의 일이었다. 그런데 속에서 들끓는 울분이 채 가시지도 않은 상태에서, 오늘 또다시 그 남자의 이름을 고분고분 듣고 싶은 기분인가 말이지.

유정은 입에 침이 마르도록 그 남자에 대해서 알려주었다. 나이 서른둘. 내로라하는 재벌가의 후계자. 그러나 뒷구멍으로 딴 짓을 벌이다, 잘나가는 건설회사 사주(社主)의 외동딸에게 일방적으로 파혼당한 얼간이었다. 돈에 눈이 먼 얼간이, 징그럽게 잘생긴 얼간이…… 어?! 갑자기 벼락을 맞은 것처럼 난희는 뻣뻣이 굳어버렸다. '잘생긴 얼간이'라고? 그녀의 얼굴이 화끈 달아올랐다.

유난희, 유난희, 너 지금 제정신이 아니구나? 외모에 현혹돼서 적을 구분하지도 못해? 얼간이면 얼간이지, 잘생긴 얼간이는 또 뭐냐! 에잇!

벌떡 일어섰다가 다시 머리가 뒤로 홱 당겨지는 바람에 난희는 비명을 지르며 주저앉았다. 등 뒤에서 유정이 혀를 찼다.

"머리 가죽 다 벗겨지겠다. 흥분을 가라앉히고 작전을 세워봐. 요즘 세상에 돈 많은 적을 물리치려면 지략과 육략이 함께 필요한 법이니까."

난희는 두 손으로 머리를 감싸 안았다가, 헤어 케어 로션을 잔뜩 묻힌 유정의 손에 얻어맞고 또다시 비명을 질렀다. 유정은 자신의 '작품 활동'이 끝날 때까지는 그 작품의 주인도 머리에 손을 대지 못하게 하는 원칙을 고수했다.

난희는 벌게진 손등에 입김을 불어대며 거울 속의 친구를 노려보았다.

　"지략은 알겠는데, 육략이라니?"

　"몰라? 동서고금을 막론하고 남성을 상대할 때 여성이 반드시 갖춰야 하는 최고의 전술인데."

　대체 무슨 말이야?

　난희가 미간을 잔뜩 찌푸리자, 유정은 낄낄거리며 은근한 어조로 속삭였다.

　"미인계."

　순간, 입을 떡 벌렸던 난희가 푸하하 소리 내어 웃기 시작했다. 유정이 등짝을 때리고 머리끝을 잡아당겨도 그 요란한 웃음소리는 그칠 줄을 몰랐다. 한참 뒤엔 나직한 신음 소리로 바뀌었다. 난희는 울지도, 웃지도 못하는 표정으로 고개를 저었다.

　"내 성형 수술비, 대줄 거야?"

　유정이 못마땅한 듯 툴툴거렸다.

　"너답지 않게 웬 자기비하?"

　"그 인간이 날 보는 눈길이 어땠는지 알아? '무지 못생긴 널 불쌍히 여겨, 이 귀하신 몸이 친히 얼굴을 보여주노라' 딱 그 식이더라. 날 자기 발가락의 때만큼도 안 여기는 표정이었어. 썩을 놈, 매너가 그 모양이니 파혼당하지. 사랑하는 여자가 따로 있다고? 누군지 몰라도 진짜 정신 나간 여자라니까. 그런 얼간이가 뭐가 좋아서……."

　흥분한 나머지 속사포처럼 말을 쏟아내던 난희는 갑자기 입을 다물었다. 거울 속에서 유정이 의미심장하게 미소 짓고 있었던 것이다. 가느다랗게 좁혀진 눈동자가 난희를 진기한 동물이라도 되는 듯이 빤히 쳐다보고 있었다.

"왜, 왜? 왜 그런 눈으로 날 쳐다보는데? 내가 뭘 어쨌다구?"

유정이 피식 웃고는 드라이어를 트레이에 올려놓았다.

"아니, 아무것도 아니야."

침착한 유정의 대답은 난희의 속을 더욱 긁어놓았다. 벌써부터 뒤틀려 있던 심사가 이리저리 얽혀들기 시작했다.

"이유정, 내게 할 말이 있음 똑바로 해! 기분 나쁘게 쳐다보지 말고!"

유정은 어깨를 으쓱했다.

"내가 뭐랬니? 괜히 자기 혼자 난리야."

"야, 너……!"

"다 됐어. 사만 원이야. 카드는 안 받아, 무조건 현금. 자!"

탁탁 손을 턴 뒤 오른손을 난희에게 쑥 내밀어 돈을 요구하는 그 표정은 사뭇 진지했다. 똑 소리 나는 실속파인 유정은 친구라 해도 일절 외상을 허용하지 않았다. 그러나 아파트 내의 연세가 많으신 분들을 위해 한 달에 한 번은 무료로 머리를 다듬어주는 행사를 벌이곤 했다. 짠순이로 소문났으나, 적절하게 사회에 봉사를 할 줄 아는 현명한 친구이기도 했다.

하나, 이 순간만큼은 유정이 너무도 얄미웠다. 고민 고민 하다 겨우 털어놨더니 고작 하는 소리가, 미인계를 쓰라니? 하아, 자다가 남의 다리 긁는 소리를 해도 유분수지. 유정을 쏘아보자 함박 미소가 되돌아왔다. 난희는 씁쓸히 고개 저으며 지갑을 열었다.

"세 번째 제안을 거절했다며? 너 그러지 말고, 못 이기는 척 한 번 만나줘라. TV 뉴스 보니까 우리 상가 때문에 그쪽 피해가 막심한 것 같더라. 이제 와서 설계도면 자체를 변경하기도 뭐하잖니. 그리고 저런 대기업에서 악한 마음이라도 먹으면, 우리 같은 영세 상가쯤이야 낙엽처럼 그냥……."

"그런 짓은 못 할 거야. 우리 할머니가 어떤 분이신데, 감히 지들 맘대로 난리를 치겠니?"

난희의 말에 유정이 동의하듯 머리를 끄덕이며 영수증을 건넸다.

"그래. 박 여사님이라면 끄덕도 안 하실 거야. 근데 언제 돌아오셔?"

"닷새 후에. 어제 일본에서 전화가 왔었어. 내가 당하는 일은 눈곱만큼도 걱정 안 하시더라. '할머니, 저 진짜 힘들어 죽겠어요' 그랬더니, '문디 가스나야, 니가 그카먼 우리 상가 식구들은 우짜노? 주디는 뒀다가 뭐 할래? 빙신 맹크로 굴지 말고 잘 좀 해라 안 카나. 전화 끊어라 마!' 그러시곤 그냥 수화기를 팽개치시더라. 하나밖에 없는 손녀가 피 말라 죽는 꼴을 기어이 보시겠다는 거지. 어이구, 노인네가 어쩜 그리 정력이 뻗치시는지 몰라. 아주 강적이라니까."

할머니의 말투를 그대로 흉내 내는 친구를 향해 유정이 깔깔 웃음을 터뜨렸다.

"진짜 못 말린다, 애. 그래도 일흔셋에 그렇게 정정하신 게 어디니. 교통사고를 당하셔서 한동안 꼼짝도 못하시던 걸 생각하면 천만다행이잖아. 그때 돌아가시는 줄 알고 얼마나 가슴 졸였었니? 넌 직장도 그만두고 밤마다 눈물로 지새웠잖아. 이렇게 할머님이 건강하게 여행 다니시는 걸 축복으로 생각해야지."

"그래, 병원에 누워 계시는 것보단 나아. 그나저나 앞으로 닷새를 어떻게 버티냐? 머리가 아파 죽겠어. 할머니가 돌아오실 때까지 기다려 주면 좀 좋아. 내 팔자가 왜 이렇게 됐을까?"

"하루하루 시간을 끌수록 그쪽에게 손해니까 그러지. 우리 상가 때문에 지상주차장이랑 물류창고 건설 자체가 힘들어졌다고 하잖아."

역시 정보통 유정이 잘난 척하며 대꾸했다. 난희는 고개를 저으며 연거푸 한숨을 쏟아냈다.

일 년 전, 불의의 교통사고로 할머니가 거의 돌아가실 뻔한 기억을 떠올리자 다시금 등골이 오싹해졌다. 회사 생활도 그만두고 할머니를 간병하느라 그 후 몇 달을 고생했지만, 지금껏 단 한 번도 자신의 결정을 후회해 본 적이 없었다.

그러나 〈파레스 쇼핑 타운〉의 주인을 상대하는 동안은 정말이지 후회막급, 할머니가 원망스럽기 짝이 없었다. 거대한 육식 공룡 앞에 손녀딸을 방치해 둔 채 유유자적 해외 유람에 빠진 할머니를 용서하기가 어려웠다. '두고 봐요, 할머니. 여차하면 이 땅을 팔아버리고 확 날라 버릴 거예요!' 라고 외치고 싶었다, 물론 마음뿐이지만.

난희는 친구의 미용실을 나와 상가의 로비로 내려갔다. 그동안 마주친 상가 입주민들이 그녀에게 반갑게 인사를 건네고, 할머니의 안부를 묻기도 했다. 모두가 친절하고 격의없는 사람들이었다. 그녀의 할머니가 한복집 운영으로 벌어들인 전 재산을 털어 사들인 이곳. 그리고 이곳을 땀과 노력으로 채운 입주민들. 어떻게 해야 모두가 만족할 만한 결과를 끌어낼 수 있을까?

깊은 상념에 잠겨 터벅터벅 걸어가느라, 눈앞에 다가오는 검은 구둣발도 알아채지 못했다. 뭐라 표현할 수 없이 기분 좋은 향기를 들이마셨을 때에야, 난희는 누군가가 자신의 길을 막아선 것을 알아차렸다. 천천히 고개를 들자, 꿈에도 잊지 못할 남자의 얼굴이 떡하니 버티고 있었다. 그 남자가 치약 광고의 모델처럼 하얀 이를 드러내며 말했다.

"드디어 만났군요. 유난희 씨, 우리 오늘 끝장을 봅시다."

맙소사!

난희의 눈동자가 휘둥그레졌다. 바로 그였다. 지긋지긋한 돈벌레, 조동혁.

제4장

눈치눈치 대작전

세 번째 협상 제안서가 갈가리 찢긴 채 되돌아왔을 때, 동혁의 인내심은 바닥났다. 그때 그의 고등학교 동창이자 세한그룹의 고문 변호사 팀의 일원인 박태호는 유감이라는 표정으로 그에게 말했다.

"그 여자, 성깔 한번 대단하더라. 자기 뒤를 캐고 다녔다고 날 죽일 것처럼 펄펄 뛰더니 우리 제안서를 찢어서 공중에 뿌리는데, 어휴, 간담이 다 서늘했다. 너도 그 얼굴을 봤어야 돼. 막무가내로 화를 내는데 달랠 수가 있어야지. 흥분해서 우리 쪽의 말은 아예 들으려고도 안 하더라."

동혁은 고개를 숙인 채 책상에 두 손을 짚고 서 있었다. 한참을 그런 자세로 침묵하자, 걱정이 되었는지 태호가 조심스럽게 그의 어깨에 손을 댔다. 동혁은 단번에 그 손을 털어내고 우뚝 몸을 일으켜 세웠다.

"더는 못 참아."

나직하게 억누른 그의 목소리가 울려나왔다. 태호는 팔짱을 낀 채 책상 모서리에 걸터앉았다.

"어떻게 할 건데?"

"그 여자보다 내가 더 성깔있다는 걸 보여줘야지. 쥐새끼가 무서워서 공룡이 벌벌 떨어야겠냐?"

냉혹한 어조로 한 마디씩 내뱉는 친구의 얼굴을 태호는 가만히 응시했다. 조각 같은 얼굴이 격분을 참지 못해 일그러져 있었다. 일단 이성을 잃으면 죽음을 불사할 각오로 덤벼드는 동혁의 성격을 알기에 태호는 호기심보다는 걱정이 더 앞섰다.

"설마 불법적인 수단을 쓰겠다는 건 아니지?"

"필요하다면."

"너, 설마……!"

믿을 수 없어하는 표정으로 태호가 소리쳤지만, 동혁은 피식 웃기만 했다.

"아버님이 허락하시겠냐?"

연이은 태호의 질문에 동혁은 웃음을 지웠다. 그리고 사무실 안을 서성이기 시작했다.

"젠장, 지뢰밭이군."

"이번 파혼 소동으로 아버님 심기가 상당히 불편하시잖아. 파혼 기사를 낸 신문사를 명예훼손으로 고소한다시는 걸 말리느라 진땀 뺐단 말이야. 근데 너, 진짜 사랑하는 여자가 따로 있는 것 맞냐?"

마지막 질문에 동혁은 머리를 두 손으로 움켜잡고 쥐어뜯었다. 미칠 노릇이었다. 그도 신문이나 잡지를 통해 자신에 대한 기사를 접하고 있었다.

결론은, 인간 조동혁이 두 여자를 농락한 파렴치한이 되어버렸다는 것이다. 그 모든 비방과 억측을 무시하자고, 시간이 전부 해결해 줄 것이라고 스스로를 달래도, 쓰라린 속마음을 치유받을 길은 없었다. 손가락질 받으면서도 아무렇지 않다는 듯이 고개를 빳빳이 들고 다니는 것은 웬만한 강심장인 그로서도 여간 힘겹지가 않았다. 이렇게 견디기 힘들 줄 알았다면 차라리 처음부터 영희의 배신 행위를 만천하에 알리는 게 낫지 않았나 싶은 후회도 들었다. 그랬는데, 이젠 생각지도 못한 장애물에 걸려 사업적인 위험 부담마저 떠안게 된 것이다. 생각 같아선 당장이라도 달려가 그 여자를 잡아 흔들어주고 싶었다. '못생긴 여자야! 어서 내게 항복해!' 라고.

"그 질문엔 노코멘트야. 중요한 건, 진달래 아파트 상가를 어떻게 처리할 거냐는 거지. 빌어먹을 여자 같으니. 대체 뭘 믿고 저러는지 모르겠단 말이야."

태호는 안경을 벗어든 채 골똘히 생각하는 표정으로 천장을 보고 있었다. 동혁은 주먹 쥔 손을 입으로 가져가 잘근잘근 씹어댔다. 그러나 아픔도 느끼지 못했다.

파레스 쇼핑 타운의 공사는 현재 중단된 상태였고, 몇 주간 차질을 빚는 바람에 전체 공사비용의 4분의 1 정도를 더 쏟아 부어야 할 판이었다. 비용 추가는 그렇다 치더라도, 그 괘씸한 여자의 소행은 불쾌하기 짝이 없었다. 누런 서류 봉투에 담겨져 되돌아온 세 번째 제안서의 찢겨진 일부에 그 여자가 쓴 글자들이 춤을 추고 있었다. 그 내용을 떠올리자 눈앞에 분노의 불길이 확 솟구쳤다.

〈냉수 먹고 속 차리시죠 , 돈벌레 씨.〉

그게 전부였다. 그 후 개인적인 불쾌감이 이성을 압도하기에 이르렀고, 대화를 통해 이 난국을 타개해 가려던 그의 애초 계획은 비탈길로 미끄러지기 시작했다. 이런 식이면 사적인 감정싸움으로 번져 몹시 피곤한 양상이 펼쳐질 게 뻔했다. 지금까지 상대하기 벅찬 사업상의 적수는 만나본 적이 없는 그였건만.
"방법이 있긴 한데 말이야."
뭔가 생각난 듯이 태호가 손가락을 튕기며 말했다. 동혁은 걸음을 멈추고 허리에 손을 얹은 채 친구를 응시했다.
"무슨 방법? 불법적인 것 말고?"
고의적인 영업 방해, 상권 강제 점유, 눈 가리고 공사 마감하기, 그러다 문제가 생기면 법정에서 갈 데까지 가기 등등의 불법적인 방법이야 무궁무진했다. 때에 따라선 법이란 것이 돈 많은 사람들에게 더 유리하게 적용될 수도 있으니까. 하지만 그전에 아버지의 불호령을 감수해야만 할 것이다. 조 회장은 불법적인 일을 벌이는 걸 질색했다. 귀찮아진다는 것이 그 이유였다. 그런 아버지가 동혁에겐 딜레마의 원인이었다. 그런 심정이 드러난 모양인지 태호가 안타깝다는 듯이 혀를 찼다.

"너 정말 약이 바싹 올랐구나? 그 여자 페이스에 말려들고 있잖아. 천하의 조동혁이 불법적인 수단 운운하다니, 쯧쯧."

동혁은 엷은 보랏빛의 셔츠 소매를 걷어 올리며 입속으로 험한 말을 중얼거렸다. 태호는 눈을 흘기며 동혁을 힐난했다.

"욕하지 마. 난 네 적이 아니라 아군이야. 방법이 있다니까."

"그게 뭐냐고!"

태호가 씨익 웃으며 대답했다.

"미남계."

방 안에 정적이 흘렀다. 동혁은 자신의 귀를 의심하며 친구를 한참 동안 쏘아보았다. 태호는 안경을 고쳐 쓰고 책상에서 내려섰다.

"너, 방금 뭐라고 했냐?"

"네 미모로 그 여잘 사로잡으라고 했다, 왜?"

"미친놈!"

동혁은 기가 막혀 그 한 마디만 내뱉었다. 그러나 태호는 진지한 표정으로 고개를 저었다.

"그 여자, 얼마 전에 사귀던 남자한테 버림받아서 그렇게 사나워진 게 분명해. 할머니를 간병하려고 직장을 그만두고, 이젠 해외여행 중인 할머니를 대신해서 공룡을 상대하고 있잖아? 그건 유난희 씨가 기본적인 미덕을 갖추고 있단 뜻이지. 너도 파혼당했으니 그 심정을 알 것 아냐. 그러니까 개인적으로 그 여잘 만나서 네 미모와 매력으로 정신이 나가게 만든 뒤 협상에 응하도록 유도⋯⋯."

"잠깐! 너, 변호사 맞냐?"

속이 부글부글 끓어오르는 걸 애써 참으며 동혁이 가라앉은 음성으로 물었다. 태호는 그의 등을 소리 나게 후려쳤다.

"이건 변호사가 아니라 네 친구로서 하는 제안이야. 법적이든 불법적이든, 사업상의 접근은 불가능하다고 봐. 도통 말을 안 들으려고 하는 여자한테 협상 제안서를 백날 들이밀어 봐라, 결국 네 성질만 더 나빠질 뿐이지. 그러니까 둘이 개인적으로 만나서 해결하란 말이야. 남자와 단둘이, 그것도 너처럼 인물 좋고, 돈 많은 남자가 진지하게 접근해 오는데, 어떤 여자가 안 넘어오겠냐? 그 여자 성깔을 말랑말랑하게 누그러뜨려서 그 틈새를 공략해 보란 거야. 내 말뜻 알겠어?"

그것이 바로 어제 자신의 사무실에서 이루어진 대화였다. 그땐 얼토당토않은 친구의 말을 코웃음 치며 무시해 버렸었다. 원수 같은 여자에게 남자로서 접근하라니, 도대체가 말이 되는 소리를 해야지. 그러나 지금 이 순간, 그를 전염병 환자라도 되는 양 잔뜩 경계하며 슬금슬금 뒷걸음질치는 여자를 향해 함박웃음 짓고 있는 자신은 그 모든 신념을 배신한 결과라고 인정해야 했다.

동혁은 자존심이 상해 미칠 것만 같았다. 경직된 입술을 한껏 벌려 매력이 최대한 돋보이도록 웃고 있지만, 속은 까맣게 타 들어가 바야흐로 재만 남을 찰나였다. 그런데 더 기가 막힌 것은 유난희가 고양이처럼 반짝이는 눈으로 그를 노려보면서 오른쪽으로 슬쩍 발을 옮기는 것이 아닌가. 여차하면 도망가려는 눈치였다. 절대 놓칠 수 없었다. 동혁은 기다란 다리를 약간 벌려 그녀의 진로를 차단했다. 그러자 이번엔 왼쪽으로 슬쩍, 그도 역시 왼쪽으로 발을 옮겼다. 두세 번 더 그런 식으로 진로를 차단당하자, 난희의 얼굴이 새빨개졌다. 조그맣고 동그란 그녀의 얼굴은 여전하지만 어딘지 달라진 것도 같았다. 동혁은 난희의 머리에서 발끝까지 찬찬히 뜯어보았다. 아하, 헤어스타일이 바뀌었군! 폭탄 맞은 파마 머리가 어느새 차분한 생머리로 변해 있었다. 그런데도 분위기는 사뭇 달랐다. 억센 아줌마에서 갑자기 청순한 소녀가 되었다고나 할까. 잠깐, 청순? 웬 청순?!

동혁은 자신이 고른 단어에 소스라치게 놀라 저도 모르게 뒷걸음질쳤다.

조동혁. 정신 차려라, 인마! 이 여잔 폭탄이야. 네 사업을 말아먹으려고 작정한 핵폭탄이라고! 청순? 너나 청승 떨지 말고 정신 똑바로 차리란 말이다!

"전 댁과 할 말 없어요. 비켜요, 조동혁 씨."

서릿발 같은 여자의 음성을 동혁은 부드럽게 웃어넘겼다. 그는 두 손을 들어 항복의 표시를 했다.

"감정을 상하게 하는 말은 일절 하지 않을 겁니다. 오로지 사업적인 대화를 나누면서 끝장을 보자는 거죠. 십 분, 아니, 오 분만 시간을 내주십시오. 딱 오 분만."

"댁을 보는 것 자체가 내 감정이 상하는 일이에요. 그 발 좀 치워주시죠. 당신이 먼저 끝장나기 전에."

난희는 부릅뜬 눈으로 한참 위에 매달린 남자의 얼굴을 올려다보았다. 적을 올려다봐야 하는 상황 자체가 그녀에겐 짜증이었고, 자존심을 구기는 최악의 조건이었다. 그러나 처음 만났던 때와 딴판으로 동혁은 유들유들하게 웃기만 했다. 그것이 더욱 난희의 기분을 상하게 했다.

"너무 그러지 마십시오. 어쨌든 우린 만나서 얘기를 나눠야 할 필요가 있잖습니까?"

"무슨 얘기를 한다구요?"

"이러지 말고 어디 들어가서 얘기합시다. 시선이 따가워서 말을 못하겠군요."

난희는 그 말에 놀라 뒤돌아보았다. 아니나 다를까, 상가 내 가게의 여기저기에서 삐죽 고개를 내밀고 흥미진진하게 그들을 쳐다보는 시선들이 한둘이 아니었다. 젠장! 난희는 낭패감에 부르르 떨며 잽싸게 동혁을 지나쳐 유리문 밖으로 달려나갔다. 그러나 다섯 걸음도 나가지 못해 남자의 손에 붙들리고 말았다. 동혁은 힘든 기색도 없이 그녀를 붙잡고 시커먼 차로 끌고 가기 시작했다. 난희는 질질 끌려가면서 목청껏 소리 질렀다.

"이봐요! 갑자기 나타나서 뭐 하는 짓이에요!"

"얼굴 한번 보여주는 게 대수입니까? 서로 오 분만 참읍시다. 피차 감정을 죽이고 이성적인 어른으로서 대화하잔 겁니다. 자, 타세요."

부드러운 어조에 밴 냉엄함을 난희는 의식하지 않을 수 없었다.

그녀를 조수석에 앉히는 남자의 손길은 부드럽지만 어딘지 인정 머리없게 느껴졌다.

이 남자, 자기 성질을 죽이고 억지로 이런 짓을 하고 있는 거야.

난희는 운전석에 앉은 남자를 내리뜬 눈으로 살피며 분석했다.

저 쑥 튀어나온 입 좀 봐. 자르면 한 사발은 되겠다. 못마땅하지만 어쩔 수 없이 날 만난다 이거지? 하긴 발바닥의 때를 인간으로 취급해 줘야 할 테니, 그 속이 얼마나 쓰라릴까.

은근히 흥미가 생겼다. 싫다고 무조건 외면할 것이 아니라, 동혁의 이율배반적인 태도를 좀 더 구경해 주고 싶은 기분이 들었다. 난희는 팔짱을 끼고 앉아 머릿속으로 대처 방안을 강구했다.

지피지기(知彼知己)면, 백전백승(百戰百勝). 그래, 일단 두고 본 뒤에 결정해도 늦지 않을 거야.

미끄러지듯이 달려가는 차가 번화가로 향하는 동안 난희는 마음의 무장을 단단히 했다. 이윽고 그들은 한 레스토랑 앞에 도착했다.

"저녁 식사는 뭐로 하시겠습니까?"

유명 연예인이 운영한다는 퓨전 레스토랑.

초저녁이라 실내는 한산했다. 그러나 군데군데 앉아 있는 손님들의 옷차림과 오가는 종업원들의 절도있는 동작을 보니 평범한 장소는 아니었다. 이층까지 탁 트인 공간의 아트리움에 매달린 샹들리에와 천장 곳곳에 숨겨진 조명의 불빛이 눈을 부시게 했다. 절대 내 돈을 내고 밥 먹으러 올 곳은 아니라는 생각을 하며 난희는 동혁의 제안을 거절했다.

"오 분이라고 하셨으니 본론만 말씀하세요. 상가에 대한 우리 입장은 변함없으니까, 그쪽의 달라진 입장만 밝혀주시구요."

몹쓸 여자 같으니!

동혁은 너무도 차가운 여자의 말투에 속이 부글거렸다. 그는 종업원이 커피 잔을 내려놓고 사라지길 기다렸다. 그런 뒤 신중하게 단어를 골라 입을 열었다.

"처음 우리가 제시한 매입가의 세 배를 드릴 겁니다. 상가 건물과 부지의 액면가를 상정해서, 현 토지 거래법을 위반하지 않는 조건에서 최고가로 매입할 생각입니다. 이런 조건이라면 어떻습니까?"

놀란 모양인지 여자가 입을 떡 벌리는 모습을 보고서 동혁은 쾌재를 불렀다. 엄청난 이득이 코앞에 보이는데, 거절하면 바보지. 이제 승낙을…….

"싫은데요."

이 여잔 바보가 틀림없어.

"세 배라고 했습니다만?"

"싫다고 말씀드렸잖아요."

속이 타 들어갔다. 동혁은 무의식중에 커피를 벌컥 들이켰다가 입 안을 몽땅 델 뻔했다. 본능적으로 비명을 지르며 펄쩍 뛰자, 난희가 슬그머니 물 컵을 그에게 내밀었다.

"우리 조건은 하나뿐이에요. 상가 입주민들의 생계를 보장해 줄 것. 그 조건 외에 다른 협상은 있을 수 없어요. 이것 마시고 속 차리세요, 조동혁 씨."

난희는 키득거리지 않으려 이를 악물었다. 이 콧대 높은 남자가 얼마나 당황했으면 커피 잔과 물 컵을 구분하지 못한단 말인가.

그녀는 흐뭇한 눈길로 벌겋게 상기된 남자의 얼굴을 응시했다. 승산은 그녀에게 있었다.

"우리 조건을 받아들이지 못하면 협상도 없어요. 명심하세요."

"정말 이러실 겁니까?"

동혁이 가라앉은 음성으로 물었다. 난희는 가볍게 어깨를 움츠렸다.

"그럼 어쩌실 건데요?"

"미남계를 써."

그 순간, 동혁의 뇌리에 태호의 목소리가 메아리쳤다. 갑자기 목안에 커다란 덩어리가 걸린 듯 숨이 막혔다. 의기양양하게 웃고 있는 여자를 보면서 동혁의 불쾌지수는 극한으로 치달았다.

이 재수없는 여자에게 미남계를?

하지만 유난희를 여자로 대하려고 해도, 밥맛 떨어지게 하는 말투와 못생긴 얼굴이 마음에 걸려 쉽지가 않았다. 아니, 지독하게 못생긴 건 아니었다. 찬찬히 살펴보니 커다란 눈망울과 주근깨가 점점이 뿌려진 작은 콧잔등은 꽤 쓸 만했다. 그러나 그의 취향은 아니었다. 입만 살아 있는 못생긴 고양이는 결코 그의 타입이 아니었다.

"설마 날 여자로 보고 있는 건 아니죠?"

갑작스레 날아든 빈정거림에 동혁은 움찔했다. 얼굴이 달아올랐다. 눈치 하난 끝내주는 여자다. 저 끝내주는 눈치가 머리까지 미치지 않은 게 유감이었다. 바보, 유난희. 동혁은 가까스로 미소를 유지했다.

"혹시, 남잡니까?"

"저랑 농담 따먹기를 하자는 건가요?"

"설마요. 여자를 여자로 보는 것이 뭐가 이상한지 물었습니다."

난희는 흥미를 잃었다. 뻔한 수법이라 눈에 보였다. 돈으로 안 되니까, 자신의 성적 매력을 이용하려는 최저질의 수법. 그녀는 거침없이 몸을 일으켜 동혁을 내려다보았다. 다갈색의 양복을 쫙 빼입은 돈벌레를.

"동병상련이라고 하죠? 파혼당한 그 심정, 저도 잘 알아요. 오죽하면 자기 취향도 아닌 여자에게 추파를 던지려고 하겠어요. 그런데요 조동혁 씨, 전 대타로 얻어맞을 생각이 없거든요? 파혼당한 분풀이는 숨겨둔 당신 애인에게나 하시죠. 애꿎은 여자한테 이러지 말고, 당신 매력에 눈이 먼 여자에게 푸시라고요. 난 당신을 남자로 안 보거든요. 머릿속에 돈밖에 없는 남자는 상대하기가 너무 버거워서요. 그럼 이만."

동혁이 벌떡 일어나 그녀의 팔을 잡았다.

"제가 남자로 안 보인다구요?"

난희는 눈도 깜박이지 않고 그를 쏘아보았다.

"댁이 먼저 날 여자로 취급 안 했잖아요?"

"내가 언제!"

"피차일반! 내 몸에서 손 떼요."

그러나 동혁은 끈질겼다.

"어떻게 하면 됩니까? 협상 제안서도 싫다, 남자로서도 싫다. 그럼 어떻게 해야 우리가 합의점을 찾을 수 있겠습니까?"

"우리 조건을 받아들이세요. 그럼 돼요."

슬슬 신경이 쓰이기 시작했다. 동혁은 너무도 좋은 향기를 풍겼고, 그녀의 팔을 움켜쥔 손은 크고 아름다웠다. 길쭉길쭉한 손가락과 정리가 잘된 손톱은 최적의 건강 상태를 보여주었다. 그리고 내재된 남성의 힘도 함께.

난희는 초조하게 동혁의 손을 떼내려고 했지만, 은근히 우악스러운 손아귀에서 벗어날 수 없었다. 그녀는 싸늘하게 동혁을 노려보았다.

"끝장을 보잔 건가요, 지금?"

동혁은 굳게 다문 입술의 한쪽 끝을 올려 겨우 미소 지었다.

"당신이 진지하게 내 제안에 응할 때까지 포기하지 않을 겁니다."

뭐, 내가 남자로 안 보여?

동혁은 그 말이 신경 쓰여 견딜 수가 없었다. 소문난 플레이보이는 아니지만 꽤 많은 여자로부터 구애를 받아본 경험이 있는 그에게 난희의 말은 상처 난 자존심에 왕소금을 들이부은 격이었다. 그것도 그의 타입이 아닌, 못생긴 여자로부터 말이다.

"오 분이 아니라, 다섯 시간이 필요하겠군요. 지금부터 당신의 다섯 시간을 제가 접수합니다."

자신도 이해할 수 없는 충동에 내몰려 동혁이 자신만만하게 선언했다. 난희가 뜨악한 얼굴로 그를 보았다.

"뭐, 뭐라구요?"

"술 마실 줄 압니까?"

난희는 얼이 빠진 표정으로 고개를 끄덕였다. 동혁이 숨을 훅 내쉬며 단호하게 내뱉었다.

"동병상련이니 제 심정을 아시겠죠? 술 한잔합시다."

드디어 이 남자가 미쳤나 봐!

"그래요. 파혼당한 이후로 난 제정신이 아닙니다. 협상이고 뭐고 다 집어치우고 술이나 한 잔 합시다. 끝장을 볼 때까지."

거침없이 말을 끝낸 동혁은 난희의 팔을 잡은 채로 레스토랑 출입구로 향했다. 난희는 너무도 황당하고 어이가 없어 평소의 유창한 언변을 잃어버렸다.

"저, 저기요. 조동혁 씨……."

"도망치면 날 겁내는 걸로 이해할 겁니다."

"미치겠네, 진짜."

"미 투(Me too)!"

살벌하게 토해내는 남자의 말에 난희는 긴장했다.

드디어…….

그녀는 음영이 뚜렷한 남자의 얼굴을 올려다보며 생각했다.

드디어 이 남자가 돌아버렸나 봐. 나, 살아서 집에 돌아갈 수 있을까?

그나마 다행인 것은 그녀가 대단한 애주가라는 거였다. 웬만한 주량으로 그녀를 제압한 사람이 여태 없었던 것이다. 하지만 어이없는 상황이 새로운 국면에 접어들었다는 것만은 분명했다. 난희는 하늘을 올려다보며, 일본의 온천에서 신나게 즐기고 있을 한 노인에게 욕을 퍼부었다.

두고 봐요, 할머니! 이 빚은 꼭 갚아줄 거예요!

제5장

계산착오

커튼 사이로 따가운 햇살이 비춰들었다. 투덜대며 고개를 돌려도 타는 듯한 햇살은 끈질기게 그를 따라왔다. 참다못해 베개 아래로 얼굴을 쑤셔 넣었지만 누군가가 그것마저 치워 버렸다.

"동혁아, 여덟 시야. 출근 안 해?"

여덟 시?

저절로 신음이 나왔다. 눈을 떠야 한다고 생각했지만 머릿속에서 울리는 드럼 소리에 눈꺼풀을 움직일 기력도 없었다.

"아…… 머리야."

"얼른 일어나. 아버지가 식당에서 기다리고 계셔."

침대 위에서 끙끙대는 아들을 조금도 동정하지 않는 말투였다. 그의 신음 소리가 더욱 커졌다.

"어머니, 나 술병난 것 같아요."

"자업자득이야."

"아버지께 저 아프다고 해주세요."

대답 대신 그를 감싼 이불이 순식간에 벗겨져 나갔다. 팬티만 입고 누워 있던 그는 깜짝 놀라 비명을 지르며 황급히 몸을 웅크렸다. 허리에 두 손을 얹은 자그마한 키의 중년 여성이 한심하다는 듯이 그를 내려다보고 서 있었다.

"아버지 성질 잘 알잖니. 네가 안 내려가면 이 어미가 고생해."

"정말 너무합니다!"

아들이 거의 흐느끼듯이 외쳤지만 정순애 여사는 엄숙한 표정으로 끄덕였다.

"파혼당한 아들 때문에 이성을 잃은 남편을 달래는 데 지쳤어. 나도 좀 살자, 아들아."

동혁이 놀라서 정 여사를 물끄러미 쳐다보았다. 늘 잔잔한 미소를 띤 얼굴로 언성을 높이는 일이 없었던 어머니가 전에 없이 무뚝뚝한 표정으로 그를 쏘아보고 있었다. 며칠 사이에 깊어진 눈가와 입가의 주름이 남편에게 시달린 증거처럼 보였다. 조근조근한 말투로 아버지의 역정을 잠재우곤 하시던 어머니, 정순애 여사의 인내심이 바닥난 게 분명했다. 그게 아니라면 하나밖에 없는 아들을 누구보다 애지중지하시는 어머니의 차가운 태도를 설명할 길이 없었다.

"술병이…… 났는데…… 요."

아들이 아프다는 말 한마디에 열 일을 제쳐 놓고 그를 간호해

주시던 어머니였다. 그러나 그때의 어머니는 이제 존재하지 않았다.

"못 마시는 술을 그렇게 퍼마셨으니 병이 날 만도 하지."

"어, 어머니…… 엄마!"

"어리광 피우지 말고 얼른 일어나!"

정 여사는 무지막지한 힘으로 아들의 몸 아래에 깔린 시트를 빼냈다. 그 바람에 한바탕 뒹군 동혁은 침대 아래로 떨어질 뻔하다가 겨우 균형을 잡았다. 그는 끙끙대며 침대가에 앉아 두 손으로 머리를 움켜잡았다.

"너무해요, 어머니. 나 정말 아프다고요!"

"난 술병이 난 아들을 동정할 마음이 조금도 없구나."

"엄마, 진짜……!"

"너의 그 '엄마' 소리도 이젠 듣기 싫어. 얼른 일어나서 내려와!"

"엄마!"

정 여사가 코웃음 치고 방을 나갔다. 불을 뿜는 용처럼 흥분해 계실 아버지와 그런 아버지에 넌더리가 난 어머니의 무관심 속에 버려진 동혁은 이제 철저히 혼자라는 기분이 들었다. 숙취의 고통보다 이어질 아버지와의 면담이 더욱 걱정스러웠다.

두통약을 털어 넣고 겨우 아래층으로 내려갔다. 식당에 들어가자마자 그를 죽일 것처럼 노려보는 조 회장의 눈빛과 맞닥뜨렸다.

"인사불성이 되어 돌아온 게 몇 번째냐?"

다짜고짜 질문을 던지는 조 회장에게 동혁은 억지로 웃어 보였다.

"어제가 처음인데요, 아버지."

"그래, 처음이었지. 파혼당한 뒤로 처음이고말고."

동혁은 어머니가 말없이 건넨 물 컵을 단번에 비웠다. 고개를 돌릴 때마다 두개골이 쪼개지는 것 같은 통증이 일었다.

"네게 숨겨둔 애인이 있다는 거, 거짓말이지?"

하마터면 입 안에 가득한 물을 뿜어낼 뻔했다.

"진짠데요."

"그럼 데려와."

조 회장의 말투는 가차없었다. 동혁의 창백한 얼굴이 더욱 하얘졌다.

"하지만 아직 그럴 시기가……."

"내 아들이 파혼당한 충격으로 술에 절어 산다는 소문을 듣긴 싫다. 어제처럼 인사불성이 된 아들을 봐야 하는 것도 싫고. 그러니까 얼른 네 여잘 데려와서 인사시켜. 결혼 날짜를 잡자."

동혁은 입을 벌려 무슨 말인가를 하려고 했다. 그러나 결국 아무 말도 못하고 구원을 요청하듯이 어머니의 얼굴을 간절히 바라보았다. 그러나 정 여사는 그런 아들의 시선을 모른 척하고 부지런히 수저만 놀렸다. 그 순간 어머니에게 잔인하게 외면당했다는 걸 깨닫고 동혁은 가슴이 철렁했다. 언제나 그의 편이었던, 영원한 아군이라 믿어 의심치 않았던 어머니가 그를 배신한 것이다. 그것은 그의 가슴을 찢어놓았고, 억장이 무너지게 했다. 아무도 그를 지원해 주는 이가 없는 세상에 홀로 버려진 것이다. 이제부터 어떻게 해야 한단 말인가!

"동혁아, 머리 굴리지 마라. 네 녀석의 아비가 나라는 걸 잊었니?"

숙취에 절망감이 더해지면 자살하고 싶은 충동을 일으키는 모양이다. 동혁은 그 순간 창밖으로 보이는 연못에 몸을 던지고 싶은 욕구를 느꼈다. 오랜 세월 정원 한가운데 고여 있었던 연못은 그를 삼키기에 충분할 만큼 깊었고, 죽어버리면 이 미칠 것 같은 절망감에 떨어야 하는 일도 없을 것 같았다.

그러나 조 회장은 아들이 그런 충동을 실천에 옮길 기회조차 주지 않았다.

"영희 양이 조만간 다른 남자와 결혼할 거라는 말이 돌고 있어. 그래서 네가 바람을 피우다 파혼을 당한 게 아니라 어쩌면 그 아이가 먼저 널 버린 건지도 모른다는 말이 흘러나오기 시작했어. 파혼한 것도 분통이 터질 일인데, 네 녀석이 남자 구실을 못해서 딴 놈에게 약혼녀를 빼앗겼다는 소릴 듣는 건 더 싫단 말이다. 그러기 전에 정리하자. 숨겨놓은 네 애인, 그 여잘 사람들에게 보여주잔 말이야. 이 아비의 소박한 소원을 좀 들어달라는 게 그렇게 무리한 요구냐, 응?"

소박한 소원이라니요. 아버지, 정말 너무하십니다!

그렇게 외치고 싶은 마음을 꾹 누르고 동혁은 침울하게 대답했다.

"데려올게요."

그러자 험악하기만 하던 조 회장의 인상이 단번에 펴졌다. 심통이 난 곰처럼 툴툴대던 말투도 평소의 호탕한 어조를 되찾았다. 그는 여전히 말이 없는 아내를 돌아보며 신이 난 목소리로 말했다.

"애 말 들었지? 당신은 며느리를 맞이할 준비해요."

"흥!"

그 순간 터져 나온 정 여사의 콧방귀 소리에 두 남자는 깜짝 놀랐다. 놀라운 일은 그뿐만이 아니었다. 정 여사가 냅킨을 접어 식탁 위에 올려놓더니 벌떡 일어나 선언한 것이다.

"파업합니다. 이제부터 두 사람이 의논해서 처리하세요."

그러고는 정 여사는 찬바람이 돌게 휙 돌아서서 식당을 나가 버렸다.

한동안 정적이 흘렀고, 가사도우미가 들어와 그릇들을 치우기 시작했을 때에야 동혁이 먼저 정신을 차렸다.

"어머니가 단단히 삐치셨나 봐요, 아버지."

조 회장은 당황한 기색을 아들에게 들키지 않으려고 기를 썼다.

"흠. 네 엄만 그렇게 속 좁은 여자가 아니야."

"아버지가 심하셨어요. 저만 볶으시지 왜 어머닐……."

"시끄럽다, 이놈아! 이게 모두 덜떨어진 네 녀석 때문이 아니냐!"

쾅! 쨍그랑!

조 회장이 주먹으로 식탁을 내려치는 바람에 그릇들이 요란하게 춤을 추었다. 깜짝 놀란 도우미가 후다닥 뛰쳐나갔고, 조 회장은 얼굴이 벌게져서 애꿎은 아들만 노려보았다.

"왜, 왜요?"

동혁은 한껏 경계하는 눈으로 아버지의 다음 행동을 기다렸다. 콧구멍을 벌렁거리며 화를 삭이려 애쓰던 조 회장이 벌게진 얼굴로 외쳤다.

"하나밖에 없는 아들놈, 결혼 좀 시키자는 게 그리 잘못된 일이냐?"

어머니인 정 여사가 영희와의 약혼을 맹렬히 반대하던 걸 떠올리고 동혁은 한숨을 쉬었다.

"그러게 좀 참지 그러셨어요. 어머니, 한번 삐치시면 엄청 오래가는 거 아시잖아요?"

"으이구, 어미나 아들이나 내 속을 뒤집는 데 도가 텄다니까."

그때였다.

"하나밖에 없는 아들을 여시 같은 여자에게 장가 못 보내서 안달하던 양반이 내 남편이라는 게 부끄럽소. 당분간 내 옆에 오지도 마요. 여차하면 집을 나가 버릴 거니까."

언제 돌아왔는지 정 여사가 불쑥 나타나 조 회장에게 다시 선언했다. 붉으락푸르락하는 얼굴로 조 회장이 그런 아내를 노려보았다.

"아니, 당신까지 왜 그래? 내가 뭘 어쨌다고!"

"가만히 내버려 두면 알아서 제 짝을 찾아올 것을, 얼마나 볶아 댔으면 술도 못 마시는 아들 녀석이 인사불성이 되게 만듭니까? 저러다 내 아들이 탈이라도 나면 누가 책임져요?"

"동혁이는 내 아들이기도 해!"

"흥, 당신을 안 닮은 게 오늘처럼 다행이라 여긴 적이 없었어요. 진짜 다행이지."

"이봐, 정순애!"

"조창래 씨, 내 허락없이 옆에 와서 귀찮게 굴면 당장 집을 나가 버릴 거니까 명심해요!"

보무도 당당하게 뒤돌아서서 나가는 정 여사를 두 남자는 멀거니 바라봐야 했다.

발소리가 사라질 때쯤, 동혁은 불똥이 자신에게 튈 거라는 걸 깨달았다. 조 회장은 무시무시한 표정으로 아내가 사라진 식당 입구를 노려보고 있었다. 그런 아버지의 눈치를 살피면서 동혁은 슬그머니 엉덩이를 뗐다. 바로 그때, 살벌한 목소리가 그의 귓가로 날아들었다.

"조동혁. 그 여자, 당장 대령해."

최후통첩이었다. 아내에게 버림받은 남자의 마지막 발악 같은.

동혁은 절망적인 심정으로 고개를 푹 숙였다.

"네, 아버지."

황소고집에 불같은 성미.

조 회장의 불타는 눈동자를 바라보면서 동혁은 우울하게 생각했다.

유난희에게 KO패 당한 걸로도 모자라, 아버지에게 연타로 두들겨 맞은 나는, 너무 불쌍해. 왜 내게 이런 불행이 찾아온 걸까?

"맥주 아홉 병?"

태호의 놀란 목소리가 높이 올라갔다. 그 소리에 더 울리는 머리를 동혁이 두 손으로 움켜잡았다.

"제발 목소리 좀 낮춰."

"세상에, 그게 여자냐?"

태호의 물음에 동혁이 신음하듯이 대답했다.

"말술이지. 내 그런 화상은 처음 봤다."

"유난희 씨, 보기보다 세네. 그 작은 몸에 술을 부을 데가 어디 있다고."

"다섯 병 뒤로는 기억이 없어. 눈을 떠보니까 내 방의 침대 위더라. 대체 내가 집에 어떻게 돌아갔는지도 몰라."

그 말대로 동혁은 지난밤의 기억이 가물가물했다. 테이블 위에 죽 늘어선 맥주병들이 자신에게 악귀처럼 달려드는 환상에 시달리다 갑자기 정신을 잃은 것 같은데, 도통 집에까지 온 기억이 나지 않았다. 그러나 모범택시 기사가 친절하게 그의 집 초인종을 누르고 어머니를 불러냈다는 걸로 보아 집 주소는 제대로 불러준 모양이었다.

그런데 그 여자는 멀쩡하게 돌아갔을까?

문득 그런 의문에 사로잡힌 동혁은 잠시 숙취를 잊었다. 멍하니 허공을 바라보는 그를 관찰하고 있던 태호가 의미심장하게 중얼거렸다.

"아깝다. 한 방에 보낼 수 있었는데."

"뭐가?"

"술에 취한 그 여잘 호텔로 데리고 가서……."

"닥쳐, 박태호."

"싫어한다는 여잘 데리고 네 단골 바(bar)에 간 건 어떻게 해석해야 되냐?"

친구의 빈정거림에 동혁은 부아가 치밀어 눈살을 찌푸렸다.

사실 왜 그랬는지 자신도 알 수 없었다. 말로 설득할 수 없는 여자를 술로 항복하게 만들려는 속셈이었나? 그런데 왜 하필 자신의 단골 바로 데려간 건가? 하이에나처럼 그의 일거수일투족을 예의 주시하고 있는 인간들의 시선에 노출될 위험을 감수하고서 말이다. 만나기만 하면 서로 으르렁대고 싸우기 바쁜 여자를, 왜?

"으흠."

그때 태호의 묘한 콧소리가 들려왔다. 동혁은 찌푸린 눈으로 친구를 쏘아보았다.

"미남계를 쓰라고 했더니 벌써 시작했나 봐?"

태호의 단정적인 말에 동혁은 웃을 기분이 아니었다.

"장난하지 마. 우리 회사가 그 여자 때문에 입은 손실이 얼마인지 알아?"

"그거야 예상했던 일이잖아. 애초에 진달래 아파트 상가 소유주인 박복순 여사님을 먼저 만나서 협상하지 않은 네 불찰."

"제기랄."

"욕해봐야 소용없어. 이제부터는 말술, 유난희 씨를 어떻게 구워삶을 것인지나 궁리해. 그런데 술도 못 마시는 네가 웬일로 〈블루벨벳〉으로 그 여잘 데려갔냐?"

단골 바(bar)라고 해봐야 고작 칵테일 한두 잔을 마시려고 가끔 들르는 곳이었다. 체질상 술이 몸에 맞지 않아 여간해선 알코올을 입에 대지 않는 동혁이 유난희와 술을 마셨다는 것 자체가 신기했다. 학창시절부터 유난히 깔끔을 떨어 재수없는 완벽주의자로 통하던 녀석이 유난희와 만나서 못 마시던 술을 마시고 인사불성이 되었다. 그 사실만으로도 흥미진진해진 태호는 완벽함을 추구하는 친구를 더 놀려주고 싶어졌다.

공부도, 일도, 심지어 여자와의 연애 문제도 자로 잰 듯이 자신의 계획하에 조정하는 인간 로봇, 조동혁이 그 작은 여자에게 바싹 약이 올라 있는 모습을 보는 것만으로도 즐거운 태호였다.

"회장님이 노발대발하시지?"

그 질문에 동혁이 끙 소리를 내며 책상 위로 엎드렸다. 출근해서 오전 내내 숙취로 힘들어하던 그는 아버지를 떠올리는 것만으로도 머리가 아파왔다.

"말도 마. 이 사태를 빨리 수습하지 않으면 날 잘라 버릴 거라고 하셨어."

태호는 알 만하다는 듯이 끄덕였다.

"그러시겠지. 네가 대학에 입학했을 때부터 결혼하길 바라신 분이니까."

"태호야, 어디 괜찮은 여자 없을까?"

난데없는 말에 태호는 눈을 깜박였다. 엎드린 동혁의 머리를 쏘아보며 그가 믿을 수 없어하는 어조로 중얼거렸다.

"이 자식이 술 처먹고 돌아버렸나."

"돌기 직전이다. 아버지, 당장 내 여잘 데려와서 인사시키라고 명령하셨어."

"그럼 너 거짓말……."

"내가 연애할 시간이 어디 있었냐? 한영희, 그 여잘 관리하는 것도 버거웠는데."

자신을 배신한 여자의 이름을 내뱉자 뭔가가 울컥 올라왔다. 시간이 지날수록 괴로움이 더 심해지는 걸로 봐서 자신이 한영희를 꽤나 좋아했었다는 생각만 드는 동혁이었다.

첫사랑이었나? 설마 그 배신자, 한영희를 내가 사랑했던 건 아니겠지?

그런 상상만으로도 가슴 한구석이 서늘해졌다. 그다지 심각하지 않은 연애만 두세 번 겪었던 조동혁 인생에서 첫사랑이 한영희라는 사실은 치욕이나 다름없었다. 다른 남자의 아이를 임신하고도 뻔뻔하게 파혼을 요구하던 배신자. 나쁜 년. 날 버리고 행복하게 살 것 같으냐?

"정략이라더니 영희 씨한테 마음을 많이 줬었나 봐."

동정 섞인 친구의 말에 동혁은 정신을 차렸다. 파혼의 진상은 아무도 몰랐다. 그러나 가짜 애인 운운하는 그의 심정을 꿰뚫어 보고 있는 태호가 진상을 알아내는 데는 그리 시간이 걸리지 않을 것이다. 가짜 애인을 구해달라고 하는 친구의 절박한 심정을 태호는 재미있어할 게 뻔했다. 하여튼 도움이 안 되는 자식.

마음속으로 자신이 욕먹는 것도 모르는 태호가 싱글벙글하는 얼굴로 말을 이었다.

"네가 못하겠으면 내가 해볼까?"

"뭘?"

험악한 어조로 되묻자 태호가 껄껄 웃어댔다.

"이름도 유난스런 유난희 씨, 귀여워. 그 조그만 몸으로 통통거리는 게 여간 귀여운 것이 아니야. 네가 싫으면 내가 한번 대시해 보려고."

처음엔 어이없음, 그러다 점점 험악하게 일그러지는 동혁의 표정을 태호는 눈도 깜박이지 않고 지켜보았다.

태어난 순간부터 지금까지 자신의 뜻대로 되지 않은 일이 없었던 친구가 자신의 턱에도 닿지 않는 자그마한 여자 하나를 어쩌지 못해 안절부절못하는 모습은 좀 더 관찰해 볼 필요가 있었다. 박복순 여사가 돌아오면 처리해도 될 일을 굳이 재수없어하는 여자와 만나서 끝내려고 하는 동혁의 의도가 어쩐지 의심스러웠다. 하지만 눈을 부라리는 녀석의 표정을 보아하니 아직은 그 자신도 이유를 알지 못하는 듯했다. 유난한 유난희 씨에게 전혀 그답지 않은 오기를 부리는 이유를 말이다.

"할 수 있으면 해봐."

'유난희가 널 남자로 봐주면 내가 성을 간다'. 딱 그런 투의 대답이었다. 그러나 태호는 전혀 기분이 상하지 않은 얼굴로 동혁의 어깨를 부드럽게 쳤다.

"이봐, 친구. 오기 부리지 말고 인정하시지? 유난희 씨가 오랜만에 만난 적수라고 말이야."

"그런 여자가 내 적수라고? 돌았구나, 박태호."

"너보단 덜 돌았어. 이따 해장국이나 먹으러 갈까? 소주 한 병

곁들여서 말이야."

자신의 말에 동혁이 우욱, 거리는 신음 소리를 내자 태호의 웃음소리가 커졌다. 그때 동혁의 휴대폰이 울렸다. 발신자 번호를 확인한 그의 인상이 단번에 굳어졌다. 끙끙대던 녀석이라곤 믿어지지 않을 만큼 대답하는 그 목소리가 매끄러웠다.

"네, 유난희 씨."

[살아 있군요?]

낄낄거리는 여자의 웃음소리.

순간 짜증이 솟구쳤지만 동혁은 차가운 어조로 대꾸했다.

"무슨 일입니까?"

[어제 너무 무리하신 것 같아서요.]

어울리지 않게 날 걱정하는 척하는 이 여자를 봐라.

그런 눈빛으로 태호를 올려다보자 그가 소리 없이 입모양으로 말했다. '미남계.'

"전화한 용건이 뭡니까?"

자연히 말투가 뾰족해졌다. 사방에 적들이 깔렸는데 기분 좋을 인간이 없을 것이다.

[어제 먼저 정신을 잃는 사람이 진 걸로 하자고 내기했었죠? 그거 확인하려고 전화했어요.]

"그런 내기를 했었습니까?"

[그럼요. 댁 입에서 먼저 나온 말인걸요.]

"거참, 이상하군요. 나는 전혀 기억이 없는데."

무조건 모른다고 해야지.

[내 휴대폰에 당신이 한 말이 녹음되어 있는데, 들려줄까요?]

시치미를 떼던 동혁은 움찔해서 휴대폰을 귀에서 떼어냈다. 더 이상 잡아뗄 재간이 없었다. 녹음을 해뒀다니 이 여자, 정말 치밀하다.

그는 이를 갈며 다시 휴대폰을 귀에 댔다.

"단판승부가 아닐 텐데요."

[무슨 뜻이죠?]

짧은 순간 팽팽 돌아가는 자신의 머리에 감탄한 것도 잠시, 동혁은 점잖은 투로 덧붙였다.

"2차전을 하잔 뜻입니다. 모든 게임은 3판 2승제. 룰은 동일하게."

잠시 침묵이 흘렀다. 드디어 유난희가 말문이 막혔…….

[좋아요. 오늘 밤, 어때요?]

막히긴커녕 화약고에 불을 질렀다, 이 여자.

"음…… 오늘 밤엔 약속이 있어서 안 됩니다."

[회피하는 걸로 이해할게요.]

"아니, 회피하는 게 아니라…….."

[없던 약속도 만드는 댁의 심정, 내가 알 바 아니죠. 이따 여덟 시에 우리 상가로 오세요. 같이 저녁 먹고 소화불량 걸릴 일은 없었으면 하니까 식사는 먼저 하고 오시고요.]

어떻게 해야 이 여자의 입을 틀어막을 수 있을까?

그 순간 뇌리를 점령한 생각에 전전긍긍하느라 동혁은 금방 대답하지 못했다. 그러자 유난희의 빈정대는 음성이 들려왔다.

[역시 항복하는 건가요?]

번쩍 정신이 든 동혁이 소리치는 대신 부드럽게 대답했다.

"천만에요. 이따 저녁에 봅시다."

[우리 약국에 오시면 숙취 예방약을 한 병 공짜로 드릴게요. 선천적으로 술에 약하신 것 같은데.]

난희가 낄낄 웃으며 전화를 끊었다. 얼어붙은 듯이 가만히 있는 동혁을 태호가 불안한 눈으로 쳐다보았다.

"뭐라는데?"

동혁이 천천히 고개를 들어 태호를 바라보았다. 전에 없이 매섭게 번뜩이는 친구의 눈빛에 놀란 태호가 저도 모르게 뒷걸음질쳤다.

동혁이 음산하게 깔리는 어조로 중얼거렸다.

"이 여잘 가만두지 않겠어."

"가, 가만두지 않겠다니?"

그러자 동혁이 두 손으로 머리를 움켜잡은 채 소리를 질렀다. 짐승처럼 울부짖다 머리가 아픈지 금세 끙끙거리며 이마를 짚는 것이었다.

무슨 일인지는 모르지만 자신의 친구를 이토록 흥분하게 만든 유난희라는 여자에게 태호는 새삼 감탄했다. 정말이지 흥미진진한 사태가 분명하다고 생각하며 그는 슬금슬금 사무실을 빠져나갔다.

닫힌 문 안쪽에서 뭔가가 부서지는 소리가 들려왔고, 배경음처럼 동혁의 신음 소리가 뒤를 이었다. 고개를 설레설레 젓는 태호의 얼굴 위로 빙그레 미소가 떠올랐다.

　"뭐래?"

　옆에서 귀를 세우고 있던 성주가 물었다. 난희는 휴대폰을 물끄러미 바라보다 난폭한 동작으로 폴더를 닫았다. 그래도 성에 안 차는지 애먼 휴대폰을 데스크의 서랍 속에 휙 던져 넣었다.

　"쯧쯧, 불쌍한 휴대폰. 주인을 잘못 만나 저리 고생이니."

　"아유, 재수없는 인간."

　투덜대는 난희의 얼굴을 성주가 가느다란 눈으로 훑어보았다.

　"내가 재수없다고?"

　"아니, 너보다 더 재수없는 남자 말이야."

　"방금 전화 끊은?"

　"술도 못 마시는 주제에 대답은 곧잘 해요."

　구시렁구시렁. 평소의 유난희라면 코웃음 한 번으로 끝냈어야 할 일인데……

　"오늘 밤에 또 하재?"

　성주의 은근한 질문에 난희는 대답하지 않았다. 대신 컴퓨터 모니터와 장부를 번갈아 보며 일을 하는 척했다. 그런 친구의 어설픈 행동을 성주가 비웃었다.

　"유난희, 솔직히 불어봐. 너, 그 남자에게 정들었지?"

　고개를 휙 쳐든 난희의 눈빛이 살벌했다. 두 걸음 떨어져 선 성주가 한술 더 떴다.

　"할머니한테 맡기라는데도 굳이 상대를 해요. 만날 타이레놀을 입에 달고 살면서."

"······타이레놀 두 알."

뭐라 소리를 치려던 눈치인데 정작 난희는 엉뚱한 소리를 했다. 500mg짜리 알약 두 알을 건네는 성주에게 난희가 이를 갈며 내뱉었다.

"650mg짜리 한 알."

"이걸로 견뎌."

"그럼 아스피린 줘."

"장기복용 시에 출혈의 부작용이 있다는 거 알지?"

"내가 항암치료 환자냐?"

"하여튼. 그 남자, 이름이 조동혁이랬지? 인물 하난 끝내주더라. 오늘 저녁에 만나서 술 마시고 뭘 할 건데?"

드디어 졌다. 난희는 두 팔을 데스크 위로 쭉 뻗으며 엎드렸다.

"휴우, 이 짓도 할 게 못 되는구나."

낄낄 웃으며 성주가 그녀의 등을 토닥였다.

"힘내. 할머님이 돌아오실 때까지 너한테 꿋꿋이 버티라고 하셨잖아."

"우리 할머니, 하나밖에 없는 손녀가 혈압 올라 죽는 꼴을 보고 싶으신 거야. 저쪽이 저렇게 막무가내로 나오는 걸 아시면 재깍 돌아오셔야지, 끝내 일본 관광까지 마치고 오시겠다는 소린 뭐야?"

"처음이시잖아, 해외여행은. 그러니 네가 참고 견뎌야지."

"성주야, 나 토할 것 같아. 너무 오랜만에 술을 마셨더니 몸이 내 몸이 아닌 것 같아."

"그럼 거절했어야지. 무식하게 술내기가 뭐냐?"

"날 비웃는 그 남자의 눈을 봤어야 돼. 잘생기면 뭐 하냐, 인격이 안 따라주는데. 아무리 점잖게 대하려 해도 그 남자의 눈만 보면 이성이 가출을 해요. 이건 뭐 왕자병도 아니고, 날 아주 발톱의 때처럼 본단 말이야."

몸을 부르르 떨며 뱉어내는 난희의 말투가 사뭇 진지했다. 남과 싸우기를 천성적으로 싫어한다고 생각한 친구가 의외로 조동혁이란 남자에게 전의를 불태우는 모습에 성주는 호기심 반 걱정 반의 심정이었다. 칠 년이나 사귄 애인에게 버림받은 충격도 잠시, 상가 입주민들의 어마어마한 기대를 한 몸에 받고 그 여린 몸으로 거대 공룡을 상대해야 하니, 그 절망감이란 오죽하겠는가. 그러나 유난희가 누구인가? 여덟 살에 고아가 되어 할머니의 손에 길러진 악바리 친구라면 슬기롭게 이 난국을 헤쳐 나가리라 성주는 믿고 있었다. 그 일로 인해 언론을 통해서만 알고 있던 〈세한그룹〉의 후계자를 직접 만나게 될 줄은 몰랐지만.

"오늘 밤에 온대?"

기대감을 안고 성주가 묻자 난희는 한숨을 쉬었다.

"그럴 걸. 나한테는 죽어도 질 수 없다는 남자니까."

"우와, 유치찬란하다. 여자와 술내기를 하는 남자라니!"

"내 말이. 아이고, 머리야."

끙끙거리며 난희가 두 손으로 머리를 끌어안았다.

죽기 살기로 술병을 집어 들던 동혁의 모습이 떠올랐다. 맥주

한 병에 벌겋게 변한 얼굴로 큰소리치던 남자. '먼저 뻗는 사람이 지는 겁니다'라고 겁없이 도전해 오던 그는, 어이없게도 맥주 다섯 병을 끝으로 의식을 잃어버렸다. 단골 바(bar)인지 그의 이름을 알고 있는 주인이 직접 그를 부축해 택시에 태워주었다. 동혁의 명함에 적힌 주소를 모범택시에게 불러주어 뒤처리는 쉽게 끝났지만, 멀쩡한 듯이 집에 돌아온 난희는 현관문 앞에서 고꾸라져 그대로 잠이 들고 말았던 것이다.

여름이 코앞이라 망정이지, 차가운 바닥에서 자고 일어난 후유증은 생각보다 더 심했다. 오후가 되자 목구멍이 아파오고 두통과 오한이 번갈아가며 그녀를 괴롭혔다. 이런 상태에서 또다시 술을 마셔야 한다니 신음이 절로 나왔다.

하나, 이젠 물러설 수도 없는 일. 두 번째 전쟁을 앞두고 나약하게 쓰러질 수는 없는지라 난희는 전의를 새로이 다졌다. 타이레놀 두 알과 까스활명수, 심지어 숙취를 예방하는 약까지 먹고 약속 시간이 오길 기다렸다. 그러다 약속 시간이 다 되었고, 퇴근까지 삼십 분을 남겨놓았을 즈음 장신의 젊은 남자가 불쑥 나타났다.

말쑥한 은회색의 양복을 차려입은 남자는 자연스러운 걸음으로 약국 안에 들어왔다. 손님인 줄 알고 웃으면서 일어난 성주가 놀라서 '헉!' 소리를 냈다. 오 평 남짓한 실내에 꽉 들어차는 남자의 존재감은 실로 대단했다. 보기만 해도 고급스런 티가 줄줄 흐르는 남자의 분위기는 소박한 약국의 분위기와 달라도 너무 달랐다. 사진으로만 접한 남자의 실체에 압도당한 성주는 바보처럼 아무 말도 못하고 멍하니 그를 보고 있었다.

"조동혁입니다. 유난희 씨는 어디에 갔습니까?"

정중하지만 다소 쌀쌀맞게 느껴지는 어조로 동혁이 물었다. 그러나 눈을 감고 들으면 감미롭게 들릴 그 목소리에 성주가 반색을 할 게 뻔했다. 속칭 꽃미남에 성우 뺨치는 목소리의 소유자라면 눈에 불을 켜고 좋아하는 그녀이니.

"아…… 어서 오세요. 난희는 약제실에 있거든요."

약간 숨이 찬 목소리로 대답하는 성주가 한심스러워 난희는 혀를 찼다. 약제실의 칸막이를 돌아 나오자 한 손을 바지 주머니에 찔러 넣은 채 데스크 앞에 서 있는 남자가 보였다. 그는 가느다란 눈으로 약국 안을 둘러보고 있었다. 뭐, 이런 코딱지만한 가게가 다 있냐는 표정. 난희는 부글부글 끓어오르는 속내를 감추고 새침하게 인사를 건넸다.

"오셨어요?"

동혁이 느릿느릿 시선을 돌려 그녀를 바라보았다. 얄미울 정도로 나른하고 오만한 눈길이었다.

"약속 시간보다 조금 빨리 왔는데, 괜찮습니까?"

"잘 오셨어요. 마무리하던 중이거든요. 저녁은 드시고 오셨죠?"

"네. 난희 씨는요?"

"저는 안주를 저녁 삼아 먹으면 돼요. 오늘 술값이랑 안주 값, 댁이 내는 거죠?"

"네. 어제의 보답으로 제가 책임지겠습니다."

"어머, 보답이라니요. 어제도 댁의 지갑에서 꺼낸 카드로 계산을 한걸요 뭐."

자신의 말에 얼굴이 확 일그러지는 남자를 보자 난희는 속이 후련했다. 술을 마시자고 먼저 청한 사람이 술값을 내는 건 당연한 법. 오늘 저녁의 제2라운드 역시 조동혁 씨의 몫이라는 걸 분명히 해둘 필요가 있었다. 골드카드를 두 개씩이나 소유한 재벌가의 후계자이니 술값 정도는 껌 값이나 다름없을 거다.

"참, 여긴 저와 함께 이곳을 운영하고 있는 친구, 김성주예요. 대학 동창이랍니다."

난희는 그때까지도 황홀한 표정으로 동혁을 쳐다보고 있는 성주의 옆구리를 팔꿈치로 찔렀다. 그제야 정신을 차린 성주가 낯도 붉히지 않고 뻔뻔하게 동혁에게 악수를 청했다.

"반가워요, 조동혁 씨. 근데 사진보다 더 잘생기셨네요."

난희는 친구에게 경고의 눈빛을 던졌지만 성주는 입심도 좋게 말을 계속했다.

"난희에게 말씀 많이 들었어요. 하지만 그렇게 고약한 분이라고는 생각하고 싶지 않아요. 생기신 대로 마음도 고우실 테니까요. 아하하!"

여자답지 못하게 하하 웃는 성주를 동혁은 눈도 깜박이지 않고 바라보았다. 유유상종이라더니, 유난희만큼이나 입심이 좋은 여자가 하나 더 있었다. 아이스크림을 핥아먹듯이 그를 쳐다보는 김성주의 눈길이 너무 노골적이라 불편한 게 이만저만 아니지만.

그러나 동혁은 부드럽게 미소 지은 채 성주와 악수를 나누고—여자의 무지막지한 손아귀 힘에 놀라기는 처음이었다—아주 자연스러운

동작으로 손을 빼낸 뒤에 데스크에서 한 걸음 물러섰다. 자칫하다
간 성주에게 잡아먹히진 않을까 싶은 걱정이 든 탓이었다.

"퇴근하려면 멀었으니 잠시만 거기에 앉아서 기다려 주세요."

난희가 손으로 유리문 옆의 긴 의자를 가리키자 동혁이 눈썹을
치켜올렸다. 그러나 그는 군말 없이 의자에 앉아 그녀를 쳐다보았
다. 새삼 느끼는 거지만 눈도 깜박이지 않고 사람을 쳐다보는 그
의 버릇이 여간 불편한 게 아니었다. 그의 강렬한 시선은 그녀의
얼굴에 구멍이라도 뚫을 기세였다.

"내가 마저 정리할게. 넌 먼저 퇴근해."

성주가 잽싸게 건넨 말에 난희는 달콤한 미소로 대답했다.

"그럴 순 없지. 어제도 일찍 퇴근한 나 때문에 혼자 고생이 많았
다면서?"

"고생은, 손님이 기다리시는데 먼저 퇴근해라."

"성주야, 나 괜찮거든?"

입을 크게 벌려 웃는 난희의 눈빛은 살벌함 그 자체였다. 동혁
에게 등을 돌리고 선 그녀의 눈빛을 정면으로 받아야 하는 성주는
움찔할 수밖에 없었다.

"그, 그럼 같이 정리하지 뭐."

후다닥 약제실로 향하는 성주의 등 뒤에서 난희는 슬그머니 주
먹을 흔들어 보였다.

어디 갖다 붙일 데가 없어서 숨겨둔 애인 때문에 약혼녀에게 파
혼을 당한 남자에게 친구를 떠넘기려는 속셈이야?

아무리 잘생겼다 해도, 세상의 모든 돈을 다 소유한 남자라 해

도, 양다리를 걸치다 파혼당한 남자는 결단코 사절이었다. 그런 남자는 한 명으로 족했다. 이상필, 사랑이란 감정이 얼마나 부질없는 것인지를 그녀에게 뼛속까지 가르쳐 준 남자. 그리고 두 여자를 한꺼번에 농락하려 든 조동혁. 신의를 껌딱지보다 더 하찮게 여기는 남자들은 씨를 말려 없애야 한다고, 난희는 새삼 생각했다.

제6장

💜 적과의 동침! 💜

시곗바늘이 여덟 시를 지났다. 누군가를 기다리며 하염없이 시간을 흘려보내는 건 처음이었다. '처음'이라는 단어. 유난희를 만난 이후 가장 빈번하게 읊어댄 단어일 것이다. 조동혁에게 누군가를 기다리게 하는 첫 경험을 선사한 여자에게 고마워해야 할지, 아니면 지금이라도 그녀의 팔을 잡아끌어 내야 할지 알 수 없는 그였다.

동혁은 갑갑하게 목을 죄어오는 넥타이를 느슨하게 했다. 실내에 가득한 약 냄새와 정체를 알 수 없는 달짝지근한 냄새 때문에 머리가 아팠다. 이처럼 좁고 답답한 공간에 갇혀 있으니, 없던 병도 생길 것 같았다. 그는 초조한 눈빛으로 데스크 안쪽을 바라보았다.

키가 훤칠한 여자와 상대적으로 작달막하게 보이는 여자.

뭐가 그리 바쁜지 두 여자는 분주하게 움직이고 있었다. 함께 컴퓨터 모니터를 들여다보면서 뭔가를 의논하기도 하고, 어디론가 전화를 걸어 구입할 약제의 목록을 불러주기도 했다. 시간은 벌써 여덟 시하고도 십 분이었다. 유난희에게 약속 시간이 넘었다고 깨우쳐 주고 싶은 마음이야 굴뚝인데, 험상궂은 표정으로 컴퓨터 앞에 앉아 있는 그녀에게 차마 소리를 칠 수 없어 머뭇거렸다. 그래도 더 이상은 꿰다 놓은 보릿자루처럼 앉아 있을 순 없다는 생각에 벌떡 일어났을 때였다. 그 순간, 유리문이 벌컥 열리면서 젊은 여자와 예닐곱 살 정도 된 사내아이가 달려들어 왔다. 그들은 동혁을 스치듯이 달려와 데스크에 나란히 붙어 섰다.

"선생님! 우리 아이 좀 봐주세요!"

숨이 넘어가는 목소리로 여자가 외치자 난희가 몸을 일으켰다. 울고 있는 사내아이에게 그녀의 시선이 고정되었다. 다친 두 무릎에서 솟아나온 피가 아이의 발목까지 길게 흔적을 남기며 흘러내렸다. 살짝 미간을 찌푸린 난희가 데스크를 돌아 나와 아이의 앞에 무릎을 굽혀 앉았다.

"어떻게 된 거예요?"

"슈퍼에서 나오다가 엎어졌어요. 물청소를 했는지 길이 온통 젖어 있었거든요."

아이의 엄마인 여자는 새파랗게 질려서 안절부절못했다. 바로 옆에서 두 모자를 지켜보던 동혁 또한 파랗게 질렸다. 그는 피를 싫어했다. 오죽하면 학창시절, 코피를 쏟다가 자신이 흘린 피에 놀라 기절을 한 적이 있었을까. 그런 그의 눈에는 사내아이의 무릎이 아주 박살이 난 게 아닌가 싶을 정도로 피가 너무 많이 흘렀다.

"깨진 건 아니죠?"

아이의 엄마가 걱정스럽게 묻자 난희가 고개를 저었다.

"그렇진 않은데, 상처를 좀 볼게요."

그녀는 과산화수소를 묻힌 솜으로 아이의 무릎을 살살 닦아냈다. 놀란 아이가 비명을 지르자, 난희는 닦아낸 부위에 부드럽게 입김을 불었다. 아이의 울음소리가 멎자 그녀는 생긋 웃는 얼굴로 아이의 얼굴을 들여다보았다.

"너 참 씩씩하구나. 이름이 뭐니?"

"김승민이요."

"그래, 승민이. 잘 참으면 선생님이 선물 줄게. 유희왕 카드 좋아해?"

아이가 끄덕이자 난희는 눈꼬리에 주름을 잡으며 웃었다.

"선생님도 그 카드 모으고 있거든. 누가 더 빨리 모으나 내기할까?"

"네!"

아이의 주의를 다른 곳으로 돌리는 솜씨가 대단했다. 재빨리 상처를 소독한 뒤 연고를 바르는 난희의 손길은 전문가다웠다. 닦아낸 상처가 그리 깊지 않은 걸 확인한 아이 엄마도 그제야 안심이 되는지 크게 숨을 내쉬었다.

"일단 항생제 연고를 발랐어요. 날씨가 더우니까 반창고는 안

붙이는 게 나을 거예요."

난희의 말에 아이 엄마가 물었다.

"집에 마데카솔이 있는데 그걸 발라도 될까요?"

"흉터를 안 생기게 하고 새살이 빨리 돋게 하는 데는 마데카솔이 낫죠. 하지만 염증이 생길 수 있으니까 처음 이틀 정도는 항생제 성분이 든 후시딘을 바르시고, 그 다음부터 마데카솔을 바르도록 하세요. 요즘은 항생제가 섞인 복합 마데카솔을 많이 쓰는데, 승민이 상처는 항생제를 계속 써야 할 정도는 아니니까 그냥 마데카솔만으로도 충분할 거예요."

"고맙습니다, 선생님."

"혹시 밤에 아이가 아파해도 놀라지 마시구요. 엎어진 충격으로 몸살이 날 수도 있지만, 어머님이 잘 달래주시면 언제 아팠냐는 듯이 뛰어다닐 거예요. 그리고 승민아."

아이 앞에 다시 무릎을 굽혀 앉은 난희가 다정한 손길로 아이의 머리를 쓰다듬었다.

"다음부턴 엄마 손 꼭 잡고 다녀야 한다? 또 다쳐서 오면, 선생님이 준 유희왕 카드를 다시 빼앗을 거야. 알았지?"

그러고는 가운 주머니에서 꺼낸 카드와 막대 사탕을 아이의 손에 쥐어주었다. 잠시 아이 엄마와 몇 마디의 말을 더 나눈 뒤 난희는 그들 모자를 문 앞까지 배웅했다. 카드를 받아 든 아이는 언제 울었냐는 듯이 종종걸음으로 엄마의 손을 잡고 상가 건물을 나섰다.

웃으면서 돌아선 난희가 그를 보자 멈칫했다. 그제야 그의 존재를 알아차린 것 같은 표정이었다.

"기다리게 해서 죄송해요."

마지못해 말하는 투가 역력했다. 조금 전 아이에게 건네던 그 다정한 음성이 환청이었던가 싶었다.

"이제 나갈 수 있겠습니까?"

"네."

난희는 필요한 말만 하기로 작정한 사람처럼 딱 잘라 말했다. 찬바람이 쌩쌩 도는 그녀의 태도에 동혁은 부아가 치밀었다. 다친 아이를 달래던 솜씨를 좀 부려보면 좋으련만……. 하긴 두 사람의 관계를 생각하면 그런 걸 바라는 것 자체가 언감생심이었다. 그래도 손바닥을 뒤집듯이 순식간에 달라진 여자의 태도에 그는 마음이 상했다. 백의의 천사처럼 아이를 달래던 그녀의 침착한 모습에 감탄했던 기억을 지우고 싶을 정도로.

"어디로 가는 겁니까?"

상가를 나온 두 사람은 번화가를 향해 걸어가고 있었다. 두 블럭째 걷고 있는데도 난희는 힘든 기색 하나 없이 걸음을 옮겼다.

"어젠 댁의 단골 술집에 갔었으니까, 오늘은 제가 잘 가는 곳으로 모실게요."

"꼭 걸어가야 하는 뎁니까?"

그를 힐끗 쳐다보는 난희의 얼굴에 심술궂은 미소가 흘렀다.

"벌써 다리가 아파요?"

"그것보다 나중에 내 차를 어떻게……."

"설마 〈파레스 쇼핑 타운〉 주인님의 차에 누가 해코지를 하겠어요? 실수로 차의 옆구리를 동전으로 긁거나 타이어에 펑크를 내거나 씹던 껌을 붙여놓는 짓이라면 몰라도."

동혁의 눈동자가 의심스럽게 좁혀지자 그녀는 깔깔 웃어댔다.

"소심하시긴. 말이 그렇다는 거죠 뭐."

"유난희 씨."

난희의 웃음 띤 눈동자가 그에게 향했다. 미소가 넘실거리는 눈동자는 커다랗고 순진해 보이기만 했다. 이런 눈을 한 여자가 못 말리는 고집쟁이라는 것이 못내 아쉽다는 생각이 문득 들었다. 그런 자신의 생각에 놀란 동혁이 생각보다 더 거친 어조로 못을 박아 말했다.

"날 갖고 놀 생각 말아요. 내가 당신을 상대해 주는 건, 어디까지나 유난희 씨가 박복순 여사님의 대리인이라서 그런 거니까."

"저기, 하나만 물어볼게요."

동혁이 버릇처럼 한쪽 눈썹을 치켜올려 난희를 바라보았다. 그의 시선에 지지 않고 난희가 눈을 부릅뜨고 마주 보았다.

"왜 할머니가 아닌 날 상대하는 거죠? 내가 공략하기 쉬운 상대라서?"

"그게 무슨 말입니까?"

"내일모레면 할머니가 돌아오세요. 그럼 그때 가서 협상을 하셔도 될 텐데, 굳이 날 찾아와서 이런 짓을 벌이는 이유가 뭔지 정말 궁금하거든요."

"하루라도 빨리 협상을 마무리해야 우리 쪽의 손해가 줄어들

테니까요."

"그건 그렇고, 댁이 날 만나서 이래야 하는 이유를 모르겠어요. 사업적인 만남? 그게 술내기라는 건 듣도 보도 못해서 말이죠."

어찌나 청산유수처럼 말을 술술 뱉어내는지 감탄할 정도였다. 그러나 입만 살아서 나불대는 조그만 여자 따위에게 밀릴 수는 없는 법. 동혁은 전에 없이 전의를 불태우면서, 자신이 생각해도 유치하다 싶었지만, 딱 잘라 응수했다.

"당신, 재수없는 여자거든."

난희의 눈동자가 한순간 휘둥그레졌다. 그러나 그녀의 입에서 나온 말은 다친 아이를 상대할 때처럼 부드럽기만 했다.

"우리의 의견이 일치하는 때도 있군요? 그럼 이 기세를 몰아서 협상 테이블에 다시 앉아볼까요?"

'나도 너 재수없어' 라는 그녀의 눈빛.

불꽃을 튀기면서 두 쌍의 눈동자가 공중에서 부딪쳤다. 이제는 유치하다 뭐다 따질 겨를이 없었다. 입만 살아 있는 맹랑한 여자의 코를 납작하게 해줘야 한다는 사명감이 동혁의 내부에서 굳게 뿌리를 내렸고, 난희 또한 천상천하 유아독존이라 착각하고 있는 남자를 어이없는 착각에서 깨어나게 해야 한다는, 정체를 알 수 없는 의무감에 몸이 달아올랐다. 서로 눈을 부라리고 노려보는 동안 심상치 않은 기운이 흘렀다. 지나가던 사람들이 깜짝 놀라 멀찌감치 떨어져서 길을 재촉할 정도였다.

한동안 서로 잡아먹을 듯이 노려보고 있던 두 사람은 동시에 몸을 돌려 걸음을 떼어놓았다. 험악한 표정, 거친 걸음걸이, 무엇 하나 다를 게 없었다. 뚝 떨어져서 나란히 걸어가는 두 사람은 이후에 대화라곤 한 마디도 나누지 않았다. 그러나 난희가 가리킨 식당 앞에 섰을 때, 동혁은 기가 막혀서 외치지 않을 수 없었다.

"이런 곳에 들어가자고?"

허름한 출입문, 때가 묻은 간판. 〈원조 순대볶음〉.

순대볶음? 동혁에겐 생소한 음식이었다.

"안 들어가고 뭐 해요?"

가게 안으로 한 발 먼저 들여놓은 난희가 의아하게 그를 쳐다보았다. 동혁은 한 걸음 더 물러나 간판과 난희를 번갈아 보았다. 그의 찌푸린 얼굴은 못마땅해하는 기색이 뚜렷했다.

"이런 데서 술을 마시자는 겁니까?"

"이런 데가 뭐 어때서요?"

"하아!"

동혁은 기가 차서 말도 나오지 않았다. 구멍가게라는 말은 책에서나 봤었다. 그러고 보니 유난희의 약국도 구멍가게라고 해야 옳겠지. 이 여자, 취향이 제대로 밑바닥인데, 대체 무슨 용기로 날 이런 곳까지 끌고 온 것일까? 조동혁을 만만히 봐도 유분수지.

"다른 데로 가죠."

그는 이를 악물고 말했다. 분통을 터뜨려 봐야 유난희의 말발에 휘말려 들 게 뻔했다.

"내가 술값 다 낼 테니까 다른 곳으로 갑시다."

"싫은데요."

난희가 냉큼 대답했다. 작은 입술을 뾰족이 내미는 건 아무래도 버릇인 듯했다.

"왜 싫다는 겁니까? 좀 더 근사한 곳으로 가자는 건데?"

"아무튼 싫어요. 난 여기에서 마셔야겠어요."

"유난희 씨, 정말……."

"아, 되게 **빡빡**하게 구시네. 여기 순대볶음이 끝내주거든요? 그거랑 소주를 마시면 맛이 더 끝내줘요."

"난 소주 안 마십니다."

"아하하! 한국 남자가 소주를 안 마시다니!"

난희가 대놓고 그를 비웃었다. 그런 여자를 번쩍 들어서 맨바닥에 내리꽂고 싶었지만, 동혁은 필사적으로 성질을 억눌렀다. 몇천 명이 넘는 직원들을 호령하고 사는 그가, 못생기고 저질 취향을 가진 이런 여자를 못 잡아먹어서 길길이 날뛰는 모양새를 보여줄 순 없으니까.

그래도 유난희가 미워서 견딜 수 없었다. 정말이지 말투 하나, 행동 하나하나가 그의 속을 박박 긁어대는 데 도가 튼 여자였다. 성별을 초월해 이런 인간에겐 절대 지고 싶지 않다는 오기가 매 순간 불끈불끈 솟아오르니, 미칠 지경이었다.

그래, 유난희. 오늘은 반드시 널 내 앞에 무릎 꿇게 해주마. 각오해라.

굳은 결심을 한 동혁이 깔깔 웃고 있는 난희를 밀치고 가게 안으로 먼저 들어갔다. 열 평이 될까 말까 한 가게 안은 생각보다 깔끔했다. 드문드문 놓인 둥근 테이블과 회색 벽엔 비키니 차림의 여자 사진이 담긴 달력이 걸려 있었다. 여주인이 분주하게 오가는 카운터 위에는 낡았지만 깨끗하게 닦인 그릇들이 즐비했다. 고급스러움이라곤 찾아볼 수 없는 공간에 어색해하는 것도 잠시, 동혁은 난희의 안내를 받아 출입문 옆의 둥근 테이블에 자리 잡았다. 시선을 들자 바로 정면에 달력 속 반라의 여인이 웃고 있었다. 저도 모르게 홀린 듯이 보고 있자니, 난희의 웃음 띤 목소리가 들려왔다.

"순대볶음 안 먹어봤죠?"

"먹어봤습니다."

동혁은 눈도 깜박하지 않고 거짓말을 했다. 물론 영악한 여자는 속지 않았다.

"소주도 안 마시고 순대볶음도 안 먹고, 그럼 뭘 먹고 사는데요?"

"소주는 체질에 맞지 않아서 안 마시는 거고, 순대볶음은 먹어봤습니다. 유난희 씨가 먹는 건 저도 먹을 줄 압니다."

"에이, 귀하신 몸이 이런 천한 음식을 먹어보셨을라고?"

"먹어봤다고, 말했잖습니까."

동혁은 이를 악물고 내뱉었다. 난희의 느물거리는 목소리는 그의 신경을 있는 대로 긁어놓았다. 할 수만 있다면 그녀를 씹어 먹고 싶은 심정이었다.

"그래요? 그럼 마음 놓고 시켜도 되겠네요. 난 순대볶음을 못 먹어본 댁을 위해서 돼지불고기랑 튀김을 시키려고 했는데. 아줌마!"

아뿔싸!

낭패감에 어쩔 줄 몰라 하는 동혁을 못 본 척하며 난희가 가게 주인을 불렀다. 그녀는 기다렸다는 듯이 주문을 했다. 매운 순대 볶음 이 인분과 소주 두 병. 생글생글 웃으면서 소주 두 병이 애피타이저라고 말하는 그녀의 얼굴을 때려주고 싶었지만, 그 또한 참았다. 무슨 여자가 술을 물 마시듯이 하는 건지. 게다가 나무젓가락을 반으로 갈라 그에게 건네는 폼이 즐거워서 못 견디겠다는 투가 역력했다. 그가 쩔쩔매는 모습을 한껏 기대하고서 말이다.

"청량고추를 넣고 볶으면 더 맛있어요. 한 끼 식사로도 그만이구요."

순대를 가득 쑤셔 넣은 입으로 오물오물, 말은 또 어찌나 청산유수인지.

"이게요, 제작 과정이 불결하다 뭐다 해서 말들이 많지만, 음식은 역시 맛이 있어야 하는 거거든요. 먹다가 병에 걸리는 건 자기 팔자인 거고. 왜 안 드세요? 식기 전에 얼른 드셔야죠."

관심을 끊어주면 좋으련만, 난희는 눈을 동그랗게 뜨고 그가 젓가락을 들길 기다렸다. 할 수 없이 동혁은 야릇한 냄새를 풍기는 시커먼 음식에 젓가락을 가져갔다. 이렇게 마구잡이로 볶아댄 것을 음식이라고 갖다 붙인 인간이 누구인지 알아보고 싶었다. 젓가락 사이로 허연 면발이 빠져나갔다. 반 토막 난 마카로니와 비슷하게 생긴 그것이 당면이라는 걸 뒤늦게 깨닫고서야 긴장을 풀었다.

동혁은 마지못해 집어든 음식을 잠시 바라보다 냉큼 입 안에 넣었다. 생각할 여지없이 후다닥 집어넣은 것인데, 톡 쏘는 매운맛에 순간 눈물이 핑 돌았다. 얼얼한 목구멍이 타는 듯이 느껴졌다. 허겁지겁 물 컵을 들지 않으려고 얼마나 애를 썼는지는 신만이 아실 거다. 빙긋빙긋, 그를 뚫어지게 보면서 웃고 있는 여자에게 비웃음을 당하지 않으려고 얼마나 애를 썼는지도.

"맛있죠?"

순진한 척 웃는 저 얼굴. 이젠 속지 않을 거다.

"먹을 만합니다."

동혁은 가까스로 말했다. 숨도 안 쉬고 씹고 있는 음식의 맛을 느낄 턱이 있을까만은.

"자, 워밍업. 원 샷 하시죠."

난희가 소주잔을 흔들어 보였다. 동혁은 자신의 잔을 채워 그녀를 향해 들어 올렸다. 고등학교 3학년 때, 친구들의 꾐에 넘어가 마신 소주 두 잔에 알레르기 반응을 일으킨 뒤로 멀리했던 술. 그러나 전의(戰意)가 맹렬히 피어올랐다. 설마 죽기야 하겠어?

"그럼 시작할까요?"

두 사람은 동시에 술잔을 들어 단숨에 들이켰다. 동혁은 난희를 따라서 머리 위에서 술잔을 터는 시늉을 했다. 확인사살이라고 했던가?

술이 들어가서인지 입 안의 순대가 처음처럼 역겹지는 않았다. 매운맛에 익숙해진 건지 숨 쉬기도 한결 편했다. 그제야 순대볶음이란 음식이 먹을 만하다고, 동혁은 마지못해 인정했다. 유난희가 먹을 수 있는 음식을 자신이 못 먹는 게 말이 되냐는 논리와 함께.

"그때 왜 그렇게 울고 있었습니까?"

한 잔이 두 잔이 되고, 어느새 소주 병 세 개가 테이블 위에 놓였을 때, 그가 물었다. 말로는 지는 법이 없는 여자가 통곡을 할 정도의 일이 뭘까 싶었다. 하나, 그런 질문에 당황할 줄 알았던 여자는 빙그레 미소 지었다. 동혁은 어지러운 머리를 흔들어 그녀의 대답에 집중하려 했다. 술은 난희가 거의 다 마셨다고 해야 옳지만 취기가 빠른 속도로 올라오고 있었다. 오물거리는 여자의 입술에 시선을 고정하자 머리가 약간 맑아지는 느낌이었다.

"언제요?"

"엠파이어 호텔, 남자 화장실."

제멋대로 노는 혀 때문에 그의 발음이 엉켰다. 오랜만에 마시는 소주, 제대로 강하다.

"아! 그땐 미안했어요. 늦었지만 사과할게요."

오호. 이 여자의 입에서 미안하다는 소리가 나오다니.

동혁은 기분이 좋아졌다. 아니, 술 때문에 좋아진 건지도.

"나 사실, 그날 애인한테 차였거든요. 그래서 정신이 하나도 없었어요."

거침없는 대답에 동혁은 기가 막혔다.

"그런 심각한 얘길 아무렇게나 해도 되는 겁니까? 적이나 다름없는 나에게?"

난희는 그의 말에 키득거렸다.

"나와 상관없는 사람에게 쉽게 얘길 해야 더 빨리 털어버릴 수 있을 것 같아서요. 길을 가다 만난 사람을 붙잡고 떠드는 것보단 조동혁 씨가 낫잖아요."

"난 당신 사생활엔 관심이 없어요. 그리고 유난희 씨와 내가 아무 상관 없는 사이라고는 생각하지 않는데요."

"댁과 상관있는 사람은 우리 할머니죠."

조금도 밀리지 않는 저 말발을 보라.

동혁이 대꾸할 말을 찾느라 잠시 머뭇거린 사이, 난희가 중얼거렸다.

"댁도 나와 같은 신세라는 거 알아요."

"같은 신세라니요?"

"약혼녀한테 차였다면서요?"

"차인 게 아니라, 내가 먼저 약혼을 깬 겁니다."

"두 여자 사이에서 양다리를 걸치다가 된통 당한 거라던데요?"

"양다리 걸친 적 없습니다."

이를 악물고 항변했건만, 난희는 코웃음 쳤다.

"그럼 기자들이 거짓 기사를 썼다는 건가요?"

"정략 약혼을 깬 것뿐이지, 이 여자 저 여자 울리고 다니는 놈이 아닙니다, 저는."

성질이 나서 버럭 소리를 치고 싶은데, 자꾸만 꼬이는 혀 때문에 할 수가 없었다. 머리가 아픈 것도 무관하지 않았다. 게다가 순대볶음을 너무 집어먹었는지 아랫배가 살살 아파왔다. 아까 먹으면서 문득 정신을 차려보니 자신은 유난희보다 더 빠른 속도로 젓가락을 움직이고 있었다. 때문에 순대볶음 이 인분이 더 추가되었고, 덩달아 딸려 나온 파전과 골뱅이 무침까지 깨끗이 비워졌다.

동혁은 순대볶음만으로도 충분했다. 그의 평생 이토록 마구잡이로 음식을 먹어본 적은 처음이었다. 하여튼 '처음'. 유난희와 함께 하는 건 뭐든지 그에게 처음이라고 해도 과언이 아닐 것이다.

"댁이 두 여자 사이에서 무슨 짓을 했든 난 관심없거든요."

"그럼 왜 날 죄인 취급하는 겁니까?"

"날 배신한 그놈이 생각나서요. 자그마치 칠 년을 사귀었어요. 그런 놈이 다른 여자를 임신시켜 놓고 내게 미안하다고 하대요? 칠 년을 연애하는 동안 키스도 제대로 못해본 나는, 더 이상 사랑할 수 없다나요? 다른 여자와는 이런 짓 저런 짓 다 해놓고, 나한텐 괴로운 추억도 남아 있지 않을 테니 자기를 싹 잊어달라대요?"

목이 타는지 난희가 소주 병을 들었다. 술잔 대신 병째 입으로 가져가 벌컥벌컥 들이마셨다. 캬아, 소리를 내는 그녀의 입술에 만족스런 미소가 그득했다. 그런 모습을 바라보는 동혁의 등으로 식은땀이 흘렀다. 소주로 병나발을 부는 유난희에게 술내기를 시도한 자신의 무모함에 울고 싶어졌다.

"저기, 좀 천천히 마시는 게……."

"그 자식, 우리 할머니가 나보다 더 챙겨줬다고요. 친손자처럼 아끼고 챙겨줬는데, 이제 와서……. 흑!"

비릿한 미소를 걸고 있던 여자의 입가로 흐느낌이 새어나왔다. 그녀의 눈동자 가득 고여 있던 눈물도 주르륵 흘러내렸다. 그렇게 눈물을 흘리면서도 내뱉는 소리들은 어찌나 가볍디가벼운지…….

"칠 년 동안 자기만 바라본 여자가 지겨워졌다 이거지. 키스 한 번 하려면 이 눈치 저 눈치 다 보고, 호랑이 할망구의 허락도 받아야 하니 어느 남자가 배겨나겠어. 그래도 그렇지. 지가 어떻게 날 배신해?"

또 술병을 벌컥벌컥.

그녀의 엄청난 주량에도 놀랐지만 자신의 치부랄 수 있는 이야기를 아무렇지 않게 남에게 털어놓는 태도는 더 놀라웠다. 파혼당한 이유를 남에게 들킬 바엔 두 여자를 농락한 파렴치한으로 몰리는 게 더 낫다고 생각한 그와는 전혀 달랐다. 남에게, 그것도 원수같은 상대에게 약점을 잡힌다는 생각 자체도 못하는 거다. 그렇지 않고서야 이토록 심각한 이야기를 그에게 술술 불어댈 수는……. 그런데 저 여자, 너무 우는 거 아니야?

난희는 이제 엉엉 소리 내어 울고 있었다. 주위의 시선들이 집중되는 건 당연지사. 다른 경우였다면 동혁은 일찌감치 자리를 떴을 것이다. 그러나 그는 양복 상의 주머니를 뒤져 꺼낸 손수건을 말없이 난희에게 내밀었다. 그녀가 아무렇지 않게 손수건을 받아 얼굴을 닦았다. 소리 내어 코도 풀었다. 그렇게 얼굴을 묻고 한동안 울어대던 그녀는 어느 순간 고개를 번쩍 들더니, 눈을 빛내며 사납게 내쏘았다.

"뭐? 자기랑 한 번도 안 자봤으니 괴로워할 추억도 남아 있지 않을 거라고? 처녀로 남은 게 다행이라 생각하라고?"

"아니, 그런 썩을……."

"그렇죠. 썩을 놈이죠. 그런데 댁이 상필 씨를 욕할 자격이 있나요?"

"그 녀석 이름이 상필입니까?"

"네, 이상필. 근데 왜요?"

"같은 남자로서 상필이 놈, 아주 나쁜 놈이라는 생각이 들어서요."

쿡쿡 웃어대던 난희가 급기야 고개를 젖혀 큰 소리로 웃기 시작했다.

"아이고, 배야! 뭐 묻은 개가 뭐 묻은 개를 나무란다더니!"

"난 적어도 애인을 배신하는 놈이 아닙니다. 그럴 애인도 없구요."

"나한테 거짓말할 거 없어요. 몰래 숨겨놓은 애인 때문에 약혼녀에게 뺨을 맞았다면서요?"

동혁은 찬물을 벌컥벌컥 들이켰다. 어지러운 머릿속으로 난희의 말들이 메아리처럼 들려왔다. 그런데도 그녀의 오해를 바로잡아야 한다는 생각만은 또렷했다. 이상필인지 뭔지 하는 천하의 나쁜 놈과 동격이 되는 것만은 죽어도 싫었다.

그는 물 컵을 탁 내려놓고 난희를 똑바로 쳐다보았다.

"내가 거짓말한 겁니다. 나 사귀는 여자, 없습니다."

난희의 눈이 동그래졌다.

"정말이요?"

끄덕이자 그녀의 눈이 가느다랗게 변했다.

"혼자 언론 플레이를 한 거란 말인가요?"

또다시 끄덕.

"우와, 강심장이셔. 여자 쪽 집안에서 가만히 있던가요?"

"날 배신한 건 저쪽이니 가만있을 수밖에요."

이번에는 제대로 놀랐는지 난희의 눈동자가 왕방울만해졌다.

"조동혁 씨를 그 여자가 먼저 배신했다구요?"

"그렇다니까요."

"으흠."

난희가 침묵에 잠겨들었다. 그 조그만 머리로 무슨 생각을 하는지 알 수 없어 동혁은 초조해졌다.

"유난희 씨?"

이름을 부르자 생각에 잠긴 것 같은 그녀의 눈빛이 날아왔다.

"당신 약혼녀에게 다른 남자가 생긴 건가요?"

동혁은 모호한 동작으로 어깨를 으쓱했다. 난희가 한숨을 쉬었다.

"당신, 남에게 지기 싫어하는 타입이죠? 자신의 약점을 노출시키는 걸 무엇보다 질색하구요."

"……."

"됐어요. 술이나 마시죠."

난희가 술병을 든 손을 그에게 뻗었다. 동혁은 술잔을 들었다가, 도로 내려놓고 술병으로 바꿔 들었다. 난희가 깔깔 웃었다.

"승부욕도 대단하군요!"

두 사람은 동시에 술병을 들이켰다. 한꺼번에 많은 양의 술이 목구멍을 타고 넘어오자 동혁은 한순간 숨을 쉴 수 없었다. 기침이 터져 나왔고, 사야가 흐릿해졌다. 그래도 멀쩡해 보이는 여자 앞에서 정신을 잃을 순 없어 기를 쓰고 버텼다. 어쩌면 내일 '조동혁, 소주에 빠져 죽다!' 라는 뉴스가 나올지도 모르지만, 어쨌든 현재에 집중하자.

"요즘은 불임이 흔하다던데, 어쩜 그 인간들은 재주도 좋아. 한 번 만에 임신을 했을 건 아니잖아. 몇 번이나 그 짓을 했을 건데. 어휴, 불결해."

"내 말이."

고개를 푹 숙이고 있던 동혁이 재빨리 응수했다. 분명치 못한 발음에 난희가 눈살을 찌푸렸다. 그녀가 동혁의 눈앞에서 한 손을 흔들었다.

"기권하나요?"

동혁이 고개를 발딱 들었다.

"천만에."

"흠. 그럼 한 병 더."

그 후 병째 마시는 상황이 이어졌다. 동혁은 난희에게 눈치 채이지 않게 병 속의 술을 들이켰다 내뱉는 짓을 하고 있었지만, 그래도 왈칵왈칵 몸 안으로 들어오는 술은 이미 견딜 수 있는 정도를 넘어선 상태였다. 난희의 말을 들으려면 온 정신을 쏟아야 할 판이었다. 그래도 눈으로는 울면서 사뭇 가벼운 어조로 농담처럼 말하는 그녀의 고통이 느껴졌다. 아무나 붙잡고 이 배신감을 털어 버려야 했다는 그녀의 말처럼 이별의 아픔은 결코 가벼운 게 아니리라. 칠 년간이나 이어져 온 사랑을 짓밟힌 그녀와는 달라도, 그 또한 약혼녀의 배신에 며칠 밤을 불면으로 지새운 전적이 있으니 말이다.

"재미가 없었겠죠. 손만 잡아도 행복하다고 하는 여자, 결혼할 때까지 서로 순결을 지키자고 요구하는 여자가 너무 시시했겠죠. 눈이 돌아갈 만큼 예쁘지도 않고, 글래머도 아닌 여자를 뭣 때문에 기다려 줘야 해? 널리고 널린 게 예쁜 여자들인데."

"손만 잡고 연애하면 안 됩니까? 왜 사귀면 다 침대로 가야 하냐고요."

혀가 꼬부라진 소리로 동혁이 반문하자 난희의 게슴츠레한 눈동자가 더 가늘어졌다.

"남자들은 사랑하지 않아도 여자를 안을 수 있다면서요?"

"남자라고 다 그런 건 아닙니다."

"댁은 생긴 걸 봐서는 충분히 그럴……."

"그런 오해, 지긋지긋합니다. 난 아무 여자하고 뒹구는 버릇, 없습니다. 누가 뒹굴었는지 알 수 없는 호텔의 침대에 눕는 것도 싫어요. 불결한 환경에서 어떻게 섹스에 집중할 수가 있습니까?"

"내 말이요."

"그렇죠. 사랑한다면 당연히 결혼을 해야죠. 결혼해서 내 집에서, 깨끗하고 안전한 내 집의 내 침대에서 편하게 안아야지, 그게 진정한 사랑 아닙니까?"

"옳소!"

난희가 박수를 쳤다. 그리고 잠시 침묵. 어색하지 않은 시간이 흐른 뒤에 두 사람은 누가 먼저랄 것도 없이 술병을 들어 건배를 했다. 병으로 세 번째였다.

"여자들은 남자에게 바라는 게 너무 많아요. 사랑한다는 이유로 남자를 조종하려 들고, 이것저것 사달라 떼를 쓰고, 이쪽이 조금만 소홀해진다 싶으면 토라져서 사람을 피곤하게 만들어요. 그런 게 사랑이라면, 안 하는 게 나아요. 알고서 왜 합니까, 피곤하게시리."

동혁이 테이블을 뚫어지게 내려다보며 중얼거렸다. 이성이 마비되었는지 이곳이 어디인지, 또 누구와 함께 앉아 있는지 알 수가 없었다. 오로지 생각나는 것은 약혼녀의 배신을 확인하던 순간의 그 처절함뿐. 그의 인생에 오점으로 남은 그 순간의 억울함이 머릿속을 지배하기 시작했다. 제정신이라면 절대 일어날 수 없는 일이었다.

"불타는 사랑만 사랑입니까? 결혼한 다음에 사랑해도 되잖아요. 뜨거운 감정이 없어도 얼마든지 좋은 관계를 만들 수 있잖아요. 아껴주고 싶었어요. 내 마음이 끌려가는 걸 느꼈단 말입니다. 그런데 그 여잔 뭐가 그리 급해서……."

벌컥벌컥.

난희는 동혁이 술병째로 술을 들이키는 걸 막을 수 없었다. 그답지 않게 축 처진 어깨, 축축한 음성은 그녀 자신을 보는 것 같아 더 안쓰러웠다. 어쩌면 이 깐깐한 남자가 약혼녀를 조금쯤은 사랑하지 않았을까 싶었다. 그런데 배신을 당했다니.

또다시 흘러내리는 눈물을 손등으로 훔치며 난희는 짐짓 장난조로 그를 힐난했다.

"당신, 깍쟁이예요. 알아요?"

"나와 아무 상관 없는 여자에게 내가 깍쟁이가 되든 말든."

"결벽증도 있죠?"

"조금은."

"알 만하네요."

"그렇게 날 잘 아는 사람이 협상을 그 지경으로 만듭니까? 대체 언제까지 줄다리기를 할 겁니까?"

대화의 내용이 순식간에 바뀌자 난희는 크게 한숨을 쉬었다. 하여튼 이 남자, 잠시도 마음을 놓을 수 없게 하는 상대이다.

"아직 멀었네요. 더 마시자고요."

챙!

술병이 서로 부딪친 순간, 동혁의 고개가 뒤로 꺾였다. 기절하는 게 아닌가 싶어 놀란 난희가 몸을 일으키는 것과 동시에 그가 재빨리 머리를 바로 했다. 얼굴이 지나치게 창백했지만 그녀를 바라보는 시선은 흔들리지 않았다. 한 올도 흐트러짐 없던 그의 머리는 헝클어져 여기저기로 뻗쳐 있었다. 목에서 대롱거리던 넥타이는 어느새 양복저고리 주머니 속에서 꼬리만 삐죽 내밀고 있었다. 찔러도 피 한 방울 안 나올 듯 완벽했던 남자의 모습은 사라지고 없었다. 흐트러진 조동혁의 모습이 내심 마음에 들어 난희는 생긋 웃으며 그의 손에서 술병을 빼앗았다.

"우리 이제 2차 가요."

그의 흐리멍덩한 눈동자도 마음에 들었다. 이참에 아예 눌러 버리자고, 그 순간 난희는 결심했다.

"노래방은 가봤죠?"

그녀가 일어나면서 묻자 동혁이 끄덕였다. 아마 그녀가 무슨 말을 하는지 잘 알지도 못하면서 지기 싫어 무조건 끄덕였을 것이다. 그렇거나 말거나 난희는 그를 재촉해 계산하게 한 뒤, 그를 이끌고 바로 옆 건물의 지하로 내려갔다. 쿵쾅쿵쾅 울리는 음악 소리에 동혁이 게슴츠레한 눈을 크게 뜨고 어리둥절한 표정을 지었다.

"아줌마, 서비스 한 시간 더. 아시죠?"

"그럼요. 오랜만에 오셨는데, 그 정도는 기본이죠."

한때 단골손님이었던 난희를 여주인이 호들갑스럽게 맞이했다. 눈치 빠른 여주인은 난희의 등 뒤 벽에 붙어서 있는 훤칠한 장신의 남자를 주목했다. 고급 양복에 귀티가 줄줄 흐르는 생김새. 어찌나 인물이 말끔한지, 나이 오십줄을 바라보는 그녀의 가슴이 다 설렐 정도였다. 난희에게 그녀가 물었다.

"애인?"

"그럴 리가요."

딱 잘라 부정하는 난희의 얼굴에 어이없어하는 표정이 떠올랐다.

"정말 잘생겼네. 연예인인가?"

"솔직히 연예인 할 정도의 얼굴은 아니죠."

"아가씨 타입이 아니야?"

그 질문에 대한 난희의 대답은 '흥!'이라는 코웃음이었다. 술에 취한 동혁의 귀에도 그 소리가 잘 들려왔다. 그러나 그는 쓸데없는 일에 힘을 빼지 말자고 스스로를 다독이며 그녀를 따라 3번 룸으로 향했다. 여주인은 커다란 덩치의 그가 유순한 아이처럼 난희의 뒤를 따라가는 걸 흥미롭게 지켜보았다.

"노래하기 싫어요?"

룸에 들어가자마자 내리 두 곡을 부른 난희가 동혁에게 마이크를 넘겼다. 그는 점잖게 거절했다.

"괜찮습니다."

"아니, 왜요?"

자신이 구제불능의 음치라는 걸 어찌 알리겠는가. 동혁은 점잖게 마이크를 되물렸다.

"듣는 걸 더 좋아합니다."

"취미가 참 따분하시네요."

동혁은 다소 거친 손길로 난희에게 노래 메뉴판을 건넸다. 그녀가 그걸 냉큼 받아 세 번째 곡을 골랐다. 마이크를 들고 일어선 난희가 그에게 명령했다.

"가만있지 말고 탬버린이라도 흔들어요!"

동혁은 엉겁결에 그녀가 던져 준 탬버린을 받아 들었다. 순간, 자신이 왜 이런 곳에서 재수없는 여자와 이러고 있나 하는 의문이 들었지만, 시끄러운 음악 소리 때문에 번민을 할 틈이 없었다. 난희는 그가 보고 있든 말든 엄청난 성량으로 노래하기 시작했다. 전문 가수 뺨치는 노래 실력에 그의 입이 벌어졌다.

"우리 오다가다 만난 사이 아니잖아. 우리 그냥 보통 사이 아니잖아. 그러면서 정이 들어버렸잖아, 여기에서 포기하면 나는 뭐야. 사랑해 줄 시간은 아직 많은데 벌써 가면 이제 나는 어떡하라고. 왜~ 가~!"

빠른 박자, 신나는 리듬.

"오! 가니 가니 나를 떠나가니 나를 떠나가다니~ 날 많이 많이 아주 많이 많이 사랑해 주었잖아. 다시 날 사랑해 줘, 다시 돌아와 줘, 진정 사랑했다면. 영원히 너와 단둘이 살고 싶어."

그러나 이별의 아픔을 담고 있는 노래가사.

컨츄리 어쩌고 하는 가수의 노래가 갑자기 뚝 끊어졌다. 난희는 노래 가사가 마음에 안 든다며 다른 곡으로 바꾸었다. 이번엔 '무기여 잘 있거라'. 멍하니 보고 있는 동혁에게 그녀가 탬버린을 흔들라고 채근했다. 안 흔들면 가만두지 않겠다는 눈빛 때문에 동혁은 어정쩡하게 탬버린을 흔들기 시작했다. 난희의 대단한 노래 실력만큼은 까다로운 그도 인정할 수밖에 없었다.

그렇게 얼마나 시간이 흘렀을까. 규칙적으로 흔들어대는 탬버린의 리듬이 어느 순간부터 자장가로 들리기 시작했다. 반쯤 눈을 감고 있던 동혁의 몸이 옆으로 기울었다. 재빨리 자세를 바로 했지만, 다음 순간 또다시 스르르 미끄러져 내렸다.

발라드를 열창하고 있는 난희의 눈에는 그런 그가 보이지 않았다. 갑자기 탬버린 소리가 멎었다는 걸 깨닫고서야 몸을 돌린 그녀가 보았을 때, 동혁은 소파에 비스듬히 누워 자고 있었다. 탬버린을 잡은 두 손은 얌전히 그의 가슴 위에 포개어져 있었다. 잠시 그를 노려보던 난희는 한숨을 쉬며 그의 옆으로 다가갔다. 걱정이 되는 것도 잠시, 승리의 기쁨이 그녀의 온몸으로 번져 나갔다. 조동혁을 두 번째 이긴 것이다!

"후후후, 내일 협상 제안서 다시 갖고 오세요, 조동혁 씨."

그렇게 중얼거리는 그녀도 멀쩡한 정신은 아니었다. 술을 깨려고 미친 듯이 노래를 불렀지만 의자에 앉는 순간 눈앞이 하얗게 변하는 걸 느꼈다. 동혁이 곯아떨어졌다는 걸 깨닫는 순간부터 취기가 무시무시한 속도로 올라오고 있었다. 속이 메스껍고 머리가 어지러웠다. 난희는 등받이에 머리를 기대고 눈을 감았다. 한숨 돌리고 동혁을 깨워야겠다고 생각했지만 어느새 그녀의 몸이 땅속으로 가라앉듯이 나른해졌다. 그녀의 머리가 점점 더 기울어져 고개 숙인 동혁의 얼굴 바로 몇 센티 앞까지 내려갔다. 서로의 숨소리가 들릴 만큼 바싹 다가간 그녀는 잠시 후 고른 숨소리와 함께 깊은 잠의 세계로 빠져 들어갔다.

　　"손님, 일어나세요! 문 닫을 시간이에요!"
　　누군가가 거칠게 어깨를 흔들어댔다. 떠지지 않는 눈을 겨우 떠보자 낯선 중년의 여자가 바로 앞에 서 있었다. 동혁이 놀라서 상체를 일으키려 했을 때, 가슴 언저리에 있던 묵직한 뭔가가 무릎까지 흘러내렸다. 기겁을 해서 내려다보자 난희의 머리가 그의 무릎 위에 올려져 있었다. 작게 코 고는 소리가 들려왔다. 노래방의 여주인이 알 만하다는 듯이 웃으면서 말했다.
　　"잠은 집에서 주무셔야죠."
　　낄낄대는 여자의 말에 당황한 것도 잠시, 동혁은 난희의 머리통을 잡고 내동댕이치려 했다. 그러다 자고 있는 여자에게 너무 심한 처사인 것 같아 조심스럽게 옆으로 내려놓았다.
　　"계산서 주십시오."

동혁은 침착하게 말했다. 취기가 어느 정도 빠진 모양이었다. 잠이 들기 전보다 발음이 한결 또렷했다. 난희가 자고 있어 다행이었다. 안 그러면 술에 먼저 고꾸라진 그를 통렬하게 비웃어댔을 것이다.

잠시 후, 그는 난희를 부축해서 노래방을 나왔다. 남자 종업원의 도움을 받아 계단을 올라왔지만, 완전히 곯아떨어진 여자를 안고 걸어가기란 여간 힘든 게 아니었다. 할 수 없이 그녀를 짐짝처럼 짊어지고 걷기 시작했다. 새벽 두 시. 거리는 한산했고, 부둥켜안고 지나가는 연인들만 가끔 눈에 띌 뿐, 그에게는 천만다행이게도 시선을 의식해야 하는 일은 벌어지지 않았다. 이럴 줄 알았으면 운전기사를 대기시키는 건데 그랬다.

고작 두 블럭이지만 여자를 업고 걸어가는 건 고역이었다. 그의 등은 땀에 흥건히 젖었고, 숨소리는 더욱 거칠어졌다. 몸집이 작은 여자가 몸무게는 제법 나갔다. 60kg? 동혁은 속으로 가늠해 보았다. 그의 손에 닿은 여자의 몸은 부드럽고도 폭신했다. 보기보다 굴곡이 뚜렷한 몸매를 등으로 느끼자 아까보다 더 더워졌다. 60kg은 심하고, 한 53kg 정도? 동혁은 헛기침을 하며 괜스레 붉어지는 얼굴을 허공으로 돌렸다. 이 나이에 벗은 여자를 상상하면서 흥분하는 건 있을 수 없는 일이다. 더구나 상대는 유난희. 저녁 내내 그를 놀려대던 여자를 떠올리자 술이 확 깨는 것 같았다. 생각 같아서는 난희를 거리에 팽개치고 가버리고 싶었지만, 그때 진달래 아파트 단지의 정문이 보였다.

난희의 아파트 주소는 알고 있었다. 십오층짜리 서민 아파트는 겨우 두 동뿐이었고, 그중 첫 번째 동의 엘리베이터에 올라 구층을 눌렀다. 비 오듯이 흘러내리는 땀을 손등으로 닦아내고, 겨드랑이 사이로 빠져나가는 여자의 머리를 다시 구겨 넣었다. 이런 상태에서도 세상모르고 자고 있는 여자가 참으로 존경스러웠다. 그냥 던져 버릴까 어쩔까 고민하는 사이에 '띵!' 소리가 났다. 눈물겹게 고마운 소리였다. 그는 엘리베이터를 내려 난희의 아파트 호수를 찾아 주위를 둘러보았다. 복도식 아파트에 일렬로 늘어선 청색의 철제문들을 죽 따라가다 드디어 목적지에 도착했다.

"유난희 씨, 열쇠."

난폭하게 흔들어대도 난희는 깨어나지 않았다. 그래도 '열쇠'라는 소리는 귀에 들어왔는지, 그녀가 '가방' 이란 단어를 중얼거렸다. 동혁은 자신의 어깨에 걸치고 있던 그녀의 숄더백 속을 뒤져 열쇠를 찾아냈다. 다리가 후들거려 주저앉을 것만 같았다. 자신을 이런 상태로 몰아넣은 여자를 저주하며 아파트의 현관문을 열어젖혔다. 발을 들이자 현관의 오렌지색 센서 등이 켜졌다.

암흑에 잠긴 아파트 내부는 보이지 않았다. 그는 신발을 벗을 힘도 없어 현관 마루참에 난희를 내려놓고 신발장에 기대섰다. 젖은 등에 달라붙은 양복저고리를 벗어 들었다. 무시무시한 짐 덩어리를 내려놓아 다행이라는 안도감과 함께 잠자고 있던 취기가 순식간에 올라왔다. 그는 정신을 차리자고 스스로 채찍질했지만 감기는 두 눈을 어쩔 수 없었다. 잠시 망설이다 누워 있는 난희의 다리를 멀찍이 치우고 그 자리에 털썩 주저앉았다. 걸어갈 힘이 생길 때까지만 잠시 앉아 있자고 다짐했건만, 깨닫지 못한 사이에 그의 몸이 나른하게 풀어지기 시작했다. 보이지 않는 손이 그를 땅속으로 끌어당기는 것 같았다.

이제는 코를 골며 자고 있는 유난희. 그런 그녀의 옆에 비스듬히 누운 동혁은 그녀의 코 고는 소리를 자장가 삼아 서서히 잠에 빠져들었다. 신발도 채 벗지 않은 그의 몸 아래는 현관에, 그의 상체는 난희의 옆구리에 얌전히 걸쳐져 있었다. 바로 이것이 적과의 동침이 아니면 뭐란 말인가?

제7장

위기일발, 초대형 사고!

키는 180㎝쯤. 깔끔한 스포츠형의 머리와 지적인 인상을 풍기는 외모.

흔한 말로 '꽃미남'은 아니지만 꽤나 잘생긴 남자였다. 이른 아침부터 남의 가게 안을 염탐하는 짓을 하기엔 아까울 정도로 말이다. 백수가 아닌 다음에야 무려 삼십 분 동안이나 저런 짓을 하진 않았을 것이다.

오전 아홉 시. 성주는 약국의 첫 손님을 맞이할 준비를 끝낸 채 그 남자를 바라보고 있었다. 노골적으로 쳐다보다 그와 눈이 마주치자 생긋 웃어주었다. 깜짝 놀라는 남자의 표정이 귀여웠다. 그는 헛기침을 하더니 마지못한 듯이 약국 문을 열고 들어왔다.

"실례합니다."

"네. 어서 오세요."

성주는 상냥하게 그를 맞이했다. 남자가 입고 있는 엷은 회색 양복의 질감이 무척 고급스러워 보였다.

"유난희 씨 계십니까?"

요즘 난희의 인기가 하늘을 찌르는구나.

성주는 새삼스럽게 남자를 훑어보았다. 크고 균형 잡힌 몸에 서글서글한 생김새. 날렵한 콧잔등에 걸친 안경을 집게손가락으로 밀어 올리는 동작도 귀여웠다. 큼지막한 체구의 남자에게 귀엽다는 게 웬 말이냐만은, 남자들에 대해 제법 잘 아는 성주의 눈에는 하나같이 귀엽고 바람직한 인상의 남자였다. 그런데 어제는 재벌가의 왕자님, 오늘은 왕자의 껍데기를 가진 귀염둥이. 난희에게 한꺼번에 남자 복이 터진 건가…….

"유 선생은 아직 출근 안 했는데, 누구시죠?"

대답 대신 남자가 양복 재킷 속에서 뭔가를 꺼내 들었다. 그가 건넨 명함을 받아 든 성주는 가만히 글자들을 읽어보았다.

〈법무법인 박&김 로펌
세한그룹 법률팀 변호사 박태호.〉

고개를 번쩍 들어 남자를 바라보는 성주의 눈길이 날카로워졌다.

"그런데요?"

경계심 가득한 그녀의 반문에 남자가 씨익 웃었다. 제 딴에는 매력적인 미소라 생각할 테지만 성주는 가증스럽게 느꼈다. 남자에 대한 호감은 이미 망각의 강을 건넜다.

"유난희 씨를 뵙고 싶은데요."

"그러니까, 왜요?"

성주는 하필 자신이 쉬는 날 이 남자가 난희를 찾아왔었다는 걸 기억해 냈다. 말도 안 되는 협상 제안서를 가져와서 난희의 속을 뒤집어놓았다고 했었지.

성주는 팔짱을 낀 채 박태호 변호사를 뚫어지게 응시했다.

공룡 회사의 고문변호사라고? 여차하면 고문의 참맛을 느끼게 해주리라.

"실례지만, 성함이……."

"김성주. 이곳의 공동 운영자예요. 그러니 난희의 문제가 곧 나의 문제가 되는 거죠."

어디까지나 매끄럽게 응수하자 박태호가 피식 웃었다. 입술 양 끝을 말아 올리는 부드러운 미소였다.

"약국에 관련된 용건이 아닙니다만."

"어쨌든 유 선생은 아직 출근 안 했어요. 휴대폰으로 연락해 보지 그러셨어요?"

"너무 이른 시각이라 전화 드리기가 뭐해서요."

"예의를 아시는 분이 이른 아침부터 남의 가게를 염탐하신 건가요?"

그 순간 박태호의 얼굴에서 미소가 씻은 듯이 사라졌다. 지나치게 달콤한 여자의 말투에서 불쾌감을 읽은 모양이었다. 그러나 변호사답게 그의 언변은 막힘이 없었다.

"염탐하는 걸로 보였다면 죄송합니다. 사실 들어올까 말까 망설이던 중이었거든요."

"들어오셨으니 된 거 아닌가요?"

성주는 한 마디도 질 수 없다는 심정으로 꼬박꼬박 응수했다.

"또 말도 안 되는 제안서를 갖고 오신 거라면 돌아가세요. 가득이나 심란해하는 내 친구의 속을 뒤집는 꼴은 못 보겠으니까."

"오늘은 그 용건으로 온 게 아닙니다. 그리고 그 제안서 얘기는 김성주 씨와는 상관이 없는 것 같은데요."

"왜 상관이 없어요? 나도 이 상가에 세를 들어 살고 있는 입주민인데. 포악한 공룡의 발톱에 끼어서 언제 죽을지 모르는 팔자인데."

한껏 비아냥거리자 박태호가 한숨을 쉬었다.

"아무튼, 유난희 씨는 몇 시에 출근합니까?"

"몰라요. 어젯밤에 댁의 사장이랑 만나서 뭔가를 한다고 했으니, 죽지 않았으면 곧 출근하겠죠."

남자의 눈썹이 꿈틀, 잘생긴 얼굴 가득히 난감해하는 표정이 떠올랐다. 그때 성주의 뇌리에 뭔가가 떠올랐다 사라졌다. 조동혁 씨의 변호사가 이른 아침부터 난희를 찾아왔다는 건?

"혹시, 어젯밤에 그쪽 사장님이 우리 난희와 만나는 걸 모르고 계셨나요?"

"당연히 알고 있습니다."

대답하는 남자의 목소리가 무뚝뚝했다. 하나, 눈치가 빠른 성주에게 그의 혼란이 그대로 감지되었다.

"댁의 사장님과 내 친구가 술을 마신다고 했거든요. 혹시 둘이 같이 어디론가 사라진 건 아닐까요?"

"설마……."

재빨리 대답하던 남자가 갑자기 입을 다물었다. 삽시간에 어두워지는 그의 안색을 보며 성주는 거침없이 말을 이었다.

"청춘 남녀가 늦은 밤에 함께 술을 마시다 보면 이러쿵저러쿵 해서 관계가 확 달라질 수 있는 거잖아요. 게다가 댁의 사장님, 정말 잘생겼더군요. 어떤 여자라도 혹하지 않겠어요? 그런 분이 먼저 술을 마시자고 청했는데, 내 친구인들 배겨나겠어요? 아니다. 내 친구가 술을 더 잘 마시니까 어쩌면 댁의 사장님이 술에 취해서 인사불성이 되어 병원에 실려 갔을 수도 있겠네요. 지난번에 술을 마셨을 때에도 내 친구가 그분을 겨우 집에 데려다 줬다고 했는데. 그런데요, 적과의 술내기라니, 댁의 사장님도 참 독특하시네요. 서로 사이좋다고는 할 수 없는 관계잖아요? 아니면 댁의 사장님이 술에 취한 여자를 잡아먹을 속셈이신가요?"

마지막 말을 마치고는 한 손으로 입을 가리고 웃었다. 박태호의 얼굴에 혼란과 의심의 빛이 교차하다가 마지막에는 초조한 기색이 내리덮였다. 걱정으로 한껏 어두워진 안색. 그 두 사람이 정말 정분이라도 나면 어떡하나 싶어 걱정이 태산인 모양이었다. 그에 성주는 의미심장한 어조로 쐐기를 박았다.

"저러다 둘이 정들겠어요. 그럼 협상이고 뭐고 다 필요없는 것 아니겠어요?"

"김성주 씨, 지금 농담하는 겁니까?"

냉큼 쏘아붙이는 남자에게 성주는 눈웃음을 쳤다.

"내 말이 과연…… 농담일까요?"

그러자 남자의 얼굴이 확 붉어졌다.

이 남자, 꽤 귀엽다.

성주는 나른하게 내리뜬 눈으로 남자를 음미했다. 냉철한 변호사라는 가면이 그녀의 몇 마디 말에 어이없이 깨져 버렸다. 대체 뭘 저렇게 걱정하는 걸까? 난희가 사람을 잡아먹는 괴물도 아닌데 이 남자, 자신의 사장에게 무슨 일이 생겼을까 싶어 안절부절못한다. 설마 박태호의 아킬레스건이 조동혁?

"혹시 댁의 사장님과 당신, 사귀나요?"

저도 모르게 질문이 튀어나갔다. 그 순간 박태호의 몸이 뻣뻣해지더니 경련을 일으켰다. 너무 충격을 받은 모습이라 성주는 미안해졌다.

"아님 말고요."

"이것 보세요! 말이면 단 줄 압니까?"

"아니면 아닌 거지, 왜 소릴 지르고 그러세요?"

성주는 두 손으로 귀를 막는 시늉을 했다. 그러면서 박태호처럼 그녀도 의문에 사로잡혔다.

난희와 그 남자. 정말 사고 친 거 아닐까?

"초면에 실례가 아닙니까? 그런 헛소리를…….."

"남남 커플이 어때서요? 사랑하는데 남녀 구분이 달리 있나요."

"이것 보세요!"

버럭 소리치던 남자가 갑자기 울리는 휴대폰 벨소리에 말을 멈췄다. 재빨리 발신번호를 확인하더니 성주에게 등을 돌리고 섰다.

"대체 어딥니까?"

상대에게 달려들듯이 묻고는 잠시 귀를 기울였다. 그러고는 크게 한숨을 내쉬었다.

"네, 알겠습니다. 지금 가죠."

휴대폰을 닫는 손길이 무척 거칠었다. 화가 난 모양. 사장의 전화인가? 뻣뻣하게 굳어 있는 남자의 등을 바라보며 성주는 유추해보았다. 이른 아침부터 조동혁 씨의 변호사가 난희를 찾아올 정도면 뭔가 일이 틀어져도 단단히 틀어진 모양인데, 난희는 왜 안 나타나는 걸까? 자신의 상사가 걱정이 된 나머지 적진에 뛰어든 귀여운 변호사 양반에게 무슨 죄가 있겠어. 그렇지만 재미있네. 후후후.

오랜만에 흥미진진한 느낌을 맛보며 성주는 돌아서 있는 남자의 등을 한 손가락으로 톡톡 두드렸다. 움찔, 놀라서 굳어 있던 남자가 신경질적으로 그녀를 돌아보았다. 성주는 그런 남자에게 활짝 웃어 보였다.

"약 안 사실 거면 좀 나가주시죠?"

이를 드러내고 웃자 박태호가 주춤주춤 물러섰다.

"아, 한 가지 더. 우리 상가를 밀어버리는 건 좋은데, 그전에 우리가 먹고살 길은 마련해 주셔야 할 거예요. 내 친구의 할머니가 여기 땅의 주인이신데, 상가 임대 계약을 할 때부터 모두 한가족인 걸 강조하셨거든요. 당신네 토지 매입 제안서를 받아 드신 후에 여행을 떠나셨죠, 아마? 그럼 여행 중에도 대책을 세우느라 바쁘실 거예요. 그런 분의 정신을 이어받은 내 친구 또한 한 번 머리를 굴리기 시작하면 못 말리고요. 내일쯤 할머니가 돌아오시면 상황이 더 어려워질 거예요. 그러니까 생각 잘하고 다시 찾아오세요."

말을 마친 뒤 성주는 약제실로 들어가 버렸다. 아침부터 남자를 놀려먹는 게 즐겁긴 하지만, 난희에 대한 걱정이 더 컸기 때문이다. 술도 못 마시는 남자와 술내기라니, 전적으로 난희에게 유리한 싸움인데 왜 아직도 출근을 안 하는 거지?

우두커니 서 있던 박태호가 문을 박차고 나갔다. 성주는 피식 웃음 짓고는 난희에게 전화를 걸었다. 처음엔 그녀의 휴대폰으로, 그러고는 집으로 전화를 걸었지만 연결이 되지 않았다. 성주는 걱정스런 눈길로 허공을 멍하니 올려다보았다.

적과 동침이라도 한 거면, 이 사태를 어떡하지?

헉!

동혁은 순식간에 잠에서 깨어났다. 뭔가가 가슴을 답답하게 짓누르고 있었다. 가위에 눌린 거라 여겼는데, 시선을 떨어뜨리자 허여멀건 것이 보였다. 필시 사람의 다리였다. 희고, 부드럽고, 종아리 부분이 통통한 여자의 다리. 여자의…… 다리?

너무 놀라서 벌떡 일어나 앉았다. 순간 머리가 쪼개지는 것 같은 통증이 일었다. 동혁은 끙끙거리며 두 손으로 머리를 움켜잡았다. 그러면서도 자신의 몸에 걸쳐진 여자의 다리를 멀찍이 떼어내는 걸 잊지 않았다. 그 다리 위쪽으로 시선을 옮기면서도 설마설마했다. 제발 아니기를 하나님, 부처님, 알라신까지 찾으며 기도

했건만, 그 다리의 주인을 보았을 때는 경악의 비명이 절로 터져 나왔다.

유난희! 어째서 유난희가 여기에 있는 거지?

반사적으로 자신의 몸을 내려다보았다. 구겨진 셔츠와 바지 차림 그대로. 휴우, 안도의 한숨이 나왔다. 유난희 역시 어제 입은 옷 그대로였다. 옷을 다 입은 채로 두 사람이 포개어져 자고 있었던 거다. 그게 전부였으니 일단은 안심. 그런데 여긴 어디지?

깨질 것 같은 머리를 움켜쥔 채 주위를 둘러보았다. 색색의 식물들이 넘쳐 나는 정원처럼 꾸며진 베란다와 아담한 거실의 정경이 한눈에 들어왔다. 오래된 TV, 키 작은 원목 장식장과 어른의 키만큼이나 크고 풍성한 열대 식물 화분들. 거실은 온통 초록의 물결이었다. 그것들은 실내에 떠도는 이름 모를 향기의 근원인 듯했다. 그 상큼한 향기를 맡자 두통이 조금 가시는 것 같았지만, 곧이어 이곳이 난희의 집이라는 자각이 들자 가슴이 철렁했다.

외박을 했다. 그것도 여자의 집에서. 다른 여자도 아니고, 원수 같은 여자, 유난희의 집에서.

그 놀라운 사실에 숨이 멎는 것 같았다. 난생처음 여자의 집에서 잠을 잤는데, 하필 유난희의 집이라니!

그녀를 업고 이곳까지 올라온 기억 이후의 일은 감감했다. 하지만 시간이 지날수록 자신이 했던 말들이 한두 마디씩 생생히 떠올랐다.

"약혼녀가 날 배신했어요."

"결혼한 뒤에 사랑해도 되잖아요."

"깨끗한 내 집의 내 침대에서 사랑을 나누면 안 되나요?"

이런 젠장!

남에게, 그것도 유난희에게 그런 망발을 지껄였다니!

동혁은 통한의 신음을 흘리면서 조심조심 몸을 일으켰다. 난희는 사지를 좍 벌린 채 정신없이 자고 있었다. 보고 있기에도 민망한 자세다. 정말이지 정이 뚝 떨어지게 하는 여자였다. 계속 바라보고 있자 그녀가 뭐라고 웅얼대다가 손등으로 입가를 쓱 닦아내고는 한 바퀴 몸을 굴려 옆으로 누웠다. 그 바람에 스커트가 말려 올라가 뽀얀 허벅지가 드러났다. 늘씬하면서도 통통한……. 자연히 그곳에 눈이 쏠리는 걸 깨닫고 동혁은 재빨리 시선을 돌렸다. 참으로 난감하고, 당황스럽고, 불쾌하기만 한 상황이었다.

그는 현관 바닥에 뒹구는 양복 재킷을 집어 들었다. 손으로 대충 머리를 빗어 정리했지만, 부글거리는 속과 더불어 몰골이 말이 아닐 것이다. 몸을 움직일 때마다 토기가 올라왔다. 위가 조여드는 듯한 통증이 점점 더 심해졌다. 이렇게 불쾌한 아침을 맞이한 기억이 없었다. 생각 같아서는 난희를 깨워서 욕해주고 싶었지만, 그마저도 시간 낭비인 것 같아 대신 현관문을 열고 아파트를 나갔다. 소리를 내지 않으려고 조심했는데, 한순간 '찰칵' 하고 문이 잠기는 소리가 들려 깜짝 놀랐다. 그러나 그것은 바로 옆집의 문이 잠기는 소리였다. 놀라서 고개 돌린 동혁의 눈에, 역시 놀라서 눈이 휘둥그레진 중년의 여자가 들어왔다. 두 사람은 숨도 멈춘 채 서로 멀뚱히 쳐다보았다. 그렇게 얼마나 시간이 흘렀을까. 먼저 정신을 차린 동혁이 굳은 입가에 겨우 미소를 띠고 여자에게 말했다.

"좋은 아침이지요?"

그 순간 왜 얼굴이 붉어졌는지 모른다. 그의 말에 중년 여자가 뜨악한 표정으로 한 걸음 더 물러섰다. 동혁은 입술을 깨물고 후다닥 그 자리를 벗어났다. 화살촉처럼 날카로운 여자의 시선은 그가 엘리베이터에 오르기 전까지 끈질기게 쫓아왔다.

"같이 잤다고?"

응급실 안에 경악한 남자의 목소리가 울려 퍼졌다. 때마침 주사기를 들고 지나가던 간호사가 인상을 썼다. 태호는 따가운 눈총을 받고서야 목소리를 낮췄다.

"미남계를 쓰라고 했지만 네가 당장 실행에 옮길 줄은 몰랐어."

"잠만 잔 거라고 했잖아."

동혁은 친구의 호들갑스런 반응에 짜증이 났다. 병원의 응급실로 녀석을 불러들이지 말 걸 그랬다.

하마터면 위에 구멍이 날 뻔했다고 응급의가 진단했다. 잘 마시지도 않는 술 때문에. 동혁은 지난밤을 떠올리자 울화가 치밀었다. 도둑처럼 몰래 유난희의 집을 빠져나와 이게 뭐 하는 꼴인지.

"술에 취해서 나도 모르게 쓰러져 잔 거야. 그 이상도, 이하도 아니야."

"대체 얼마나 마셨기에?"

"둘이서 소주 일곱 병쯤?"

태호가 놀라서 입을 쩍 벌렸다. 소주는 입에 대지도 않는 친구의 입에서 나온 말을 믿지 못하는 얼굴이었다. 동혁은 답답함을 참지 못해 팔뚝에서 링거 바늘을 빼버렸다. 소독 솜으로 바늘 자국을 꾹 누른 채 침대를 내려왔다. 그런 그를 태호가 재빨리 막아섰다.

"어딜 가려고?"

"회사에 나가봐야지."

"링거 다 맞고 가. 얼굴에 핏기라곤 없어. 너 일하다 쓰러지면 회장님이 퍽이나 좋아하시겠다."

동혁은 이맛살을 찌푸렸다. 울렁거리던 속은 가라앉았지만 두통은 여전했다. 두 번은 겪고 싶지 않은 술난리. 동혁은 이를 갈며 다짐했다.

내가 또다시 유난희와 술내기를 하면 인간이 아니다!

"그러게 왜 그런 여자와 내기를 해? 이기지도 못하는 술을 마시다가 큰일이 생기면 어쩌려고?"

"큰일은 이미 생겼어. 내가 이겼으니까."

의기양양해하는 그를 태호가 믿을 수 없는 일인 양 쳐다보았다.

"술에 절어서 응급실로 달려온 네가?"

"같이 잠이 들었어도 내가 먼저 눈을 떴으니까."

"조동혁. 너 이렇게 유치한 인간이었냐?"

"술을 못 마신다고 대놓고 날 비웃는데, 가만있으면 바보지."

"너답지 않아. 냉철하고 이성적인 조동혁 사장님은 어디로 갔냐고?"

"말이 나온 김에 박태호, 내게 말조심해. 업무 시간에는 내가 너의 사장이야."

동혁이 나직한 어조로 경고했다. 아차 싶어 태호는 재빨리 정중한 말투로 바꾸었다.

"그럼 유난희 씨에게 동의를 받아낸 겁니까?"

"내일 박복순 여자님이 돌아오면 합의서에 도장을 받아야지. 술내기에서 진 손녀따님 덕분에 협상이 잘 마무리됐다고 말이야."

동혁의 굳은 입술이 기분 좋은 미소로 한껏 벌어졌다. 그가 진심으로 이 유치한 전쟁의 승리를 즐거워하는 걸 깨닫고 태호는 어이가 없었다.

"여자와 술내기해서 사업을 하다니, 전혀 사장님답지 않습니다."

"모로 가도 서울로만 가면 되지."

참을 수 없는지 동혁이 벌떡 일어나 응급실 출입구로 걸어갔다. 태호는 그를 뒤쫓으며 숨이 찬 어조로 말했다.

"정말 그 여자와 아무 일 없었습니까?"

그를 돌아보는 동혁의 눈빛이 살벌했다.

"갖다 붙일 여자가 없어서 그런 여자를?"

"요즘 사장님답지 않은 일이 너무 많아서요. 혹시 유난희 씨에게 꽂힌 건 아닌가……."

그렇게 말하던 태호는 움찔해서 입을 다물었다. 동혁의 칼날 같은 시선이 사정없이 그에게 내리꽂혔기 때문이다. 평소엔 점잖다가도 한 번 아니다 싶은 일은 물불을 가리지 않고 잔인하게 잘라내 버리는 성격. 바로 조씨 집안 특유의 성격이 동혁에게도 고스란히 존재했다.

평소의 빈틈없는 모습을 되찾은 동혁은, 만류하는 의료진을 뿌리치고 당당히 병원을 나섰다. 그러고는 차에 오르자마자 태호에게 몇 가지 지시를 더 내렸다. 박복순 여사님과의 면담 준비를 철저히 해놓을 것. 토지 매입 최종 제안서를 다시 작성할 것. 그리고 가장 중요한 것, 유난희에게서 걸려오는 전화는 일절 연결하지 말 것.

"그 여자를 피하시는 겁니까?"

태호의 물음에 동혁은 간담이 서늘해지는 미소를 지었다.

"그 여자에게 볼일은 끝났어. 이후에 내 앞에서 그 이름, 안 들리게 해줘."

"하지만 그 여자가 이번 일로 사장님의 발목을 잡으면 어떡합니까?"

"태호야, 내가 그렇게 허술한 놈이니?"

두 번째 경고. 태호가 입을 다물자 동혁은 시트에 머리를 기댄 채 눈을 감았다. 그런 그를 룸미러를 통해 흘끔거리며 태호는 속으로 한숨을 삼켰다.

"댁으로 모실까요?"

"아니, 네 오피스텔로 가. 좀 씻고 출근해야지."

가라앉은 음성으로 중얼거리는 동혁의 얼굴이 너무 창백했다. 태호는 걱정스럽게 한숨을 내쉬었다.

"오늘은 쉬시는 게 어떨까요?"

동혁이 말없이 고개를 저었다. 그의 고집을 아는 터라 태호는 더 이상 말릴 수 없었다.

지난밤의 일이 궁금해 출근하기 전에 동혁에게 전화를 걸었지만 연결이 안 됐었다. 게다가 조 회장이 꼭두새벽부터 그에게 전화를 걸어와 동혁이 사귀는 여자가 누구냐고 추궁했었다. 그는 아는 바가 없다고 잡아뗐지만, 처음으로 무단 외박을 한 아들이 여자와 함께 밤을 보낸 게 분명하다며 조 회장은 호언장담했다. 그게 아니라면 나이 서른이 넘은 아들 녀석의 무단 외박을 용서치 않겠다고 엄포를 놓았었다. 그래서 동혁에게 사귀는 여자가 없다고 차마 말씀드리지 못했다. 이제나저제나 외아들을 장가보내고 싶어 안달을 하는 조 회장에게 아들의 거짓말을 어떻게 고발할 수 있겠는가.

　태호는 난희의 약국을 찾아갔었다는 말을 동혁에게 하지 않았다. 약국을 떠올리자 그 얄미운 여자가 생각났다. 그를 약 올리는 말만 골라서 하던 멀대 같은 여자. 이름이 김성주였던가? 곱상한 외모와 달리 싸가지없는 말본새 하며 살살 눈웃음치던 그 모습이 어찌나 얄밉던지! 그 여자는 자신이 제2의 유난희라고 착각하고 있는 게 분명했다. 나설 때 안 나설 때를 구분 못하는 타입. 다시는 그 여자를 만날 일이 없어서 천만다행이라고, 태호는 내심 안도했다.

　정오 무렵에야 출근한 동혁은 예상했던 고난에 부닥쳤다. 우선 걱정에 찬 어머니의 전화를 받아 아무 일 없었다며 안심시켜 드려야 했고, 곧이어 회장실로 불려가 아버지의 불호령에 시달려야 했다. 조 회장은 아들의 얼굴을 보자마자 이렇게 말했다.

　"그 여자를 당장 데려와."

　아예 아들의 혼인 날짜를 잡을 태세였다. 동혁은 아무 반박도

하지 못했다. 사귀는 여자가 없다고 이실직고를 하게 되면 아버지는 영희에게 파혼당한 이유를 알게 될 것이고, 당신의 성격대로 한바탕 난리가 날 게 뻔한데, 차마 입이 떨어지지 않았다. 아들의 무단 외박을 환영하는 조 회장의 얼굴에는 장차 맞아들일 며느리에 대한 기대감이 가득했다. 집안 배경, 학벌, 외모는 따지지 말고 딱 하나, 조씨 집안에 어울리는 강단을 소유한 여자라면 어떤 여자이든 며느리로 환영한다는 말도 덧붙이는 것이었다. 게다가,

"이제야 네 녀석이 사내놈으로 보이는구나. 하도 까탈스럽게 굴어서 사내 구실이나 할 줄 아나 싶었는데 말이다."

라고 어이없는 말씀까지 덧붙이는 게 아닌가!

어느 재벌가의 아버지는 망나니 같은 아들 때문에 골치를 앓는다는데, 어릴 때부터 말썽 한 번 안 피우고 곱게 자란 아들을 못마땅해하는 조 회장의 솔직한 말에 동혁은 기가 막혔다.

"제가 여자 문제를 일으키길 바라시는 줄 몰랐습니다."

"정도껏 하면 괜찮지. 하지만 너는 아예 거들떠 보지도 않았잖아."

"대학 4학년 때를 마지막으로 아버지께는 제 여자 친구를 보여 드리지 않기로 작정했습니다."

또 기억이 나버렸다. 한유진. 그 이름도 잊지 못할 첫 여자. 데이트 한 번 제대로 해보지 못하고, 결혼 운운하는 아버지 때문에 깨어져 버린 조동혁의 슬픈 사랑 이야기.

"녀석, 아직도 그때 일로 삐쳐 있는 거냐?"

조 회장이 어이없어하며 반문했다. 동혁은 억양의 변화 없이 나

직이 응수했다.

"제가 여자를 만나기만 하면 결혼 날짜를 잡자고 하시는 아버지 때문에 무척 괴로웠습니다."

"내가 간섭 안 하면 넌 평생 노총각 신세를 면하지 못할 거다."

어쩌면 저렇게 뻔뻔하실까?

"하나밖에 없는 아들이 그렇게 못 미더우세요?"

"여자 문제에 관해서는. 모자란 게 없는 네가 여자를 돌처럼 여기니 내 속이 탄단 말이야. 대체 언제쯤에야 손주 녀석을 안아보게 해주겠니?"

동혁은 답답해서 미칠 것 같았다. 이럴 줄 알았으면 진작 여자를 사귀어볼 걸 그랬다고 후회했지만, 곧 정신을 차렸다. 그의 배경을 보고 달려드는 여자들을 떠올리자 소름이 돋았다. 좀 더 어릴 때는 그런 여자들의 미모에 혹해서 깊은 관계를 가져볼까도 싶었지만, 그의 지갑 속을 노리는 여자들의 시커먼 속내를 간파한 뒤에는 오만 정이 다 떨어져 아무리 예쁜 여자라 해도 일단 색안경부터 끼고 보게 되었던 것이다. 또 낯모르는 여자들이 낙지처럼 그에게 달라붙는 것 또한 끔찍했다. 게다가 마음에 드는 여자와 가벼운 데이트라도 즐길라치면 그 다음날엔 '세한그룹의 황태자, 미모의 여인과 심야의 데이트!'와 같은 선정적인 기사가 뜨니, 그때마다 아들의 결혼을 필생의 목표로 여기는 조 회장을 달래느라 골치를 썩여야 했다. 이래저래 피곤한 일투성이가 바로 연애였다. 그런 짓을 제정신으로 할 수 있냐 말이지.

"너와 밤을 함께 보낸 그 여자, 당장 데려와. 아니면 내가 사람을 풀어서 끌고 올 거다."

"아버지!"

기가 막혀서 말이 안 나왔다. 그러나 조 회장은 의기양양하게 웃어댔다.

"네 녀석이 도망가기 전에 얼른 해치워야지."

"저와 함께 잔 여자라고 무조건 오케이하시는 겁니까?"

"응. 네놈이 고르고 고른 여자이니 믿을 만할 거야. 이 아비도 너의 안목을 인정한단 뜻이다."

아이고, 머리야!

동혁은 속으로 신음하며 떨리는 손으로 이마를 짚었다. 이젠 감당할 수 없는 수준에 도달한 자신의 거짓말을 어떻게 수습해야 할지 몰랐다. 그에 이런 사태를 초래한 여자에게 비난의 화살을 돌렸다. 이름처럼 성격도 유난스런 유난희. 그녀를 만난 후부터 그의 평온했던 삶이 엉망진창이 돼버린 것이다.

거듭 며느릿감을 데려오라는 조 회장의 성화에 시달리다 겨우 회장실을 빠져나왔다. 무려 한 시간이었다. 술병이 난 속을 다스릴 시간조차 갖지 못했다. 이럴 줄 알았으면 태호 말대로 집에 가서 잠이나 자는 건데…….

동혁이 비틀거리며 사무실로 들어가자 대기하고 있던 태호가 달려왔다.

"괜찮으십니까?"

동혁은 대꾸도 하기 싫어 자신의 방으로 들어가 쓰러지듯 의자에 앉았다. 두 손으로 머리를 잡고 고통스럽게 신음했다.

"사장님, 유난희 씨에게 두 번 전화가 왔었습니다."

태호의 폭탄 같은 발언에 동혁이 멈칫했다. 그러나 곧 아무 대꾸 없이 책상 서랍을 열어 두통약을 꺼내어 입에 넣었다. 물도 없이 약을 삼키자 쓴맛이 입 안 가득 퍼졌다. 동혁은 인상을 찌푸리며 애꿎은 친구를 타박하기 시작했다.

"내 앞에서 그 여자 이름은 언급조차 말라고 했는데?"

"자기를 피하는 걸 알고서 전화가 왔는데 어떻게 해? 아, 이 말을 꼭 전해달라더라. '조동혁 씨, 내 손해가 이만저만 아닙니다. 손해배상 청구할 테니 기대하세요'. 손해배상이라니, 뭘?"

어느새 반말 투가 되어버렸지만 동혁은 깨닫지 못했다. 발칙한 여자의 협박에 기가 찰 노릇이었다.

"정신 나간 여자의 말은 듣지 마."

차갑게 잘라 말하자, 태호가 의아한 듯이 고개를 갸웃했다.

"멀쩡하던데? 지난밤의 일을 없었던 걸로 하지 말라고 하더라. 천하에 둘도 없는 철면피처럼 굴지 말라고."

동혁은 머리가 지독하게 아픈 걸 느꼈다. 손해배상 청구라니, 그건 그가 할 말이었다. 난생처음 술을 마시고 여자의 집에서 잠을 잤는데, 그에게 최악의 경험을 하게 만든 당사자가 손해배상 운운하다니, 이런 빌어먹을.

"박태호, 변호사 놈이 이렇게 한가해서 먹고 살겠니?"

"당분간 네 회사 일에 전념해 달라면서?"

"나가봐."

"하지만 사후 대책을……."

"날 졸졸 따라다닐 시간에 박복순 여사님 건을 해결할 방법이나 찾아봐. 합의 도장을 받는다고 우리 쪽 손해가 메워지는 게 아니잖아. 금전적 손실만 계산해도 머리가 아파."

그 말에 태호의 표정이 진지해졌다. 아닌 게 아니라 동혁의 얼굴은 말도 못 붙일 정도로 차갑게 굳어 있었다. 더 이상 그의 성질을 건드려 봐야 좋을 게 없다고 판단한 태호는 조용히 사무실을 나갔다.

문이 닫히길 기다렸다는 듯이 휴대폰이 울렸다. 동혁은 책상 구석에 던져 둔 휴대폰을 찾아내어 발신자를 확인했다. 순간 욕설을 내뱉으며 휴대폰을 멀리 내던지려 했다. 그러다 멈칫하고는 잠시 고민하다 휴대폰을 귀에 가져갔다.

"유난희 씨, 손해배상 청구라니, 그게 무슨 말입니까?"

냅다 소리를 치자 머리가 지끈했다. 이를 악물고 터지려는 신음을 참았다.

[어젯밤 내게 무슨 짓을 한 거예요?]

무섭게 그를 다그치는 유난희.

[우리가 같이 잔 거예요?]

언감생심.

"기대에 어긋나서 미안한데, 같이 안 잤거든요."

잠만 잤다고 절대 말 못하지.

[거짓말!]

난희가 비명처럼 소리 질렀다.

[아침 일찍 시커먼 남자가 우리 집에서 나오더란 소문이 쫙 퍼

졌어요. 그 시커먼 남자가 댁이 아니면 누구죠?]

젠장.

동혁은 낭패감을 씹으면서도 시치미를 뗐다.

"글쎄요. 그 남자가 누군지 내가 알 게 뭡니까?"

[이것 보세요! 치사하게 발뺌할 거예요?]

"발뺌을 하는 게 아니라 정말 몰라서 말하는 겁니다. 남자와 밤을 보냈으면 당연히 알 거 아닙니까. 여자가 자기 몸 상태도 모르는 게 말이 됩니까?"

[네, 멀쩡해요! 아무 일도 없었다는 걸 알겠다고요. 하지만!]

화통을 삶아먹은 듯이 빽빽 소리치던 여자가 갑자기 신음했다. 앓는 소리에 놀라서 동혁이 다급하게 물었다.

"이봐요, 유난희 씨! 뭡니까?"

잠시 후, 이를 가는 듯한 소리가 들려왔다.

[으으……. 머리가 너무 아파요. 대체 나한테 무슨 짓을 한 거죠?]

동혁은 안도하면서도 어이가 없어 한숨을 쉬었다.

"아무 짓도 안 했습니다. 아무튼 승복하는 게……."

[댁이 졌어요. 노래방에서 나보다 먼저 곯아떨어졌으니까.]

"유난희 씨를 업고 나온 사람은 접니다. 멀쩡한 정신으로 집에 돌아온 쪽이 이기는 거 아닙니까?"

[멀쩡한 처녀를 시집도 못 가는 몸으로 만들어놓은 사람의 할 말이 그것뿐인가요?]

"덮어씌우지 마세요. 댁이 외간 남자를 끌어들여서 무슨 짓을 했든, 그건 나와 아무 상관 없는 일이니까."

　[네, 네. 잘 알겠습니다. 그럼 옆집 수정이 엄마가 헛것을 본 거로군요.]

　앗!

　"뭐, 뭘 봤다는 겁니까?"

　[두고 봐요. 이대로는 못 넘어가니까.]

　그러고는 또다시 끙끙거리는 소리가 들리더니 전화가 끊어졌다. 동혁은 휴대폰을 귀에 붙이고 몇 번이나 난희의 이름을 불러댔지만 소용없었다. 기가 차서 휴대폰을 내던진 뒤에도 그의 가슴은 불안하게 두근거리고 있었다.

　실수다. 유난희의 옆집 여자에게 목격당했다는 걸 깜박했다!

　두 손으로 머리칼을 잡아뜯듯이 움켜잡았다. 소리 없는 비명이 방 안에서 메아리치는 것 같았다. 그 순간, 기다렸다는 듯이 조 회장의 목소리가 그의 머릿속에서 울려 퍼졌다.

　"그 여자를 당장 데려와!"

　맙소사.

　탄식하듯 그 한 마디를 내뱉고 동혁은 그대로 책상 위에 엎드리고 말았다.

제8장

 그들이 잠만 잔 사연

"**사**귀던 남자와는 헤어졌대요, 글쎄."

"왜? 설마 어젯밤의 그 남자 때문에?"

"그건 모르죠. 동시에 두 남자를 사귀다가 들켜서 헤어진 게 아닐까요?"

"어쩜 유 선생 그리 안 봤는데, 생긴 것하고 달리 아주 암팡지네."

"칠 년이나 사귄 남자 친구를 뻥 차버리고 그 남자를 집에 끌어들인 걸 봐요. 이때다 싶어 별 볼일 없는 남자 친구를 차버린 걸 거예요. 그런데 박 여사님이 이 사실을 알면 좋아하실까요?"

"매매 협상에 유리하다면야……."

"그래도 이건 아니죠. 자기 몸까지 바쳐서 희생하길 바란 건 아니잖아요."

"하여튼 유 선생, 대단해. 전혀 어울리지 않잖아, 그 두 사람. 대체 어떻게 그 남자를 집 안에 끌어들였을까?"

소문들은 대충 이런 내용이었다. 다시 종합을 하자면, '박복순 여사의 외동 손녀인 유난희 양이 만난 지 며칠 되지도 않은 파레스 쇼핑 타운의 젊은 사장을 집 안에 끌어들여 밤을 함께 보냈고, 두 남자를 저울질하다 결국 칠 년이나 사귄 남자 친구를 버렸다'는 것이었다.

그 발 없는 말이 해외여행에서 돌아온 박 여사의 귀에까지 들어오는 데는 채 한 시간도 걸리지 않았다. 귀국 인사차 옆집에 들렀던 박 여사는 절친한 황 여사로부터 이 믿을 수 없는 소문들을 모조리 전해 듣고 만 것이다.

처음 박 여사는 그 모든 소문을 부정했다. 단 하나밖에 없는 손녀딸이 그런 짓을 했을 리 없다고, 펄쩍 뛰며 황 여사에게 항의했다. 그러다 둘은 엄청난 말다툼을 벌이게 되었고, 급기야 머리끝까지 화가 난 박 여사는 황 여사에게 절연을 선언하기에 이르렀다. 두 노인의 말다툼이야 으레 있어온 일인데, 이번만큼은 박 여사의 기세가 심상치 않아, 황 여사의 며느리이자 이 사건의 최초 목격자인 수정이 엄마는 가시방석에 앉은 지경이 되었다. 어제 아침 박 여사의 집에서 나오던 잘생긴 청년에 대해서 시어머니에게 말씀드린 걸 후회했지만 이미 늦은 일. 쾅 닫히는 옆집의 문소리에 이어 난희의 비명 소리가 벽을 뚫고 들려왔다. 처절한 비명 소리는 그 후 끊임없이 이어졌다.

"아니에요, 할머니!"

실로 오랜만에 종아리를 두들겨 맞은 난희는 울먹이며 외쳤다.

"정말 아무 일도 없었다니까요! 우린 잠만 잤어요!"

벌써 한 시간째 똑같은 멘트. 그리고 똑같은 대답이 돌아왔다.

"그러니까 너와 잠만 잔 그 머슴아를 데려오라고 안 하나."

난희의 할머니, 박복순 여사는 돋보기 안경알 너머로 눈을 빛내며 그 말만 반복하는 것이었다. 박 여사의 발밑에는 부러진 나뭇가지가 여럿 널려 있었다. 당신이 그토록 아끼시던 감나무의 여린 가지들이었다.

"진짜 아무 일도 없었다면 내 앞에 데려오는 게 뭐가 그리 겁나노. 가스나, 고집도 쎄제."

"나랑 아무 관계 없는 남자를 왜 데려오라고 하세요? 어차피 땅 문제로 할머니가 그 사람을 만나실 거잖아요."

"그건 그때 일이고, 이건 집안 문제라 안 카나."

"아이, 할머니!"

"소리치는 걸 보니 하나도 안 아픈 갑제?"

깜짝 놀란 난희가 재빨리 두 손으로 입을 가렸다. 경상도 출신인 박 여사의 사투리는 언제나 그렇듯이 강한 어조로 귀에 착착 감겨들었다. 뭔가에 화가 나거나 마음이 상하는 일이 생기면 그 사투리의 억양은 더욱 심해지고, 자그마한 체구에서 무시하지 못할 위협적인 기운이 풍겨 나온다. 바로 지금처럼.

난희는 입도 뻥긋 못하고 회초리를 맞아야 했다. 기억나는 것이 없으니 반박할 수도 없었다. 어제 정오쯤 눈을 떴을 때는 집의 현관 마루였고, 오후 늦게야 자신을 둘러싼 흉흉한 소문들을 접하고 동혁에게 사실 확인 전화를 걸었던 것이다.

그러나 그 재수없는 남자는 딱 잡아뗐다. 그녀와 함께 밤을 보내긴커녕, 상종도 하기 싫다는 투였다. 게다가 그가 술내기에서 이겼으니 승복하라고 빈정대기까지 했다. 그런 남자가 너무 재수 없어 후다닥 전화를 끊었는데, 아뿔싸. 할머니에게 무섭게 추궁당하게 될 줄이야!

"조동혁이라고 했제?"

박 여사도 그 이름을 알고 있었다. 그의 대리인이자 변호사인 청년이 건넨 토지 매입 제안서를 품고서 여행을 떠난 터였다. 오래전부터 친구들과 예정되어 있던 여행이라 협상을 마무리 짓지 못하고 떠났던 것인데…….

"니한테 잘해보라고 한 거는 이런 짓을 하란 뜻이 아니었다. 내가 돌아올 때까지 시간을 끌어달라는 뜻이었제. 근데 니는 그 머슴아를……. 그건 그렇고, 상필이하곤 어찌 된 기고?"

고개 숙인 난희가 들릴 듯 말 듯한 소리로 대답했다.

"……헤어졌어요."

"뭐시라?"

박 여사의 눈에서 불길이 확 솟구쳤다.

"우예 헤어졌노!"

'상필이가 바람을 피웠어요', '딴 여자를 임신시켰대요'라고 이실직고하고픈 마음이야 굴뚝이었다. 그러나 난희는 입을 다물었다. 그 사실을 떠올리는 것만으로도 가슴이 아팠고, 숯덩이가 된 자존심이 또다시 더러운 발에 짓밟히는 기분이었으니까.

하여, 그녀는 아무렇지 않은 양, 속이 후련한 양 가볍게 대꾸했다.

"우리 관계가 지겨워져서요."

휘익! 따악!

돌아온 것은 매서운 회초리였다. 등짝에 내리꽂히는 매가 눈물이 찔끔 나올 정도로 아팠지만 난희는 신음 소리도 내지 않았다.

"니가 제정신이가?"

너무 화가 난 나머지 떨리는 목소리로 박 여사가 추궁했다.

"칠 년이나 사귄 놈을 두고 딴 놈을 끌어들여? 결혼하기 전까지 머슴아랑 손만 잡고 연애한다고 큰소리치던 가스나가?"

"손만 잡고 연애를 해서인지 지겨웠어요. 그리고 할머니도 아시다시피 사랑은 움직이는 거잖아요."

"그래서 뭐꼬? 그 조 뭐시깽이를 니가 지금 사랑한다는 말이가?"

"다시는 사랑 따위 안 해요. 그 남자와는 잠만 잤고요."

기억이 안 나지만 뭐.

"다른 사람들이 뭐라 말하든 할머닌 절 믿어주실 줄 알았어요."

원망 가득한 난희의 말에 박 여사는 노발대발했다.

"다 큰 가스나가 머슴아랑 손만 잡았든 안 잡았든 그건 중요한 게 아니다. 그건 니 사생활 아이가. 하지만 상필이를 배신하면 안 되제. 그 착한 놈을 배신하고 어찌 살라고 그라노."

"착한 놈 아니에요, 상필이는. 개도 딴 여자를 사랑한대요."

혼자만 뒤집어쓸 순 없어 진실의 일부를 밝혔다. 그러자 박 여사의 눈가에 불길한 그림자가 깔리는 걸 보고 난희는 뜨끔했다. 친손자보다 더 챙기던 상필의 배신을 알게 된 할머니가 과연 어떤 반응을 보이실지…….

"딴 여자를 사랑한다고……. 그럼 너거 둘, 각자 딴 짓을 한 기가?"

"그런…… 셈인가요?"

목격자가 있어 끝까지 발뺌할 수도 없는 상황.

조동혁과 엮여서 불쾌하기 짝이 없지만 그녀 혼자만 상필에게 배신당했다고 할머니가 생각하시느니 이편이 한결 낫다고, 난희는 애써 자신을 위로했다. 할머니 앞에서 당당하게 혼전순결을 맹세하던 자신의 모습을 떠올리니 죽고 싶을 만큼 자존심이 상했지만.

"너거들, 제정신이 아이다."

이윽고 박 여사가 진단을 내렸다.

"둘 다 미친 거 아이가. 함께한 세월이 얼만데, 그깟 바람을……."

연거푸 한숨을 내뱉는 할머니를 보자 가슴이 아팠다. 그래서 난희는 진지한 어조로 다시 결백을 주장했다.

"조동혁 씨와는 정말 아무 일 없었어요, 할머니. 술에 취한 절 그 사람이 집에 데려왔는데, 자기도 취해서 그냥 잠이 들었나 봐요. 그뿐이에요."

"생각이 잘 안 난다고 안 했나?"

날카로운 일침에 난희는 움찔했다. 그녀가 머뭇거리는 사이에 무섭도록 눈치가 빠른 박 여사가 입술을 잘근거리며 중얼댔다.

"이제 이 일을 우야면 좋노. 동네 사람들이 널 어찌 생각할까 말이다."

박 여사는 골치가 아팠다. 난희가 아무리 아니라고 한들, 이미 온 동네에 파다한 소문은 쉽게 수그러들지 않을 것이다. 이 동네의 알짜배기 부자로 통하는 박복순 여사의 손녀가 결혼도 하기 전에 남자를 집에 끌어들여 잠을 잤으니…….

파레스 쇼핑 타운이 들어서면 진달래 아파트의 상가가 죽어버리는 건 기정사실. 따라서 상가 입주민들의 생계권을 보장받는 한도에서 토지 매매 문제를 매듭짓고자 다짐하던 터인데, 이 어수룩한 손녀딸이 글쎄, 그 젊은 사장과 민망한 짓을 벌였다 않은가!

게다가 너무나 아무렇지 않은 얼굴로 상필과 헤어졌다는 말을 서슴없이 지껄이는 난희. 왜 느끼지 못하겠는가? 오누이처럼 사이 좋았던 두 녀석이 하루아침에 남이 되었다고 하는데, 난희인들 멀쩡하겠냐 말이다. 연유가 어찌 됐든 난희가 지금 제정신이 아니란 건 분명했다. 칠 년 동안이나 믿어온 사랑을 한순간에 저버린 손녀딸의 심정, 할머니인 박 여사는 당연히 감지했고, 통감했으며, 무시무시하게 분노했다.

"그 썩을 놈을 델꼬 온나!"

"누구, 상필 씨요?"

"아니, 조 사장 말이다."

"할머니, 진짜 쪽팔리게 왜 이러세요?"

"술 처묵으라고 널 대학까지 보낸 게 아이다. 내가 이 일만 생각하면 열불이 터져서 미치겠다."

할머니의 살벌한 눈총을 받은 난희는 고개를 푹 숙였다. 술내기를 시작한 건 동혁이지만, 그 후 그를 살살 약 올려서 계속 도전해 오게 만든 건 그녀였지 않은가.

난희는 서슬 퍼런 할머니의 재촉을 이기지 못해 동혁의 휴대폰으로 전화를 걸었다. 그러나 신호음이 한참 울리기만 할 뿐, 연결이 되지 않았다. 난희는 내심 안도하며 냉큼 휴대폰을 닫았다.

"안 받는데요."

박 여사는 160㎝도 안 되는 단신에서 무시무시한 기운을 뿜어내며 벌떡 일어섰다.

"기다리라."

"뭐, 뭘 하시려고요?"

불길한 예감에 사로잡힌 난희는 박 여사의 두 다리를 와락 끌어안았다.

"어딜 가시게요, 할머니?"

"고마 해라."

음산하게 깔리는 박 여사의 목소리. 난희는 등줄기가 오싹했지만 할머니의 다리에서 손을 떼지 않았다.

"그 사람을 찾아가시면 안 돼요, 할머니. 지금도 충분히 쪽팔리는데, 할머니마저 그러시면……."

"놔라, 가스나야! 땅 때문에 한 번은 그 머슴아를 만나야 안 되나!"

"그럼 다음에 가세요. 지금은 말고요."

"야가 진짜 켕기는 게 있나 보네."

뜨끔.

"이, 있다니요! 아무것도 없어요, 할머니!"

엉겁결에 손을 놓아버린 난희. 그 순간을 기다려 박 여사가 잰걸음으로 현관으로 향했다.

"니는 무릎 꿇고 여서 조용히 기다리라. 내 말 어기면 쫓아내 뻰다."

"할머니!"

난희의 비명 소리는 '쾅' 닫히는 문소리에 묻히고 말았다. 잠시 정적 속에 멍하니 있던 난희는 재빨리 정신을 차려 다시 휴대폰을 들었다. 그러나 동혁의 휴대폰은 여전히 감감무소식.

곧 불길한 일이 벌어질 것만 같아 난희는 안절부절못했다. 손녀의 일이라면 전심전력으로 몰두하는 박복순 여사님의 불호령을 그 남자가 어찌 감당할지……

난희는 벌떡 일어섰다가 박 여사의 엄명을 떠올리고 다시 주저앉았다. 보이지 않아도 귀신같이 예민한 할머니의 신경세포는 손녀의 반항을 감지하고 말 것이다.

난희는 코끝에 침을 바르며 저린 다리를 주먹으로 두드렸다. 맞은편의 벽시계를 올려다보는 그녀의 눈동자에 침울한 그림자가 드리워졌다.

조동혁. 당신, 오늘 죽었어.

그러나 걱정이 되는 한편, 희열이 보글보글 끓어올랐다. 어제 그녀의 전화에 얄밉게도 시치미를 떼던 남자가 할머니에게 보기 좋게 당하는 장면을 상상하자 온몸으로 쾌감이 번져 나갔다.

"후후후."

난희의 입에서 참지 못한 기괴한 웃음소리가 흘러나왔다.

일단 약국으로 달려간 박 여사는 성주에게 자초지종을 물어보았다. 우선 상필이 녀석 문제부터.

"다른 여자를 임신시켰대요, 할머니."

성주는 기다렸다는 듯이 술술 풀어놓았다. 안 그래도 상필을 응징할 방법을 나름대로 모색하던 차에 서슬 퍼런 박 여사까지 가세할 것 같아 힘을 얻은 그녀였다.

"뭐라꼬? 상필이 그놈아가 딴 년을 임신시켜?"

박 여사의 조그만 얼굴이 새파랗게 질리자 성주는 슬그머니 청심환을 꺼내어놓았다. 그리고 만일의 사태에 대비에 박 여사의 옆에 바짝 붙어 섰다.

"그렇대요. 임신한 그 여자를 너무 사랑해서 헤어질 수 없다고 당당히 말했대요. 진짜 나쁜 놈이죠?"

파랗게 질렸던 박 여사의 얼굴에 서서히 붉은 기가 감돌기 시작했다. 일견 정상으로 보이는 얼굴이지만 그것이 더 나쁜 징조라는 것을 성주는 경험으로 알고 있었다. 울긋불긋한 할머니의 얼굴. 그건 분노의 불길이 박 여사의 가슴속까지 번졌다는 징조였다.

"제가 달려가서 그놈을 때려주고 싶었는데 난희가 너무 말려서 그러질 못했어요. 저 어수룩한 게 아무 말도 못하고 당한 거 있죠? 지금쯤 난희 속이 새카맣게 탔을 거예요. 그런데도 아무렇지 않은 척······."

"니는 이 지경이 되도록 구경만 했다, 이 소리가?"

박 여사의 목소리는 유난히 낮고 부드러웠다. 이 정도 되면 위험수위를 넘은 거다. 성주는 마른침을 삼키고 신경을 곤두세웠다. 여차하면 박 여사에게 한 대 얻어맞을 각오까지 했다. 그래도 상필이 놈의 배신을 고발하는 데 주저함이란 있을 수 없었다.

"지금이라도 그놈을 응징하러 갈까요, 할머니?"

'그러니 우리 같이 가요' 라는 뉘앙스. 눈치가 백단인 박 여사가 그걸 모를 리 없었다.

"됐다. 난희 저 가스나가 가만있는데 우리가 나서서 일을 만들 게 뭐 있노. 결혼하기 전에 그놈아가 썩을 놈이라는 걸 알게 된 게 천만다행 아이가."

뜻밖의 대답에 성주가 깜짝 놀라 항변했다.

"그래도 할머니······."

"니는 난희를 잘 위로해 주라. 저것이 속이 상하면 아예 말을 안 하니까 이 할미 속이 더 탄다 아이가."

"네, 할머니."

박 여사의 고집은 아무도 못 말린다. 성주가 풀이 죽어 대꾸하자 박 여사는 크게 한숨을 쉬었다.

"그런데 난희는 어제 어떻게 된 기고?"

"아, 그거요?"

어제 오후 늦게 출근한 난희는 속병으로 골골거리다 금세 퇴근하고 말았다. 조 사장과 언제 헤어졌냐는 질문에는 자신도 모르겠다는 대답뿐이었다. 그랬는데 그날 저녁부터 온 아파트 단지 내에 '소망약국의 유난희 선생이 외간 남자를 집에 끌어들여 밤새도록 나쁜 짓을 했다'라는 어이없는 소문이 나돌기 시작했다. 대경실색한 난희, 그녀보다 더 놀란 성주는 박 여사의 귀국 이후 지금까지 가시방석에 앉은 모양으로 안절부절못하고 있었다.

"솔직히 말해봐라. 파레스 쇼핑 타운의 조 사장과 난희가 눈이 맞은 기가?"

"눈이 맞은 건 아니고요……. 음, 거기 사장이 난희에게 마음이 있는 것 같아요."

'미안하다, 친구야'라고 성주는 속으로 덧붙였다.

"뭐? 만난 지 얼마나 됐다고!"

"청춘남녀가 눈이 맞는데 시간이 중요한 게 아니잖아요, 할머니. 실연당한 난희를 위로해 주다 두 사람이 정이 들었을지도 모르고요."

'그건 내 희망사항이다, 난희야.'

"조동혁 씨, 인물 반듯하고 속도 깊은 사람이에요. 난희에게 그렇게 구박을 당하면서도 끈질기게 협상 제안서를 들이밀고, 못 마시는 술도 함께 마시면서 친구가 되자고 했다잖아요."

"그놈아는 약혼했다고 안 했나?"

"할머니, 모르셨구나. 그 약혼 깨졌잖아요. 소문에는 그 남자가 양다리를 걸치다가 약혼녀에게 파혼당했다는 소리가 있는데, 그렇지도 않은가 봐요. 다른 여자 얘기는 일절 안 나오고, 난희에게 대시하는 걸 봐서는 양다리 걸칠 사람도 아닌 것 같고요. 스캔들이 두려워서 여자를 알기를 돌같이 하는 남자라고 하던데요?"

주위의 정보통 친구들에게 난희 몰래 알아본 결과, 조동혁의 여자 문제가 거의 눈처럼 깨끗하다는 소식을 접한 터였다. 대학 시절 두어 명의 여자들과 가벼운 데이트 몇 번 한 게 전부였고, 그나마 진지하다 싶었던 연애도 그의 아버지가 나서서 초를 치는 바람에 금세 깨져 버린 전적이 다였다. 흔히 말하는 '재벌 2세와 유명 여자 연예인의 스캔들' 따위는 갖다 붙일 필요도 없었다. 추상처럼 버티고 있는 조씨 집안의 수장, 김춘자 여사가 두 눈을 시퍼렇게 뜨고 있는 한, 조씨 집안 남자들이 부적절한 짓을 벌일 가능성조차 없다고 했다. 괄괄한 성미에 사업에 있어서는 무섭도록 냉정하다는 명성을 떨치고 있는 조창래 회장마저 자신의 어머니 앞에서는 벌벌 떤다는 소문까지 있으니 뭐.

외모, 재력, 성격까지 똑떨어지게 명품인 조동혁이 난희와 엮인다면 그보다 더 좋은 일이 없을 거라 여긴 성주는, 거짓말에 근사한 포장을 더해 박 여사에게 자신의 희망사항을 피력했다.

"아닌 게 아니라 두 사람이 두 번이나 술내기를 했잖아요. 그 남자, 술도 못 마신다고 하더니 난희에게 계속 술친구 하자고 졸라대서 어쩔 수 없었거든요. 생각해 보세요, 할머니."

박 여사의 얼굴에 곰곰이 생각하는 표정이 떠올랐다. 성주는 의미심장한 어조로 한술 더 떴다.

"난희가 뭐 하러 그 남자와 술을 마시겠어요? 우리 땅을 호시탐

탐 노리고 있는 나쁜 남자라고 만날 욕했는데요. 아마 할머니께는 아니라고 딱 잡아뗄 거예요. 상필이한테 배신당한 충격으로 더 이상 남자를 못 믿겠다고 했거든요. 그러던 애가 조동혁 씨와 술을 마시고, 집에서 같이 잠도 자고…… 물론 잠만 잔 거지만요. 하여튼 그게 바로 둘이 사귄다는 뜻이 아니고 뭐겠어요?"

"조 사장, 참말로 양다리 걸친 게 아이가?"

"아니래요. 제 친구가 보장한 사실인걸요."

"그런 머슴아가 뭐가 아쉬워서 우리 난희와 사귀겠노."

"우리 난희가 어때서요? 제 눈엔 귀엽고 매력적인걸요."

박 여사가 피식 웃었다.

"차라리 니가 머슴아였으면 좋았제."

성주는 장난스럽게 눈을 찡긋했다.

"아무튼 그 남자와 난희가 사귄다면 이 상가 문제도 자연히 해결되지 않겠어요? 꿩 먹고 알 먹고. 땅 문제로 만나서 싸우다가 정이 들어 진정한 연인이 된다. 너무 멋지잖아요?"

거창한 연설에 돌아온 대답은 단 한 마디였다.

"지랄하고 자빠졌네."

그 말 한 마디만 남겨놓고 박 여사가 휙 돌아섰다. 서슬 퍼런 동작에 간이 콩알만해졌지만, 성주는 다급하게 물었다.

"두 사람, 허락하실 거죠?"

우물에서 숭늉 찾게 생겼지만 뭐 어떤가. 상필이 놈보다 더 멋진 남자가 난희에게 달라붙는다면, 그것보다 더 근사한 복수가 어디 있냐 말이지.

"할머니! 조동혁 씨 괜찮은 사람이에요! 난희에게 딱 맞는 상대라고요!"

사실 그에게 딱 맞는다고 하기에는 난희가 조금…… 아니, 많이 처지는 상태이긴 했다. 게다가 그 깐깐한 남자는 난희를 길거리의 못생긴 돌멩이보다 더 평범하다 여기고 있지 않은가 말이다. 있어도, 없어도 그만인 여자라고.

하지만 연애라는 건 결코 이성적인 머리로는 풀 수 없는 문제.

술에 취한 난희를 아파트까지 곱게 데려다 준 그 남자의 진심이 뭔지 알 게 뭔가.

성주는 잰걸음으로 상가를 나서는 박 여사의 뒷모습을 바라보며 회심의 미소를 지었다.

"안녕하세요, 할머니."

"안녕 못하다. 니 때문에."

퇴근 시간에 맞춰 상필의 회사로 달려간 박 여사는, 커피숍에 그와 마주 앉자마자 본론을 꺼냈다.

"너거 둘, 참말로 헤어진 기가?"

상필은 선뜻 대답하지 못했다. 내로라하는 대기업의 직원답게 양복을 좍 빼입은 녀석은 죄인처럼 고개도 들지 못했다. 축 처진 어깨와 창백한 얼굴이 어쩐지 가련했다. 예전이라면 친손자처럼 살갑게 '할머니'라고 부르면서 달려왔을 녀석인데…….

쓰라린 가슴을 냉정하게 추스르고 박 여사는 녀석을 가만히 노려보았다.

"너거 연애 문제야 이 할미가 간섭할 일이 아니다만, 니 입으로 사실을 듣고 싶어서 왔다. 대체 무슨 일이고? 내가 여행 가기 전까지 아무렇지도 않았다 아이가?"

"죄송합니다, 할머니."

상필이 고개를 푹 숙인 채 힘없이 중얼거렸다.

"실망을 안겨 드려 정말 죄송합니다."

"니한테 사과 듣자고 온 게 아이다 카니까. 참말로 난희 말처럼 니, 딴 여자랑 바람이 났나?"

머뭇거림도 잠시, 상필이 기어들어 가는 소리로 말했다.

"네."

주먹이 날아올 거라 예상했다. 혹은 머리가 멍해질 정도로 걸쭉한 욕설을 듣게 될 거라고.

박 여사의 불같은 성정을 익히 알고 있는 상필은 내심 각오를 하고 대답했던 것이다. 그러나 한참이 지나도, 침묵이 뼛속까지 파고드는 듯해도 예상했던 응징이 없어 그는 어리둥절했다. 주저하며 고개를 들자 뭐라 설명할 수 없는 박 여사의 눈길이 날아왔다. 안타까움에 젖어 있는 눈동자. 그토록 슬퍼 보이는 박 여사의 표정은 처음인지라 상필은 순간 놀라서 입을 벌렸다. 가슴을 두들겨 맞은 듯한 표정으로, 박 여사는 노인 특유의 떨리는 목소리로 말하는 것이었다.

"상필아, 널 내 친손자처럼 여겼다. 팔 년 전에 니가 난희를 따라 우리 집에 처음 왔을 때부터 니는 내 손자나 다름없었다. 둘도 없는 오빠처럼 난희를 챙기는 널 보면서 내는 안심했다 아이가.

우리 난희, 부모 형제 없이 자란 저것이 기댈 곳이 생겼구나 싶어서 내는 진짜 안심했데이. 휴우······."

박 여사는 한숨으로 말을 맺었다. 온몸에서 기운이 쑥 빠져나간 것 같았다. 녀석의 머리끄덩이를 잡고 톡톡히 망신을 줘야 하는데 눈물을 뚝뚝 흘리는 꼴을 보자 차마 그럴 수가 없었다. 녀석의 눈물을 보자 난희와 헤어졌다는 사실이 돌이킬 수 없는 일로 여겨졌다.

상필은 소리 없이 눈물을 흘리고 있었다. 고등학생 때부터 지금까지 한결같이 그를 친손자처럼 대해주신 박 여사에 대한 감정은 난희와는 별도로 특별했다. 큰아버지의 손에 길러진 그에게 박 여사는 친할머니와 다르지 않았다. 그런 분을 이토록 상심하게 했다는 죄책감은 영원히 씻을 수 없을 것 같았다.

"죄송합니다. 정말 죄송······ 합니다."

"너거들이 결혼하면 내가 가진 걸 모두 주려고 했다. 몇 푼 안 되는 돈, 그따위 것들 다 던져 주고 그저 새끼들 잘 낳고, 오순도순 사는 걸 보는 게 내 소원이었다 아이가, 상필아."

박 여사가 한 손으로 이마를 짚었다. 그러고는 이제 흐느끼고 있는 녀석을 묵묵히 응시했다. 감정이라는 거, 제삼자가 나서서 해결될 문제가 아니었다. 이미 돌아선 인연을 억지로 맺어준다 한들 누구에게 좋은 일이란 말인가.

사실 불길한 징조는 훨씬 전에 감지했었다. 칠 년이나 사귄 녀석들이 누가 보더라도 민숭민숭, 마냥 오누이 같기만 하니 저것들이 과연 연애를 하나 싶었던 적이 한두 번이 아니었으니까.

그래도 서로 믿고 의지하는 두 녀석이 맺어지길 바랐었다. 부모형제 없이 자라난 난희가 이 착한 녀석을 배필로 맞아 다복한 가정을 이루기를 무엇보다 바랐었다. 할미가 죽은 뒤에 혼자 남겨진 손녀가 결코 외롭지 않도록.

"휴우……."

박 여사의 떨리는 입술로 긴 한숨 소리가 흘러나왔다. 막상 상필을 만나고 보니 싸울 힘도, 그럴 의지도 온데간데없이 사라져버렸다. 그럴 필요가 뭐 있겠나 싶었다. 다른 여자를 임신시킨 녀석을 난희에게 다시 붙여주는 것도 마땅찮은 일인 것을.

"너 같은 놈을 내 손자처럼 여겼던 게 후회된다. 이 순간 이후로 널 잊을 기다. 이상필, 니 인생 그리 살지 마라. 남의 눈에 피눈물 나게 하면 고대로 니 눈에서도 피눈물이 날 기다. 그거 감수하고 살아라, 자슥아."

"죄송합니다."

끝까지 '난희와 다시 시작하게 해주십시오'라고는 말 안 하는 얄미운 녀석.

박 여사는 서늘한 눈길로 녀석의 숙인 머리를 일별하고 그 자리를 떴다. 할 말이야 많았지만, 도로 가슴 안으로 갈무리해 넣었다. 아무짝에도 소용이 없는 일. 이 녀석과 헤어졌다고 담담히 말하던 난희를 위해서라도 할미 역시 담담한 척해야 마땅하거늘.

그러나 걸어가는 발걸음이 이토록 무겁고 힘겨운 적이 없었다. 너무 힘에 겨워 주저앉아 통곡하고 싶은 마음이었다.

"너희 둘, 이혼할 거냐?"

난데없는 질문에 조 회장 내외는 깜짝 놀라 동작을 멈췄다. 조 회장은 숟가락을 입에 댄 채로, 그의 아내 정 여사는 물 컵을 공중에 든 채 굳어졌다. 그 모습을 못 본 척하며 김춘자 여사가 쯧쯧 혀를 찼다.

"내 언젠가는 이런 날이 올 줄 알았어. 저 녀석 고집이 좀 세야 말이지."

중얼중얼 대는 그녀의 목소리는 침묵이 내린 식탁 위에 으스스한 공기를 몰고 왔다.

"혁이 엄마한테 위자료는 듬뿍 주도록 해라. 이날 이때까지 네 녀석 성미에 맞춰 산 것만도 고마운 일이니까."

"아니, 어머니!"

마비 상태에서 깨어난 조 회장이 거칠게 항의했다.

"불난 집에 부채질하시는 겁니까? 이 사람과 저, 이혼 안 합니다. 절대 못해요!"

"그럼 분위기가 왜 이 모양이야? 밥상머리 앞에서 뭣들 하는 짓이냐고."

"뭐가 어때서요? 밥 잘 먹는 자식들이 체하는 꼴을 보고 싶으셔서 그런 말씀을 하시는 거 아닙니까?"

아들의 거친 항의에도 아랑곳없이 김 여사는 묵묵히 밥을 먹고 있는 손자를 돌아보았다.

"동혁아, 네가 말해봐라. 네 엄마 아빠, 이혼하려고 저러는 거 아니냐?"

동혁은 부모님을 힐끗 쳐다보고 할머니에게 시선을 돌렸다. 무슨 대답을 하든 그에게 불리한 상황이었다. 편을 든다면야 당연히 이 집안의 최고 실력자에게…….

"이혼까지는 모르지만 전쟁 중인 건 맞습니다, 할머니."

김 여사가 그것 보란 듯이 콧방귀를 뀌었다. 답답해진 조 회장이 물을 벌컥벌컥 들이켜고는 탁 소리 나게 물 잔을 내려놓았다. 고집스럽게 입을 다물고 있는 정 여사는 멈췄던 수저를 다시 부지런히 놀렸다.

"가벼운 부부싸움인데 모른 척해주시면 어디가 덧납니까?"

아들의 투덜거림에 김 여사는 차가운 미소를 흘렸다. 여장부답게 당당한 풍채를 자랑하는 김춘자 여사의 며느리 사랑은 자타가 공인하는 바였다.

"가벼운 부부싸움? 네 덩치에 가벼운 싸움이 가당키나 해?"

"어머닌 대체 누구 편입니까? 부부간의 일도 시시콜콜 말씀드려야 속이 시원하시겠어요?"

김 여사가 피식 조소했다.

"나이가 들수록 되지 않는 고집을 부리는 네 녀석을 누가 모르냐? 혁이 엄마가 웬만한 일에 마음 상해하는 사람이니? 필시 네 녀석이 어멈을 괴롭힌 게지. 내가 없으면 이 집안의 대장 노릇을 하려고 작심한 걸 내가 모를 줄 알았어?"

조 회장의 얼굴이 확 붉어졌다. 동혁은 웃음을 참느라 숨이 막힐 지경이었다. 커다란 덩치의 아버지가 할머니 앞에서 쩔쩔매는 모습을 볼 때마다 웃음이 터져 나와 고역이었다. 힐끔 쳐다본 시야에 아버지의 노기 띤 눈동자가 보이자 그는 황급히 고개를 숙여 표정을 감췄다. 어른들의 싸움에 괜히 끼어들었다가 등이 터지는 사태는 부르지 말아야지.

"우리 어머니가 아닌 것 같아요. 만날 이 아들만 구박하시니."

조 회장은 인상을 찌푸린 채 중얼거렸다. 가뜩이나 아내와 냉전 중인 탓에 골치가 아플 지경인데, 유럽 여행에서 돌아온 어머니마저 거들고 나서니 참으로 답답할 노릇이었다.

"동혁이 약혼 문제는 신중하게 결정하자고 몇 번이나 말했었니? 혁이 엄마가 그렇게 말려도 듣지 않더니 결국 이 모양이 됐잖아. 우리 혁이가 파혼을 당하다니, 말이 돼? 멀쩡한 내 손자를 아비인 네가 불쌍한 놈으로 만들어놨어."

"맞아요, 어머님."

줄곧 침묵하고 있던 정 여사가 얄밉게도 거들고 나섰다. 조 회장이 눈을 부라리자 그녀는 해보란 듯이 턱을 치켜 올렸다. 누가 봐도 유치한 부모님의 싸움에 동혁은 웃음을 삼키며 수저를 내려놓았다. 이렇게 분위기가 고조되어 있을 때 퇴장하는 게 아무래도 나을 것 같았다.

"왜? 입에 맞지 않니?"

손자가 남긴 음식들을 꼼꼼히 살펴보는 김 여사의 눈길이 분주했다. 수저 옆에 조그맣게 쌓아놓은 파 더미를 보더니 혀를 찼다.

"파만 몽땅 건져 냈구나. 제천댁에게 넣지 말라고 하는 걸 깜박했나 보다."

시어머니의 말에 정 여사가 끄덕였다.

"동혁이 국그릇엔 특히 신경 쓰라고 했는데 가끔 잊어먹어요."

"그러게. 어미가 신경을 쓰면 안 이럴 텐데 말이다. 누구 때문에 밥할 마음이 안 생겨서 이 모양이 된 거잖아."

비난조로 말하고는 조 회장을 지그시 노려보는 김 여사. 조 회장의 얼굴이 더욱 울긋불긋해졌다. 여차하면 불똥이 아들에게 튈지도 모르는 일. 동혁은 어서 식당을 나가자고 마음먹었다.

"오늘은 손님이 찾아올 예정이라 일찍 나가봐야 합니다. 이따 저녁에 뵐게요, 할머니."

그때 조 회장의 쉰 목소리가 울렸다.

"내게 약속한 건 어떻게 됐냐?"

동혁이 움찔한 사이에 의아한 시선들이 조 회장에게로 집중되었다. 극적인 효과를 노리듯이 잠깐 뜸을 들인 조 회장은 만면에 미소를 띠고 입을 열었다.

"동혁이한테 숨겨둔 여자가 있습니다, 어머니."

젠장. 불똥이 아니라 폭탄이다!

심술기 가득한 조 회장의 음성이 식당 안에 당당히 울려 퍼졌다.

"그저께는 그 여자와 외박까지 한걸요."

"아버지!"

세상 어느 아버지가 자기 아들이 외박을 했다고 자랑스레 고자질을 하겠는가!

"그게 아니라고 말씀드렸잖습니까!"

"아니긴 뭐가 아냐? 무단 외박이라곤 안 하던 녀석이 여자와 밤을 보냈다는데, 이게 경사가 아니면 뭐냐?"

히죽히죽 웃으면서 말씀하시는 투가 영 아들을 비웃는 것 같았다.

두 여인의 시선이 찌를 듯이 몰려오는 걸 느끼고 동혁은 신음했다. 얼굴이 불타는 것 같았다. 홧홧한 기운에 온몸이 불덩이가 되었으리라.

"그게 정말이냐?"

김 여사가 반색을 하며 묻자, 그녀의 며느리인 정 여사가 나직이 거들었다.

"박 변호사 집에서 잔 게 아니었어?"

그러자 조 회장이 들으라는 듯이 외쳤다.

"동혁이가 여자와 함께 있었답니다. 우리 몰래 사귀는 여자와요."

맙소사.

지난밤의 꿈자리가 사나워서 내내 찜찜했었다. 대책을 마련하기도 전에 폭탄이 연이어 터질 줄은 몰랐지만.

"그래서 영희 양과 헤어진 거야? 네가 버림을 받은 게 아니라?"

김 여사가 호기심이 가득한 어조로 물었다. 여태껏 말썽 한 번 안 피우고 바람직하게 커온 손자의 일탈이 무척이나 신기한 모양이었다.

"어떤 여잔데? 네 녀석이 고른 여자이니 물론 KS 상품이겠지만."

"아이, 어머님도. 우리 며느릿감이 물건은 아니잖아요."

"뭐 어때. 저 까탈스러운 녀석이 고른 여자라잖아."

"하긴 기대가 돼요, 어머님. 유학 시절에도 여자랑 손 한 번 안 잡아본 애잖아요. 공부만 하느라 여자를 만날 시간도 없었다잖아요."

"그러니 더 기대되지. 어떤 여자가 당첨이 된 걸까?"

끼익!

동혁의 의자가 음침한 소리를 내며 바닥에 끌렸다. 벌떡 일어선 그는 무시무시한 눈으로 가족을 내려다보았다. 그의 인생에 도움이 되긴커녕, 벗어나고픈 절망의 근원지인 가족이었다. 진작 독립을 했어야 하는 건데.

"출근하겠습니다."

돌아서는 그의 귀로 위협적인 목소리가 날아들었다.

"조동혁, 그 여자 언제 데려올 거냐고 물었잖아?"

머뭇거리는 아들의 등을 노려보며 조 회장은 사악한 미소를 머금었다. 어머니와 아내에게 당한 치욕을 아들에게 분풀이라도 하려는 모양이었다.

"내가 나서기 전에 얼른 데려와라."

"그래. 그 여자 좀 만나보자. 얼마나 참한 색시인지."

"영희 양보다 멋진 여자겠지?"

내버려 두면 결혼 날짜를 잡고, 손자 손녀가 몇 명에 노후 대책을 어떻게 할 것인가에 대한 논의가 시작될 것이다. 엄숙한 분위기에서 시작된 식사 자리는 늘 이런 식으로 변질되곤 했다. 아무리 무게를 잡고 어른인네 해도, 할머니와 부모님 앞에서는 철부지

코흘리개가 되어버리는 자신이 절망스러웠다. 그런데도 항의 한 번 제대로 못하는 조동혁, 불쌍한 인간 같으니라고.

동혁은 대충 둘러대고 간신히 그 자리를 벗어났다. 집을 나와서야 막혔던 숨통이 트이는 기분이었다. 그러나 대기하고 있던 차에 오른 뒤에 아차했다. 회사 일로 아버지께 보고드릴 게 있었는데, 그걸 깜박한 것이다.

"젠장!"

동혁은 운전대를 힘껏 내려치며 욕설을 퍼부었다. 누군가를 패주고 싶은 마음이 든 것은 이번이 처음이었다. '처음'이라는 단어를 떠올리자 자연히 한 여자의 얼굴이 연상되었다. 유난희. 그의 인생에 태클을 걸고 있는 못되고, 못생기고, 못 말리는 여자. 조동혁의 삶을 하루아침에 지옥으로 만들어 버린 나쁜 여자!

동혁은 이를 갈며 차의 시동을 걸었다. 참을성이라곤 찾아볼 수 없게 변한 자신의 모습을 의식하고 싶지 않아 애써 생각을 멈추었다. 그런데도 그의 생각의 주파수는 자동으로 그 못된 여자에게 맞춰졌다. 더불어 술에 취해 그녀에게 영희와의 일을 주절거리던 못난 자신의 모습도.

제9장
그리하여 인생은 예측불허

정오 무렵, 뜻밖의 방문자가 그를 찾아왔다.

"누구시라고?"

"박복순 씨라고 하는데요."

"박복순…… 아!"

동혁은 깨달음의 감탄사를 내뱉고 비서를 내보냈다. 일층 로비의 안내 데스크에서 웬 할머니가 사장을 만나고 싶어한다는 보고를 받은 것이다.

그대로 몸을 일으켜 양복 재킷을 꿰입었다. 절로 긴장되었다. 박 여사를 곧 만날 거라 예상은 했지만 이렇게 빨리 그를 찾아올 줄은 몰랐기 때문이다. 토지 매매 계약서는 얌전히 그의 책상 서랍 속에서 대기 중이었다. 매도자의 도장만 받으면 상황은 종료.

그걸 가지고 나갈까 말까 잠시 망설이다 일단 만나보기로 하고 사무실을 나섰다.

동혁은 서둘러 일층으로 내려갔다. 토지 매입자의 성실하고도 바람직한 태도를 보이자는 생각에 수행원도 없이 혼자 로비에 도착했다. 그에게 꾸벅 인사하는 안내원과 경비원에게 살짝 고개를 끄덕여 주고, 박 여사에게 다정하게 인사말을 건넸다.

"어서 오십시오. 제가 조동혁입니다."

그의 어깨에도 닿지 않는 자그마한 노인. 그러나 악수를 하면서 그를 쳐다보는 눈이 어찌나 매서운지 자신도 모르게 움찔했다.

"반갑소이다, 조 사장."

박 여사의 딱딱한 말투에서 호락호락하지 않겠다는 느낌을 받았다. 동혁은 접대용의 친절한 미소를 띤 채 노인에게 제안했다.

"자리를 옮길까요?"

"다방으로 갑시다."

그들은 다방이 아니라 회사 근처의 커피 전문점으로 갔다. 셀프인지라 동혁은 녹차와 커피 잔을 각각 쟁반에 얹어 테이블로 돌아왔다. 정중한 손길로 박 여사 앞에 녹차 잔을 내려놓고 조심스럽게 자리에 앉았다.

"제가 먼저 박 여사님을 찾아뵐 생각이었습니다."

눈도 깜박이지 않고 그를 쳐다보는 눈길이 부담스러웠다.

"물론 절 찾아오신 건 진달래 아파트 상가 때문에……."

"몇 살이우?"

"네?"

"나이가 몇이냐고."

"서른둘입니다."

동혁의 침착한 대답에 박 여사가 눈을 가느다랗게 뜨고 다시 그를 훑어보았다. 동혁은 이상한 기분에 사로잡혔다. 분명 땅 문제로 그를 찾아온 게 아니다. 손녀만큼이나 종잡을 수 없는 성격의 노인이면 어쩌지?

"저, 박 여사님. 오늘 절 찾아오신 건……."

"우리 아파트 상가 입주민들의 생계권 보장이라는 내 조건은 변함이 없소이다."

박 여사가 거침없이 말했다. 동혁의 얼굴로 화끈한 기운이 올라왔다. 손녀딸이나 이 노인이나 고집스러운 건 매한가지.

"박 여사님도 아시다시피 그건 너무 무리한 요구입니다. 제가, 아니, 저희 회사가 원하는 건 땅이지 사람들은 아니거든요. 사람들까지 얹어서 땅을 사달라고 요구하시면 저희들로서도 어쩔 도리가 없습니다. 손해를 감수하면서까지 무리한 투자를 할 여유도 없고요."

"흠."

박 여사의 대답은 그뿐이었다. 꼬장꼬장한 태도와 달리 녹차 잔을 들어 올리는 그녀의 동작은 굉장히 우아했다. 흡사 중세의 귀부인이 오후의 티타임에 차를 마시는 광경이 연상되어 순간 동혁은 눈을 비비고 다시 봐야 했다.

유난희가 나이가 들면 이렇게 될 거라 자연히 연상이 되는 노인이다. 얼마 되지 않는 남편의 유산을 불려 불려 지금의 수십 억대의 재산을 축적한 억척 할머니치고는 여리고 자그마한 여성이지만, 깐깐한 말투 하며 고집 센 표정은 또 어찌나 유난희를 쏙 빼닮았는지.

그에 동혁은 한시도 긴장을 풀지 않았다. 이 할머니가 손녀와 비슷한 성격이라면 언제 어디에서 공격을 당할지 모르는 판이니.

"재고해 주십시오. 그 조건만 아니라면 저희 회사에서도 최대한 성실하게 보답해 드리겠습니다."

"내 손녀딸과 얼마나 깊은 사이요?"

푸앗!

막 커피 잔을 입에 덴 동혁이 그대로 커피를 뿜어냈다. 깜짝 놀란 주위 사람들과 달리 박 여사는 눈썹 하나 까닥하지 않았다.

"이걸로 닦아요."

쯧쯧 혀를 차며 동혁에게 손수건을 내밀었다. 뜨거운 커피에 혀를 덴 것만 같아 동혁은 대꾸도 하지 못했다. 손수건으로 입가를 닦고 무릎의 커피 얼룩을 대충 닦아낸 뒤에야 혓바닥이 무사하다는 걸 깨달았다.

"죄송합니다."

그런데 이 할머니가 방금 무슨 말씀을 하신 거지?

"다시 한 번 말씀해 주시겠습니까?"

"내 손녀딸과 얼마나 깊은 사이냐고 물었는데."

어쩜 표정 한 번 안 변하고 저런 말씀을…….

"저희 아무 사이 아닌데요."

"같이 잤다면서?"

윽!

"가, 같이 자다니요?"

등줄기에 식은땀이 흐르고 가슴이 두근거리기 시작했다. 그를 쏘아보는 박 여사의 눈초리가 더욱 매서워졌다.

"성실한 자세로 협상에 임한다고, 젊은이 입으로 말한 것 같은데?"

사투리 억양이 남아 있는 표준말로 박 여사가 또박또박 말했다.

"다시 한 번 묻겠소. 내 손녀와 같이 잔 거 맞지요?"

동혁은 속으로 비명을 질렀다. 그의 가슴에 제대로 들어와 박히는 직격탄. 피할 도리가 없었다.

"……네."

"잠만 잤다고?"

"네에."

"그런데 우리 난희의 평판은 땅에 떨어졌고, 조 사장은 내게 협상을 끝내자고 재촉하고."

박 여사의 목소리가 더욱 낮아지고 부드러워졌다. 그럴수록 동혁의 심장 박동은 더욱 빨라졌다.

"시집도 안 간 처자의 집에서 밤을 보낸 뒤에 나 몰라라 한다는 뜻인데……."

"……."

"오늘은 땅 문제로 온 게 아니오. 그거야 변호사들끼리 어련히 알아서 처리할까. 우리 조건이야 변할 리 없으니 답답한 건 조 사장네 회사가 되겠지."

"박 여사님."

"잠깐 내 말부터 들어요. 나는 이 순간 진달래 아파트 상가 부지의 소유주가 아니라, 유난희 양의 할머니로 온 거니까."

동혁은 이성을 잃지 말자고 다짐했다. 이 노인이 뭐라 말하든 침착하게 대응하자고. 그러나…….

"우리 손녀, 어떻게 할 거요?"

박 여사는 우아하게 녹차를 한입 머금고, 사납기 그지없는 눈길로 동혁을 쏘아보며 말했다. 아니, 협박했다.

"어엿한 처녀를 그 지경으로 만들어놓은 사람의 뭘 믿고 내가 땅을 팔겠나? 하나를 보면 열을 안다고, 믿을 수 없는 사람에게 내 재산과 내 사람들을 넘길 순 없잖소. 그러니 이 문제부터 해결해요. 그게 아니면 땅이고 뭐고 없을 줄 아시게, 젊은이."

'저더러 어떻게 하라고요, 할머니!' 라고 외치고 싶었다. 제발 살려달라고.

하나, 동혁은 어느 때보다 치열하게 머리를 굴리며 생각을 정리했다. 자칫 잘못하다간 땅이고 명예고 몽땅 잃어버릴 판이었다. 박복순 여사의 사나운 눈길에는 당신의 손녀를 농락한 사내자식을 가만히 두지 않겠다는 무언의 경고가 매섭게 서려 있었다. 그걸 인지한 순간, 유난희와의 문제를 해결하지 않는 한은 결코 사업적인 성과를 이룰 수 없겠다는 걸 깨달았다. 참으로 어이가 없고 난감한 상황. 하지만 이미 엎질러진 물이다. 애초에 난희에게 술내기를 제안한 자신이 문제였다. 조동혁답지 않게 이성을 컨트롤하지 못한 그 자신의 실수 때문이었다. 게다가,

"네 여자를 당장 데려와!"

밤낮으로 며느릿감을 대령하라고 성화인 아버지. 덧붙여, 빨리 데려오지 않으면 회사에서 아들을 내쫓을 거라는, 말도 안 되는 협박을 일삼고 계신다.

태클, 태클, 그런 태클이 또 어디에 있을까?

그의 결단은 빨랐다. 위기 대처 능력에 있어서는 스스로가 존경스러울 정도이니. 하여, 그가 말했다.

"제 실수에 책임을 지겠습니다."

박 여사의 눈이 커다래졌다. 어떤 의미인지 묻는 그녀의 눈빛에 동혁은 억양 없는 어조로 대답했다.

"실은 저희 두 사람, 호감을 갖고 만나는 중입니다."

입술에 침도 안 바르고 거짓말을 하다니.

"땅 문제가 해결될 때까지는 손녀따님의 일로 박 여사님께 심려를 끼쳐 드리고 싶지 않았지만, 이렇게 된 이상 정식으로 허락받고 교제하고 싶습니다. 이건 일과 상관없는 문제라고 생각하시고, 부디 허락해 주십시오."

한 마디씩 내뱉을 때마다 동혁은 가슴이 쓰라렸다. 하고많은 여자를 두고 하필이면 그 처치 곤란한 유난희라니!

하지만 그녀라면 아버지의 성화에 쓰러지지 않을 터. 협상의 조건에 한 가지를 더 첨부하자. 연애만 하다 헤어지자고. 그러면 그녀의 소원대로, 아니, 박 여사와 진달래 아파트 상가 입주민 모두의 소원을 들어주겠다고 하자. 이쪽의 손해가 막심하지만, 토지 매매 문제가 해결되지 않은 상태로 공사를 진행해도 손해는 마찬가지이니. 시나리오가 마음에 안 들면 뭐…… 둘 다 진창에 떨어지는 거고.

"조 사장한테 내 손녀를 억지로 떠안길 마음은 없소. 내가 알고 싶은 건 대체 무슨 생각으로 우리 손녀와 밤을 보냈냐는 거지."

"그날 밤 아무 일도 없었습니다."

"그건 상관이 없어. 조 사장이 우리 아파트를 나가는 걸 본 사람이 있잖아. 그것 때문에 망측한 소문이 돌고 있으니, 내 손녀를 어쩌면 좋겠냐는 거요."

"전적으로 제 책임입니다. 제가 경솔했습니다."

"정말 내 손녀에게 마음이 있는 겐가?"

반신반의하는 박 여사에게 동혁은 진실을 가장한 미소를 보냈다.

"첫눈에 유난희 씨가 평범한 여자가 아니라고 느꼈습니다. 제게 특별한 존재가 될 것이라고요."

특별하긴 하지. 조동혁 인생 최악의 태클이잖아.

"잠만 잤다고 주장하더니 어느새 사귀는 사이가 된 건가?"

박 여사가 믿지 않는 건 당연했다. 그러나 동혁은 천연덕스레 웃으며 휴대폰을 꺼냈다.

"난희 씨에게 전화를 걸어 확인시켜 드리겠습니다. 잠시만요."

전화벨이 두 번 울리기도 전에 난희가 전화를 받았다.

[비겁하게 피하기예요?]

다짜고짜 소리치는 그녀의 음성이 휴대폰을 뚫고 박 여사에게까지 전달되었다. 동혁은 한 손으로 휴대폰의 송화구를 막고 박 여사에게 부드럽게 말했다.

"난희 씨가 부끄럼이 많더군요."

[큰일났어요. 우리 할머니가……]

"난희 씨, 할머님이 지금 나와 함께 계시는데요."

제발 내 연극에 동참해 줘, 이 여자야!

"우리 관계에 대해서 설명해 드리던 참이에요. 더 이상 숨길 수가 없어서."

저쪽에서 아무 말도 하지 않았다. 어지간히 놀란 모양이다.

"이렇게 된 거, 우리 관계를 허락해 달라고 할머님께 말씀드렸어요. 쉬쉬하면서 만나는 건 너무 힘들잖아."

[이, 이봐요. 뭘 잘못 먹은 거예요?]

난희가 부들부들 떠는 게 느껴졌다. 갈수록 동혁은 이 상황이 즐거워졌다. 유난희를 만나고 처음으로 그녀의 말문을 틀어막은 것이다.

"괜찮아요. 이제부터 진지하게 사귀면 되는걸."

[나, 난……. 아니, 우리는……]

"난희 씨는 걱정 마요. 아무도 우리 관계를 손가락질 못하게 내가 잘 리드할게요."

[미쳤어. 단단히 미친 게야.]

이제 이 여자는 숨이 넘어갈 지경이리라.

"더불어 토지 매매 협상도 서로에게 좋은 방향으로 다시 의논해 봅시다. 내 여자를 힘들게 하는 일은 안 해요. 내 말 믿죠, 난희 씨?"

연기 대상감이겠지, 이런 식이면.

그러나 지금 그의 속은 터지기 직전이었다.

"얼른 대답해요. 할머님이 의심하시잖아요."

만일 여기서 난희가 자기 성질대로 패악을 부리면, 다 엎어버리고 같이 진창에 떨어지려고 했다. 그러나 눈치 빠른 이 여자, 떨리는 목소리로 깜찍하게 주절거린다.

[무, 물론…… 사귀는 게 맞지…… 요.]

"그럼 이따 저녁에 만나요. 내가 약국으로 갈게요. 기대하고 있어요, 난희 씨."

급히 숨을 삼키는 소리가 들렸다. 느끼하게 덧붙인 마지막 말에 경기를 일으킨 모양이다. 그러거나 말거나 일단 위기를 넘겼다고 판단한 동혁은 휴대폰을 살짝 접어 주머니에 넣었다. 박 여사는 의심을 완전히 지우지 못한 눈으로 그를 관찰하고 있었다. 동혁은 흔들리지 않고 자연스런 태도를 유지했다.

"불미스런 일로 알려지게 된 건 안타깝지만, 그런 만큼 더 노력해서 유종의 미를 거두도록 애쓰겠습니다. 난희 씨와 저, 가볍게 시작한 게 아니거든요. 지켜봐 주십시오."

그러고는 여자들이 '살인미소'라고 칭했던 부드러운 미소를 지으며 덧붙였다.

"할머님."

노기 충만했던 노인의 얼굴이 천천히 펴졌다. 미심쩍어하는 표정이 처음만큼 살벌하진 않았다. 동혁이 헛소리를 할 사람도 아니거니와 그럴 이유가 없다고 판단했으리라. '세한그룹의 후계자가 뭐가 아쉬워서 일개 약사와 사귀기 위해 거짓말까지 하겠는가?'라는 것이 일반 상식적인 생각. 그러나 이 상황에 과연 상식적인 인간이 누구일까?

"이렇게 불쑥 찾아와서 실례했네."

무뚝뚝하긴 해도 나름 화해의 표현이었다.

"하지만 우리 쪽의 토지 매매 조건은 변함없네. 난희와 조 사장의 관계와는 별도야."

"물론입니다. 그건 그것대로 좀 더 논의를 해봐야 할 것 같습니다."

"앞으로 자네라고 불러도 되겠나?"

"네. 할머님이 원하시는 대로 부르세요."

갑자기 화기애애한 분위기로 변하긴 어려웠다. 그래도 동혁은 노인이 내민 화해의 손길을 기꺼이 받아들였다.

"제가 먼저 찾아뵙고 허락을 구했어야 하는 일인걸요. 이와는 별도로 하루라도 빨리 상가 부지 문제도 마무리 지어야 하고요."

고민에 빠진 듯한 박 여사의 표정. 그럴 만했다. 어제의 적이 누구보다 가까운 동지가 될지도 모르는 상황이니. 마냥 좋아할 수도, 그렇다고 반대할 수만도 없어 혼란스러워하는 노인을 바라보며 동혁은 회심의 미소를 지었다. 일단 급한 불은 껐으니 이제부터는 시간 끌기 작전. 이 머리 좋은 노인이 연극의 허점을 찾아내기 전에 완벽한 시나리오를 준비해야 할 것이다. 정신없이 몰아쳐서 토지 매매 협상도 끝내자. 유난희라는 자발적인 동조자의 협력 아래.

사람을 구슬리는 일은 한 번도 해본 적이 없지만 자신있었다. 뭐가 어렵겠는가? 못 마시는 소주를 병째 들이켜고 죽었다가 살아난 녀석인데.

"이거 민망하게 됐네. 내 손녀딸을 책임지라고 들이민 꼴이 됐으니."

박 여사는 이제야 이성이 돌아온 듯, 희미하게 낯을 붉히며 중얼거렸다. 동혁은 매력적인 미소를 흩뿌리며 고개 저었다.

"아닙니다. 제가 당연히 책임져야죠. 난희 씨가 그런 추문에 시달리게 만든 장본인이니까요."

"이 할미의 성화 때문에 마음에도 없는 소리를 하는 건 아닌가?"

"전혀요. 제가 뭣 때문에 거짓말을 하겠습니까?"

땅 때문에요, 자존심 때문에요, 우리 아버지 때문에요!

"아직도 믿어지지 않습니까?"

박 여사의 가느다란 눈을 직시하며 동혁은 끈질기게 되물었다. 포커페이스라면 자신있었다. 유난희 앞에서가 아니면.

"음. 우리 난희에게 자넨 썩 어울리는 짝이 아니야. 자네 집안이 좀 대단해야지."

"저도 난희 씨와 똑같은 사람입니다. 조건이 맞아야 사람을 사귈 수 있다는 편견은 버리십시오. 그리고 할머님, 좀 도와주세요."

노인이 흔들리고 있다는 걸 그 눈빛에서, 곤란해하는 표정에서 읽었다. 이토록 진지하게 부탁하는 그의 진심을 누구인들 의심하겠는가?

"연애 문제야 뭐…… 지켜보겠네."

됐다!

"네. 실망시켜 드리지 않겠습니다, 할머님."

몇 번 말했더니 '할머님'이란 소리가 술술 나왔다. 듣기 싫진 않은지 박 여사가 살풋 미소 지었다가 재빨리 지웠다. 아직은 그에게 미소를 보일 때가 아니라고 생각했을 것이다. 그래서 동혁은 모른 척하고 노인을 정중하게 커피 전문점 밖까지 배웅했다. 운전기사를 불러 댁까지 모셔다 드리려고 했지만 박 여사는 한사코 거절하고 버스 정류장으로 향했다.

양산을 쓴 채 점점이 멀어지는 자그마한 인영(人影). 또박또박 내딛는 걸음걸이와 마른 몸에서 풍기는 야무짐은 예사롭지가 않았다. 검소함이 몸에 배어 그 흔한 자가용 한 대 소유하지 않은 저 평범한 노인이 수십 억대의 자산가라는 걸 누가 상상이나 하겠는가? 저런 분의 눈을 속이기란 비 오는 날 먼지가 나도록 얻어맞는 것보다 더 기적 같은 일일 것이다.

한참 동안 박 여사를 바라보고 서 있던 동혁은 서서히 현실을 자각했다. 어느새 미소가 지워진 그의 얼굴은 냉정하게 굳어졌다. 그는 회사 안으로 걸어 들어가며 태호에게 전화를 걸었다.

"작전 변경이야. 당장 들어와."

스스로 제정신이 아니라고 생각했다. 유난희와 자신을 엮을 줄이야.

그러나 이성적인 판단도, 냉정한 결정도 당분간은 멀리하기로 했다. 미칠 듯이 엄습해 오는 좌절감과 분노는 차후에 쏟아내자고.

지금은 유난희를 잡아야 할 때. 어떻게든 그 발칙한 인간을 도망가지 못하게 붙들어야 할 때다.

"그래, 죽기보다 더 하겠어."

중얼거리던 그의 입술이 단호하게 다물어졌다. 그러면서도 생각한 것만큼 불쾌한 기분이 아닌지라 의아해하는 그였다.

"축하해, 친구야."

성주가 악수를 청하며 장난스럽게 말했다. 난희는 내민 손을 무시하고 코웃음 쳤다.

"고마 해라."

할머니의 말투를 흉내 내는 난희에게 성주가 의미심장한 윙크를 던졌다.

"잘 보여야지. 재벌가의 사모님이 될지도 모르는 분이니깐."

"아악!"

급기야 난희가 머리를 쥐어뜯으며 비명을 지르자 성주는 까르르 웃음을 터뜨렸다. 동혁과의 전화 통화를 모조리 들은 터라 어떻게 된 상황인지 대략 파악을 하고 있는 성주였다.

"어쩐지 그 남자가 너무 들이댄다 싶더라. 너한테 마음이 없으면 그렇게 자존심 구기면서 달라붙었겠니?"

"조동혁 씨가 껌이야, 달라붙게?"

"기분 나쁜 척하지 마. 내가 너라면 경사 났다고 춤이라도 추겠다. 그 남자, 재벌 2세야. 인물은 또 얼마나 잘났니. 사생활도 깨끗해, 머리 좋고 성실해. 부족한 게 하나도 없어요. 완전히 굴러온 복덩이 아니냐?"

성주의 말이 계속되는 동안 난희의 얼굴은 더욱 찌푸려졌다. 생각할수록 이해가 안 되고, 이해가 안 되는 상황에 머리를 쓰자니 속이 울렁거렸다. 그녀의 할머니가 그 남자의 회사에 쳐들어가 어떤 말씀을 하셨을지 충분히 상상이 되긴 했다. 명예가 바닥에 떨어진 손녀딸을 어떻게 책임질 거냐고 추궁하셨을 거다. 그러면 그 재수없는 남자는 눈을 한껏 치뜨고 그 재수없는 목소리를 좍 깔아서 '저와 아무 상관 없는 여자를 왜 책임져야 합니까?' 라고 오만방자하게 지껄였을 것이다. 그래야 상황에 들어맞는 거다. 그런데 '난희 씨와 진지하게 사귀는 중입니다' 라니?

땅 문제로 골머리를 앓다 정신이 나간 게 분명했다. 그게 아닌 다음에야 천하의 왕재수, 조동혁 씨가 별 볼일 없는 유난희와 사귄다는 착각을 했을 리가 없다. 아니, 진달래 아파트 상가 부지가 그토록 탐이 났던 건가? 저러다 사람 잡겠다. 그전에 얼른 땅을 팔아버리라고 할머니를 설득해야 하는 건 아닐까, 난희는 이런저런 생각으로 머리가 복잡해졌다. 그러나 갈래갈래 흩어진 생각들의 결론은 단 하나였다.

'조동혁이 미쳤어!'

"재벌 2세, 하나도 안 반가워. 그런 부담스런 타이틀을 어떻게 달고 다녀?"

말도 안 된다는 듯이 난희는 잘라 말했다.

"게다가 상대는 그 남자야. 날 발톱의 때처럼 여기는 조동혁. 왕재수 인간이라고."

"그게 어때서?"

성주가 순진한 척 눈을 깜박이며 물었다.

"몰라서 묻니? 그 남자와 나는 물과 불이야. 전혀 섞일 수 없는 인종이라고. 사는 세계가 달라. 그런데 어떻게?"

"우주 평화를 위해서라도 서로 다른 별의 인간들끼리 결합을 해야 한다고 생각하지 않니?"

"성주야, 농담 아니야. 나 상필 씨와 헤어진 지 한 달도 안 됐어. 남자라는 족속의 저열함에 치를 떨고 배신감에 눈물 흘린 지 한 달도 안 됐단 말이야."

"드라마 찍니? 그깟 나쁜 놈 때문에 끙끙 앓게?"

버림받은 당사자가 마치 자신이라는 듯이 성주는 거침없이 욕을 해댔다.

"상필이 놈 보란 듯이 잘살아야지. 자기보다 더 멋진 남자랑 사귀는 걸 보여주고 통쾌하게 복수해야지. 네가 열녀니? 일편단심 과부야? 누구 좋으라고 정절을 지켜. 말이 나온 김에 난희 너, 상필이랑 잤니? 섹스 했어? 아니잖아. 그런데 왜 머뭇거려. 뭘 주저해. 조동혁 씨처럼 근사한 남자가 손 안에 떨어졌는데, 얼른 낚아채야지. 연애라도 실컷 해봐야지. 누구 좋으라고 거절을 해."

난희는 입을 떡 벌린 채 친구를 바라보았다. 다혈질이라 흥분을 잘하는 성주이긴 해도 이처럼 즉각적으로, 말 몇 마디에 광란의 상태가 될 줄이야.

"아이 씨, 흥분 안 하려고 했는데."

성주가 두 손으로 자신의 머리를 쓸어 올리고 새침하게 표정을 굳혔다.

"상필이 놈 얘긴 하지 말아줘. 부탁이야, 유난희."

어이가 없지만 기분 나쁘진 않았다.

"저기, 성주야. 상필 씨랑 사귄 건 나거든?"

"알아, 계집애야."

참 눈물겨운 우정이로구나.

난희는 가슴을 뜨겁게 채우는 감정에 울컥했다.

"김성주, 이래서 내가 널 버리지 못하는 거야."

"칫, 그러니까 내 말대로 조동혁 씨와 잘해보란 말이야. 그 바람직한 남자를 확 잡아버려. 알겠어, 얄미운 계집애야?"

난희는 대답을 회피했다. 일단 뭐가 어떻게 된 건지 동혁에게서 직접 듣기 전까지는 섣부른 판단을 하지 말자고 생각했다.

그 후 여덟 시가 될 때까지 피를 말리는 시간이 흘러갔다. 퇴근 준비를 하면서 몇 번이나 시간을 확인했는지 모른다. 동혁을 만나야 한다는 생각이 반, 그가 오기 전에 도망을 가야 한다는 생각이 반. 그러다가 도망을 가려는 자신을 깨닫고 흠칫 놀랐다. 어떤 상황에서든 도망을 쳐본 적이 없는 그녀였는데.

"이거 할 짓이 아니네."

상필이 놈과 사귈 때에도 가슴이 졸아들도록 그를 기다려 본 적은 없었는데.

난희는 자신에게 중얼거리며 가운을 벗어 걸었다. 여덟 시 삼십 분이 훨씬 지났다. 아무래도 그 남자가 안 올 모양이었다. 남은 건 이제 할머니의 무서운 추궁에 시달릴 가련한 유난희.

뭐라고 말씀드려야 하지? 집에 돌아가자마자 할머니 앞에 다시 무릎을 꿇어?

난희는 착잡한 심정으로 숄더백을 챙겼다. 가족 모임이 있다던 성주는 이미 퇴근을 한 뒤였다. 평소보다 더 빨리 약국의 문을 닫고 상가를 나왔다. 출입문 앞에서 의미심장한 미소를 띤 〈스피드 세탁소〉의 박 사장과 딱 마주치기 전까지는 그렇게 순탄하게 하루가 끝날 거라 믿었다. 때마침 세탁물 배달 바구니를 들고 나오던 박 사장이 그녀를 불러 세웠을 때는 가슴이 철렁했다.

"유 선생, 이제 퇴근해?"

어릴 때부터 봐온 사이인지라 못 본 척할 수 없었다.

"네. 저녁 진지는 드셨어요?"

"아직이야. 이것만 배달하고 문 닫아야지."

"네. 그럼 내일 뵐게요."

부랴부랴 나서려고 하는데, 박 사장이 또다시 그녀의 이름을 불렀다. 초조함을 감추고 돌아서자 박 사장이 부담스럽게 눈을 빛내고 서 있었다.

"그 소문이 사실인가?"

"뭐가요?"

난희는 입가가 당기도록 웃으며 물었다. 표정 관리에 온 신경을 모았다.

"파레스 쇼핑 타운의 젊은 사장과 사귄다는 소문 말이야. 그저께 그 사람이 난희…… 아니, 유 선생 집에서 잤다면서?"

참자 참자 다짐했건만 난희의 얼굴은 새빨갛게 변하고 말았다.

"누, 누가 그래요?"

"괜찮아. 곧 결혼할 건데 뭐가 부끄러워."

"겨, 결혼이요?"

경악해서 눈이 휘둥그레진 난희에게 박 사장은 알 만하다는 듯이 끄덕였다.

"나도 연애를 해봐서 잘 알아. 모른 척할 테니까 잘해봐."

"뭘 잘하라는 말씀이세요?"

흥분한 난희가 따지듯이 묻자, 박 사장의 눈이 가느다랗게 변했다.

"몰라서 묻나?"

"그러니까 뭘 잘하라는 뜻이냐고요?"

"조동혁 사장과 유 선생. 결혼할 거라면서?"

기가 막혀서 말도 안 나왔다. 같이 잤다는 소문이 부풀려져 결혼 이야기까지 나오고 있을 줄이야!

"그거 아니거든요. 조동혁 씨와 저는 그냥…… 그냥……."

그 순간 왜 더듬거렸는지 모른다. 딱 잘라서 아무 관계 없다고 왜 말을 못했는지, 난희 스스로도 알 수 없었다. 그런 머뭇거림을 박 사장이 자신의 방식으로 이해한 건 당연했다.

"그럼그럼. 여잔 튕겨야 매력이지. 너무 쉽게 잡히면 재미가 없잖아. 내가 난희 너를…… 아니, 유 선생을 잘 알아서 하는 말인데, 그 남자를 만날 때는 적당히 내숭도 떨고, 수줍어하고, 그래. 그 뭐냐, 상필이? 그놈이랑 격이 다르잖아. 조 사장이 어떤 남자야? 우리나라 최고 신랑감이지. 그 정도는 돼야 유 선생 배필로 딱이지. 안 그래, 장 사장?"

갑자기 돌아서서 외치는 박 사장. 그러자 기다렸다는 듯이 〈행복 비디오〉의 문 안쪽에서 머리숱이 적은 남자의 얼굴이 쑥 튀어나왔다.

"그럼. 우리 유 선생한텐 파레스 쇼핑 타운의 사장 정도가 돼야 천생배필이지. 암, 그렇고말고."

그리고 뒤이어 일렬로 늘어선 가게들의 문에서 다양한 헤어스타일의 머리들이 툭툭 튀어나와 한 마디씩 거들었다.

"그렇고말고."

"당연하지!"

"상필이 자식 따윈 잊어버려!"

"상필이보다 백배 더 낫다."

"사장 사모님 소리가 더 듣기 좋잖아."

난희는 얼떨떨한 얼굴로 꾸벅 인사하고 그대로 문을 박차고 나왔다. 이 동네엔 비밀이란 존재하지 않는다는 걸 간과했었다. 비밀이 뭔가, 누구네 집의 팬티가 몇 장인지조차 훤히 꿰고 있는 사람들인데.

팔자 타령이 절로 나왔지만 난희는 절망하지 않기로 했다. 수다스럽고 성가신 사람들이어도 그녀에겐 엄마가 되어주고, 아빠가 되어준 고마운 분들이다. 100% 그녀를 이해하진 못해도 도움을

청하면 두말 않고 손을 빌려줄 분들이 아닌가. 너무 가까워서 때로는 숨이 막힐 때가 있지만 뭐, 팔자려니……. 또 팔자타령이군.

난희는 씁쓸하게 웃으며 보도블록을 따라 천천히 걸어갔다. 그렇게 몇 발짝 걸었을까.

"유난희 씨."

부드러운 저음의 남자 목소리가 그녀를 불렀다. 고개를 옆으로 돌리자 검은 중형차가 따라오고 있었다. 운전석의 남자는 동혁이었다.

제10장

첫키스는 운명처럼

 요."

차가 멈추고 조수석의 문이 열렸다. 그러나 난희는 걸음을 멈추지 않았다.

"어서 타요."

약간 초조해진 남자의 목소리. 난희가 쳐다보지도 않자 운전석에서 동혁이 내렸다. 설마했는데 그가 앞을 가로막아 섰다. 난희는 찌푸린 눈으로 그를 쏘아보았다.

"내게 할 말이 남았나요?"

이 남자, 키가 너무 커.

난희는 눈앞의 남자를 경계하듯 한 발짝 물러섰다.

"우리 만나기로 했잖아요?"

"그건 댁의 일방적인 생각이죠. 어제만 해도 나 같은 건 아주 모른다는 식이더니?"

생각하자 열이 뻗쳐올랐다. 그런 일이 없다고 딱 잡아떼던 철면피. 남자와 밤을 보냈는지 아닌지 어떻게 여자가 모를 수 있냐고 빈정거리던 왕재수.

"그저께 밤에 나와 함께 잔 남자가 댁이 아니라고 했잖아요? 그럼, 바이."

난희는 무작정 한 발을 내디뎠다. 이럴 때 보통 사람이라면 자신도 모르게 물러서게 된다. 그러나 조동혁은 보통 사람이 아니었다. 난희의 조그만 몸은 그의 탄탄한 가슴에 부딪혀 도로 튕겨 나왔다. 가뜩이나 키와 체구에서 밀리는 느낌이 좋지 않았는데, 남자의 가슴에 막혀 진로를 차단당하자 난희는 머리끝까지 화가 났다.

"빨리 안 비켜요?"

앞에 버티고 선 남자가 크게 한숨을 쉬자, 청결한 스킨 향과 더불어 남자다운 체취가 물씬 풍겨왔다. 산뜻한 밀크브라운 색의 양복과 귀티가 흐르는 생김새. 조동혁을 한마디로 표현하자면 '럭셔리'. 그 반대로 유난희는 '지극히 평범'. 이런 두 사람의 접점이 어디에 있단 말인가?

"우리가 사귄다는 헛소리를 지껄일 거면 그만 돌아가세요. 아깐 너무 놀라서 대충 대답했지만 이젠 정신 차렸거든요. 거짓말에 놀아나는 거 진짜 싫어요."

"할 말이 남았는데, 여기에서 쇼를 보여줘야 합니까?"

난희는 그 말에 놀라서 주위를 둘러보았다. 낯이 익은 주민들이 베란다 난간에 기대어 흥미진진하게 그들을 지켜보고 있었다. 저런 참견쟁이들! 이를 갈며 난희는 그에게 쏘아붙였다.

"재수없어도 이렇게 재수없을 수가 없어!"

"나도 마찬가지거든요. 그러니 갑시다."

동혁은 초조한 손길로 여자의 팔을 잡아끌어 자신의 차에 태웠다. 가느다란 팔의 느낌에 놀란 것도 잠시, 인형처럼 조수석에 던져지는 여자를 보자 약간 미안한 마음이 들었다. 떽떽거리는 저 여자가 얼마나 작고 여린지 깜박했던 것이다. 박복순 여사와 마찬가지로 어쩌면 이렇게 작을 수가 있을까.

"160㎝?"

운전석에 앉자마자 물었다. 난희는 뭔 소리냐는 표정이면서도 곧장 대답을 해왔다.

"166㎝요."

"아닌 것 같은데."

"정확히 165.2㎝!"

"나보다 20㎝나 작네."

"커서 좋으시겠어요!"

약을 올리는 대로, 빈정거리는 대로 발끈하는 것도 이 여자의 매력이라면 매력인가?

난희에게서 굳이 매력을 발견하고자 애쓰는 자신을 의식하지 못하는 동혁이었다.

"이봐요, 어디로 가는 거죠?"

"저녁 먹으러요."

그때를 기다렸다는 듯이 난희의 배에서 꼬르륵 소리가 났다. 얼굴이 붉어졌지만 난희는 짜증스럽게 말했다.

"양 많고 맛 좋은 데가 아니면, 용서 안 해요."

동혁은 피식 웃으며 차를 시내로 돌렸다. 내심 긴장한 상태이지만 난희를 차에 태웠으니 절반은 성공한 셈이라 여겼다. 어찌 됐든 오늘은 그의 페이스대로 밀고 나갈 작정이었다. 이 작은 여자에게 끌려 다니는 건 지난밤 이후로, 안녕.

읽지도 못하는 불어가 잔뜩 쓰인 메뉴판은 보기만 해도 속이 울렁거렸다. 난희가 한번 쓰윽 훑고 그대로 내려놓자 동혁이 의아하게 물어왔다.

"먹고 싶은 음식이 없어요?"

그런 그가 얄미워서 난희는 톡 쏘듯이 대답했다.

"이름도 알 수 없는 요리를 어떻게 주문해요?"

"불어 할 줄 모릅니까?"

"잘났어, 정말."

동혁이 쿡쿡 웃었다. 고소해하는 저 표정.

"이런 데는 비싸죠?"

"내가 낼 테니 걱정 말고 먹어요."

"난 한식을 더 좋아하는데."

"내가 낸다니까요."

"그럼 내 것도 같이 주문해 주세요."

동혁이 끄덕이고는 옆에 선 웨이터에게 능숙한 불어를 섞어 주문을 했다.

"이분은 여기 처음이니까 아페리티프로 까바 크리스탈리노를, 그리고 샴페인 젤리와 연어 알을 얹은 연어 테린느부터 시작합시다. 크림 부루리를 입힌 요리와 푸아그라 다음에는 후식으로 마늘빵과 소금을 친 버터 아이스크림, 그리고 또……."

"그 정도면 됐어요. 고마워요."

난희가 웨이터를 향해 생긋 웃어주었다. 웨이터가 테이블을 떠나자 동혁이 무뚝뚝하게 말했다.

"나만 빼고 모든 사람에게 웃어주는 건 의도적인 겁니까?"

"아시니 다행이네요."

굳이 의식하고 하는 행동이 아니었는데 이 남잔 그렇게 느꼈나보다. 그러고 보니 자신이 동혁에게는 진심에서 우러나온 미소를 보여준 적이 없다는 걸 깨닫고 난희는 약간 미안해졌다. 아주 약간.

"이런 데 자주 오세요?"

〈메종 뒤 쥬르〉. 이름도 생소한 프렌치 레스토랑이다. 황금빛이 부담스럽게 넘실거리는 왕실풍 인테리어만 봐도 이곳이 범상치 않다는 걸 느낄 수 있었다. 족히 몇 십 미터는 될 것 같은 테이블들 사이의 간격을 눈여겨보며 난희는 좌우를 둘러보았다. 주변에는 하나같이 고급스런 정장에 우아한 몸가짐, 상류층의 냄새가 폴폴 나는 손님들뿐이었다. 피곤에 절은 직장인이라곤 그녀밖에 없는 것 같았다.

난희의 질문에 동혁이 어깨를 으쓱했다. 난희가 보기에 지나치게 오만하다 싶게 으쓱.

"중요한 손님을 만날 때 가끔 와요."

"황송하네요, 날 중요한 손님으로 취급해 줘서."

배배 꼬인 그녀의 말투를 못 알아들을 리 없는 남자.

"유난희 씨, 밥을 먹는 동안만큼은 휴전하면 안 될까요?"

"우리가 언제 싸웠나요? 일방적으로 여기에 끌려와서 곱게 밥을 먹어주려고 하는데."

입술을 삐죽삐죽, 말 한 마디 한 마디가 빈정거림으로 들리는 저 여자의 입을 생각 같아서는 꾹 눌러주고 싶었다. 그런 울화통이 터지기 전에 동혁은 마음을 가라앉혔다. 오늘은 절대 유난희의 도발에 말려들지 않기로 작정했으니까.

"여기 음식이 꽤 맛있어요. 후회하지 않을 겁니다."

"후회는 진작 했어요. 내가 왜 여기에 앉아 있나 하는 후회요."

참으로 못 말릴 여자다. 그냥 다소곳이 있어주면 어디가 아픈가?

"남자 친구와 있을 때에도 이렇게 까칠하게 굽니까?"

난희의 눈동자에서 사나운 빛이 뿜어져 나왔다.

"댁이 할 질문이 아닌데요?"

"나한테만 이러는 건지, 아니면 내가 남자라서 이렇게 대하는 건지 궁금해서 말이죠."

"난 남자 그 자체를 혐오하진 않아요. 돈만 밝히는 재수없는 남자를 혐오하지."

"그게 바로 나란 뜻이군요."

"아시니 다행이고요. 음…… 이거 맛있네요. 사과 맛 샴페인을 좋아하는데 맛이 비슷해요."

때마침 나온 식전주를 한 모금 마신 난희가 감탄했다는 듯이 중얼거렸다. 말랑말랑하게 늘어진 그녀의 목소리를 듣자 동혁은 울화가 치밀었다. 오로지 그에게만 가시를 세우는 여자에 대한 섭섭함은 매번 인내의 한계를 시험했다. 무슨 말을 하든 얄밉기만 한 유난희를 흔들어서라도 고분고분하게 만들고 싶은데, 물론 그건 생각뿐. 저 조그만 몸에 손을 대기라도 하면 이 단골 레스토랑에 다시는 출입을 못하게 되는 사태가 벌어질지도 모른다. 식전주를 물 마시듯 후루룩 마셔 버리고는 예쁘게 차려진 음식 접시를 탐욕스럽게 노려보는 여자. 대체 저 여자는 내숭이란 말을 알고나 있을까? 남자 앞에서 조분조분 음식을 먹는 법도 모르는 게 아닐까? 난희는 이제 음식을 입 안에 쓸어 넣다시피 먹고 있었다.

"안 뺏어먹을 테니까 천천히 먹어요."

동혁은 힘없이 중얼거렸다. 난희에게 자신이 남자로서 의식되길 바란 적은 없지만, 그녀가 아예 의식을 하지 않으니 그것 또한 불쾌했다. 남자의 자존심을 이토록 긁어대고, 분통이 터지게 만드는 여자는 유난희가 처음이었다. 우아하게 새 모이만큼 먹어대는 여자들이 전부라고 생각했었는데.

"좀 천천히 먹으라고요."

"먹는데 말 시키지 마요."

입맛에 맞는지 난희는 자신의 접시들을 깨끗이 비워냈다. 그 빠른 속도와 식욕에 놀라서 그는 식사도 하는 둥 마는 둥 했다. 동혁은 난희를 구경하는 것만으로도 배가 불렀다. 프랑스 고급 요리를 분식점의 싸구려 음식들처럼 후루룩 먹어치우는 저 모습, 결코 잊지 못할 거라고 동혁은 생각했다.

"아, 배불러."

후식으로 나온 아이스크림까지 싹 먹어치운 난희가 만족스럽게 말했다. 하이라이트로 배를 두드리기까지 했다.

"잘 먹었어요. 댁이 말한 것처럼 꽤 먹을 만하네요, 여기."

"남자 앞에서 그렇게 먹으면 좀 부끄럽지 않아요?"

"그 남자가 누구냐에 따라서 다르죠."

"무슨 뜻입니까?"

그 질문에 냅킨으로 우아하게 입가를 누른 채 난희가 대답했다.

"댁은 내 남자가 아니잖아요."

그 순간 동혁은 입맛이 달아나 손을 놓았다.

"왜 남겨요?"

"충분히 먹었습니다."

"남자가 그렇게 입이 짧아서 어떻게 살아요?"

혀를 차는 소리에 동혁은 화를 내지 말자고 자신을 달래야 했다.

"유난희 씨가 그렇게 잘 먹는 모습을 보니 배가 절로 부르네요."

빈정거렸지만 돌아온 건 뿌듯해하는 미소였다.

"그럼요. 음식을 남기는 건 죄악이거든요."

"궁금해서 묻는 건데, 날 남자로 생각하긴 하는 겁니까?"

자신도 모르게 내뱉고 아차 했지만 늦은 일.

난희가 까르르 웃었다.

"무슨 질문이 그래요? 당연히 당신은 남자잖아요."

"아니, 내 말은……."

"아하! 성적으로 당신을 의식하느냐, 뭐 그런 질문인가요?"

동혁에게 대답할 여유도 주지 않고 그녀가 말을 이었다.

"성적으로 의식해야 할 이유도 없거니와 그럴 여지도 안 주려고요. 우리가 처음 만난 순간부터 지금까지 어땠는지 떠올려 보세요. 아주 코미디가 따로 없죠? 이런 우리 사이에 웬 성적 긴장감? 자고 있던 소가 웃을 일이죠."

그러고는 웃는 소를 상상하는지 히죽, 아주 기분 나쁜 미소를 짓는 것이었다.

자신을 성적으로 전혀 의식하지 않는다는 그녀의 말에 안심해야 옳았다. 그에게 낙지처럼 달라붙는 골 빈 여자들처럼 굴지 않을 거라는데, 쌍수를 들고 환영해야 마땅했다.

한데 동혁은 기분이 나빴다. 솔직히 아주 불쾌해서 입 안에 든 최고급 화이트 와인조차 구정물처럼 여겨졌다. 그걸 뱉어낼 수도 없어 억지로 삼켰는데, 그 즉시 울컥하고 뭔가가 올라왔다. 예민한 그의 감수성이 삽시간에 진창에 처박힌 꼴이었다. 창백한 그의 얼굴을 본 난희가 얄밉게도 큰 소리로 외쳤다.

"어머, 오바이트하는 거 아냐? 얼른 화장실 가요!"

동혁은 한 손으로 입을 막고 다른 손을 거칠게 내저었다. 난희의 큰 목소리에 놀란 웨이터가 부리나케 달려왔다. 동혁의 얼굴이 빨개졌다. 그걸 또 오해한 난희가 웨이터에게 부탁했다.

"소화제 좀 갖다 주세요."

"아, 아니…… 아니야. 괜찮아!"

간신히 입을 열어 말했다. 그제야 난희가 안도한 표정으로 웨이터를 돌려보냈다. 동혁은 부글거리는 속을 누를 길이 없었다. 주위의 따가운 시선에 어디 구멍에라도 기어들어 가고 싶었다. 이처럼 민망하고 당황스런 순간이 또 있을까!

"정말 괜찮아요?"

걱정스럽게 묻는 여자를 죽일 듯이 쏘아보았다. 그러자 난희가 움찔했다.

"왜, 왜 그렇게 봐요?"

순진한 척 데굴거리는 저 눈을 보라. 저렇게 무디고, 뻔뻔하고, 야속한 여자는 스친 기억조차 없었다.

"본론으로 들어갑시다."

동혁은 낮게 깔린 목소리로 말했다. 따져 봐야 입만 아플 테니 화제를 돌리려 했다. 하지만 얄미운 이 여자, 쉽게 넘어가지 않을 작정인 듯.

"삐쳤어요?"

"누가요!"

발끈하는 그를 가느다란 눈으로 쳐다보는 유난희.

"에이, 삐친 것 같은데요?"

"아닙니다. 그리고 그렇게 보지 마세요."

"어떻게요?"

"잡아놓은 물고기를 어떻게 요리할까 궁리하는 눈 말입니다. 그런 눈으로 보지 말라고요."

까르르 웃음이 터져 나왔다.

"당신, 꽤 웃겨요."

"난 하나도 안 우습거든요."

"그런 것 같네요. 소태 씹은 표정이에요."

부글부글부글. 동혁은 끓어오르는 가슴을 꾹 누르고, 잇새로 말했다.

"유난희 씨와 나, 당분간 사귀는 걸로 합시다."

그 말에 난희의 웃음소리가 뚝 멈췄다. 속이 다 시원했다. 놀라서 동그래진 여자의 눈을 보자 불쾌감이 자취를 감추었다.

"기간은 두 달. 대가는 난희 씨의 소원대로."

"자, 잠깐!"

한 손을 번쩍 들고 외친 난희가 급히 물을 마셨다. 한숨 돌렸는지 한결 침착해진 목소리가 들렸다.

"아까 먹은 음식이 잘못된 거 아니에요?"

"전혀요."

"그런데 왜 그래요? 왜 그런 무서운 말을 하는 거냐고요?"

"무섭다니요?"

"질문엔 대답을 하세요!"

난희가 초조하게 외쳤다. 반면 동혁은 느긋한 심정이 되어 팔짱을 끼고 의자에 등을 기댔다.

"우리가 사귀는 척하자는 게 그렇게 무서운 말인가요?"

"말이 안 되잖아요, 말이. 댁과 나, 왜 그래야 하죠?"

기다렸던 질문에 동혁은 미리 준비해 온 대사를 술술 뱉어냈다.

"첫째, 나와 잠을 잔 걸로 오해를 받고 있는 당신의 명예를 지키고."

"두 번째는요?"

"우리 아버지 때문예요."

"댁의 아버지가, 왜요?"

차마 이 말까지는 안 하려고 했지만, 영리한 여자를 설득하기 위해서는 어쩔 수 없는 일.

"외아들을 결혼시키려고 칼을 갈고 있으신 분이라."

"결혼하면 되잖아요?"

"그게 그렇게 간단한 문제가 아니에요."

"왜 안 간단해요? 당신 정도면 결혼하고 싶어하는 여자들이 차고 넘칠 텐데."

"유난희 씨도 그렇습니까?"

"아니죠. 내가 왜 댁과 결혼하겠어요?"

"거봐요. 날 싫어하는 여자와 억지로 결혼할 순 없지 않습니까?"

그의 반박에 난희가 곰곰이 생각하는 표정을 지었다. 논리에 맞지 않는 말이라는 걸 그녀가 깨닫기 전에 공격을 계속해야 했다.

"아무튼 나는 결혼하기 싫고, 우리 아버진 결혼하라고 협박을 하고 계시니, 이 상황에서 빠져나갈 방법은 이것밖에 없어요. 유난희 씨가 날 싫어하는 거 알거든요. 그러니까 딱 두 달만 연애하는 척합시다. 우리 아버지의 관심을 돌릴 방법을 찾을 때까지, 그리고 당신에 관련된 불미스런 소문들이 가라앉을 때까지 연애하는 모습을 보여줍시다. 그 후에는 서로 감정이 식어서 헤어졌다고 하면 될 것이고."

그 순간 난희가 한 손을 들어 말을 잘랐다. 그를 노려보는 그녀의 눈동자가 사납게 번뜩였다.

"내가 남자 친구와 헤어진 지 한 달도 안 된 거, 알고 있죠?"

"네. 그 나쁜 자식이 다른 여자를 임신시켰다는 것도요."

그 말에 난희의 얼굴이 빨개지자 동혁은 왠지 미안했다. 상처를 건드린 것 같아 사과를 하려고 하는데, 그 순간.

"댁은 약혼녀에게 배신당했다면서요?"

젠장. 그러나 심술궂은 반격에 울컥해선 안 된다.

"동병상련이라고 난희 씨가 말했었죠?"

"그랬죠. 그러니 이런 말도 안 되는 연극을 더욱 해선 안 되죠."

"사랑에 배신당하고, 사람에 배신당한 우리가 왜 연극을 하면 안 됩니까?"

"도대체가 말이 안 되잖아요. 댁과 내가 언제 만났다고 연애를⋯⋯?"

"밤을 함께 보낸 사이에 뭔 일인들 못하겠습니까?"

동혁의 반박에 그녀가 콧방귀를 뀌었다.

"땅을 사고 싶어서 작전을 바꾼 모양인데, 우리 할머니한테 가

보세요. 날 볶아대지 말고 땅의 주인인 박복순 여사님께 매달리라고요."

"박 여사님과 연애하라고요?"

"이봐요, 조동혁 씨! 비싼 음식 먹고 이게 무슨 추태예요?"

"멀쩡한 정신으로 하는 소립니다. 두 달만 나와 연애하는 척해주면, 진달래 아파트 상가 입주민들의 거취 문제를 진지하게 고민해 보겠습니다. 이를테면, 파레스 쇼핑 타운 내에 입주권을 준다든지……."

의도적으로 말끝을 흐리자 난희의 이마에 자잘한 주름이 잡혔다. 미끼를 물었으니 살살 달래서 끌어당기자.

"내가 왜 희생해야 하지?"

혼잣말을 중얼거리는 그녀의 귀에 동혁은 유혹의 속삭임을 흘려 넣었다.

"입주권, 긍정적으로 검토한다고요."

"검토만 해선 안 돼요. 확약을 해야죠."

"좋아요. 최소 비용으로 입주권 확보를 보장하죠. 그럼 계약 성립?"

그를 멍하니 바라보던 난희가 급히 눈을 깜박였다. 자신이 무슨 소릴 했는지 뒤늦게 깨달은 표정이었다.

"계약은 무슨!"

그러더니 미처 말릴 새도 없이 벌떡 일어나 도망가는 게 아닌가.

그러나 다리가 훨씬 더 긴 동혁에게 금세 사로잡혔다. 동혁은 버둥거리는 여자의 허리를 끌어안은 채 카운터로 가서 계산을 하고, 주차요원이 가져온 차에 그녀를 밀어 넣었다. 그동안 그녀의 발에 몇 번 차였지만 동혁은 신음 소리 한번 내지 않고 견뎠다. 차에 올라 그녀가 도망가지 못하게 도어를 잠가 버렸다.

"내려줘요!"

난희가 비명을 질렀다. 동혁은 팔짱을 끼고 앉아 정면을 보았다.

"이봐요. 내 말 안 들려요?"

묵묵히 앞만 보고 있는 남자가 순간 너무 미웠다. 그래서 난희는 그의 손을 잡아당겨 손등을 꽉 깨물어 버렸다. 너무 순식간이라 동혁은 고스란히 당해야만 했다.

"이게 뭐야?"

동혁은 기가 차서 그 말밖에 하지 못했다. 너무 황당한 나머지 아픔도 느끼지 못했다. 그의 손등 가장자리에 자잘한 잇자국이 생겼다. 누가 봐도 사람에게 깨물린 자국이었다. 그걸 보고 화가 나지 않으면 사람이 아닐 것이다.

"유난희 씨, 정말 이럴 겁니까?"

"내가 뭐요? 그러는 댁은 뭘 잘했다고?"

난희가 그에게 얼굴을 바싹 들이대고 외쳤다. 적반하장도 이런…… 빌어먹을! 그 삐죽이는 입술이, 통통하면서도 핑크빛이 도는 그 입술이 너무 얄미워서 내버려 둘 수 없었다.

동혁이 깨달았을 때는 그녀의 입술을 덥석 베어 문 상태였다. 그 말캉한 살결을 삼키듯이 물고는 죽죽 빨아 당기고 있었다. 단지 말을 못하게 하려고 한 것뿐인데, 더 이상 그 얄미운 입술을 삐죽이지 못하게 만들 작정이었는데, 자신의 입 안에서 말랑말랑 이지러지는 느낌이, 꿀물처럼 달콤하고 부드럽게 퍼지는 그 맛이 너무 좋아서, 미치도록 황홀해서 그는 이성을 잃고 말았다. 말 그대로 이성이 가출을 했다. 이제 남아 있는 건 본능이 명하는 대로 여자의 입술을 먹어치우고 있는 한 마리의 수컷.

그에겐 실로 오랜만의 키스였다. 아니, 처음으로 맛보는 길고도 뜨거운 입맞춤이라고나 할까.

제멋대로 움직이는 그의 혀가 여자의 입술 틈새로 기어들어 가 꿈틀거렸다. 젖어 있는 동굴처럼 포근하고 따뜻한 느낌이 그를 감싸왔다. 그때 누군가가 흐느꼈다. 아니, 신음 소리인가? 기분이 좋아서 내는 소리? 아아, 좋아. 나도 좋다고…….

온몸으로 짜릿한 감각이 번지면서 하체가 뻐근해졌다. 시간도 공간도, 상대가 누구인지도 잊어버린 채 동혁은 십대 소년처럼 주체할 수 없는 욕망에 빠져 들어갔다. 십대일 때에도 유난히 침착했던 그가 나이 삼십이 넘어 욕망의 파도에 휩쓸리게 될 줄이야.

"에…… 에잇!"

퍼억!

여자의 비명 소리와 함께 그의 얼굴이 뒤로 홱 젖혀졌다. 신음 소리도 낼 정신이 없었다. 눈앞이 하얗게 변할 정도의 통증이 얼굴을 내리덮었다. 그리고 뜨거운 뭔가가 그의 입술 위로 주르륵 흘러내렸다. 두 손으로 얼굴을 감싸고 간신히 고개를 바로 했다. 통증에 끙끙거리며 한 눈을 뜨고 손바닥을 보자 시뻘건 액체가 묻어 있었다. 피다!

"도둑놈. 나쁜 자식!"

난희가 숨을 몰아쉬며 소리쳤다.

"한 번만 더 이딴 짓을 하면 죽여 버릴 거야!"

동혁은 피를 본 충격에 얼어서 아무 말도 못했다. 쌍코피였다. 한 방울도 아닌, 줄줄이 흘러내리는 피. 그동안에도 난희는 시원스럽게 욕을 해댔다.

"저질 인간! 주둥이를 어디에 갖다 대는 거야?"

금방이라도 울음을 터뜨릴 것 같은 목소리였지만 충격에 빠진 그의 귀에는 들리지 않았다. 흐릿한 그의 시야에 손등으로 자신의 입술을 닦아내는 여자가 보였다. 새빨간 얼굴, 우스꽝스러울 정도로 당황한 표정의 유난희가 덜덜 떨면서 악착같이 그를 비난했다. 평소라면 그런 여자를 비웃었을 것이다. 고작 키스 한 번에 충격받은 거냐고 빈정댔을 것이다. 그러나 동혁은 자신이 흘린 코피에 너무 놀라서, 그 비릿하고도 시뻘건 액체의 공격에 꼼짝을 할 수 없어 멍청하게 그녀를 보고만 있었다. 아무 말도 없는 그가 얄미웠는지 난희가 재차 욕을 했다. 동혁은 '변태 자식'이라는 단어만 알아듣고 항변하려고 했다. 그러나 목소리가 안 나왔다. 그의 침묵이 너무 길어지자 뭔가 이상하다 느꼈는지 난희가 말을 멈추고 그를 뚫어지게 쳐다보았다. 그러다 그의 턱 아래로 뚝뚝 떨어지는 피를 보자 낮게 혀를 차고는 자신의 가방을 뒤져 티슈를 꺼냈다. 그걸 돌돌 뭉쳐 그의 콧구멍에 쑤셔 넣었다. 반사적으로 그가 고개를 젖히려 하자 난희가 재빨리 그의 뒷머리를 잡아 고정시켰다.

"가만있어요. 고개를 젖히면 더 안 좋으니깐."

뭔가가 무지막지하게 콧구멍을 틀어막았다. 뻐근한 아픔을 느끼고서야 정신이 들었다. 더불어 말하는 능력도 되돌아왔다.

"……떼요."

"뭐라고요?"

"손 떼라고요."

그 말이 끝나기가 무섭게 난희가 두 손을 번쩍 들었다. 동혁은 콧구멍을 막고 있는 티슈 덩어리를 빼내려고 했지만, 어찌나 힘차게 틀어막는지 잘 빠지지가 않았다. 낑낑대며 겨우 피투성이 덩어리를 빼냈다. 피를 목격한 충격으로 멍했던 머리가 이제는 분노로 뜨거워지기 시작했다. 난희가 자신의 코에 무슨 짓을 했는지 서서히 깨달아지면서 걷잡을 수 없이 화가 났다.

"이 여자가 진짜!"

주먹에 얻어맞은 걸로도 모자라, 티슈로 콧구멍이 찢어질 지경이다.

"그 손을 한 번만 더 휘두르면 가만 안 둘 거야!"

노성이 쩌렁쩌렁 울리자 난희가 몸을 움츠려 조수석의 문에 붙었다. 그녀의 눈은 한 마리의 미친 짐승을 바라보듯 공포에 질려 있었다. 그에 더 기분이 나빠진 동혁은 눈을 부릅뜨고 외쳤다.

"안 때려! 키스 안 해! 절대 당신 몸엔 손 안 댄다고!"

내가 미쳐도 단단히 미친 거다. 이런 여자에게 키스를 하다니. 욕망을 느끼다니!

"당신이 해달라고 애원해도 다시는 당신 몸에 손 안 대. 그럼 됐지?"

말이 쏟아질 때마다 움찔움찔 놀라던 여자가 천천히 눈을 치뜨고 그를 보았다. 물기 어린 눈동자가 커다랗게 열려 있고, 입술은 가늘게 떨렸다. 지금의 유난희는 어리고, 연약하고, 상처를 입은 소녀처럼 보였다. 죄책감에 동혁이 잠시 입을 다물었고, 그러는 동안 정적이 흘렀다.

기묘한 정적 속에 두 사람은 서로에게서 눈을 떼지 않았다. 아이처럼 휘둥그레진 여자의 눈동자가 노기로 거칠어진 남자의 눈과 부딪쳤다. 그 순간 불쾌하지만은 않은, 설명하기 어려운 감정이 차 오르는 걸 느꼈다. 동시에 흠칫해서 고개를 돌려 버리게 만드는 그 감정의 정체는 감히 해석하기도 두려웠다. 마냥 불쾌하지만은 않다는 게 문제였다. 가슴을 철렁이게 하는, 피부가 간질거리는 느낌인 것도 같았다. 동혁은 얼굴이 화끈 달아올라 저절로 뺨에 손이 올라갔다. 하릴없이 뺨을 문지르며 차창 밖을 보았다. 난희도 창밖을 바라보며 딴청을 부렸다. 어색하고도 불편한 침묵이 이어졌다.

생각해 보니 여자에게 뺨을 맞아도 싼 짓이었다. 몇 번 만났다고 유난희에게 키스를……. 그 순간 말랑말랑한 젤리보다 더 부드러웠던 여자의 입술 감촉이 떠올라 동혁은 흠칫했다. 얄미운 말만 쏟아내는 입술이 그토록 부드러울 줄은 몰랐던 거다. 그의 한입에 쏙 들어오는 말랑한 피부는 또 어찌나 달콤했던지.

"집에 데려다 줘요."

난희의 잠긴 목소리가 들려왔다. 화들짝 놀라 정신을 차린 동혁이 재빨리 시동을 걸었다. 어색한 공기는 점점 더 짙어지고 있었다.

"없었던 일로 해요. 아무 일도 없었다고."

야무진 여자의 말에 동혁은 동의하듯 끄덕였다.

"다시는 내 몸에 손 안 댄다고 했으니 용서해 줄게요. 실수였어요. 그렇게 생각해요."

맞다, 그의 실수였다. 하지만 그렇게 말하는 난희의 목소리가 너무 냉정해서 또 마음에 들지 않았다.

"우리가 사귀는 척하자는 댁의 말은 안 들은 걸로 할게요."

"내 제안을 거절하면 우리가 키스했다고 할머님께 말씀드릴 겁니다."

비열하다, 조동혁.

속으로 자신을 걷어차면서도 동혁은 심술궂게 말을 계속했다.

"사귀지도 않으면서 같이 자고, 키스하고. 박 여사님이 아주 좋아하시겠습니다."

"이것 보세요! 지금 나는 댁을 용서하려고 기를 쓰고 있다고요!"

"애쓰지 않아도 돼요. 연애만 합시다. 딱 두 달."

어째서 이 여자여야만 하는지는 나중에 생각하기로 했다. 난희가 그를 거부할수록 단단히 붙잡아두고 싶은 이 마음. 이율배반적이고도 비합리적인 고집이 어디에서 연유한 것인지는 나중에 따져보자. 지금 확신할 수 있는 건 유난희가 딱이라는 거. 어디로 튈지 모르는 이 여자가 우리 연극의 주인공이 되어야 한다는 것뿐.

"당신의 명예는 되살리고, 상가 입주민들은 생계권을 보장받고, 나는 결혼의 위협에서 완전히 자유로워지는 거죠."

"두 달 뒤엔 아버지께 시달리지 않는다는 보장이 어디 있어요?"

"그 후에 진지하게 연애할 상대를 찾아볼 생각입니다. 지금 당장이 급해서 문제지."

"나는요? 우리가 헤어진 뒤에 나는 어떻게 되는 거냐고요?"

"미혼의 남녀가 사귀다 헤어지는 게 죽을죄를 짓는 겁니까? 정 걱정이 되면 내가 책임질게요. 할머님께 얻어맞든 사람들의 손가락질을 받든 모두 내가 책임진다고요. 그리고 내 제안을 거절할 거면서 그런 걱정은 왜 합니까?"

도무지 끝이 없는 대화에 난희는 지쳤다. 몹시 발끈한 데다가 생각지도 못한 상대와의 키스에 넋이 나가 버린 모양이다. 사실은 숨이 멎을 만큼 짜릿한 키스였다. 남자에게 강제로 입술을 빼앗기는 상상을 해본 적은 있지만, 그 상대가 조동혁이라는 걸 믿을 수가 없었다. 차가운 이성을 꽁꽁 얼려 몸 안에 차곡차곡 쌓아놓은 것 같은 남자가 좋아하지도 않는 여자에게 키스를 하다니! 그리고 이 남자, 키스를 너무 잘한다. 몇 번 되지 않는 그녀의 키스 경험을 통틀어 지금처럼 짜릿한 적이 없었다. 마치 처음으로 키스의 맛을 깨달은 것 같은 느낌.

하지만 이래선 안 되잖아. 저 남자는 적이야. 왕재수라고.

동혁의 잘생긴 입술을 멍하니 응시하며 그녀는 자신을 꾸짖었다. 하지만 눈길이 자꾸만 저 입술로 향하니, 이 사태를 어이할꼬.

"……하겠어요?"

동혁의 마지막 말에 퍼뜩 정신이 들었다. 난희는 머리를 흔들어 대화에 집중하려 했다.

"뭐라고 했는데요?"

"하루를 줄게요. 잘 생각해 보고 알려줘요. 그 후엔 내 방식으로 해결할 테니까."

단호히 말을 맺은 동혁이 차를 출발시켰다. 입술을 깨물며 잠시 생각하던 난희는 주저하듯 그에게 물었다.

"당신 방식이라는 게 뭔가요?"

"내 제안을 거절하면 알게 될 겁니다."

사실 그조차 다른 방법을 알지 못했다. 반반의 확률에 승부수를 던진 것인데, 순진한 여자는 금세 걸려들었다. 회심의 미소를 지으며 동혁은 운전에 신경을 돌렸다. 그의 옆에서 난희는 복잡한 표정을 지은 채 깊은 생각에 빠져 들어갔다.

그날 밤, 자정이 다 된 시각에 동혁은 한 통의 전화를 받았다. 내일 있을 회의 자료를 검토하고 있던 그는 발신자를 확인하고 피식 웃었다. 전화를 받는 그의 음성은 나른하게 잠겨 있었다.

"벌써 결정을 한 겁니까?"

거드름을 피우며 물어보았다. 그러자 저쪽에서 이를 가는 소리가 들렸다. 옴짝달싹할 수 없는 자신의 상황이 저주스러울 것이다.

[당신 제안, 받아들일게요.]

"말 바꾸기 없습니다."

[안 그래요.]

"내일 계약서를 씁시다. 차를 보낼 테니 우리 회사로 와요."

[당신이 우리 약국으로 오면 안 되나요?]

"내일은 밤까지 약속이 잡혀 있어서 빠져나갈 틈이 없어요. 회사 근처에서 점심이나 같이하죠."

난희가 한숨을 푹 내쉬고는 힘없이 대답했다.

[그렇게 해요, 그럼.]

전화를 끊으려던 동혁이 갑자기 생각난 듯이 물었다.

"왜 생각이 바뀌었습니까?"

[몰라서 물어요?]

여자의 거친 말투에 동혁은 웃음소리가 새어나올세라 한 손으로 입을 가렸다. 그러고는 목소리를 내리깔아 느릿느릿 말했다.

"할머님께 종아리 맞았죠?"

[이런 고자질쟁이!]

뚝.

동혁은 통화가 끊어진 휴대폰을 잠시 바라보다 내려놓았다. 체증이 순식간에 해결된 듯이 가슴이 후련했다. 난희가 박 여사에게 종아리를 맞는 장면을 상상하자 웃음이 나왔다. 그 무시무시한 노인에게 얼마나 들볶였으면 하루가 지나기도 전에 전화를 걸어왔겠는가.

침대로 향하는 그의 발걸음이 가벼웠다. 내일이 이토록 기다려지기는 처음이었다. 모처럼 숙면을 취할 수 있을 거라는 생각에 동혁은 콧노래를 흥얼거리며 이불 속으로 파고들었다.

제11장

가짜 연애 계약서

"**조** 사장 때문에 상필이와 헤어진 게 아이가?"

"말도 안 돼요, 할머니. 그 남자가 어떤 사람인지 잘 알지도 못하는데요."

"그 정도면 사내 자슥이 쓸 만하지. 얼굴도 반반하고 성격도 싹싹하고."

"남자 얼굴을 뜯어먹고 살 순 없잖아요."

"그 나이에 사장 아이가. 말하는 걸 보니 일도 꼼꼼하게 할 것 같은데."

"그렇게 대단한 남자가 저랑 어울린다고 생각하세요?"

"가스나 내숭은. 잘해봐라. 니를 진짜 좋아하는 모양이던데."

"그 남자가 저를요?"

"하모. 뭐가 아쉬워서 그놈아가 내한테 고개 숙이겠노. 내 손녀랑 잘해보고 싶으이 그러는 거제."

"그럼 땅은요?"

"팔아야지. 단, 파레스 입주권 보장만큼은 약속 받고 팔 기다. 그건 너거들 연애와는 아무 상관 없으니께."

어젯밤 할머니는 그렇게 말씀하셨다. 즉 동혁을 만나거든 진달래 아파트 상가 입주민들에 대한 처우를 확실히 해달라고 압력을 넣으라는 말씀이셨다.

'역시 우리 할머니다우셔.'

난희는 한숨을 쉬며 높은 건물을 올려다보았다. 〈세한그룹〉 본사는 시내 중심에, 그것도 노른자위 땅에 초대형 빌딩으로 우뚝 서서 위용을 뽐내고 있었다. 번쩍이는 크롬 창이 햇빛에 반사되어 눈이 부셨다. 빌딩의 꼭대기를 보려면 고개를 완전히 젖혀야 했다. 하늘 높이 오만하게 치솟은 모습이 어찌나 그 남자를 닮았는지…….

"들어가시죠."

옆에서 재촉하는 남자가 없었다면 하염없이 빌딩을 올려다보고 있었을 것이다.

동혁이 보낸 운전기사는 친절하게 그녀를 태워 이곳까지 안내했다. 그리고 그녀가 번쩍이는 로비를 가로질러 안내원을 따라 중역 전용 엘리베이터에 오르는 걸 지켜보았다. 엘리베이터 문이 닫히는 틈새로 그가 어디론가 전화를 거는 모습이 포착되었다. 아마도 그녀가 도착했다고 상부에 보고하는 모양이었다.

엘리베이터는 한 번도 멈추지 않고 올라갔다. 조용한 복도를 따라 활짝 열린 문 안으로 들어가자 날씬하고 예쁜 여비서가 그녀를 맞이했다.

"어서 오세요. 유난희 씨죠?"

"네."

"회의가 좀 길어질 것 같으니 기다려 달라고 사장님이 전하셨어요."

"그럴게요."

난희는 비서가 지시한 대로 창가의 긴 의자에 앉았다. 비서가 시원한 주스 잔을 놓고 제자리로 돌아가자 난희는 주위를 둘러보았다.

심플하면서도 고급스럽게 꾸며진 사무실이었다. 유리창엔 시원스런 프러시안 블루의 버티칼이 반쯤 내려와 있고, 그 아래 커다란 화분 하나, 크리스털 테이블, 가죽 의자, 그리고 반대편에 비서의 책상이 놓여 있었다. 그 오른쪽의 닫힌 문 저편이 아마도 사장의 집무실인 것 같았다. 가만히 앉아 있으니 두런두런, 남자들의 말소리가 들려왔다.

난희는 작게 한숨지었다. 으리으리한 건물의 위용에 눌린 건 아니었다. 잘 훈련 받은 직원들의 친절한 응대에 주눅이 든 것도 아니었다. 그런데도 난희는 긴장해서 굳어 있었다. 회사 밖에서 만났을 때엔 의식하지 못했던 두 사람의 차이가 피부로 와 닿는 느낌이랄까? 이렇게 거대하고 복잡한 회사의 사장이란 남자가 작은 동네의 약사인 그녀와 술을 마시고, 밥을 먹고, 툭탁거렸다는 것이 믿어지지 않았다. 이런 대기업의 우두머리인 남자가 아이처럼 그녀와 연애 노름을 할 거라곤 상상조차 할 수 없었다. 어쩐지 옴팡 속은 느낌이었다. 별 볼일 없는 여자에게 주제를 알라고 일부러 이곳까지 그녀를 불러들인 게 아닌가 하는 의심도 들었다. 동혁이 그렇게 고약한 남자라고는 여겨지지 않지만…… 하지만 그에 대해서 아는 게 뭐가 있나?

그런 생각에 이르자 스스로가 한심했다. 마치 동혁이 진짜 남자친구라도 되는 듯이 진지하게 고민하고 있는 게 아닌가. 단지 연극일 뿐인데, 단 두 달만 그런 척하면 되는 것인데 이렇게 우울해할 필요가 있을까?

그때 전화벨이 울리고 여비서가 상냥한 목소리로 응답했다. 다른 부서에서 무슨 서류인가를 가져가라는 내용인 듯 짧게 대답한 여자는 자리에서 일어나 난희에게 다가왔다.

"죄송해서 어쩌죠? 잠시 자리를 비워야 할 것 같은데, 혼자 괜찮으시겠어요?"

얼굴도 예쁜 여자가 말도 어찌나 곱게 하는지, 난희는 기분 좋게 웃어주었다.

"그럼요. 사무실 잘 지키고 있을 테니, 걱정 말고 다녀오세요."

넉살 좋은 대답에 여비서가 생긋 웃고 빠른 걸음으로 사무실을 나갔다.

혼자 남게 되자 더욱 지루했다. 겨우 십 분이 흘렀을 뿐인데, 고즈넉한 분위기에 하품이 쏟아졌다. 이러다 잠이라도 들 것 같아

슬그머니 일어나 사장의 집무실 문으로 다가갔다. 작정하고 문에 바싹 붙어 서서 귀를 대었다. 나지막하면서도 힘이 실린 남자의 목소리가 들려왔다. 동혁의 음성이었다.

"……쇼핑뿐만 아니라 레저와 엔터테인먼트 기능 등을 원스톱으로 해결할 수 있는 '복합쇼핑몰형' 대형마트를 지향합니다. 지하5층부터 지상13층 건물 중 지하2층부터 지상6층까지 여덟 개 층을 복합쇼핑몰 형태의 할인점으로 오픈할 예정으로 지하2층은 식품매장, 지하1층은 가정, 문구, 완구 등 일상용품, 지상1층은 가전과 패스트푸드 매장으로 꾸며지고, 2층과 3층에는 의류와 잡화매장이 들어서는데, 이곳에는 일부 명품의 아울렛 매장이 입점할 예정입니다. 지상4층에는 푸드 코트와 문화센터, 5층과 6층에는 각각 피트니스센터와 골프 연습장이 예정되어 있으며, 할인마트를 제외한 층별 백화점형의 할인매장들은 각 브랜드의 체인점 형태로 운영이 될 것입니다. 총 영업 면적은 약 6,000평, 주차대수는 일간 1,200대 정도로서 하루 최소 4억 원, 연간 1,500억 원 이상의 매출을 기대하고 있습니다. 이후의 공사 진척 상황은 제가 수시로 공사현장을 방문해 전체 매장의 배치도면을 꼼꼼히 체크하면서 점검한 뒤 현황보고회에서 순차적으로 알려 드릴 예정입니다. 앞서 알려 드린 대로 내년 1월 오픈 예정인 〈파레스 쇼핑 타운〉은 특화된 초대형 홈마트와 백화점형 대형 아울렛 센터로서의 명성을 구축하기 위해 다채롭고 생산적인 콘셉트를 기획하고……."

홀린 듯이 유창한 연설에 빠져있던 난희는 '파레스 쇼핑 타운'

이란 말에 화들짝 놀라서 귀를 떼어냈다. 저렇게 어마어마한 규모의 쇼핑센터인 줄 몰랐다. 진달래 아파트 상가 바로 옆에 그런 공룡이 들어서게 되면 영세 상인들이 줄줄이 밥줄을 잃게 되는 건 당연지사. 그제야 난희는 자신이 누구를 상대하고 있는 건지 소름 끼치게 의식했다. 입이 떡 벌어질 만큼 거대한 공룡을 맨손으로 때려잡으려 달려든 격이었다. 저런 거대 공룡에게 겁도 없이 입주권 운운하며 큰소리를 쳤다니!

그곳의 코딱지만한 매장에 입주하려 해도 최소 몇 억은 있어야, 아니, 그보다 더한 대가를 지불해도 될까 말까 한 판국에 거짓 연애 놀음의 대가로 입주권을 바랐었다니, 이런 바보 같은 경우가 또 어디에 있나 싶어 난희는 다리가 후들거렸다. 비틀거리며 의자에 주저앉는데, 여비서가 서류철을 들여다보면서 사무실로 들어왔다.

"주스 한 잔 더 드릴까요?"

여자의 상냥한 목소리에 난희는 멍하니 시선을 들었다. 생각이 미처 정리가 되지 않아 머릿속이 맑지 않았다.

"음…… 됐어요."

"잡지라도 갖다 드릴까요?"

"괜찮으니까 전 신경 쓰지 말고 일 보세요."

기다리게 해서 미안하다는 기색이 역력한 여비서를 향해 난희는 애써 웃어 보였다. 그러자 자리에 앉은 여비서는 어디론가 전화를 걸어 영어로 대화를 시작했다. 원어민 수준의 유창한 영어 실력에 난희는 감탄을 하며 그 상냥하고도 예쁜 목소리에 귀를 기울였다. 잠시 후, 여비서가 전화를 끊었을 때에 갑자기 안쪽 문이 열리면서 일단의 남자들이 쏟아져 나왔다.

대부분이 머리가 희끗희끗한 중장년층의 남자들인데, 그중에서도 동혁은 단연 돋보였다. 다른 남자들보다 머리 하나는 더 큰 키에 가장 젊었으며, 또한 가장 잘생긴 남자였으니 말이다. 남자들은 동혁에게 악수를 청하고, 호의적인 말투로 격려를 아끼지 않았다. 쇼핑 타운 입주 예정, 투자 가치 어쩌고 하는 소리로 미루어 그들은 투자자들과 입주할 매장의 책임자들인 것 같았다.

"살펴 가십시오."

동혁은 멍하니 앉아 있는 난희를 지나쳐 남자들을 엘리베이터 앞까지 배웅했다. 깍듯한 행동에 정중한 말투까지 흠잡을 곳이 없었다. 참으로 친절한 사장이라고 생각하며 난희가 멍하니 바라보는데, 마침 돌아선 그가 웃는 얼굴 그대로 인사를 해왔다.

"오래 기다렸죠? 점심 먹으러 갑시다."

부드러운 음성. 그는 기분이 좋아 보였고, 따라서 난희에 대한 반감도 잊은 듯했다.

"아뇨, 많이 안 기다렸어요."

난희가 중얼거리자 그가 피식 웃었다. 다소곳이 서 있는 여비서를 돌아본 그가 변함없이 부드러운 어조로 말했다.

"희정 씨, 도널드 사에서 보낸 제휴기획안은 도착했습니까?"

"네. 조금 전에 해외마케팅부에서 직접 가져왔습니다."

"미스터 도널드와의 화상미팅 약속은?"

"그쪽의 담당자와 통화했습니다. 오후 네 시에 최종미팅 시안을 보내준다고 약속 받았고요."

"수고했어요. 그럼 우린 점심 먹으러 갈게요. 한 시간 정도 걸릴 건데, 급한 용무가 아니면 기다리라고 하세요."

"네, 사장님."

"희정 씨도 점심 맛있게 먹어요."

나란히 서서 대화를 나누는 두 사람은 그림처럼 아름다운 한 쌍이었다. 말을 마친 동혁이 난희에게 시선을 돌리더니 고개를 갸웃했다. 멍하니 앉아 있는 그녀의 표정이 이상하게 보였나 보다.

"뭐가 잘못됐습니까?"

"아…… 점심 먹으러 가요."

난희는 정신이 번쩍 들었다. 언제까지나 멍청하게 있을 순 없다는 생각에 힘차게 몸을 일으켰다.

엘리베이터 안에 나란히 서자 난희의 상념은 더욱 깊어졌다. 그럴수록 옆에 선 남자에게서 눈을 떼기가 힘들었다. 엷은 회색의 비즈니스 슈트를 입은 동혁은 회사의 중역이라는 걸 온몸으로 광고하고 있었다. 정면을 응시하는 그의 옆얼굴은 근사했다. 삐딱한 마음으로 흠을 잡으려 해도 인물 하나는 끝내준다는 걸 그녀도 인정해야 했다. 그러다 자연히 그의 입술에 시선이 닿았고, 그 순간 가슴이 철렁했다. 그와의 키스가 꿈이 아니었다는 걸 알려주는 입술. 그때의 황홀했던 느낌이, 밤새 잠을 설치게 했던 미치도록 좋았던 그 느낌이 또다시 떠오르고 말았다. 힐끔거리는 시선을 느낀 듯이 동혁이 고개를 틀어 그녀를 내려다보았다.

"왜 그렇게 쳐다봐요?"

어렵게 이성을 회복한 난희는 한숨을 내쉬었다.

"댁이 새삼스럽게 사장님이란 생각이 들어서요."

무슨 말이냐는 듯이 그가 한쪽 눈썹을 치켜올렸다. 난희는 해석하기 모호한 미소를 지으며 뜬금없이 말했다.

"회사가 참 크네요."

동혁이 피식 웃었다. 입술 양끝이 슬그머니 치켜 올라가는 그 모습은 몹시 오만해 보이면서도 멋있었다. 난희는 속으로 좌절 어린 한숨을 쉬었다. 큰일났다. 잘생긴 보통의 남자가 아니라 조동혁의 잘난 얼굴이 자꾸만 눈에 밟히다니.

"계열사들을 총괄하는 본부라서 클 수밖에요."

"그 모든 계열사들을 댁이 혼자 관리하는 건가요?"

"각각의 계열사와 전국의 지점들마다 총본부장과 부서장이 있고, 나는 전무 직을 겸한 사장으로 대형마트와 쇼핑센터 관련의 일을 하고 있어요. 해외 지점과 백화점, 홈쇼핑 쪽은 회장님의 전문 분야로 전담하고 계시고요."

"회장님이라면, 댁의 아버지?"

그가 끄덕였다.

'이래서 재벌 2세라고 하는구나.'

난희는 사람들이 말하는 소위 '재벌 2세'라는 말의 뜻을 어렴풋이 알 것 같았다. 동시에 동혁이 재벌 2세로서 어떤 책임과 의무를 지고 있는지에 대해서도.

이 남자 앞에서 긴장이 되는 건 어쩔 수 없었다. 그녀처럼 평범한 사람들이 흔히 말하는 '재벌 2세'를 만나는 건 쉬운 일이 아닐 것이다. 그녀에겐 동혁이 처음이었고, 따라서 비교할 대상조차 존재하지 않았다. TV나 신문에서 떠들어대는 재벌 2세들의 소식은 별세계의 이야기라 생각했고, 처음으로 만나게 된 재벌 2세는 조동혁이니 말이다.

쓸데없이 자존심을 내세우고, 잘 삐치기도 하고, 못 먹는 것, 못 해본 것이 수두룩한 이 남자가 재벌 2세란다. 그녀보다 특별한 것이라곤 돈이 주체할 수 없이 많다는 것뿐인 이 남자가.

문득 그에게 묻고 싶어졌다.

"조동혁 씨, 돈이 얼마나 많아요?"

그 질문에 동혁이 쿡쿡 웃었다. 목 안에서 울리는 웃음소리가 듣기 좋았다.

"왜요. 내 지갑 속이 궁금해졌습니까?"

"그냥이요. 이런 큰 회사의 사장님이라면 돈이 많을 것 같아서요."

새침하게 묻는 그녀가 꽤 귀엽다고 생각하며 동혁은 부드럽게 대답했다.

"사장 월급으로 먹고살 정도는 됩니다. 부모님이 살아계셔서 아직 물려받은 유산은 없고요. 아, 돌아가신 할아버지가 내 몫으로 남겨준 주식이 좀 있네요. 그것과 월급 정도? 뭐 그럭저럭 불편함 없이 살 정도는 되는데, 내가 돈이 많으면 진짜 연애라도 할 생각입니까?"

난희는 고개가 떨어져 나갈 듯이 가로저었다.

"나보다 돈이 많잖아요. 부담스러워서 사양하겠어요."

"아마 유난희 씨가 나보다 물려받을 유산이 많을걸요? 박 여사님이 대단한 부자라는 건 그 동네 사람들이 다 알고 있던데."

"웬걸요. 우리 할머니 돈이 얼마나 많은지는 며느리도 몰라요. 그걸 알려고 들다간 그날부터 두 다리 뻗고 못 자요. 자린고비 구두쇠 할멈이 따로 없는데요 뭐."

"그래도 그분의 유일한 유산 상속인이 유난희 씨이니 미래엔 엄청난 부자가 될 것 아닙니까?"

"내 재산은 내가 알아서 할 문제이고요. 그런데 댁은 왜 그렇게 기분이 좋은 거죠?"

"유난희 씨가 물려받을 유산을 생각하니 절로 기분이 좋아지네요."

"벼룩의 간을 빼먹지 그래요?"

투덜대는 난희의 표정이 우스꽝스러운지 동혁이 큰 소리로 웃음을 터뜨렸다. 그때 엘리베이터 문이 활짝 열렸다. 바로 앞에서 기다리고 있던 태호가 놀란 표정으로 뒷걸음질쳤다. 목젖이 보이도록 웃고 있는 친구와 두 볼을 발그레하게 붉힌 여자를 발견한 순간이었다. 그러나 그를 의식한 동혁은 곧장 표정을 굳히더니 언제 웃었나 싶게 무뚝뚝하게 물었다.

"계약서는 준비해 왔어?"

"네, 사장님."

곧장 용건을 말하는 동혁이 그답다고 생각하며 태호는 난희에게 살짝 고개를 숙였다. 그녀에게 봉변을 당했던 기억이 떠올라 마음이 편하지 않았다. 협상 제안서를 갈가리 찢으며 날뛰던 여자를 다시는 만나고 싶지 않았는데.

"여긴 유난희 씨. 만난 적 있지?"

'알면서 묻는 건 또 뭐야.'

태호는 동혁이 냉정한 척해도 묘하게 들뜬 분위기라는 걸 감지했다. 상종도 하기 싫다고 소리치던 여자를 회사 안까지 불러들인 녀석의 속마음을 누가 짐작이나 하겠는가?

"안녕하세요. 지난번엔 실례가 많았어요."

마지못해 말하는 투로 난희가 인사해 왔다. 불편하기는 태호도 마찬가지였다.

"네. 저도 실례가 많았습니다."

이상한 일이지만 난희를 보자 그녀의 동료 약사가 떠올랐다. 김성주. 한 번 만났을 뿐인데 어째서 그 이름이 잊혀지지 않는 건지 태호는 알 수 없었다.

세 사람은 회사 근처의 레스토랑에 자리 잡았다. 난희는 입맛이 없어 두 남자가 식사를 하는 동안 샐러드만 깨작거렸다. 간간이 동혁의 의아해하는 시선을 느꼈지만 그는 별다른 말 없이 친구이자 변호사인 태호와 대화를 주고받으며 식사에 열중했다. 분위기는 달라도 빼어난 미남인 두 남자와 앉아 있는 이 상황을 분명 행복하다 여겨야 했다. 그러나 난희는 어울리지 않는 한숨을 베어 물고 동혁에게 할 말을 나름 정리하고 있었다. 파레스 쇼핑 타운의 주인이 바로 눈앞에서 우아한 동작으로 포크와 나이프를 놀리고 있는 이 상황이 어쩐지 아이러니컬하게 느껴졌다.

"이건 우리 계약서, 그리고 이건 토지 매매 계약 합의서의 최종 안입니다. 훑어보고 문제가 있으면 알려주세요."

커피가 나올 무렵 동혁이 그녀에게 두 개의 서류철을 건넸다. 난희는 '우리 계약서'라는 말에 주목했다.

"우리 계약서라는 건……."

"가짜 연애 계약서 말입니다."

그 말에 태호가 헛기침을 했다. 너무도 진지한 두 사람과 달리 그는 웃음을 억지로 참는 듯이 일그러진 표정이었다. 동혁이 살짝 노려보자 그가 황급히 다른 곳으로 시선을 돌렸다.

"내 친구이자 변호사인 저 녀석이 만든 계약서이니 소문날 일은 없을 겁니다."

자꾸만 계약서 운운하는 그 말투가 어이없어 난희는 물어보았다.

"가짜 연애 계약서라는 건 연애가 가짜라는 건가요, 아니면 연애 계약서가 가짜라는 뜻인가요?"

이 여자가 또 말꼬리를 잡는구나, 하는 표정으로 동혁이 설명했다.

"물론 가짜 연애에 관한 계약서죠."

"그렇게 강조하지 않아도 알아듣거든요?"

거대한 기업체의 사장이 '가짜 연애 계약서'가 뭐야?

난희는 불쾌해서 속으로 투덜댔다. 그녀를 믿지 못하겠다는 증거가 아니고 뭔가. 유치하게 계약서까지 만들어서 사람을 잡으려는 속셈이지 뭐야. 두 달이면 후딱 지나갈 텐데 굳이 계약서까지……. 그러다 순간 이것이 '계약' 이라는 생각이 떠올랐다. 말 그대로 무엇이든 문서로 확실하게 해놔야 나중에 탈이 생기지 않는 것이 바로 '계약' 이라는 생각이.

난희는 손에 든 계약서를 꼼꼼히 살펴보았다. 두 장짜리 계약서에 〈연애수칙〉이라는 제하에 빡빡이 적힌 내용들을 요약하자면 대충 이러했다.

*두 달 동안 성실하게 데이트를 실시한다.
*가족들과 주위 사람들에게 진짜 연애하는 것처럼 보여야 한다. 특히 가족들에겐 성실한 연인의 자세로 임한다.
*각종 동창회와 모임에는 반드시 동반 참석해야 한다.
*계약 기간 도중 피치 못할 사정으로 한쪽이 일방적으로 계약을 깰 때에는 약속했던 대가는 자동소멸 되는 걸로 간주한다. 그로 인한 상대방의 피해에 대해서도 성의껏 보상해야 한다.
*계약 성립 2주 내에 진달래 아파트 상가 토지 매매 문제를 매듭짓는다. 상가 입주민들의 파레스 쇼핑 타운 입주권에 관련해서는 상호 합의 하에 적정선에서 결정하도록 한다. 단, 연애 계약이 유지되는 조건에서이다.

이상, 다섯 가지로 추려본 중요항목들이다. 그 항목들엔 법률용어까지 곁들여 구제적인 실천사항이 덧붙여져 있었다. 두 번을 읽어보아도 빈틈이 없는 계약서다. 그러나 난희는 아차 싶어 맨 아래쪽에 재빨리 한 문장을 더 추가했다.

상대방의 동의가 없이 성적인 스킨십이나 육체 관계를 요구하지 않는다.

그 순간 두 남자가 동시에 한숨을 쉬었다. 어처구니가 없는지 난희가 건네는 계약서를 아무도 받아 들려 하지 않았다.

"왜요? 뭐가 잘못됐어요?"

그녀의 질문에 태호가 시선을 뚝 떨어뜨려 테이블 보의 무늬를 보는 척했고, 동혁은 인상을 잔뜩 구겼다.

"내가 유난희 씨에게 집적거릴 인간으로 보입니까?"

"한 번 그랬는데, 또 그러지 말란 법 없잖아요."

태호가 휙 고개 돌려 뜨악한 눈길로 동혁을 쳐다보았다. 그에 동혁은 이를 갈며 내뱉듯이 말했다.

"실수였다고 했잖습니까?"

"그러니까 그런 실수 두 번은 하지 마시라고요. 마침 이 자리에 변호사님이 계시니 공증을 확실히 받아놓도록 하죠. 박 변호사님, 제가 첨가한 항목에도 법적인 효력이 있나요?"

얼떨떨한 표정으로 태호가 고개를 끄덕였다. 난희는 준비해 온 도장을 꺼내어 태호가 가리킨 부분에 조심스럽게 찍고 계약서의 한 부를 받아 자신의 가방에 넣었다. 그 모든 동작이 어찌나 빠르고 정확한지 두 남자는 멀거니 바라보고 있을 수밖에 없었다.

"이젠 토지 매매 계약서를 좀 보도록 하죠."

할머니에게 보고하기 전에 꼼꼼히 살펴볼 필요가 있었다. 아까 사장실에서 동혁의 말을 들은 터라 과연 파레스 쇼핑 타운에 영세 상가의 입주민들이 어떤 조건으로 입주할 수 있는지 궁금하기만 했다.

동혁은 언제부터인지 침묵하고 있었다. 아마도 그녀가 스킨십에 관한 항목을 집어넣은 순간부터일 것이다. 그는 잔뜩 불만스런 얼굴로 팔짱을 끼고 앉아 그녀를 뚫어지게 노려보고 있었다. 그 시선에 얼굴이 따가울 정도였지만 난희는 시치미를 떼고 매매 계약서를 펼쳐 들었다.

난해한 법률용어는 물어가며 꼼꼼히 읽어 내렸다. 계약 합의 시점에서 두 달 후에 진달래 아파트 상가는 완전히 사라지게 된다는 게 요지였다. 그리고 상가 전세 계약이 남아 있는 입주민들 중에 원하는 자에 한해서는 놀라울 만큼 적은 비용으로 파레스 쇼핑 타운 내에 외주 입점권을 양도한다는 내용이 적혀 있었다. 태호에게 얼마만큼의 비용 절감이 기대되나 물어보니, 타입주권에 비해 무려 70%나 삭감된 비용이며 세한그룹의 전 계열사를 통틀어 이처럼 파격적인 조건은 사상 처음이라고, 그가 빈정거림을 섞어 말했다. 그룹의 법률 팀의 일원으로서 그는 동혁의 이런 결정이 미친 짓이라고 단정하는 투였다.

그러거나 말거나 난희는 흡족한 마음으로 서류를 내려놓았다. 양쪽의 변호사들을 통해 좀 더 구체적으로 협의사항이 논의될 테지만, 동혁이 제시한 내용에 딴죽을 걸 만한 부분은 보이지 않았다. 줄곧 부정적으로 버텨오던 남자가 한순간에 항복해 버린 셈이었다. 그 이유는 궁금하지 않았다. 계약 연애. 그 말도 안 되는 이

유에 난희는 머리가 더 복잡해졌다. 아무리 생각해도 조동혁이란 남자의 뇌 구조가 의심스러웠다. 이렇게 손실을 감수하면서까지 그가 밀어붙이는 이 연극이 과연 어떤 의미가 있는 건지…….

"댁의 손해가 엄청나다는 거, 알고 있죠?"

동혁이 묵묵히 끄덕였다. 난희는 냉정하게 물었다.

"우리 할머니가 땅을 팔지 않으면 그대로 쇼핑센터를 완공해서 그 일대의 상권을 장악해 버리면 되잖아요. 그러면 우리 영세 상인들은 자연히 두 손을 들 테고, 못 견딘 상인들이 하나둘씩 떠나서 가격이 떨어지면 그때 땅을 사들이면 되잖아요. 그게 더 합리적이라고 생각 안 하세요?"

"계약, 동의합니까?"

원했던 대답 대신 무뚝뚝한 질문이 되돌아왔다. 그의 차가운 표정에 가슴이 뜨끔했지만 난희는 재차 확인을 요구했다.

"정말 나중에 딴소리하기 없기예요?"

"……."

"두 달 뒤엔 깨끗이 헤어져야 돼요. 아셨죠?"

"……."

"두 달이 가기 전에 댁에게 사랑하는 여자가 생기면 언제든지 알려줘요. 즉각 계약서를 파기해 줄 테니깐. 그치만 그럴 때엔 우리가 합의한 매매 계약은 유지해야 돼요. 그건 댁이 먼저 계약을 깬 거나 다름없으니까요."

"박 변호사, 먼저 일어나지."

가만히 듣고만 있던 동혁이 뜬금없이 옆의 남자에게 말했다. 나직하면서도 서늘한 기운이 담긴 그 어조에 태호가 깜짝 놀란 표정을 지었다. 줄줄이 쏟아져 나오는 난희의 말을 홀린 듯이 듣고 있던 그는 그제야 동혁의 분위기가 심상치 않음을 깨달았다. 그걸 의식하자마자 그는 주섬주섬 서류 가방을 챙겨 테이블을 떠났다. 그 재빠른 동작에 난희는 감탄했다.

"정말 충성심이 대단한 분이네요!"

동혁은 눈을 빛내며 웃고 있는 여자를 가만히 노려보았다. 언제부터인지 몰라도 기분이 아주 불쾌했다. 아마도 방금 난희가 말한 내용 때문일 것이다.

"우리가 연애를 하는 동안 내가 다른 여자와 바람을 피울 거라고 예상하는 겁니까?"

이상필. 그 나쁜 자식이 이 여자를 망쳐 놓았다. 남자라고 해서 다 그놈 같지는 않은데, 어쩐지 똑같은 취급을 받은 것 같아 동혁은 몹시 불쾌했다.

"바람이라뇨, 우리가 진짜 사귀는 것도 아닌데."

어이없어하는 여자의 대꾸에 더욱 기분이 나빠졌다.

"이것 봐요, 유난희 씨. 난 여자를 사귀면서 다른 여자에게 눈을 돌리는 나쁜 놈이 아닙니다. 그런 귀찮고 피곤한 짓을 왜 합니까? 하나 있는 여자를 건사하기도 바쁠 텐데, 게다가 그게 유난희 씨라면 더욱 바쁘지 않겠습니까? 그런데 딴 여자에게 신경 쓸 정신이나 있겠습니까?"

참으로 딱딱한 존댓말이었다. 그러고 보니 이 남자, 기분이 나빠지면 말이 빨라지면서, 존댓말도 극존칭으로 바뀌는 버릇이 있다. '~습니다. ~합니까?' 라는 말이 우수수 쏟아져 나온다. 이건 엄청 기분이 나쁘다는 증거. 이럴 땐 건드리지 않는 게 상책이겠지?

"아니, 내 말은 꼭 그렇다는 게 아니고, 혹시라도 조동혁 씨가 정말 사귀고 싶은 여자를 만났을 경우를 가정해서……."

"기분 나쁩니다. 나를 상필이 자식과 똑같이 취급하지 마십시오."

난희는 울컥했다.

"여기서 상필이 자식 얘기가 왜 나오는데요?"

"당신이 남자를 판단하는 기준이 그 자식인 것 같아서요."

"아니거든요! 다시는 내 앞에서 그 자식 이름 꺼내지도 말아요. 자꾸만 그 이름을 들먹이면 나도 댁의 약혼녀 얘길 계속할 거예요. 영희? '철수와 영희' 할 때의 그 이름이었죠? 영희 씨 얘길 자꾸 하면 댁은 기분 좋겠어요?"

어느새 호의적인 분위기는 사라지고 살벌한 기운이 감돌았다. 한 마디도 지지 않고 맞대꾸하는 두 사람은 서로 잔뜩 노려보다 동시에 고개를 돌렸다.

어쩐지 분위기가 좋다 싶었다. 말 몇 마디에 또다시 불구대천의 원수처럼 서로 못 잡아먹어 난리인데, 이런 두 사람이 무슨 연애를 한단 말인가?

난희는 부글거리는 마음을 감추고 슬그머니 동혁을 노려보았다. 때마침 그녀를 힐끔거리는 그와 눈이 딱 마주쳤고, 움찔한 두 사람은 황급히 딴 곳으로 시선을 돌려야 했다. 그러다 나지막한 웃음소리가 들려왔고, 그게 고개를 숙인 동혁에게서 나온 소리인 걸 깨닫고 난희 역시 웃음 짓고 말았다.

"우리, 너무 유치하지 않아요?"

그녀의 질문에 동혁이 헛기침을 두어 번 했다.

"나를 자극하지만 않으면 돼요."

어휴, 끝까지 자기 잘못은 인정 안 해요.

"나도 댁이 날 건드리지만 않으면 돼요."

"안 건드린다고 약속했잖습니까?"

"아니, 내 몸 말고요."

그 말에 동혁이 뜻밖에도 낯을 붉혔다. 믿을 수 없는 일이지만 난희는 그의 붉어진 얼굴을 똑똑히 보았다. 그걸 들킬세라 동혁이 자리에서 벌떡 일어났다.

"갑시다. 데려다 줄 테니."

훤칠한 남자가 성큼성큼 걸어서 빨리도 사라졌다. 난희는 그를 따라잡기 위해 종종걸음을 쳐야 했다.

스케줄이 바빠서 짬이 없다던 남자는 운전기사가 차를 갖고 올 때까지 기다려 주었다. 회사 건물 앞에 둘이 나란히 서 있자, 건물을 드나드는 사람들이 고개를 숙이며 인사했다. 그때마다 동혁은 살짝 고개 숙여 마주 인사했고, 호기심 어린 시선들이 난희를 스쳐 가는 걸 모른 척했다. 이런 식이면 소문이 나는 건 금방이다. 소문날 일이 없을 거라더니 이 남자, 일부러 회사 앞에서 쇼를 하고 있는 것 아니야?

"조동혁 씨, 이러다 소문나겠어요."

"지금부터 계약 이행합니다."

그러고는 그녀의 어깨에 한 팔을 두르는 게 아닌가!

"뭐, 뭐 하는 거예요?"

꿈틀거리는 난희를 옴짝달싹 못하게 끌어안은 동혁이 앞을 본 채 말했다.

"다정한 연인의 모습, 몰라요?"

"상대방의 동의 없는 스킨십은 하지 않기로⋯⋯."

"성적인 게 아니잖아요."

"놔요. 이건 오버라고요!"

무뚝뚝한 어조로 '다정한 연인의 모습'이라니? 난희는 어이가 없어 계속 몸을 비틀었다. 커다란 남자의 옆구리에 찰싹 달라붙은 자신의 모양새가 몹시 신경 쓰였다. 기분 좋은 향기를 풍기는 남자의 품에 안기다시피 한 자세, 당혹스럽게도 그다지 불쾌하지 않아서 더욱 혼비백산했다. 좋아하지도 않는 남자, 게다가 가짜 연애의 상대에게 안겨서 황홀해하는 건 있을 수 없는 일. 하지만 백주대낮에 잘생긴 남자에게 안겨서 부러움과 질투의 눈길을 동시에 받는 일이 어디 흔한가.

운전기사가 차에서 내려 뒷문을 열었다. 동혁이 그녀를 끌어안은 채 차로 가서 손수 뒷좌석에 태워주었다. 아이를 다루듯이 세심하고 다정한 손길이었다. 난희가 앉는 걸 확인한 후에야 창틀에 두 손을 얹은 채 그가 말했다.

"내가 보고 싶으면 언제든지 전화해요."

으으, 닭살!

"저기요, 오버하지 않았으면 좋겠는데요."

"올바른 연인의 자세를 보여주는 겁니다."

난희는 풋, 웃고 말았다.

"어쩜 그런 얼굴로 느끼하게 말할 수 있어요?"

냉기가 뚝뚝 떨어지는 표정에 억지 미소를 짓고 있으면서도 '올바른 연인의 자세'를 보여주는 남자. 난희는 그에게 다시 물었다.

"혹시 '연애하는 법'이란 책이라도 읽은 건가요?"

그 말에 동혁의 얼굴에 떠올라 있던 가식적인 미소가 씻은 듯이 사라졌다. 그제야 난희는 속이 시원해졌다.

"기사님, 출발하세요."

그녀의 말에 동혁이 차 문을 닫았다. 그전에 그가 내뱉듯이 한 마디를 더했다.

"내 전화는 즉각 받도록 해요."

"네, 사장님~"

난희는 코맹맹이 소리로 말하며 한 손을 흔들었다. 손수건이 있으면 그것도 흔들었을 것이다. 동혁이 인상을 찌푸리는 모습에 그녀는 까르르 웃음을 터뜨렸다.

차가 떠난 지 이 분도 지나지 않아, 동혁의 휴대폰이 울렸다. 확인해 볼 필요도 없이 발신자는 조 회장이었다.

"네, 아버지."

[여자가 왔으면 내게 데려와야지!]

발 없는 말이 참 빠르기도 하다. 호통 치는 아버지에게 동혁은 부드럽게 응수했다.

"오늘 처음 회사에 온 겁니다. 다음에 정식으로 인사시킬게요."

[그래도 회사 앞에서 여자를 끌어안고 있는 건 좀 그렇지 않냐?]

"기분 좋은데, 그러지 말아야 합니까?"

[허허, 녀석도. 이 비서의 말을 듣고 설마했다. 정말 내 아들놈이 그랬나 싶어서 말이다.]

"앞으로 종종 그럴 건데요. 놀라지 마세요, 아버지."

조 회장은 천연덕스런 아들의 말이 놀라운지 허허 웃기만 했다. 동혁은 이런 자신의 낯선 모습이 신기하기만 했다. 막상 계약서에 도장을 찍고 나자 자신도 모르게 진짜 사랑에 빠진 남자처럼 자연스럽게 연기가 나오니, 처음의 망설임이 존재했었던가 싶었다. 게다가 난희가 당황하는 모습을 보는 것도 좋았다. 싸우기만 하던 상대와 연애하는 척을 하려니 죽을 맛일 거다. 그 얄미운 여자가 얼굴을 붉히면서 도망 다니는 걸 보는 것도 즐거우리라. 입만 살아 있는 발칙한 유난희. 두 달 동안 넌 내 밥이야.

동혁은 속으로 회심의 미소를 짓다가, 들려온 아버지의 말에 정신을 차렸다.

[이번엔 진짜 국수를 먹게 해줄 거냐?]

"국수라면 지금이라도 사드릴게요."

[농담 아니다, 녀석아. 네 녀석을 쏙 빼닮은 손주를 어서 안아보고 싶단 말이야.]

그 순간 동혁이 떠올린 것은, 난희를 똑 닮은 여자 아이였다. 제

엄마를 닮아 하루 종일 종알거리며 아빠의 뒤를 졸졸 따라다니면
서 말썽을 피우는 장난꾸러기 계집아이. 그런데 앞서 가던 아빠가
돌아선 순간 동혁은 깜짝 놀라 휴대폰을 떨어뜨릴 뻔했다. 계집아
이를 안아 올리는 아빠의 얼굴이 바로 그 자신이었기 때문이다.
이런 젠장!

그는 욕설을 삼키고 재빨리 말했다.

"이제 들어갑니다, 아버지. 이따 쇼핑센터 보고회에서 뵙겠습
니다."

휴대폰을 닫은 후에도 얼떨떨했다. 한순간이나마 그런 무서운
상상에 빠졌던 자신을 용서할 수 없었다. 어떻게 유난희와 자신의
아이를 상상할 수 있단 말인가!

그는 고개를 가로저어 머릿속을 비웠다. 얼른 정신을 정화시켜
야 했다. 계약서라는 게 이토록 무서운 놈이었나? 그걸 받아 드니
진짜 그 여자와 연애라도 하는 착각을 절로 하게 되는 게 아닌가?
어이없는 일이지. 어디 여자가 없어서 그런 발칙한 땅꼬마와!

불쾌한 기분은 죽 이어졌다. 사무실에서 그를 기다리고 있던 태
호는 아무것도 모르고 그에게 물어왔다.

"그 여자한테 정말 마음이 있는 거 아니야?"

그 순간, 화살처럼 날아든 동혁의 살기 어린 눈길에 태호는 가
슴이 뜨끔했다. 조동혁표 짜증이 폭발하기 직전의 표정이었다.

"아니, 네가 그 여자에게 집적거렸다고 하기에……."

태호가 아차 싶어 입을 막는데 동혁이 찬바람이 돌게 집무실 안
으로 들어가 버렸다. 뒤따라 들어간 태호를 쳐다보지도 않고 동혁

이 내쏘았다.

"박 변호사, 이제 회사로 돌아가지?"

"계약서 들고 달려오라고 한 분은 사장님이잖아요."

억울하다는 듯이 항변하는 태호에게 동혁은 한결같이 차가운 시선을 던졌다.

"그 여자와 두 달만 연애하는 척할 거고, 그게 연극이라는 걸 소문내면 그날로 넌 모가지야."

"아, 왜 제게 화를 내는 겁니까, 사장님?"

"나가."

참을 수 없는지 동혁이 직접 태호의 목덜미를 잡아 문밖으로 밀어냈다. 쾅 닫히는 문소리에 귀가 멍멍할 정도였다. 애꿎은 박 변호사, 난데없는 폭탄 투하에 놀라서 여비서에게 속삭이듯 물었다.

"희정 씨, 내가 뭘 잘못했나요?"

여비서 또한 속삭이는 어조로 대답했다.

"사장님이 그 여자 분에게 마음이 있는 거냐고 아까 물으셨잖아요."

'바보 같은 질문을 했어요' 라고 그녀의 눈이 말하고 있었다. 태호는 억울했다.

"그 질문이 어때서요? 여자가 이 사무실에 사장님을 찾아온 건 처음이잖아요."

"네. 저도 놀랐어요."

"그 여자, 어때요?"

잠시 고민하던 희정 씨, 최대한 공정하게 말을 하는 자세로 대답에 힘썼다.

"인상이 좋던데요. 상냥하고 마음씨도 좋아 보이고요."

예쁘다는 말은 안 나오는군.

태호는 그럼 그렇지 하는 얼굴로 슬쩍 떠보았다.

"둘이 어울리는 것 같아요?"

"글쎄요."

현명한 여비서다운 대답이었다. 그러고는 상사에 관해 더 이상 뒷담화를 하고 싶지 않은지 그녀는 소리 나게 서류철을 펼쳐 들었다. 이제 제자리로 돌아가란 의미였다.

태호는 아쉽게 입맛을 다시며 돌아서야 했다. 한때 이 아름다운 여비서를 유혹하려 작정한 때가 있었지만, 자기 관리가 철저한 그녀에게 파고들 틈이 없어 포기한 지 오래였다. 박희정이 동혁과 함께 일한 지 삼 년. 같이 서 있으면 그림처럼 아름다운 선남선녀인지라 은근히 주위에서는 사내 연애를 기대할 만도 한데, 도무지 두 사람에게서는 로맨스의 향기가 풍겨 나오지 않았다. 모두가 저 얼음 같은 녀석 때문이었다. 허리 아래를 철갑으로 무장하고 있는 건지 동혁은 그 흔한 스캔들 한 번 일으키지 않았고, 부하직원과의 로맨스는커녕 하고많은 미인들이 접근해 와도 목석처럼 대하기 일쑤였다. 성인 남자라면 누구나 경험할 법한 일에 유난히 까탈스럽게 구는 녀석이 혹시 동성애자인지, 아니면 남성의 기능에 문제가 있는 건지 의심한 적도 있지만 함께 사우나에 다니다 보니 그것도 아니란 걸 깨달았다. 동혁은 같은 남자가 보기에도 부러울 만큼 튼실한 몸을 갖고 있었다. 보이는 것만큼 남성의 기능도 월

등히 뛰어날 게 분명했다. 그런 녀석이 능력을 썩히고 있으니 어찌 안타깝지 않겠는가.

그런데 유난희. 아무리 연극이라도 그렇게 싫어하던 여자와 얽히다니, 그 녀석 머리가 어떻게 된 게 아닐까? 게다가 그 대가로 수십 억의 사업적인 손실을 감수한다니? 친구이면서도 도통 그 머릿속을 알 수 없는 조동혁.

그와 유난희의 어이없는 연극의 결말이 벌써부터 궁금해지는 태호였다.

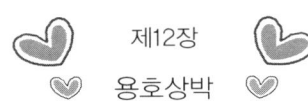

제12장

용호상박

"**반**갑소이다. 난 이 녀석의 아비 되는 사람이오."

거침없는 인사말과 함께 크고 두툼한 손이 다가왔다. 그 손은 다소곳이 포개어진 그녀의 두 손을 덥석 잡아챘다. 얼떨떨하게 서 있는데 덩치만큼이나 우렁찬 목소리가 귓전을 울렸다.

"내내 기다렸다오. 아가씨 얘기만 하고 보여주질 않아서 거짓말인 줄 알았지. 자, 이리 와서 앉아요."

손을 잡힌 채로 검은 가죽 소파로 끌려가 앉혀졌다. 대기하고 있던 여비서가 찻잔을 테이블 위에 내려놓는 동안 침묵이 흘렀다. 그러는 동안 예리한 눈길이 그녀를 해부라도 하듯 뜯어보고 있었다. 그에 기분이 좋진 않았다. 이런 상황을 예상했음에도 머리가 지끈거릴 정도로 긴장되었다.

"아무래도 내 아들놈이 아가씨를 만나려고 그 고생을 했나 보오. 그래, 아가씨 이름은?"

이제야 통성명을 할 기회가 주어졌다. 만난 지 십 분 만에. 난희는 심호흡을 한 뒤, 자신을 뚫어지게 보고 있는 중년의 남자에게 인사를 했다.

"처음 뵙겠습니다. 저는 유난희라고 합니다…… 아버님."

바로 옆에 앉아 있는 동혁이 그녀를 힐끔 쳐다보았다. 그들은 계약서의 효력 발동 사흘 만에 조창래 회장의 집무실에 불려온 터였다. 그전에 동혁이 누차 강조했었다. '우리 아버지에게 만만하게 보이면 안 돼요. 그러면 당신을 뼈째 잡아 드실지도 모르니까' 라고. 그러면서 그는 조창래 회장을 대면할 때 주의해야 할 사항들을 몇 가지 일러주었다.

눈을 피하지 말 것.
말을 더듬지 말 것.
질문에는 즉각 대답할 것.
대답은 요점 명료하게 간단히.
웃음으로 얼버무리지 말 것.

하나같이 조 회장의 성정을 짐작케 하는 내용들이었다. 따라서 사람을 잡아먹는 괴물을 연상한 게 사실이었다. 업계에 알려진 소문들은 하나같이 조창래 회장이 격식과 체면을 깡그리 무시하고 사는, 이윤만을 추구하는 무자비한 사업가라는 설명이었고, 알려진 사진 속의 그는 굵은 눈썹과 험상궂은 표정에 딱 호랑이 같은 인상의 남자였으니까.

그래서 걱정 반, 두려움 반의 심정으로 이 자리에 선 난희였다. 아무리 연극이라 해도 동혁의 아버지를 만난다는 부담감은 대단했던 모양이다. 조 회장이 너무 반색을 하는 바람에 오히려 자신이 연극을 하고 있다는 데 죄책감이 들 정도였으니.

"그래, 유난희. 이름도 예쁘네."

번뜩이는 눈이 그녀의 전신을 요모조모 뜯어보았다. 어깨 위로 단정하게 늘어뜨린 생머리와 조그만 얼굴, 가녀린 몸을 죽 따라 내려가 심플한 살구 빛의 원피스와 크림 빛 스트랩 슈즈를 신은 작은 발까지 차근차근 훑어보는 것이었다. 어찌나 노골적인 시선인지 난희의 얼굴이 절로 붉어졌다. 드러내 놓고 여자를 관찰하는 아버지의 태도에 아들이 발끈했다.

"아버지, 제 여자입니다."

나지막하면서도 험상궂은 어조에 조 회장이 쿡쿡 웃어댔다. 아들을 바라보는 그의 얼굴에는 어울리지 않게 장난기가 가득했다.

"녀석, 눈으로 구경해도 안 되냐?"

"안 됩니다. 말로 하세요."

"질투는."

두 부자의 대화에 난희는 어안이 벙벙했다. 주위를 압도하는 카리스마의 두 소유자가 저토록 유치찬란한 대화를 하고 있다니.

"약사라고?"

조 회장은 소파에 제왕처럼 팔을 벌리고 앉아 있었다. 소파를 꼭 채운 그 풍채는 웬만한 사람들을 주눅 들게 하기에 충분했다. 그가 진짜 남자 친구의 아버지라면 난희 역시 주눅이 들었을지도 모른다. 그러나 이 자리는 연극의 한 장면. 난희는 정신을 가다듬고 조심스럽지만 당당한 시선으로 조 회장을 마주 보았다.

"네. 제가 살고 있는 아파트의 상가 내에서 조그만 약국을 운영하고 있습니다."

"진달래 아파트 상가 말인가?"

"네."

민망할 정도로 그녀를 뚫어지게 바라보는 조 회장. 아무래도 이런 습관은 집안 내력인 듯했다.

"진달래 아파트 상가 문제로 아들 녀석이 꽤나 골치를 앓았지. 그랬는데 그게 아가씨와 인연을 맺으려고 그랬던 모양이야. 한데, 이번 일로 우리 회사의 손해가 이만저만 아니라는 걸 알고 있나?"

"네, 잘 알고 있습니다."

난희의 주저없는 대답에 조 회장은 버릇처럼 자신의 턱을 문지르며 중얼거렸다.

"내 아들 녀석이 어리석고 무모한 결정을 하게 만든 아가씨가 대단하다고 해야 할까, 하여튼 놀랐네. 동혁이가 이번처럼 감정적으로 일을 처리한 적이 없었거든. 이후에 회사에 엄청난 손실을 불러와도 자신이 다 책임지겠다고 하더군. 자신의 입지를 걸고 결정한 일이라고 말이야. 믿을 수 없지만 아가씨를 데려왔으니 차분히 결과를 지켜볼 수밖에 없지. 여자 때문에 사업이 망해도 괜찮다는 아들 녀석을 회장인 내가 덜컥 잘라 버릴 수도 없고 말이야."

뼈가 실린 신랄한 말을 난희는 묵묵히 받아들였다. 하나도 틀린 말이 없었다. 동혁이 말은 안 했지만 진달래 아파트 상가 문제로 그가 회사 내에서 어떤 압박을 받아왔을지 충분히 상상이 되었다. 때문에 난희는 그가 고마웠다. 그래서 이 연극에 더 충실하자고 스스로 다짐했다.

"이번 일의 성과는 차차 알게 되겠지. 아비가 아들을 안 믿어주면 누가 믿어주겠나?"

"동혁 씨를 믿고 지지해 주세요, 아버님."

조 회장의 눈이 반짝 빛났다.

"만난 지 얼마 안 됐다고 하던데, 벌써부터 내조를 하는 건가?"

그 말에 난희의 얼굴이 빨갛게 물들자 조 회장이 껄껄 웃었다. 동혁은 표정 없이 앉아 두 사람의 대화를, 아니, 설전을 관전하고 있었다. 그의 예상대로 난희는 조금도 그의 아버지의 입심에 밀리지 않았다. 지금까지는 분위기가 순조로웠다. 그러나 조 회장의 심술기는 건재했다.

"아가씨의 부모님이 일찍 돌아가셨더군. 일가친척들이 모두 아가씰 외면하는 바람에 할머니와 살아야 했고."

"……."

"우리나라 최고의 국립대를 장학생으로 다녔더군. 동네 약국을 운영하기엔 아까운 실력이더군."

"제 뒷조사를 하셨습니까?"

"뒷조사가 아니라 대놓고 알아봤지. 내 하나밖에 없는 아들 녀석의 배필이 될지도 모르는데, 아무 여자를 붙여야 쓰겠나?"

뻔뻔한 대답에 난희는 입이 딱 벌어졌다. 놀란 건 동혁도 마찬가지였다. 그는 못마땅한 얼굴로 볼을 씰룩이며 아버지를 쏘아보았다. 그러나 조 회장은 끄덕도 않고 거침없이 말했다.

"너무 기분 나빠하지 말게. 알아보니 별것없더구먼. 지극히 평범해. 좀 심심한 감은 있지만 그게 뭐 문젠가. 중요한 건 아가씨가 어떤 사람인가 하는 거지."

"제가 마음에 안 드세요?"

난희는 차갑게 물었다. 다소곳이 대하자던 애초의 결심이 빠른 속도로 꼬리를 감추었다. 그녀가 조 회장에게 모욕을 당할 이유도 없거니와, 마음을 상해할 이유도 없었다. 이것이 연극이라는 것만 잊지 않으면 된다. 표정을 굳힌 그녀를 조 회장이 번뜩이는 눈으로 쳐다보았다.

"고분고분한 아가씨는 아니구먼."

"아들의 여자 친구가 누구인지 대놓고 알아보셨다기에 무척 놀랐습니다."

"기분이 나쁜가?"

"좋지는 않습니다."

또박또박 대답하는 난희의 어조가 위험스럽게 날카로워졌다. 동혁은 조마조마한 심정으로 그녀의 반응을 주시했다. 편을 들고 싶지만 그녀의 성질을 더 건드릴 것 같아 애써 침묵했다. 대신 가느다란 눈으로 뭔가를 생각하는 조 회장을 노려보았다. 연극이라 해도 아들의 여자에게 도가 넘치게 무례하게 구는 아버지를 이해할 수 없었다. 어쩌면 이게 시험이 아닐까 싶은 의심이 든 건 그 순간이었다.

"으흠, 아가씨가 심심하다는 평가는 철회하도록 하지."

"외람되지만, 아버님은 무례한 분이신 것 같습니다."

난희는 냉정하게 평가했다. 마음에도 없는 예의를 차려 말을 하자니 혀가 꼬였다. 어차피 두 달 뒤엔 볼 일이 없는 사람. 어제 토지 매매 계약서에 도장도 찍었겠다, 동혁이 먼저 깨지 않는 한 이 연극이 끝나지는 않을 터. 아쉬운 건 자신이 아니라고 난희는 야무지게 마음을 다졌다. 따라서 안하무인인 중년의 남자를 똑바로 응시하며 정중함을 가장한 비난을 퍼부었다.

"절 만나기도 전에 저에 대해서 몰래 알아보시고, 저를 직접 만나기도 전에 평가를 내리셨지요. 조건만 따진다면 동혁 씨에게 한참 모자란 저이지만, 뵌 적도 없는 분께 모욕을 받을 이유가 없다고 생각합니다. 외람된 말씀은 죄송합니다, 아버님."

일부러 '아버님'이란 소리를 덧붙였다. 그런 뒤에 난희는 한번 해보라는 듯이 조 회장을 가만히 노려보았다.

소름 끼치도록 차가운 침묵이 흘렀다. 뭐라 설명할 수 없는 표정으로 그녀를 보고 있는 조 회장, 창백한 이마에 손을 얹은 채 고개를 가로젓는 동혁. 그러나 두 남자와 달리 난희는 담담한 표정이었다. 가슴이 불안하게 뛰고 있지만 꿋꿋이 조 회장의 매서운 시선을 견뎌냈다. 기 싸움이나 다름없는 첫 대면. 상상했던 것보다 더 안하무인인 조 회장은 적으로 돌리면 무서운 상대였다. 저 부리부리한 눈과 씰룩이는 입술을 보라. 금방이라도 가련한 먹이에게 달려들어 숨통을 끊어놓을 야수처럼 보이지 않는가? 그에 난희는 절망적인 한숨을 삼켰다. 이런 분에게 대들어서 어쩔 건가 싶었다.

유난희. 잘했다, 잘했어. 남자 친구의 아버지에게 바락 대드는 여자를 누가 며느릿감으로 봐주냐고?

"하하하!"

느닷없이 웃음소리가 들렸다. 조 회장이 고개를 젖히고 웃고 있었다. 놀란 두 젊은이는 그를 멍하니 바라보았다. 목이 쉬어라 웃고 있던 조 회장이 갑자기 고개를 내려 난희를 쏘아보았다.

"내가 동혁이 아비라는 걸 잊은 게 아니오?"

"잊지 않았습니다."

난희는 굳은 어조로 대답했다.

"내게 결혼 허락을 받으려면 잘 보여야 할 텐데?"

"저는 동혁 씨의 조건을 보고 사귀는 게 아닙니다. 이 자리에는 동혁 씨의 아버님께 인사를 드리기 위해 온 것이고, 며느릿감이 어떤 여자인지 보여 드리고 싶었습니다. 설사 동혁 씨가 빈털터리라 해도 상관없습니다. 제가 먹여 살리면 되니까요. 약사의 남편, 상황에 따라서는 아주 팔자 좋은 자리이거든요."

"팔자가 좋다니?"

"'셔터 맨'이라는 말, 들어보셨습니까? 약사의 백수 남편을 일컫는 말입니다."

난희의 대답에 또다시 너털웃음이 터져 나왔다. 조마조마한 심정으로 듣고 있던 동혁 역시 어이가 없어 웃음을 터뜨렸다. 두 남자는 눈물이 나오도록 웃어댔다.

반면, 난희는 시무룩한 얼굴이었다. 대체 자신이 여기에서 뭔 짓을 하고 있나 하는 후회에 기분이 가라앉았다. 말도 안 되는 연극을 제안한 남자가 얄미워서 슬며시 동혁을 째려보았다. 눈이 마주치자 놀랍게도 그가 한 눈을 찡긋했다. 어울리지 않게 수작을 걸어오는 그에게 더욱 화가 나서 난희는 눈을 부릅떴다.

　그 모든 걸 조 회장은 보았으며, 어렴풋이 상황을 파악했다. 의미심장한 미소가 그의 입가에 걸렸다. 결코 사이좋아 보이지 않는 두 젊은이었지만 그럼에도 불구하고 서로에게서 눈을 떼지 못하는 걸 보자 흥미가 일었다. 무엇보다 동혁이 체면 불구하고 아버지의 앞에서 여자에게 수작을 거는 모습은 놀라웠다. 스스로 의식하지도 못하는 행동이리라.

　아들이 사귀는 여자라고 데려온 유난희는 특별한 게 없었다. 할머니가 수십 억대의 자산가라 해도 그녀는 고아에 동네 약사였다. 조건만 따진다면 동혁보다 한참 밑지는 여자였다. 게다가 외모는 또 어떤가? 넋이 나갈 만큼 예쁜 얼굴도 아니거니와 가냘픈 몸매에 그저 야무진 인상의 아가씨일 뿐이다. 영민하게 반짝거리는 커다란 눈동자는 그럭저럭 봐줄 만하지만…….

　이렇듯 겉보기에 너무나 어울리지 않는 두 사람이 연애를 한답시고 떡하니 나타났는데, 수상한 냄새를 맡지 못할 리가 있나. 게다가 유난희는 속을 썩이는 진달래 아파트 상가 주인의 손녀딸이다. 불도저처럼 밀어붙여야 직성이 풀리는 아들 녀석이 골칫거리인 여자와 연애를 하는 일이 발생하리라곤 꿈에도 생각해 본 적이 없었다.

그러나 조 회장은 유난희가 첫눈에 마음에 들었다. 자그마한 체구라 여리기만 할 줄 알았는데, 생각하는 것 하며 말하는 품새가 어찌나 당찬지 감탄이 나올 정도였다. 고아인 손녀딸을 그 노인이 잘 키워낸 모양이었다. 게다가 동혁을 단번에 셔터 맨으로 만들어 버리는 용기는 칭찬할 만했다.

　"미안하네. 외아들을 가진 아비의 쓸데없는 노파심이었다고 이해해 주게."

　조 회장은 부드럽게 회유했다. 그러자 뾰로통하던 난희의 얼굴이 서서히 펴졌다. 순간순간 변하는 감정이 얼굴에 다 드러나니, 요즘 젊은이답지 않게 순수해 보였다.

　"제가 더 죄송합니다. 어르신께 이런 말씀을 드려선 안 되는데……."

　"아닌 걸 아니라고 말하는 게 뭐 어때서. 그래, 우리 동혁이는 얼마나 좋아하나?"

　"동혁 씨가 파파보이만 아니면 괜찮습니다."

　조 회장의 눈썹이 높이 치켜 올라갔다.

　"파파보이?"

　"동혁 씨가 누굴 닮았는지 이 자리에서 깨달았습니다. 아버님을 닮은 아들은 이상적이지만, 자기 의지가 부족한 아들이라면 제 짝으로는 곤란합니다."

　오버하는 감이 있지만 조동혁이 내 남자도 아닌데 뭐.

　그렇게 자위하며 난희는 내친 김에 하고 싶은 말을 다 해버렸다. 진짜 애인의 아버지 앞이라면 이렇게 건방지게 지껄일 수 있을까?

할 수 있을 거다, 유난희라면.

난희는 자신을 제대로 알고 있다고 자부했고, 그렇기에 조금도 비굴하지 않은 태도로 두 남자를 바라보았다. 재벌이라고 해서 그녀와 뭐가 다른가. 알아보니 조창래 회장 역시 어릴 때는 홀어머니 밑에서 신문팔이를 해야 할 만큼 고생이 이만저만 아니었다고 하던데. 소위 말하는 벼락 땅부자가 된 홀어머니 덕에 오늘의 조 회장이 존재하는 것 아닌가.

"내 아들놈이 파파보이가 돼주면 나야 고맙지. 때때로 이 녀석이 어느 외계별에서 떨어진 생물인가 의심스러울 때가 있으니까. 좀 고집 세고 잘난 체해야 말이지."

"절 낳아주신 분이 누구인지 생각해 보십시오."

못마땅한 어조로 동혁이 중얼거리자 난희는 일부러 나무라듯 그를 흘겨보았다. 너무나 자연스러운 연기에 그녀 스스로도 놀랐다. 마치…… 진짜 연애를 하는 기분이었다!

"허허, 녀석도. 고슴도치처럼 까칠하기는."

"그래도 사랑하시죠?"

난희의 물음에 조 회장이 끄덕였다.

"물론. 자기 스스로 알아서 척척 해내는 아들놈인데. 그리고 난희 양, 이 녀석이 여자 문제로 속을 썩이진 않을 거요. 털어도 먼지 안 나는 녀석이니까. 그 점에선 이 아비가 명예를 걸고 보장하지."

동혁이 더는 못 참겠다는 듯이 끼어들었다.

"이상한 소린 그만 하세요, 아버지."

아들보다 더 못 말리는 아버지, 조 회장은 코웃음 쳤다.

"뭐 어때, 우리 집안사람이 될 여잔데."

"사귄다고 꼭 결혼하란 법 있습니까?"

"난희 양, 이건 아가씨를 모욕하는 말 같은데?"

자신에게 돌아온 질문에 난희는 달콤한 미소로 응답했다.

"저희 둘만 있을 때 확실히 응징하겠습니다, 아버님."

"둘이 말투도 닮았구먼. 좋은 현상이야."

흠칫해서 서로 쳐다보는 두 젊은이를 향해 조 회장이 껄껄 웃어 댔다. 그제야 난희는 자신의 말투가 어느새 동혁을 흉내 내고 있다는 걸 깨달았다. '~습니다'라는 말. 꼬박꼬박 존대하는 것하며 딱딱하기 짝이 없는 어조까지.

그것이 마음에 안 들어 그녀는 인상을 찌푸렸다. 동혁 역시 그러한지 굳은 얼굴이었다. 인내심을 요구하는 이 상황이 마음에 안 들고, 짜증이 나는 건 둘 다 마찬가지.

예리한 시선으로 둘을 관찰하고 있던 조 회장은 속으로 혀를 찼다. 어린애들처럼 툭탁거리는 것이 마치 연애를 처음 시작한 젊은이들처럼 보였다. 다 큰 자식들이 이제야 연애에 눈을 떠서 발버둥치는 모습으로.

"이따 퇴근 후에 저녁이나 함께하자."

"집에서요?"

동혁이 내키지 않은 듯이 물었고, 조 회장은 아무렇지 않게 되물었다.

"집에서 싫으냐?"

"이 사람이 불편할 거예요. 할머니와 어머니는 나중에 따로 만나뵙도록 하죠."

"내친김에 다같이 보면 좋잖아."

"아버지에게 시달려서 피곤할 거예요. 보세요, 이 사람 얼굴이 창백하잖아요."

난희는 자신을 벙어리로 취급하는 두 남자의 태도에 기가 막혔다. 애인을 챙기는 동혁의 지나친 연기가 조금도 마음에 들지 않았다.

"약사인데, 자기 몸은 자기가 알아서 관리하지 않겠냐?"

"이래 봬도 이 사람, 연약합니다. 아버지를 만난다는 생각에 어젯밤에 잠도 못 잤다고 하던데요."

"저기요."

참다못해 난희가 끼어들었다.

"저 어제 잠 잘 잤는데요. 그리고 피곤한 건 아니지만, 약국에 빨리 돌아가 봐야 돼서 저녁 식사는 다음에 하는 게 좋을 것 같은데요. 그렇게 하도록 하죠, 아버님?"

권유가 아니라 통고하는 식으로 말을 맺었다. 그것이 이 오만한 부자(父子)를 상대하는 바람직한 화법이라는 걸 난희는 자연히 터득했다. 결정을 맡겨두면 그녀를 애완동물처럼 끌고 다닐 두 남자였다. 카리스마와 마초 근성은 가려내자고 결심하며 난희는 웃음기 없는 웃음을 보였다.

"음, 할 수 없지. 그럼 날을 잡아서 함께 식사라도 해요, 난희 양."

"감사합니다, 아버님."

"딸이 없어서 그런지 난희 양의 '아버님'이란 소리가 참 듣기 좋구먼. 허허허!"

동혁은 믿을 수 없는 심정으로 자신의 아버지를 쳐다보았다. 아들의 말엔 꼬박꼬박 토를 달아 거절하시면서 처음 만난 아들의 여자 친구 말에 재깍 호응하는 아버지의 모습. 대체 누가 아들이고 딸인지 구분이 안 가는 그 모습에 기가 막혔다. 예상한 대로 난희는 조금도 굽힘없이 그의 아버지를 상대했는데, 그걸 넘어서 호랑이 같은 아버지를 쥐락펴락하는 모습을 보자 기분이 묘했다. 아버지야 워낙 자신의 소신대로 사시는 분이니 그녀의 배경이나 사람 됨을 나름대로 판단하셨을 터. 그러나 유난희, 이 여자는 대체 무슨 생각으로 아버지 입 안의 사탕처럼 나긋나긋하게 군단 말인가?

"우리 아버지의 무례는 사과할게요."

대기하고 있는 차로 향하며 동혁이 무뚝뚝하게 말했다. 그와 나란히 걷고 있던 난희가 걸음을 멈추고 그를 빤히 쳐다보았다. 동혁이 우뚝 멈추자, 그녀가 따지듯이 말했다.

"댁은 여자 친구를 그렇게 다뤄요?"

또 뭔 소린가 싶어 묵묵히 쳐다보자 그녀가 따발총처럼 쏘아댔다.

"여자 친구를 벙어리 바보로 취급하더군요. 내가 진짜 여자 친구가 아니길 망정이지, 그게 무슨 짓이냐고요?"

"당신이 내 진짜 여자 친구라면 더했을 겁니다."

무뚝뚝한 대답에 난희는 더욱 기가 막혔다.

"어떻게 할 건데요?"

동혁은 재빨리 주위를 둘러보았다. 한창 업무 시간이라 로비는 한산했다. 멀리 안내 데스크의 여직원이 등을 돌린 채 누군가와 통화를 하는 모습이 보였다. 그들을 주시하는 이가 아무도 없음을 확인하고 동혁은 고개를 숙여 난희의 귀에 입을 가져갔다. 한참 고개를 숙여야 했지만 복숭아 향기가 나는 여자의 머리카락 사이로 드러난 귀에 입술을 대자, 묘하게 기분이 들떴다.

"나만 바라보고, 나만 생각하고, 내 생각대로만 움직이도록 세뇌시킬 겁니다. 몸과 마음 모두 나란 남자에게 꼼짝 못하도록."

뜨거운 입김이 귀 안으로 훅 끼쳐 오면서 온몸에 소름이 쫙 돋았다. 난희는 놀라서 그를 밀쳐 냈다. 다른 곳보다 더 예민한 감각을 자랑하는 귀에 닿는 숨결이 지나치게 자극적이었다. 언젠가 성주가 말한 적이 있었다. 유난희의 성감대는 귓불이라고. 그런데 그곳에 이 남자가 지금 뜨거운 숨을 불어넣은 것이다. 대기만성. 손대기만 해도 성감대가 되는 곳이라며 성주가 놀렸었지. 그런데 그곳에 이 남자가 입술을……!

"저런. 느낀 겁니까?"

동혁은 당황해서 허둥대는 여자를 보자 흐뭇했다. 유난희를 놀려먹는 재미가 쏠쏠했다.

'이 여자의 입을 다물게 하는 방법이 바로 이런 거였군.'

그 깨달음을 머릿속에 저장하는 동안 난희가 슬금슬금 뒷걸음질쳤다. 그녀의 얼굴은 온통 빨갛게 익어 있었다.

"벼, 변태!"

"어떻게 할 거냐고 물은 쪽은 당신인데?"

난희는 시치미를 떼고 말하는 남자가 얄미워서 때려주고 싶었다. 그런 심정을 읽었는지 동혁이 가느다란 눈으로 경고했다.

"그 주먹을 한 번만 더 놀리면 가만 안 둔다고 했습니다."

"이상한 수작 걸지 마요!"

"속삭이는 것도 죄가 됩니까? 그럼 크게 말하죠."

그러더니 목청을 돋우어 다시 말하는 게 아닌가!

"당신이 내 여자 친구라면……."

"됐어요! 됐다고요!"

난희가 폴짝 뛰어올라 그의 입을 두 손으로 막았다. 동혁이 상체를 뒤로 젖히자, 자연히 그녀의 몸이 앞으로 쏠렸다. 아차 하는 순간 억센 팔이 그녀의 허리에 감기면서 두 사람의 가슴이 밀착되었다. 그 바람에 흥분으로 들썩이던 그녀의 가슴이 단단한 근육에 뭉클하게 짓눌렸다. 하마터면 난희를 안은 채로 같이 바닥에 뒹굴 뻔했다. 한몸이 되다시피 끌어안은 두 사람은 휘청거린 것만큼이나 재빨리 제자리에 섰다. 동혁이 난희의 머리 위에서 거친 숨을 몰아쉬었다.

"육탄전은 시기상조인데."

그의 중얼거림은 미친 듯이 뛰고 있는 난희의 심장에 아무 도움이 되지 못했다. 이러다 호흡 곤란으로 사망하지 싶었다.

"괜찮아요?"

걱정스런 물음이 들려온 순간 난희는 정신이 번쩍 들었다. 동혁을 확 밀쳐 내고 비틀비틀 물러섰다. 경악한 나머지 말도 못하고 두 팔을 교차해서 가슴을 가렸다. 동혁이 무심하게 그녀를 쳐다보다 고개를 저었다.

"오버하는 건 당신 전문인 것 같은데."

"누, 누가……! 먼저 날 자극한 건 댁이잖아요! 말로 안 되니까 비겁하게 몸을 쓰는 거죠?"

그녀의 지청구에 동혁은 낮게 혀를 찼다. 무표정한 얼굴, 무뚝뚝한 목소리. 누가 보더라도 동혁은 멀쩡했다. 갑작스런 신체 접촉에 충격을 받은 건 그녀뿐이라는 식이다.

"애도 아닌데 몸이 조금 닿았다고 해서 움찔움찔하면 어떻게 합니까?"

"당신…… 당신은 왕재수야!"

"나도 말로 할까요?"

차갑게 웃더니 동혁이 헛기침을 했다. 또 소리를 지르려는 태세라, 난희는 황급히 주위를 둘러보았다. 두세 명의 직원이 눈을 동그랗게 뜨고 그들을 주시하고 있었다. 낭패감에 치를 떨며 난희는 그를 뿌리치고 출입문으로 달려갔다. 그러나 성큼성큼 그녀를 따라잡은 동혁이 그녀보다 먼저 문에 도착했다. 머리 위로 그의 팔이 불쑥 튀어나와 유리문을 열어주자 난희의 좌절감은 몇 배나 더 깊어졌다.

"이 뻔뻔하고 무례한……."

"수고하십시오, 박 차장님."

그때 문 안으로 들어온 한 남자에게 동혁이 인사를 건넸다. 그에 난희의 말은 무시당했고, 두 남자는 서로 목례를 하고 지나쳤다. 두 번째로 동혁에게 말을 하려 했을 때에도 그는 경비원에게 먼저 인사를 했고, 그 후 만나는 사람들마다 반가이 인사를 나누느라 그녀의 말엔 일말의 관심도 기울이지 않았다. 동혁에게 철저히 무시당했다는 사실에 더욱 화가 난 난희는 그의 운전기사를 지나쳐 택시 승강장으로 향했다. 그러나 몇 발자국도 가지 못해 커다란 손에 팔을 잡혔다. 그대로 빨려들 듯이 넓은 가슴에 안겨들었다. 몇 번 당한 일이라 이젠 자연스럽게 느껴질 정도였다.

"어디 가는 겁니까?"

고양이에게 잡힌 쥐처럼 바들바들 떨 순 없었다.

"내 몸에 손대지 말라구요!"

"어린애처럼 굴지 마요. 당신 같은 여자에게 아무 흥미 없으니까."

"당신…… 당신……!"

"왜요, 이제야 내가 겁납니까?"

"됐어요! 당신 같은 변태와는 말도 섞기 싫어요!"

"그럼 몸으로 말할까요?"

난희는 믿을 수 없는 눈으로 머리 위의 남자를 노려보았다. 이렇게 뻔뻔하고 능글맞은 남자가 누구란 말인가?

"당신, 조동혁 씨 맞아요?"

그가 입가를 비틀어 사악하게 웃었다.

"네. 유난희 씨와 사귀고 있는 남자, 조동혁입니다."

"사귄다는 소리, 함부로 하지 마요."

"우리 계약서를 잊었습니까?"

"으이구, 그놈의 계약서!"

난희는 자신의 어리석음을 저주했다.

"댁이 이렇게 사람 속을 뒤집는 변태란 걸 알았으면 그런 계약 따윈 안 했을 거예요."

"이미 한 계약은 물릴 수 없습니다만."

"네, 알아요. 나도 안다고요!"

난희는 조동혁표 존댓말에 더욱 울화가 치밀었다.

"그 말투 좀 고치면 안 돼요? 이것 했습니다, 저것 했습니다. 그 게 뭐예요? 남북 정상 회담이라도 해요?"

"그럼 반말을 할까?"

대뜸 말을 놓는 그 처사가 난희의 속을 더욱 긁어놓았다.

"말 놓지 마요. 그리고 이 손 떼요. 아파 죽겠어요. 무식하게 힘 만 세어서는……."

"나에 대한 호칭을 바꾼다고 약속하면 놓을게."

그의 반말이 왜 이렇게 간질간질한지 난희는 알지 못했다. 불쾌해야 당연한데, 반말하지 말라고 그에게 소리쳐야 하는데, 정작 그녀의 입에서 나온 건 말랑말랑한 천생 여자의 목소리였다.

"내게 반말하지 말라구…… 요. 지, 진짜로 사귀는 것도 아니면 서."

"싫은데."

"조동혁 씨!"

"오빠, 아니면 동혁 씨라고 불러. 그럼 이 손 놓을게."

실실 웃으면서 말하는 투가 어찌나 얄미운지 난희는 부르르 떨며 소리쳤다.

"정말 이러기예요?"

"오빠."

"조동혁 씨!"

"그렇지. 훨씬 낫네."

그 말과 함께 갑자기 동혁이 손을 놓았다. 그 바람에 난희는 자빠질 뻔했다. 동혁이 재빨리 그녀의 허리를 안아 부축하지 않았다면 원피스 자락을 뒤집으며 한바탕 쇼를 벌였을 것이다. 가느다란 허리에 남자의 두툼한 팔이 척 감겨오자 난희는 정신을 차릴 수가 없었다. 이게 벌써 몇 번째 스킨십인지 헤아리는 것조차 두려웠다.

"너무 말랐어. 뼈밖에 없잖아."

중얼중얼. 그 말은 몽롱한 머릿속으로 벼락같이 들이쳤다. 난희는 동혁을 밀어내려고 그의 가슴에 두 손을 올렸지만, 그 순간 핑그르르 몸이 돌아갔다. 그대로 남자의 가슴에 매미처럼 매달린 채로 그의 차로 옮겨졌다. 버둥거리는 건 의미없는 짓이었다. 키와 체격이 월등히 뛰어난 남자를 떼어내기엔 역부족이니.

"데리고 다니려면 더 잘 먹여야겠어."

짐짝처럼 차에 태워진 충격은 어마어마했다. 난희는 아무 말도 못하고 멍하니 차의 뒷좌석에 앉아 있었다. 속을 긁어대는 남자의 무례한 발언은 계속되었다.

"당신 오늘 연기, 정말 좋았어. 볼만하더군. 우리 아버지를 제

압하는 사람은 흔치 않은데."

뭐가 우스운지 그는 킬킬대기까지 했다.

"하여튼 당신, 재미있는 여자야. 만날 때마다 새로우니 적어도 심심하진 않겠어."

"……반말하지 말라고 했죠?"

겨우 마비 상태에서 깨어난 난희가 경고조로 말했다. 하지만 떨리는 어조라 그다지 위협적으로 들리진 않았다. 동혁이 고개를 숙여 그녀의 코앞에서 빈정거렸다.

"아니. 이게 더 재미있는걸?"

"우리 계약, 다시 생각해야겠어요."

그 순간 동혁의 표정이 돌변했다. 한순간에 굳어진 그의 얼굴은 섬뜩할 정도로 냉기가 흘렀다. 난희는 반사적으로 몸을 웅크렸다.

"도망치는 건가?"

한 번도 들어본 적이 없는 무시무시한 음성으로 그가 으르렁댔다.

"유난희, 지금 장난해?"

잘못 건드렸다. 이 남자, 화가 나면 못 말린다던데.

"저기…… 음…… 장난하는 거 아닌데요."

난희는 목을 움츠린 채 그의 눈을 마주 보았다. 입김이 느껴질 만큼 가까운 거리에서 바라보는 그의 눈은 깊고도 아름다웠다. 유난히 까만 동공이 화가 나서인지 크게 확장되어 있었다. 기다란 속눈썹이 파르르 떨리면서 얇게 쌍꺼풀진 두 눈이 가느다랗게 변했다. 그런 남자의 눈이 무척이나 아름답다는 생각을 하며 난희는 애써 변명을 뱉어냈다.

"내가 계약을 다시 생각하자고 그랬나요? 이런 실수가……. 아하하, 농담으로 받아주세요, 조동혁 씨."

난희는 실수를 한 자신의 입을 툭툭 때려주었다. 결코 하지 말았어야 되는 말이다. 진달래 아파트 상가 토지 매매에 대한 모든 계약이 어제부로 완료되었으며, 이미 상가 입주민들의 대부분이 이주할 준비를 시작한 상황이었다. 한 달 안에 상가가 비워지게 되면 파레스 쇼핑 타운 입주와 동시에 대대적인 공사가 진행될 예정이었다. 이런 상황에 계약 운운하는 건 있을 수도, 해서도 안 되는 일.

"미안해요. 내가 진짜 잘못했어요."

난희는 풀죽은 어조로 중얼거리며 고개를 푹 숙였다.

깨끗이 자신의 실수를 인정하는 여자를 보며 동혁은 치솟는 화를 가라앉혔다. 이처럼 그의 속을 긁어대는 것과 동시에 자신의 실수를 빨리 인정하고 사과를 하는 여자는 난희가 처음이었다.

그녀는 자신이 여자임을 내세워 눈물로 호소하거나 아양을 떨어 실수를 무마하려 한 적이 없었다. 매번 그의 분통을 터뜨려 놓고도 어느 순간에는 미친 듯이 웃게 만드는 여자가 유난희였다. 너무 솔직해서 재미가 없을 거라 여겼는데, 겪어보니 그 솔직함이 여간 귀여운 게 아니다. 작은 몸으로 겁도 없이 그에게 대드는 것도 견딜 만했다. 아니, 이제는 이 여자가 오뚝이처럼 발딱 일어서서 그에게 덤벼드는 모습이 기다려질 정도다. 나이를 먹을 만큼 먹었음에도 남자의 손길에 깜짝 놀라 펄펄 뛰는 여자. 조금이라도 성적인 접근이라 여겨지면 뜨거운 가마솥 위의 고양이처럼 난리를 치는 여자.

'순진하다. 그렇지만 얕잡아보다간 큰코다치지.'

동혁은 픽 웃고는 난희의 흐트러진 앞머리를 가만히 쓸어 올렸다. 그에 또다시 마비 상태에 빠진 난희는 눈만 깜박거리며 그의 기다란 손가락을 바라보고 있었다. 모양 좋게 죽죽 뻗은 손가락들이 그녀의 머리카락을 살며시 걷어올려 감촉을 음미하듯 잠시 비벼대다, 아쉽게 떨어져 나갔다. 그녀를 살피는 남자의 눈길은 묘하게 뜨거우면서도 날카로웠다. 찰나였지만 난희에겐 숨이 멎을 만큼 기나긴 순간이었다.

"말실수만 하지 않으면 당신, 꽤 괜찮은 여자야."

멍하니 그의 눈을 바라보면서 난희는 정신을 차리려 애썼다.

"댁에게 괜찮은 여자가 되고 싶지 않아요."

"오빠."

"조동혁 씨."

장난을 걸어오는 동혁이 낯설어서 다박다박 대꾸할 수 없었다. 그래서인지 난희는 멍청하게 앉아서 그가 몸을 일으키는 걸 바라만 보았다.

"댁이니 뭐니 하는 이상한 말로 날 부르면 혼내줄 거야."

"……."

여전히 웃음기 어린 소리로 동혁이 경고했다.

"평소에 연습을 해둬야 사람들 앞에서 실수를 안 하지. 그럼 잘가. 이따 전화할게."

그렇게 자기 할 말만 하고는 차 문을 닫았다. 그와 동시에 차가 출발했다.

난희는 그가 만졌던 머리카락을 손으로 만지작거리며 뒤를 돌아보았다. 차창으로 보이는 동혁은 이미 돌아선 후였다. 때마침 다가온 한 남자와 대화를 나누느라 그녀가 탄 차에는 시선조차 주지 않았다. 그와의 접촉, 농담들, 더욱이 자신의 머리를 만지던 남자의 손길이 모두 꿈이 아니었나 싶었다. 그래서 자신의 볼을 살짝 꼬집어 확인해 보는 난희였다.

제13장
여자의 변신은 무죄

"**너,** 성형했지?"

"무슨 소리야?"

"갑자기 예뻐졌잖아. 솔직히 말해봐. 어디어디 고쳤어?"

말도 안 되는 추궁에 난희는 기가 차서 고개를 저었다. 유정의
미용실에서 머리를 약간 잘라 웨이브를 넣었을 뿐인데 이토록 열
광적인 반응이 나올 줄은 몰랐던 것이다. 그녀를 본 성주는 비명
을 지르며 호들갑을 떨었다.

"얼른 말해보라니까! 어디야?"

난희는 가운의 단추를 채우며 한숨지었다.

"고친 거 아니야. 머리만 좀 했어."

"그래? 어디 봐."

성주는 멀찍이 떨어져서 난희의 머리를 날카롭게 뜯어보았다. 개성없이 어깨 위로 차분히 내려오던 긴 생머리는 귀밑 길이로 잘려, 황금빛 갈색의 광채를 흩뿌리며 머리를 흔들 때마다 살랑살랑 물결쳤다. 이마를 살짝 덮는 애교머리를 제외하고 전체적으로 굵게 컬이 되어 조그만 얼굴을 감싼 채 놀랄 만큼 앳되고 깜찍한 인상을 주었다. 동그랗게 부푼 헤어스타일이 커다란 눈동자와 어우러지니 스물여덟 살이란 나이가 무색하게 어려 보이는 것이었다.

"우와, 끝내준다, 얘! 진작 이렇게 좀 하지."

감탄하는 친구를 보자 난희는 어깨가 으쓱했다.

"돈을 들인 보람이 있는 것 같지?"

"얼만데?"

"오만 원."

"뭐? 너무 비싸! 좀 안 깎아주던?"

"유정이가 어떤 앤데."

"어유, 고 계집애. 하여튼 아는 사람이 더 무섭다니까."

혀를 내두르면서도 성주는 난희의 머리에서 눈을 떼지 못했다. 아닌 게 아니라 최근 몰라보게 달라진 친구의 모습에 덩달아 기분이 좋아지는 성주였다. 계약 연애인지 뭔지 그걸 하고부터일 것이다. 난희는 동굴 속에서 빠져나온 사람처럼 환골탈퇴를 거듭했다. 머리와 옷차림에 돈을 쓰기 시작한 난희의 변화는 놀라울 정도니까. 지난 보름 동안 조동혁에게 끌려 다닌 보람이 있었다. 자신을 꾸미는 데엔 별 관심이 없던 여자를 이렇게 깜찍하게 탈바꿈시켜 놓았으니, 그 남자의 수완도 대단하지 뭔가.

"여잔 역시 연애를 해야 예뻐지나 보다. 선머슴 같았던 우리 유
난희 씨가 이렇게 변할 줄 누가 알았겠어?"

생글생글 웃는 친구를 난희가 살짝 흘겨보았다.

"고작 머리한 것 갖고 연애는 무슨."

"연애는 연애잖아? 한창 뜨겁더구먼. 이틀이 멀다 하고 만나고,
전화하고……."

"야! 내가 언제!"

얼굴이 벌게져서 소리치는 난희를 성주가 게슴츠레한 눈으로
훑어보았다.

"키스했지?"

단정적인 어조에 난희는 순간 말문이 막혔다. 그에 성주가 놀리
듯이 깔깔깔 웃었다.

"거봐. 키스도 나눈 주제에 계약 연애는 무슨."

"내, 내가 어, 언제 키스했다고 했니?"

"너답지 않게 말 더듬는 것 좀 봐라. 연애와 방귀는 숨길 수가
없다고 하잖아."

"너까지 왜 그래. 우린 진짜 연애하는 거 아니라니깐."

"우리? 언제부터 '우리' 라는 말을 쓰게 되셨을꼬?"

대뜸 반박하려던 난희는 결국 아무 말 없이 돌아섰다. 말을 할
때마다 성주에게 꼬투리를 잡히니 차라리 입을 다물자 싶었다. 그
런데도 화끈거리는 얼굴을 감출 수 없어 곤혹스러웠다. 그런 심정
을 알기라도 하듯 성주가 짓궂게 추궁해 왔다.

"좋았어? 기술 좋디? 느낌이 어땠는데?"

컴퓨터의 모니터를 들여다보며, 괜히 약품 주문 현황표를 뒤적이는 난희였다.

"응? 이 외로운 처녀를 위해 좀 알려주라. 유 선생, 애인과의 키스가 어땠냐니까?"

"시끄러워. 얼른 일이나 시작해."

"아이, 유 선생~"

코맹맹이 소리로 달라붙는 친구가 징그러워 난희는 몸서리를 쳤다. 깔깔 웃으며 난희의 등에 붙어선 성주가 엉큼하게 손을 앞으로 돌려 봉긋한 가슴을 덥석 움켜잡았다. 깜짝 놀라 굳어진 난희의 귀에 성주가 야릇한 신음을 흘리며 속삭였다.

"조몰락거리면 더 커진다는데, 밤마다 연습은 하고 계신지요?"

"야, 하지 마!"

비명 소리와 간드러진 여자의 웃음소리가 한동안 약국 안에 울려 퍼졌다. 두 사람은 누가 봐도 오해하기 쉬운 자세로 끌어안은 채 손으로 장난을 치고 있었다. 드높게 울려 퍼지던 웃음소리가 딱 멎은 것은 무심코 고개를 든 난희가 문 쪽을 바라본 순간이었다. 막 가게 안으로 들어온 두 여자의 놀란 얼굴이 동시에 난희의 시야에 들어왔다. 난희가 '헙!' 하고 숨을 삼키자 성주가 놀라서 고개를 들었다.

"왜 그래, 자기?"

이럴 때엔 왜 이렇게 눈치가 없는 건지.

"얼른 떨어져. 손님 오셨잖아."

"아!"

그제야 상황을 파악한 성주가 후다닥 떨어져 섰다. 당황한 손길로 가운의 매무새를 점검하는 동안 불편한 침묵이 흘렀다. 그러다 난희가 먼저 입을 열었다.

"무슨 일로 오셨습니까?"

바보. 약국에 약을 사러 오지, 일은 무슨.

그런 눈빛으로 난희를 쏘아보며 성주가 직업적인 미소를 띤 얼굴로 낯선 여자들을 바라보았다.

"처방전은 가져오셨나요?"

두 여자가 동시에 고개를 저었다. 풍채가 좋은 노인과 그보다 가느다란 몸매에 화사한 외모의 중년 여자. 이 동네에선 본 적이 없는 사람들이었다.

둘은 한 군데도 닮지 않은 게 모녀는 아닌 듯싶었다. 흐트러짐 없이 머리를 꽁꽁 잡아맨 노인은 날카로운 눈으로 데스크 안쪽의 두 여자를 살피고 있었다. 그녀를 부축해 서 있는 중년의 여자는 호기심 가득한 시선으로 좁은 가게 안을 둘러보고는, 노인의 눈길을 쫓아 데스크 너머를 바라보았다. 동시에 두 쌍의 눈동자가 몰리자 난희와 성주는 민망함에 더욱 몸 둘 바를 몰랐다.

"저기요, 손님. 뭘 사러 오신 건지……."

"처방전이 없으면 약을 못 사는 게요?"

노인이 입을 열자 연세에 어울리지 않는, 강하고 시원시원한 목소리가 흘러나왔다. 그녀의 두 눈은 돋보기안경 안쪽에서 예리하게 빛나고 있었다. 그런 노인의 모습이 왠지 낯설지 않아 난희는 의아했다.

"경우에 따라서는 처방전 없이도 약을 구입할 수 있으세요. 제게 증상을 말씀하시면 알려 드릴게요."

갑자기 노인이 머리 위의 벽에 나란히 붙여놓은 두 개의 약사 면허증을 올려다보았다. 그것을 잠시 눈여겨보는 것 같더니 다시 난희에게 시선을 내렸다. 몸 구석구석 파고드는 그 눈길은 민망할 정도로 집요했다.

"아가씨가 유난희 선생?"

"네. 어떻게 도와드릴까요?"

그러자 노인이 크게 숨을 들이마시고는 뒤에 선 여자에게 손짓했다. 샤넬 스타일의 하늘색 정장을 입은 중년의 여자가 커다란 가방을 들고 다가왔다. 보스턴백은 낡았지만 명품 로고가 찍혀 있었다. 그러고 보니 오래 입은 듯한 노인의 회색 니트 정장 역시 고급스럽긴 마찬가지였다. 그런데 이전까지 한 번도 본 적이 없는 손님들인데 낯설지만은 않았다. 중년의 여자 또한 난희를 뚫어지게 쳐다보는 게 아무래도 이상했다.

긴장해서 서 있는 난희의 눈앞에서 그 낡은 명품 가방이 열리고 한 뭉치의 약봉지가 쏟아져 나왔다.

"대체 이게 어디에 쓰는 약인지 모르겠거든. 유 선생이 좀 알려주면 안 되겠어?"

초면에 반말은 어이없었지만, 할머니와 비슷한 연배의 어른에게 뭐라 불평할 수 없었다. 그래서 난희는 묵묵히 약봉지를 하나씩 펼쳐 살피기 시작했다. 그동안에도 얼굴에 따갑게 와 닿는 두 여자의 눈길을 의식했다. 구멍이라도 뚫을 양인지 너무나 노골적인 시선에 볼이 화끈거렸다.

"이건 소화제이고, 이건 체했을 때 먹는 약이에요. 한 번에 두 알씩 드시면 되고요. 비슷한 약이지만 증상에 따라 꼭 가려 드셔야 해요."

"이건 몸에 바르는 건가?"

"아, 그건 속이 쓰릴 때 먹는 약이에요. 위벽을 보호하는 약이니까 꼭 필요할 때가 아니면 드시지 마세요."

난희는 약봉지를 하나씩 진열하듯 내려놓으며 노인이 알아듣기 쉽게 설명을 했다. 눈에 띄는 약들은 그럭저럭 설명해 드렸지만, 겉 포장지에 아무런 이름이 쓰여 있지 않은 약들은 그냥 버리라고 충고했다. 그러나 날카로운 생김새와 달리 답답할 정도로 엉뚱한 질문을 퍼붓던 노인은 비싼 약을 한사코 버릴 수 없다며 고집을 부렸다. 답답한 마음에 난희는 한 번 더 약의 오용과 남용에 대한 부작용을 설명하고 마지막으로 강조했다.

"증상을 대충 넘겨짚고 약국에서 그냥 약을 사서 드시면 더 큰 일이 생길 수 있어요. 가능하면 병원에 가서 진찰을 받으신 뒤 처방전에 따라 약을 드세요. 해열 작용을 하는 좌약은 절대 드시면 안 되고요, 사용하기 귀찮으면 알약으로 바꿔 드세요. 유통 기한이 조금이라도 지난 약은 버리고 다시 구입하시구요. 그전에 꼭 병원에 가서 의사와 상담을 하셔야 돼요. 아셨죠, 할머니?"

"늘 트림이 있고, 밥을 먹고 나면 속이 꽉 막힌 듯이 답답하고 소화가 안 돼."

"병원에는 가보셨어요?"

"응. 내시경을 해보니 위궤양이라네. 십 일치 약을 받아서 하루만 먹고 견뎠더니 좀 살 만해서 그 후엔 약을 안 먹었지. 그러다 또 병원에 갔더니 아무 이상이 없는데 약을 십오 일치나 더 주는 거야. 이젠 이상이 없는데도 이 약을 계속 먹어야 하나?"

꼭 이런 식으로 뒷북을 치는 노인들이 있다. 의사가 설명할 땐 대충 듣고서 나중에 약에 대한 불평을 약사에게 늘어놓는 것 말이다. 난희는 고집이 세어 보이는 노인의 매서운 눈초리에 굽히지 않고 침착하게 설명을 해주었다.

"위궤양은 위염과 다르게 위벽에 상처가 있는 상태이거든요. 그래서 환자가 증상을 느끼지 못하더라도 상처가 깊으면 자연치유 확률이 적답니다. 일반적으로 위궤양의 치료 기간은 팔 주로 잡고 있지만 내시경상 치유과정 중의 궤양일 때면 적어도 사 주 정도는 약을 먹어야 돼요. 만일 의사 선생님이 약을 좀 더 복용하라고 하셨으면 그렇게 하는 게 좋아요, 할머니. 아, 그리고 흡연은 일절 금하시고요. 흡연은 위궤양의 원인도 되지만 식도나 후두에 훨씬 더 좋지 않거든요."

"음. 그럼 이 약은 어떻게 먹어야 하나?"

그러면서 또 다른 약 뭉치를 꺼내 드는 노인이었다. 약을 구입할 생각은 없고, 집 안에 있는 약이란 약은 죄다 꺼내와서 작정하고 난희에게 물어보는 사람 같았다. 옆에서 지켜보던 성주가 어이없다는 듯이 한숨을 쉬었지만, 난희는 상냥함을 잃지 않고 일일이 약의 이름과 복용법을 알려주었다.

그렇게 얼마의 시간이 흘렀을까. 줄곧 조용히 서 있던 중년의 여자가 살그머니 노인의 옆에 다가와 섰다.

"어머님, 이 기사를 너무 오래 기다리게 한 것 같아요."

그 말에 노인이 퍼뜩 고개를 들어 벽시계를 쳐다보았다.

"이런, 사십 분이 더 지났잖아."

"네. 유 선생님을 너무 오래 잡고 있었어요."

부드럽게 타박하는 중년 여자의 음성에 웃음이 어렸다. 노인이 다시 난희를 돌아보았을 때, 날카로움이 번뜩이던 눈빛은 어느새 풀려 놀랄 만큼 부드러운 미소가 감돌고 있었다.

"우리 며느리가 아니면 한정없이 시간을 잡아먹을 뻔했네. 어리석은 노인네를 귀찮아하지 않고 설명해 줘서 고마워요, 약사 선생."

"아뇨. 궁금한 게 있으시면 언제든지 오셔서 물어보세요."

웃느라 반달 모양이 된 난희의 눈을 한참 동안 바라보던 노인이 고개를 끄덕였다. 그리고 며느리의 부축을 받고 돌아서다 갑자기 몸을 돌려 난데없이 물어왔다.

"그런데 유 선생은 올해 나이가 몇인가?"

"네? 네…… 스물여덟입니다."

"음. 결혼은 했고?"

"아뇨, 아직……."

"이렇게 예쁘고 상냥한 아가씨가 왜 아직 결혼을 못했을까?"

난희는 식은땀을 흘리며 애써 미소 지었다. 결혼을 '못했다'와 '안 했다'는 엄청난 차이가 있다. 처음 보는 할머니가 그녀의 결혼 여부를 묻는 것이 상당히 무례하게 느껴졌지만, 당황하는 노인의 며느리를 보자 어쩐지 측은한 마음이 들었다. 사람을 뚫어지게 쳐다보며 거침없는 말하는 걸로 보아서 노인은 다루기 쉬운 시어머니가 아닐 것이다. 쉰 살을 갓 넘겼을까, 귀부인처럼 곱고 화사한 중년의 여자가 노인에게 쩔쩔매는 걸 보니 시집살이가 어지간히 힘겨운 게 아닌 모양이었다. 초면의 여자 약사에게 결혼 운운하는 시어머니의 무례함만 봐도 알 수 있었다.

"그럼 내가 좋은 청년 하나 소개해 줄까?"

"네?"

깜짝 놀라서 눈이 휘둥그레진 난희, 그녀의 뒤에서 숨죽인 웃음소리가 들려왔다. 휙 돌아보자 성주가 한 손으로 입을 가린 채 킬킬 웃고 있었다. 그런 친구가 얄미워서 난희는 달콤하고도 상냥한 어조로 노인에게 말했다.

"말씀은 고맙지만 저는 사귀는 사람이 있어요."

노인의 눈이 반짝 빛났다.

"호오, 그런가?"

"네. 어쩌면 그 사람과 결혼…… 할지도 몰라요."

'조동혁 씨, 미안해요.'

"그 사람을 많이 좋아하나 봐?"

"네. 무척이요."

"아쉽네. 유 선생에게 딱 맞는 청년인데."

"대신 제 친구에게 좀 소개해 주세요. 저와 이곳을 함께 운영하고 있는 약사이고요, 양친 모두 건재하시고 2남 2녀 중 첫째 딸, 아주 다복한 집안에서 귀여움받는 딸이랍니다."

그러고는 손으로 입을 가리고 '호호호' 웃음소리를 냈다. 뒤에서 그녀의 옆구리를 성주가 쿡쿡 찔러왔지만 난희는 모른 척하고 노인만 바라보았다.

그런 두 사람을 번갈아 쳐다보던 노인. 나직한 한숨과 함께 돌아서며 한마디 했다.

"휴우, 둘이 애인이 아니었네."

"……!"

노인을 제외한 사람들 중에 누가 가장 놀랐는지는 하나님만 아실 거다.

"할머니, 그게 무슨 뜻이에요?"

성주가 경악해서 물었고, 며느리를 거느리고 문으로 걸어간 노인은 잠시 멈춰 서서 큰 소리로 말했다.

"난 또 두 사람이 사귀는 줄 알았지 뭐야."

"아니, 그게……!"

"끌어안고 있으니 딱이잖아."

그러더니 헛기침을 하고는 뚜벅뚜벅 걸어나갔다. 노인의 며느리가 재빨리 약국 안에다 사과의 말을 던지고 그 뒤를 따랐다.

난희와 성주는 어안이 벙벙한 얼굴로 서로를 쳐다보았다. 눈빛에 험악한 기운이 어리기 시작하면서 침묵이 몇 톤의 무게로 짓눌러 왔다. 턱을 높이 치켜든 성주가 내뱉듯이 말했다.

"애인 없는 게 이렇게 서러울 줄이야!"

"내가 너 때문에 못산다!"

난희가 대뜸 소리치자 성주가 삐친 듯이 획 돌아서서 약제실로 들어가 버렸다. 난희는 컴퓨터 앞에 앉아 모니터를 노려보았다.

싸한 분위기는 제법 오래갔다. 그러나 불편한 침묵을 오래 참지 못하는 성주가 약제실에서 먼저 화해를 시도했다.

"아까 그 노인, 이 동네 사람 아니지?"

토라진 게 언제였냐는 듯이 아무렇지 않은 음성이었다. 그에 맞춰 난희도 생각에 잠긴 어조로 대답했다.

"그런 것 같아. 처음 보는 분이거든."

"근데 되게 이상해. 약 설명회를 들으러 온 것도 아니고 말이지."

"뭐, 노인 분들이 엉뚱한 약을 먹고 고생하는 일은 흔하잖아."

"넌 어쩜 그렇게 친절할 수 있니? 난 분통이 터져서 미치는 줄 알았구만."

"그 며느리 아줌마가 불쌍해서 참은 거야. 제멋대로인 시어머니 밑에서 얼마나 고생이 많겠니?"

"그래그래. 그런 분이 시어머니라면 정말 괴로울 거야."

그러더니 성주가 약제실의 칸막이 너머로 고개를 삐죽 내밀고 소리쳤다.

"그런데 넌 조동혁 씨와 언제 결혼할 건데?"

난희는 그녀에게 약솜 뭉치를 집어 던졌다. 발갛게 물든 얼굴에는 당황한 기색이 역력했다.

〈블루벨벳.〉

은은한 푸른 조명에 감싸인 바(bar)는 손님들로 가득했다. 평소 고즈넉한 분위기를 즐겨 이곳을 찾았지만, 오늘은 금요일 밤이라 그런지 빈 테이블 하나 없이 꽉 차 있었다.

"내일 어떻게 할 거야?"

옆에서 태호가 물어왔다. 그들은 스탠드 앞에 나란히 앉아 칵테일 잔을 기울이고 있었다.

"글쎄, 일정을 좀 보고."

"주말인데 너도 쉬어야지."

어이없어하는 친구의 말에 동혁은 픽 웃고, 마티니 잔을 입에 가져갔다. 피곤할 땐 칵테일 한 잔이 적당했다. 알코올이 들어가면 잠이라도 푹 잘 수 있을까 싶었다. 하지만 수다스런 친구 녀석은 그를 가만히 내버려 두지 않을 모양이었다.

"석호 자식이 벼르고 있을 거야. 네가 영희 씨와 파혼한 뒤로 어떻게 하면 널 골탕 먹일까 궁리하고 있을 거거든. 이런데 내일 모임에 참석 안 하면 그 입 싼 자식이 뭐라고 떠들어대겠어? 널 아주 불쌍한 인간으로 만들고 남을 놈이지."

동혁은 입에 술잔을 댄 채 투덜대는 친구를 무심하게 쳐다보았다. 이석호. 그들의 고교 동창으로, 소위 잘나가는 재벌가의 자제들 모임을 주도하는 녀석이었다. 집안끼리 사업적으로 라이벌 관계에 있어 자연히 관계가 서먹해졌는데, 동혁이 유학에서 돌아온 뒤엔 사사건건 트집을 잡으며 그를 귀찮게 했다. 물론 동혁은 신경 쓰는 척도 하지 않았다. 쓸데없는 일에 감정을 소모할 필요도 없을뿐더러, 녀석이 자신을 라이벌로 생각하든 말든 아무 관심이 없었기 때문이다. 어차피 잘 나가지도 않는 모임, 울며 겨자 먹기로 초대장을 보냈을 그 녀석에게 억지웃음을 보이며 상대할 자신도 없었고, 그럴 필요도 느끼지 않았다. 할 일 없이 모여서 술을 마시고, 여자와 시시덕거리고, 온통 시기와 협잡이 난무하는 그런 모임 따위, 정신만 사납게 해서 질색이었다. 그렇기에 내일 있을 그 녀석의 쇼핑몰 오픈 기념 파티에는 참석할 생각조차 하지 않았다.

"석호 자식이 자기 아버지를 졸라서 〈그레이스 몰〉을 오픈한다고 거들먹거리는 꼴을 봤어야 돼. 네가 파레스를 오픈한다니까 배가 아팠던 거지. 어리석은 자식, 돈만 들이붓는다고 장사가 되냐? 자기 아버지만 믿고 날뛰는 망둥이 자식."

태호가 그 녀석을 싫어한다는 건 예전부터 알고 있었지만, 오늘의 반응은 과한 감이 있었다. 그래서 동혁은 가느다란 눈으로 태호를 관찰하며 넌지시 물어보았다.

"너, 혹시 그 자식한테 여자 뺏겼냐?"

"응. 어떻게 알았어?"

대뜸 날아온 질문에 동혁은 피식 웃었다. 이렇게 단순한 녀석이 잘나가는 로펌의 공동 창업자인 걸 누가 알겠는가?

"네가 에너지를 소모하는 일은 여자 문제밖에 없잖아. 머리에든 거라곤 법률용어랑 여자뿐이면서."

태호가 콧김을 뿜으며 투덜댔다.

"쳇! 나도 복잡한 인간이다 뭐."

"사내자식이 말이 너무 많아. 누가 변호사 아니랄까 봐 하루 종일 종알종알."

"그러는 너는? 가짜 연애랍시고 어울리지도 않는 여자랑 시시덕거리는 건 또 어떻고?"

그 말에 동혁의 입술이 경직되는 걸 보고 태호는 아차했다. 하여튼 이놈의 입이 문제다, 문제.

"어…… 미안. 그 여자 얘긴 안 하기로 해놓고선."

언젠가부터 속을 알 수 없는 녀석으로 변해 버린 동혁이 그에게 경고했었다. 둘이 있을 때는 유난희에 대해선 일절 말하지 말라고. 왜 그러냐는 질문에 동혁은 머리가 아프다는 대답만 했었다. 머리가 아프긴 아픈 건지, 최근의 동혁은 종잡을 수 없는 행동을 보였다. 멍청하게 창밖을 바라보며 생각에 잠기기 일쑤였고—목적 없이 창밖을 보는 행위 자체를 경멸하던 녀석이—회의 도중에 딴생각에 빠져 흐름을 놓친 적도 가끔 있고—그런 직원에게 볼펜을 집어 던지며 나가라고 소리치던 녀석이—무엇보다 잠을 설치는지 핏발이 선 눈으로 출근해 짜증을 있는 대로 쏟아낸다고, 회사 안에 소문이 파다했다. 희정을 찔러보아도 특별한 말은 없었다. 파레스 쇼핑타운 건으로 중역들로부터 압박을 받아온 건 알지만, 그런 것쯤에 휘둘릴 녀석이 아닌지라 대체 무엇 때문에 조동혁이 이토록 초조해하는 건지 누구도 알 수 없었다. 태호 역시 그의 막역한 친구이지만 도통 그 속을 알 수가 없어 동혁을 이리저리 찔러보는 중이었다. 녀석이 한잔하자며 불러내기에 드디어 속이라도 풀어낼까 싶었는데, 의뭉스런 태도는 여전했다.

"오늘은 안 만나?"

자신의 실수를 후회했음에도 금세 망각하는 버릇. 태호의 질문에 동혁은 어이없는 미소를 지었다.

"태호야, 정신 사나우니까 먼저 일어나라."

"야, 한잔하자고 불러낸 건 너잖아!"

"그럼 술이나 마셔."

딱딱 끊어지는 동혁의 말투에 태호는 불만스럽게 입을 삐죽거렸다.

"하여튼 자식. 뭔 말을 못하게 해요, 말을."

"넌 법정에서 그렇게 떠들어댔는데 입이 안 아프냐?"

"그거랑 이거랑 같냐? 나도 사람인데 좀 쉬어야지. 이렇게 떠들다 보면 피로가 가신단 말이야."

"피로는 네 여자한테 풀어."

"여자가 있으면 이 좋은 금요일 밤에 여기에서 까칠한 널 상대하고 있겠냐?"

원망 섞인 푸념을 늘어놓더니 한술 더 뜬다.

"그래, 너는 여자가 있으니 좋겠다. 매너 좋고 인물 훤한 이 몸은 독수공방에 피를 흘리는데……."

그렇게 중얼거리던 녀석의 음성이 갑자기 사그라졌다. 무슨 일인가 싶어 녀석을 보자 홀 건너편의 어딘가를 뚫어지게 쳐다보고 있었다. 반짝거리는 눈빛을 보아하니 마음에 드는 여자라도 발견한 모양이었다. 학창시절부터 여자를 좋아하고, 여자와의 연애를 즐기던 녀석은 나이가 들어서도 여전했다. 오는 여자 안 막고, 가는 여자 잡지 않는다는 녀석의 신념은 어제나 오늘이나 변함이 없었다. 판사를 여럿 배출한 집안의 귀염받는 막내로 이제나저제나 결혼하기만을 바라는 노부모님의 기대를 무참히 박살내는 데에 재미가 들린 건 아닌가 싶었다. 이런 녀석이 대체 언제 철이 들 건지……

"찢어지자."

태호가 양복 재킷을 걸치며 일어났다. 그의 말은 각자 알아서 시간을 보내자는 의미였다. 동혁이 고개만 돌려보니, 어깨를 다 드러낸 하얀 드레스 차림의 여자가 테이블에 홀로 앉아 술을 마시고 있었다. 얼굴은 안 보여도 남자들이 좋아할 만한 몸매의 여자였다. 금요일 밤, 고급 바(bar)에 혼자 온 여자의 목적은 뻔했다. 동혁은 이맛살을 찌푸리며 태호의 팔을 잡았다.

"조심해. 발목 잡힐지도 몰라."

"우선 알아야 대책을 세우든지 하지."

절반은 맛이 간 녀석의 눈을 보아하니 말려도 듣지 않을 것 같았다. 그에 한숨을 쉬며 동혁은 녀석의 팔에서 손을 뗐다.

"그래, 어린애가 아니니. 병이 옮지 않게 조심해라."

쓸쓸한 충고를 흘려들으며 태호가 스탠드를 떠났다. 잠시 그를 응시하던 동혁은 혀를 차며 다시 술잔을 입에 댔다. 사실 술은 입에 머금기만 할 뿐, 아무 생각 없이 술잔을 기울이는 중이었다. 그런데 깨닫고 보니 어느새 잔이 비어 있었다.

한 잔 더 주문할까 고민하며 손목시계를 보는데, 바로 옆 자리에서 술잔이 쓰윽 다가왔다. 가느다란 술잔을 잡은 하얀 손이 눈에 띄었다. 갸름하니 죽 뻗은 손가락들, 그 끝의 빨간 손톱이 스르르 미끄러지더니 그의 셔츠 소매를 살짝 건드렸다. 고개를 들기도 전에 확 끼쳐 오는 달콤한 향수 냄새로 여자라는 걸 알았다.

"드세요. 제가 살게요."

맨 먼저 동혁의 눈에 들어온 것은 여자의 입술이었다. 촉촉하게 빛나는 새빨간 입술. 곧이어 짙게 화장한 여자의 얼굴이 보였다. 눈이 번쩍 뜨일 만큼 대단한 미모의 여자였다. 도도한 분위기, 자신만만한 눈빛과 말투에서 어떤 타입의 여자인지 짐작이 되었다.

"혼자 오셨어요?"

무표정하게 여자를 보고만 있자 허스키한 목소리로 그녀가 말했다. 자연히 그녀와의 잠자리를 연상케 하는, 나른하게 잠긴 어조였다. 그녀가 보내오는 성적인 신호는 남자라면 누구나 알아챌 수 있을 것이다. 동혁 또한 그걸 알았고, 그의 눈길은 본능적으로 여자의 얼굴을 훑고 검은 끈 드레스에 가려진 풍만한 몸을 미끄러져 내려갔다. 스틸레토 힐을 신은 매끈한 발에 머물렀던 그의 시선은 내려갔던 길을 그대로 따라 올라와 여자의 눈을 잠시 응시하다, 다시 정면으로 향했다.

"어때요, 마음에 들어요?"

동혁의 침묵에 아랑곳없이 여자는 혼자서도 잘 말했다.

"아까부터 지켜봤어요. 당신, 멋져요. 내 타입이야. 그러니까 우리……."

"난 유부남인데."

툭 내뱉은 한마디에 여자가 움찔했지만, 그뿐이었다.

"난 그저 외로워 보이는 당신에게 친구가 돼주고 싶은 것뿐이에요. 결혼해 달라는 게 아니라."

그러더니 핑크빛의 혀를 살짝 내밀어 자신의 아랫입술을 핥았다. 그녀가 자세를 바꾸어 다리를 꼬자, 가뜩이나 짧은 스커트가 허벅지 위까지 말려 올라갔다. 그러나 동혁은 공기도 베어낼 듯한 날카로운 시선으로 여자의 눈만 뚫어지게 응시했다.

"내가 쉬워 보였나?"

"전혀요. 그래서 더 흥미가 일었지만."

동혁의 목소리가 위험스럽게 낮아진 걸 여자는 깨닫지 못했다. 더불어 그의 얼굴에 짜증스런 기색이 짙게 배어드는 것도. 그 정도로 여자의 자신감은 대단했다.

"어때요, 나랑 친구 안 할래요?"

"……"

"이래 봬도 나, 꽤 괜찮은 여자라구요."

"날 어떻게 위로해 줄 거지?"

그 질문에 여자가 슬그머니 상체를 숙여 동혁의 귀에 입을 가져갔다. 그가 시선을 떨어뜨리면 여자의 가슴골이 훤히 내다보이는 자세였다. 굳어 있는 그의 옆구리에 딱 붙어 앉아 여자가 속삭였다.

"당신이 원하는 건 뭐든지."

숨이 막히도록 짙게 풍기는 여자의 향수 냄새. 그리고 빨간 입술.

온통 그가 싫어하는 것들뿐이었다. 길거리에서 흔히 만날 수 있는 이런 타입. 과거에도 그가 마음만 먹었다면 힘들이지 않고 손에 넣었을 여자.

하나, 너무 쉬워서 흥미가 생기지 않았고, 너무 경박해서 소름이 돋았으며, 너무 천박해 혐오감에 몸서리가 쳐졌다. 혼자 있는 그에게는 늘 이런 여자들이 다가왔고 으레 질펀하게 놀아줄 거라 착각했다. 언젠가 그에게 야멸치게 거절당한 여자들 중의 하나가 말했었다. '조동혁 씨, 당신은 생긴 거랑 너무 다르게 재미없어'. 낯선 남자인 그에게 웃음을 팔고, 몸을 팔고, 더한 짓도 해줄 거라 약속했던 여자들. 그가 존경하는 할머니와 어머니, 그분들과 같은 여자인데도 어쩌면 이렇게 느낌이 다를 수 있는지 그저 놀라울 뿐이었다.

동혁은 여자에게서 떨어져 앉았다. 얼음처럼 차가운 눈빛과 냉담한 얼굴은 더욱 굳어졌다. 그는 터질 것 같은 여자의 젖가슴이 닿았던 자신의 팔을 손끝으로 털어내고, 조용한 음성으로 여자에게 말했다.

"술맛 떨어지니까 그냥 가지."

여자의 눈이 휘둥그레지더니 어둑한 불빛에도 숨길 수 없게 얼굴이 빨개졌다. 부들거리는 입술을 꽉 깨물고 그를 한껏 노려보았지만, 그는 바텐더에게 마티니를 한 잔 더 주문하고 휴대폰을 꺼냈다. 옆의 여자는 투명인간인 양 무시했다.

"자?"

통화가 연결되자 그는 부드러운 목소리로 말했다. 방금 전 여자에게 일갈하던 냉담한 어조는 온데간데없었다.

[몇 신데 벌써 자요?]

휴대폰 밖으로 상대의 목소리가 조그맣게 흘러나왔다. 그의 옆에 앉은 여자가 듣기에는 충분한 소리였다. 귀에 휴대폰을 댄 채 동혁은 여자를 쳐다보았다. 안 가고 뭐 하는 거냐고 눈썹을 치켜 올렸다. 하지만 계속 듣고 싶으면 앉아 있어도 된다고 눈빛으로 말하자, 여자가 사나운 기세로 일어났다. 찬바람을 일으키며 사라지는 여자를 바라보는 그의 눈이 웃음기로 반짝거렸다.

[조동혁 씨, 무슨 일로 전화한 거예요?]

난희에게 딱히 전화를 걸 만한 용건이 있는 건 아니었다. 그래서 대답을 머뭇거리는데, 성미 급한 여자는 귀가 아프게 투덜댔다.

[급한 일 아니면 내일 다시 전화해요. 나 드라마 봐야 한단 말이에요.]

드라마.

동혁은 한숨을 폭 내쉬었다.

"내일 시간 있나?"

뭐라도 말을 해야 한다는 압박감을 못 이겨 이렇게 묻고 말았다.

[내일? 토요일인데요?]

"그러니까 시간이 있냐고."

[시간이야 내면 되는데, 또 데이트하자고요?]

그렇게 묻는 여자의 목소리가 마지못해 하는 투라 동혁은 부아가 났다.

"나와 데이트하는 게 싫어?"

[계약에 묶인 이 몸이 싫다, 좋다 할 처지예요?]

"잘 아니 다행이군."

내가 정신이 나갔던 거다. 이렇게 무디고 짜증나는 여자에게 전화를 걸다니.

[얼른 용건 말해요. 드라마가 끝나간단 말이에요.]

"그놈의 드라마 타령은 좀 안 할 수 없나?"

기어이 발끈하고 말았다. 그러자 어이없어하는 한숨이 들려왔다.

[드라마 잘 보고 있는 내게 갑자기 전화해서 버럭 화를 내는 댁이 더 이상해요. 또 뭐가 불만이에요? 하자는 데이트는 꼬박꼬박 잘하고 있잖아요. 남한테 소문이 나도록 우리 연애 잘하고 있잖아요.]

'어머, 동혁 씨. 전화 기다렸어요' 라든지 '내일 토요일에 우리 만나서 뭐 할까요?' 라든지 '당신 목소리를 들으니 너무 기분 좋아요' 라는 말은 결코 이 여자에게서 들을 수 없겠지.

그건 당연한 사실이었다. 그런데 왜 이렇게 짜증이 나는 건지, 왜 이렇게 얄미운 건지 그는 당최 알 수 없었다. '대개 연애는 이렇게 하는 것이다' 라는 정석에 따라 그녀를 만나서 밥 먹고, 전화하고, 코스대로 할 건 다 하는데 그럴 때마다 뭔가 아쉽고, 허전하고, 미진한 느낌을 지울 수 없어 혼란스러웠다. 고지를 바로 앞에 두고 엉뚱한 길을 헤매는 것 같은 기분이었다. 혹시 스킨십이 없어 그런 건가? 문득 떠오른 그 생각을 그는 재빨리 지웠다. 솔직히 말해 유난희의 입술을 볼 때마다 언젠가의 키스가 떠올라 몸이 굳어지곤 했다. 자제력이라곤 없는 어린 녀석처럼 성적인 상상을 하게 되고, 그러다 상대가 누구인지 깨달으면 자기혐오에 치를 떨었다. 여자를 너무 오랫동안 멀리했기 때문이라 가정해 봤다. 그래도 손만 뻗으면 안을 수 있는 여자들을 놔두고 저렇게 짜증나는 여자에게 욕구를 느끼는 건 이해가 안 됐다.

그러면 방금 전 그에게 다가온 여자와 하룻밤을 보내는 건?

그렇게 생각하던 그는 몸서리를 치며 떨어냈다. 낯모르는 여자의 빨간 입술이 그의 몸에 닿는다는 상상만으로도 소름이 돋았다. 어릴 때 보았던 포르노 비디오 속의 여자들은 온통 빨간 입술이었고, 남자들을 잡아먹을 것 같았던 그녀들의 몸은 방금 전의 그 여자처럼 넘치도록 풍만했다. 그래서 글래머와 빨간 입술만 보면 자연히 포르노 영화가 연상되었다. 처음 보고 나서 며칠 동안 충격에 빠져 잠도 자지 못하고, 구역질에 시달리게 했던 저급한 영화의 주인공들이 말이다.

하지만 딸기 맛이 나던 난희의 입술은 달랐다. 다 큰 여자가 딸기 맛 립스틱이라니, 성욕에 전혀 도움이 안 될 법도 하건만, 그는 실로 오랜만에 남자로서의 욕구에 불타올랐던 것이다. 자신이 남자라는 걸 자각하게 하고, 잠자고 있던 남성의 욕구를 일깨워 버린 키스. 그 성급하고 어이없는 키스가 잊혀지지 않았다. 그 키스는 요 며칠간 꿈속에서 얼굴이 없는 여자와 섹스를 하는 꿈을 꾸느라 잠을 못 잔 이유이기도 했다. 유난희. 전혀 풍만하지도, 예쁘지도 않은 그녀에게 욕망을 품은 내가 혹시 변태? ……라는 생각에 이르면 짜증이 폭발할 것 같았다.

[여보세요? 조동혁 씨!]

전화가 끊어진 줄 알고 난희가 소리쳤다. 동혁은 침착하자고 자신에게 되뇌었다.

"내일 파티가 있어. 준비하고 기다려."

[무슨 파티요?]

"나를 라이벌로 여기는 바보 같은 녀석이 쇼핑몰을 오픈했거든. 축하 파티에 초대되었어. 혼자 가면 내 파혼 얘기로 시끄러울 거야. 그러니까 같이 가지."

지나치게 무뚝뚝한 설명인 것 같았지만 동혁은 끝까지 말했다. 잠시 생각하는 듯하던 난희가 한숨을 섞어 대답했다.

[내게 방패막이 되어달라는 거네요.]

"내키지 않아?"

'거절하면 달려가서 키스해 버려야지'라는 자신의 생각에 소스라치게 놀라는데,

[언제 데리러 올래요?]

라는 대답에 실망하는 일은 있을 수 없었다. 그렇다. 그런데 조금…… 허전한 기분이 드는 건 왜지?

"일곱 시까지 준비하고 있어. 알아서 할 수 있지?"

[공주님처럼 차려입으라는 뜻인가요? 미안하지만, 나는 공주과가 아니거든요.]

자존심이 상했는지 말투가 샐쭉해졌다. 이 여자, 조금만 건드려도 금세 토라진다. 역시 재미있군.

"공주는 나도 싫어. 깔끔하게만 입으면 돼. 만날 입고 나오는 그 하얀 블라우스와 검은 치마는 말고."

지겹지도 않은지 난희는 색깔만 바꿔가며 똑같은 스타일의 블라우스와 치마를 입었다. 약국에서 일을 할 때 입는 유니폼이라던가? 여성 사업가에게 드레스는 잠수복만큼이나 불편하고 생뚱맞다고, 난희는 말했었다. 하여튼 말이나 못하면……

[어우, 알았어요. 내일 일곱 시. 깔끔한 복장. 됐죠?]

"음."

[그럼 끊어요. 드라마 다 끝난단 말예요!]

툭.

그렇게 드라마에 밀린 남자는 하염없이 휴대폰을 바라보다 천천히 접어 넣었다. 더 할 일이 없었다. 계속 앉아 있다간 또 다른 빨간 입술이 그물을 던져 올 게 뻔한 일. 이곳엔 남자의 얼굴이 좀 반반하거나 돈이 있어 보이면 체면, 자존심 다 내던지고 낚시질에 열광해 마지않는 무뇌충들이 널려 있었다. 진달래 아파트에 살고 있는 그 누구와는 아주 판판으로.

동혁은 오만하게 끄덕이고 일어나 스탠드 위에 다섯 장의 지폐를 올려놓았다. 두둑한 팁에 반색을 하는 바텐더가 그의 등에 대고 큰 소리로 인사했다. 태호는 그새 어디로 갔는지 보이지 않았다. 무뇌충과 인간의 경계에서 아슬아슬하게 줄타기를 하는 녀석. 동혁은 못마땅한 듯 이맛살을 찌푸린 채 느린 걸음으로 바를 나갔다.

다음날 오후, 일곱 시 오 분 전.

난희는 검은 중형차가 시야에 나타나길 기다리고 있었다. 초여름이라 주위는 아직 훤했다.

아파트 입구에 서 있는 그녀를 지나가는 사람들이 흘끔흘끔 쳐다보았다. 깜찍하게 부풀린 머리와 스퀘어 네크라인에 퍼프소매의 검은 원피스. 은사가 섞여 반짝거리는 옷감은 하이 웨이스트 아래로 넓게 퍼지면서 무릎 바로 위에서 살랑거렸다. 요란하지 않으면서도 신경 써서 차려입은 듯한 옷이 그녀의 날씬한 몸에 잘 어울렸다. 섹시한 것과는 거리가 먼 분위기이지만, 사람들이 눈여겨볼 만큼은 되었다. 나이를 짐작할 수 없을 정도로 어려 보이는 얼굴과 발레리나처럼 가느다란 팔과 다리, 남자들의 보호본능을 자극하는 청순한 이미지의 여자였다. 이 여자가 소망약국의 유난희 선생이라는 걸 첫눈에 알아보는 이는 그리 많지 않았다. 박복순 여사마저 방에서 나온 손녀를 보고 '누구세요?'라고 물어볼 정도였으니.

그 일을 떠올리자 웃음이 나왔다. 화장발이라는 게 이런 거구나 싶어 난희는 키득키득 웃었다. 그때 검은 차가 정문을 통과해 천천히 다가오는 게 보였다. 난희는 저도 모르게 긴장해서 땀이 솟아난 손바닥을 아랫배에 문지르고, 은색의 클러치 백을 고쳐 들었다. 헤어스타일을 바꾼 뒤로 동혁을 처음 만나는 것이다. 그가 뭐라고 할지 자못 기대가 되었다.

그녀 앞에서 차가 멎고 운전석의 문이 열렸다. 어스름한 저녁 빛에 그가 보였다. 순간 난희는 탄성을 지를 뻔했다. 슬림한 검은 정장과 눈처럼 하얀 셔츠. 타이를 매지 않은 편안한 차림인데도 그는 더할 수 없이 근사했다. 마치 남성복 모델이나 고급 승용차의 광고에 등장하는 모델처럼 완벽했다. 그가 재수없는 남자라 해도 인정할 건 인정해야 했다. 조동혁이 부담스러울 정도로 잘생긴 남자라는 걸 말이다.

그는 난희를 똑바로 응시하면서 걸어왔다. 몸을 훑어 내리는 그의 시선을 느끼자 다리가 후들거렸다. '나답지 않게 왜 긴장하지?' 라는 생각으로 쓴웃음을 지으며 그에게 한 걸음 내딛는 순간, 그가 스치듯이 그녀 앞을 지나 아파트 안으로 들어가는 게 아닌가! 감정이 담기지 않은 그의 눈길이 그녀에게 잠시 머물렀을 뿐, 상큼한 스킨 향만을 남겨놓고 곧장 엘리베이터로 향하는 것이었다. 뜻밖의 사태에 놀라 얼어붙은 것도 잠시, 난희는 큰 소리로 그를 불러 세웠다.

"이봐요! 조동혁 씨!"

그의 넓은 등이 멈칫하더니 천천히 뒤돌아섰다. 의아해하는 얼굴, 그러다 그녀가 누구인지 깨달은 듯 얼굴이 당혹감으로 잔뜩 찌푸려졌다. 그가 빠른 속도로 난희에게 다가왔다. 난희는 당황한 듯한 그에게 활짝 웃어주었다.

"놀랐죠?"

하지만 속은 쓰렸다. 평소에 그녀가 어떻게 하고 다녔기에 이 정도로 몰라볼 수가 있냐 말이다.

"유난희?"

동혁이 확인하듯 묻자 난희는 끄덕였다. 흠칫, 눈에 띄게 놀란 그가 한 발짝 물러서서 그녀를 훑어보았다. 아까 무감각하게 스치던 눈길과는 완전 딴판이다. 눈앞의 여자가 누구인지를 알고 쳐다보는 시선은 완전히 느낌이 달랐다. 그의 눈길이 와 닿은 피부가 바늘에 찔린 듯이 따끔거렸다. 아니, 깃털로 애무당하는 느낌이랄까? 난희는 괜스레 얼굴이 붉어져 그의 눈을 똑바로 쳐다볼 수 없었다. 동혁은 그녀의 가느다란 발의 끝까지 샅샅이 훑어본 후에야 인정했다. 앞에 선 낯선 여자가 유난희라는 것을.

"대체 무슨 짓을 한 거지?"

동혁이 음산하게 깔리는 어조로 물었다. 그러나 그의 눈엔 감탄의 빛이 뚜렷했다.

'여자의 변신을 솔직히 축하해 주면 어디가 덧나?'

난희는 입을 삐죽여 못마땅해하는 뜻을 분명히 표시했다.

"예쁘다고 한마디 안 해줘요?"

옆구리 찔러 절 받기라도 받을 건 받아야겠다는 오기가 불끈.

"나 어때요? 공주는 아니지만 봐줄 만하죠?"

동혁은 턱을 문지르며 뭔가 생각하는 척했다. 난희의 눈에는 어디까지나 그런 '척'으로 보였다.

"제법인걸."

"뭐예요? 돈을 들이부었는데!"

거짓말 좀 보태서.

"김 빠져. 이러니 댁이 연애를 못하는 거예요."

톡 쏘는 그녀의 말에 동혁이 눈을 부릅떴다.

"댁?"

"조동혁 씨."

으이구, 호칭에 집착하는 밴댕이.

"차 문 열어줘요."

난희는 당당히 요구했다. 오늘 밤의 그녀는 잘난 남자 조동혁의 공식 파트너. 진짜 공주는 아니지만 공주 대접을 받아 마땅한 신분이 아닌가.

발끈할 줄 알았는데 의외로 동혁은 순순히 조수석의 문을 열어주었다. 난희가 앉은 뒤엔 밖으로 삐죽 튀어나온 스커트 단도 손수 잡아 정리해 주었다. 무표정한 얼굴로 세심하게 신경 쓰는 저 모습. 늘 봐온 터라 이젠 놀랍지도 않았다. 무게를 잡는 척하는 그가 실은 어떤 말을 해야 할지 몰라 그런 거라는 걸 난희는 이제 알고 있었다. 당황해서 말문이 막힐 때엔 언제나 그랬으니까. 게다가 더욱 난처해지면 아예 얼음인간이 되어 아주 까칠하게 굴었다.

"이럴 때는 거짓말이라도 여자에게 예쁘다고 해줘야죠. 그래야 무드 잡기에 더 좋죠."

"우리 사이에 무드를 잡아서 뭐 하나?"

무뚝뚝한 반문에 난희는 한숨을 쉬었다.

"말을 말죠. 나의 유머를 이해하기엔 당신은 너무 고지식하니깐."

"……예뻐."

"네?"

개미 소리만큼 작게 들려온 그 말에 난희는 깜짝 놀랐다. 다시 말해달라고 했지만 동혁은 묵묵부답. 지나가던 바람인 듯, 환청인

듯, 어쩐지 아쉬운 마음에 난희는 입술을 삐죽이며 말했다.

"우리 오늘 맞춰 입은 것 같죠. 완전 커플룩이야, 커플룩."

힐끔 쳐다보자 동혁의 입가가 꿈틀거렸다. 웃음을 억지로 참고 있는 거지? 그렇다면 더…….

"동혁 씨, 오늘 멋져요. 지금까지 내가 본 것 중에 가장 멋져. 완전 짱이야."

동혁이 움찔했다. 분명히 그렇게 느꼈는데, 정면을 응시하는 그의 얼굴은 아무 변화가 없었다. 난희는 속으로 투덜댔다.

'독한 인간.'

그러나 잔뜩 찌푸린 얼굴의 동혁이 그녀를 힐끗 쳐다보는 걸 깨닫지 못했다. 잠깐이지만 그녀를 응시하는 그의 눈동자에 따스한 기운이 넘실거리고, 입가에 엷게 미소가 어리는 것도 보지 못했다. 더불어 그의 목에서 시작된 붉은 기가 순식간에 위로 번져, 그의 귓불이 발갛게 달아오르는 것도.

제14장

우리, 연애할까?

파티 장소는 시내 번화가의 중심에 위치한 고급 클럽이었다. 짙은 회색의 거대한 철제 건축물은 도회적이면서도 무척이나 세련된 외관을 자랑했다. 〈그레이스 몰 오픈 축하 파티장〉이라는 표지판이 세워져 있는 클럽의 입구에서는 검은 양복을 입은 남자들이 꼼꼼히 손님들을 체크하고 있었다. 오늘 밤엔 파티의 주최자와 관계된 손님들만이 이 클럽에 드나들 수 있는 모양이었다. 동혁과 난희는 막 입구를 통과한 참이었다.

"여기에 한번 와보고 싶었어요."

난희는 옆에서 걷고 있는 남자에게 속삭였다.

"엄청 비싼 데잖아요. 회원권만 해도 오백? 아니다, 칠백이라던가?"

동혁이 이맛살을 찌푸리며 그녀를 쳐다보았다.

"돈 얘긴 그만 하지?"

"비싼 건 비싼 거잖아요. 나 같은 서민이 언제 이런 델 와보겠어요."

난희는 주위를 두리번거리며 감탄하느라 정신이 없었다. 그들이 클럽에 입장한 순간부터 쏟아지기 시작한 시선들은 깨닫지 못한 것 같았다. 시골뜨기처럼 눈을 크게 뜨고 이리저리 둘러보는 그녀의 모습이 어떻게 비칠지 생각하니 동혁은 기분이 언짢았다.

"앞을 봐. 사람들이 쳐다보고 있잖아."

"알고 있어요. 내 눈이 동태눈인 줄 알아요?"

동혁은 어이가 없었다.

"아는 사람이 그렇게 촌스럽게 구는 건가?"

"뭐가 촌스러워요? 멋진 곳에 와서 구경 잘하고 있는데."

"사진이라도 찍어가지 그래?"

"어머, 사진! 디카라도 갖고 오는 건데 그랬다!"

우뚝 멈춰 서서 손뼉을 치는 난희를 동혁이 이를 악물고 끌어당겼다. 압도적으로 쏟아지는 시선들의 중심에서 유난희처럼 천연덕스럽게 굴기도 어려울 것이다. 적과 친구를 구분할 수 없는 세계에서 그녀는 지나치게 순진했다. 아무것도 모르니 저렇게 천연덕스러운 거다.

오늘 파티는 주최자의 오랜 지인들을 위한 자리였다. 평소 클럽 파티를 즐기는 주최자의 취향에 따라 자유분방한 분위기에서 진행될 예정이라고 했다. 동혁은 난희의 허리에 한 팔을 감고 카펫

이 깔린 복도를 빠른 걸음으로 걸어갔다. 파티의 주최자인 석호에게 인사는 해야겠기에 테이블 사이를 빠져나가 주최석으로 향했다. 호기심 어린 시선들이 두 사람의 동선을 따라 움직였다. 특히 동혁과 함께 온 파트너에게 쏟아지는 시선은 끓어 넘칠 정도로 뜨거웠다.

"이석호, 축하한다."

동혁은 시원스럽게 인사를 하며 악수를 청했다. 서너 명의 남자와 대화 중이던 남자가 말을 멈추고 그에게 손을 마주 내밀었다.

"조동혁. 안 올 것 같더니, 웬일이냐?"

"네가 쇼핑몰을 오픈한다기에 궁금해서."

"널 따라가려면 지금부터 죽으라고 뛰어야지. 아무튼 와줘서 고맙다."

반기는 말투와 달리 동혁을 바라보는 남자의 눈빛은 지독히도 차가웠다. 둘은 굳게 손을 잡았다가 재빨리 놓았다. 순전히 인사치레였다.

"그런데 이분은……?"

동혁의 옆에 다소곳이 서 있는 여자를 발견하자 남자의 눈이 반짝 빛났다. 난희는 이석호라는 남자가 마음에 들지 않았다. 연갈색의 머리와 옅은 눈동자는 유약해 보였지만, 그녀를 바라보는 눈빛은 지나치게 오만하고 거침이 없었다. 아래위로 훑듯이 사람을 쳐다보는 것도 꺼림칙했다. 두 남자 모두 키가 크고 잘생겼지만, 같이 서 있으니 분위기는 확연히 달랐다. 동혁이 속이 깊고 고요한 호수물이라면, 이석호는 지나치게 빠르게 흘러가는 시냇물 같다고나 할까? 평소에는 그런 동혁이 너무 뻣뻣하고 고지식하다 여겼었는데, 속에 능구렁이가 몇 마리는 들어 있을 것 같은 남자를 대하자 동혁의 성격은 괜찮은 수준이었구나 여길 정도였다. 직감적으로 이석호라는 남자는 친하게 지내고 싶지 않은 부류라는 걸 인지했다. 사람을 많이 상대하는 직업을 가진 난희에게 그런 느낌은 저절로 다가왔다.

"여긴 유난희. 내 애인이야."

내 애인.

그 말에 어째서 얼굴이 붉어지는지 몰랐다. 동혁의 말에 이석호는 실눈을 뜨고 그녀를 새삼스럽게 쳐다보았다. 대체 무슨 생각을 하는지 몰라도 상당히 기분 나쁜 눈길이었다.

"안녕하세요, 유난희 씨. 저는 이석호라고 합니다. 이 녀석의 고교 동창이고요."

씨익 웃으며 인사하는데, 상냥하게 웃음을 되돌릴 수밖에 없었다. 이 자리는 그냥 유난희가 아니라, 조동혁의 애인인 유난희로서 참석한 것이니까.

"반갑습니다."

일부러 새침하게 인사하자 남자가 쿡쿡 웃었다. 그의 눈은 마주 잡고 있는 두 사람의 손에서 떨어지지 않았다. 어느 순간부터인지 동혁은 난희의 손을 잡고 있었다.

"이 녀석이 공개된 장소에 애인을 데려온 건 처음입니다. 얼마 전에 파혼을 했다는 소식을 듣고 무척 걱정했었는데, 난희 씨를 보니 안심이 되네요. 파혼의 아픔 따위는 새로운 사랑에 비교할

게 못 되죠."

그러고는 소리 내어 웃는 것이었다. 그걸 신호로 주위에서 왁자하게 웃음소리가 터져 나왔다. 그건 동혁을 모욕함과 동시에 그의 현재 애인인 난희를 모욕하는 행위였다. 아주 의도적인 비열함이었다.

난희는 마주 잡은 손을 통해 동혁이 긴장하는 걸 느꼈다. 표정의 변화는 없지만 화를 내기에 충분한 상황이었다. 그러나 나직이 흘러나온 그의 목소리는 평상시와 같았다.

"비교할 대상조차 없는 너보다는 낫다고 생각하는데."

이석호의 이마가 잔뜩 일그러졌다.

"한 여자에게 잡혀 살기엔 아직 젊으니까."

"연애를 해봐. 그럼 쓸데없는 경쟁심도 줄어들게 될 거야. 걸핏하면 싸우려 드는 못된 버릇도 사라질지 모르지."

긴장된 침묵이 흘렀다. 두 남자는 웃는 얼굴로, 그러나 한 치의 양보도 없이 팽팽한 긴장감을 드러낸 눈으로 서로를 응시하고 있었다. 칼만 안 들었다 뿐이지, 혈전이나 다름없었다. 난희는 도대체가 이해할 수 없었다. 친구도 아닌 두 사람이 고교 동창이란 허울을 쓰고 이런 소모전에 에너지를 낭비하는 것이.

사실 이석호의 무례함은 도가 지나친 것이지만, 부득불 이 자리에 참석해서 가십거리를 제공하는 동혁의 처사도 이해가 안 되긴 마찬가지였다. 이 자리에 모인 속물들, 이쪽 세계에서 사업을 하는 사람들에겐 없어서는 안 될 인맥의 한줄기였다. 그렇기에 겉으론 웃으면서 호시탐탐 상대의 약점을 잡아챌 기회를 엿보고, 언제든지 그걸 공격할 준비가 되어 있는 것이다. 이런 게 재벌 2세들의 생활, 상류층 인간들의 사교계라면 사양하고 싶었다. 연극을 시작한 이래 처음으로 난희는 쓰디쓴 실망감을 맛보았다. 그녀와 똑같은 인간이되 가식이란 가면을 이중으로 덮어쓰고 있는 인간들에게……

동혁에게 일격을 당해 잠시 머뭇거리던 이석호가 시선을 난희에게 돌렸다. 그의 타깃이 그녀에게 방향을 틀었다는 건 야비하게 빛나는 그 눈빛으로 알았다. 작고 여려 보이는 여자가 동혁보다 상대하기가 만만하다 여겼을 것이다.

"그런데 난희 씨를 한 번도 본 적이 없습니다만, 혹시 어느 집안의 따님이신지?"

"유 씨 집안의 고명딸입니다."

난희의 대답에 이석호가 어리둥절해했다.

"유 씨라면, 재강 건설의 유 사장님 댁?"

"아니요. 돌아가신 우리 아버지 성함은 유, 태 자, 식 자입니다."

싸우되 소리 없이 싸울 것.

그것이 이 세계의 불문율이리라. 하지만 이 세계의 사람이 아닌 유난희에겐 해당 사항이 없는 바. 조동혁의 진짜 애인이 아닌 인간 유난희가 참아야 할 이유가 전혀 없었다.

"다시 말씀드릴까요? 제 아버지의 성함은 유, 태 자, 식 자, 유태식입니다. 그러면 알아들으실지?"

어리둥절해하는 사람들을 보자 더 장난치고 싶어졌다. 더없이 진지하고 상냥한 어조로, 난희는 말을 계속했다.

"저는 진달래 아파트에 살고 있어요. 그래서 사는 동네가 달라요. 이 동네에 오니 공기부터 달라서 신기하네요. 초대해 주셔서 얼마나 감사한지 모르겠어요. 좋은 공기 마음껏 마시고, 구경 잘하고 갈게요. 고맙습니다, 이석호 씨."

그녀의 손을 통해 동혁이 부르르 떠는 게 느껴졌다. 힐끗 올려다보자 그는 이를 악물고 웃음을 참고 있었다. 눈이 마주치자 난희는 그에게 윙크했다. 태생부터가 그녀와 다른 사람들은 그녀의 관심 밖에 있었다. 이 순간, 이 자리에서 그녀가 관심을 기울여야 하는 대상은 오직 한 명이었다. 그녀의 가짜 애인인 조동혁. 뭐, 혼자서도 잘 헤쳐 나가는 남자이지만.

"난희 씨는 농담도 잘하시네요."

뒤늦게야 그녀의 장난을 깨달은 이석호가 벌게진 얼굴로 말했다. 난희를 노려보는 그의 눈빛은 초조함에 물들어 있었다. 보기와 달리 당찬 여자의 대꾸에 당황했을 것이다. 키가 작다고, 몸이 왜소하다고 무시를 당하는 건 딱 질색이었다. 인간 유난희, 이유 없이 무시당하면서 살아오지 않았다. 그리고 사실 그리 작은 키도 아니지 않은가. 166cm, 아니, 165.2cm인데.

"농담 아닌데요?"

"진달래 아파트라는 이름은 들어본 적이 없어서요."

"사는 동네가 달라서 그렇다니까요. 언제 한번 초대해 드릴게요. 오시면 우리 약국에도 좀 들러주세요. 박카스라도 한 병 드릴 테니깐."

"약국이요?"

"네. 제가 약사거든요. 그래서 의사 사모님 소린 못 들어도, 약사 선생님 소린 좀 듣고 있어요, 호호호."

이석호. 날 작다고 만만하게 보다간 큰코다친다.

난희는 반달눈을 만들며 웃었다. 첫눈에도 마냥 싫었던 이석호는 이제 공동의 적이 되어버렸다. 동혁을 웃음거리로 만들고, 그녀의 출신을 문제 삼아 모욕하려 했던 어리석음. 언제든지 짓밟아 줄 각오가 되어 있었다. 박복순 여사님의 가르침대로 살아가는 유난희, 언제 어디서든 당당하게 하고픈 말을 하고, 불공정한 처사에는 분연히 맞설 줄 아는 착한 손녀딸이다. 그렇게 살으라, 박 여사님이 가르쳐 주셨다.

영민하게 반짝반짝 빛나는 그녀의 눈을 한동안 쳐다보고 있던 이석호. 무슨 생각인지 피식 웃으며 화제를 돌렸다.

"자, 얘긴 그만 하고 즐기도록 하죠. 호스트인 제가 먼저 축배를 들겠습니다. 여러분, 모두 술잔을 들어주십시오!"

능구렁이처럼 매끄럽게 분위기를 바꾸는 솜씨에는 감탄이 절로 나왔다. 그의 말이 끝나자 모두 술잔을 높이 들고 건배했다. 〈그레이스 몰〉의 번영을 기원하면서.

"동혁이는 나와 잠깐 얘기 좀 하자."

잠시 후, 이석호가 진지한 얼굴로 동혁을 불렀다. 난희 곁에서 한시도 떨어지지 않았던 동혁이 염려 깊은 눈으로 그녀를 보았다.

"혼자 괜찮겠어?"

'이 남자가 또 오버하는구나.'

"물론이죠. 다녀오세요, 자기~"

난희는 콧소리로 말하면서 활짝 웃었다. 입가가 당겨 아플 지경이었다. 남자에게 무시당하는 것도 싫지만 아이처럼 과잉 보호받는 기분도 좋진 않았다. 대체 이 남잔 뭘 걱정하는 것일까? 유난희가 그렇게 못 미더운 거야? 그때 동혁이 그녀의 손을 마지못해 놓았다. 그러고 보니 둘이 내내 손을 잡고 있었다. 그녀가 동의하지 않은 스킨십이었다. 그걸 왜 여태 모르고 있었을까? 의아함 속에 난희는 홀로 남겨졌다. 그녀를 동물원의 원숭이라도 되듯이 구경하는 사람들 틈에.

"아까 어디에 산다고 하셨어요?"

빨간 드레스를 벗다시피 걸친 한 여자가 맨 먼저 말을 걸어왔다. 난희는 과일 펀치를 홀짝이며 그 여자를 주시했다. 부잣집의 딸이라는 걸 과시라도 하듯 낭창낭창한 목과 손목, 손가락에 줄줄이 보석들이 끼워져 있었다. 그것만 해도 한재산 되겠다고 생각하며 난희는 상냥하게 대답했다.

"진달래 아파트요."

"어디에 있는 아파트인가요?"

"우리 동네요."

"아니, 내 말은 주소가 어떻게 되냐구요."

"노코멘트 할게요. 우리 동혁 씨가 이런 자리에서 사적인 얘긴 하지 말라고 했거든요."

난희는 웃는 얼굴로, 그러나 은근히 강한 어조로 말했다. 그러자 여자가 옆에 있는 친구들에게 뭐라고 속삭이더니, 새삼스러운 눈길로 난희를 훑어보았다.

"조동혁 씨완 언제부터 만났어요?"

"꽤 됐어요."

"놀랐어요. 동혁 씨가 파혼했단 소식을 들은 지 얼마 안 돼서……. 아, 미안해요. 기분 나쁘게 할 의도는 없었어요."

'다분히 의도적이구만 뭘.'

"괜찮아요. 저도 다 알고 있거든요."

"어머, 그래요? 그럼 한영희 씨가 곧 다른 남자와 결혼할 예정이란 것도 알겠네요?"

난희는 표정 관리에 애썼다. 동혁이 갑자기 불쌍해졌다. 그의 약혼녀, 영희는 정말이지 철저하게 그를 배신하기로 한 모양이다. 파혼한 지 얼마나 됐다고 다른 남자와 결혼을 하겠다는 건지.

'혹시 영희가 동혁 씨와 약혼한 상태에서 다른 남자를 만난 게 아닐까?'

이젠 친근한 그 이름, 영희. 만난 적도 없는 그 여자의 배신 행위가 상필의 일과 겹쳐지면서 주먹이 불끈 쥐어졌다. 하여튼 애인을 두고 바람피우는 인간들은 죄다 씨를 말려야 돼!

그런 생각에 인상이 험악해졌나 보다. 생글생글 웃으면서 난희 앞에 서 있던 여자들이 갑자기 뒤로 몇 발짝 물러났다. 토끼처럼 동그래진 눈들이 볼만했다. 하지만 토끼처럼 순한 인간들은 아니지. 그런 여자들을 달래듯이 난희는 부드럽게 말했다.

"우리와 상관없는 얘긴 하고 싶지 않아요. 동혁 씨와 현재 사귀고 있는 여자가 누군지만 알아주시면 돼요."

"말씀도 잘하시네요. 약사라서 그런가?"

그 말에 다른 여자가 끼어들었다.

"어느 병원에서 근무하고 있나요? 우리 삼촌이 한율 대학병원장이신데, 약제실의 약사가 남아돈다고 매일 불평하시거든요. 의약 분업 이후로 병원의 약사 수효가 현저히 줄어들었는데, 매년 배출되는 약사들은 남아도는 실정이라고. 호호호!"

생각 같아서는 그 싸가지없는 여자의 입을 좍 찢어주고 싶었다. 초면에 상대방에게 제대로 모욕을 주는 방법치곤 너무 빈약했다. 머리에 든 거라곤 부모의 돈을 탕진하러 다니는 일밖에 없는 싸가지들. 아무리 둘러봐도 얼굴에 칼을 대지 않은 여자가 없었다. 성형 중독에나 걸리지 않으면 다행이지. 난희는 씁쓸히 웃으며 부드럽게 응수했다.

"전 다행히 병원에서 잘릴 염려가 없어요. 약국을 운영하고 있거든요."

"어머, 약국을 운영해요?"

"정말 약사 선생님인가 봐."

"동혁 씨 타입은 아닌데?"

그 순간 난희의 얼굴이 경직되었다. 맨 마지막 말, '동혁 씨 타입은 아닌데?'라는 데서 난희는 급속도로 불쾌해졌다. '너희들이 안 떠들어도 알거든!'이라고 외치고픈 마음을 꾹 누르고 난희는 달콤한 목소리를 냈다.

"그래서 인연이 따로 있나 봐요. 나도 동혁 씨처럼 멋진 남자와 사귀게 될 줄 꿈에도 몰랐거든요."

"난희 씨, 정말 대단해요. 동혁 씨는 이런 모임 자체를 좋아하지 않거든요. 얼굴 보기가 하늘의 별 따기보다 어려운데, 난데없이 애인을 동반하고 나타났으니 우리 모두 엄청 놀랐어요. 저런 남자를 잡은 비결이 뭔지 좀 알려주시겠어요?"

"비결이랄 게 뭐 있나요. 한눈에 필이 와서 그냥 확 잡은 거죠. 어쩌다 보니 이렇게. 오호호."

여자들이 깔깔 웃어댔지만, 난희의 속은 끓어올랐다. 동혁의 체면을 생각해서 최대한 상냥하게 굴고 있지만, 몸에 맞지 않는 옷을 입은 것처럼 불편하기만 했다. 이런 분위기는 처음이라 더욱 신경이 날카로워졌다. 그녀 생애를 통틀어 이렇게 가식과 무례함이 상식인 양 판치는 세상은 처음이었다. 서로에 대한 신뢰와 우정, 진정한 배려는 어디에 존재한단 말인가? 이런 곳이 상류 사회의 일면이라면 기꺼이 거절하고 싶었다. 보통 여자라면 누구나 한 번쯤은 꿈꾸는 신데렐라의 동화. 그러나 그것은 계모와 두 딸이 존재하지 않는 파라다이스에서나 실현 가능한 동화였다. 난희는 울적한 생각에 얼른 집에 가고 싶어졌다. 돌아가서 할머니와 성주의 품에 안기고 싶었다.

"……어디 거예요?"

여자의 목소리가 머릿속을 비집고 들어왔다. 난희는 마지못해 상념에서 깨어났다.

"뭐라고 하셨어요?"

"그 옷, 어디 거냐구요."

또 다른 여자가 난희의 원피스를 가리켰다. 은사가 촘촘히 박혀 시원하면서도 세련된 느낌을 주는 심플한 디자인의 원피스가 꽤나 마음에 든 모양이었다. 난희는 즉답을 회피하고 의미심장하게 웃었다.

"동혁 씨에게 선물 받은 거라 전 잘 몰라요."

그 대답에 여자들이 호들갑을 떨었다.

"어머, 어머, 동혁 씨가 사줬대!"

"나 저 옷 봤어. 지난주에 디오르 매장에 갔을 때."

"아니야. 저 스타일은 웨스트우드야. 작년 연말, 영국에서 S/S 시즌 패션쇼가 한창일 때에 비비안이 입고 나왔었잖아."

"제이콥스 아니야? 뉴욕 컬렉션에서 비슷한 디자인을 봤거든."

"동혁 씨는 정말 씀씀이가 커. 소문이랑 다르잖아. 난희 씨, 그 남자 선물은 자주 해요?"

수다, 수다, 수다에 귀가 멍멍했다.

"네. 그러지 말라는데도 우리 데이트 비용을 그 사람이 다 내요."

웃음소리가 또 터져 나왔다. 그리고 맨 처음 말을 걸어온 빨간 드레스의 여자가 말했다.

"그런 건 남자가 내는 게 당연하잖아요."

이제 의아해하는 건 난희였다.

"왜 그래야 하죠? 둘이 똑같이 버니까 돈도 같이 내야죠."

"약사 선생님은 직접 돈을 버시는구나. 우린 신부 수업하느라 돈을 벌 시간이 없거든요."

"그 드레스, 최소한 이백은 줬을 거예요. 그래야 입을 맛이 나죠."

'미안하지만 이 원피스는 백화점 세일 가격으로 십이만 원이랍니다.'

이실직고하고픈 마음이야 굴뚝. 하나, 십이만 원도 비싸다는 생각이 들어 난희는 입을 꾹 다물었다. 생산적이지 않은 대화가 난무하는 자리가 지겨워서 짜증이 폭발할 지경이었다. 동혁의 애인이라는 이유만으로 이런 고문을 당해야 하는 것이 못마땅했다.

한편 동혁은 난희의 일거수일투족을 빠짐없이 보고 있었다. 화려한 옷을 걸친 여자들 틈에서 난희는 더욱 눈에 띄었다. 그녀의 입심을 믿지 않았다면 혼자 놔두지도 않았을 것이다.

석호를 상대하던 그녀의 모습을 떠올리자 웃음이 나왔다. 가짜 애인을 위해 깜찍한 연기도 마다하지 않던 그녀가 고마웠다. 당찬 모습이 역시 유난희다웠다. 그녀를 배신한 상필이 자식이 바보다. 남자가 뭘 하든 든든한 동조자가 되어줄 유난희를 두고 어떻게 다른 여자에게 한눈을 팔 수 있었을까?

"완전히 빠졌구나."

석호의 목소리에 동혁은 현실로 돌아왔다.

"뭐가?"

"유난희 말이야. 저 여자와 결혼할 거야?"

"이 나이에 연애하려면 결혼이 전제조건 아닌가?"

기다렸다는 듯이 날아든 말에 석호는 입을 다물었다. 도무지 대화를 주도할 수 없었다. 늘 이런 식이었다. 동혁에게 되로 주고 말로 받는 격이었다. 분통이 터지게 하는 건 유난희도 마찬가지. 연분도 이런 천생연분이 달리 없을 거다.

"난 아직 결혼 생각 없어. 그런데 유난희 씨가 네 부모님을 뵙긴 한 거야?"

"얼마 전에 아버질 뵈었어. 조만간 우리 집에서 같이 저녁을 먹자고 하시더군."

조 회장이 난희를 집으로 초대한 건 그녀를 며느릿감으로 인정한단 뜻이었다. 이에 놀란 석호가 입을 벌린 채 건너편 뷔페 코너 쪽을 쳐다보았다.

"어디서 만났는데?"

"알아서 뭐 하게?"

자기 여자에게 관심 끊으라는 경고. 석호는 단단한 녀석의 옆얼굴에 시선을 꽂은 채 음미하듯이 말했다.

"묘한 여자야. 평범한 것 같으면서도 꼭 그렇지만은 않거든."

"그게 저 여자의 매력이지."

그렇게 말하는 동혁의 눈은 난희의 움직임을 쫓고 있었다. 그녀가 접시에 음식을 수북이 쌓아놓았을 때는 쿡쿡 웃기까지 했다. 장소 불문하고 그녀의 식욕은 눌리는 법이 없었다. 주위에 둘러서 있는 여자들이 넋을 잃고 그녀를 지켜보았다. 어쩌면 내일 조간신문에 이런 기사가 뜰지도 모른다. 〈세한그룹의 며느리 후보는 걸신들린 약사〉. 생각만으로도 웃겨서 동혁은 그답지 않게 키득키득 웃었다. 자신을 경악의 눈길로 바라보는 사람들의 반응은 알지 못한 채로.

"저 여자, 때가 묻지 않아서 신선한데, 우리 세계에는 어울리지 않아. 지나치게 솔직한 것도 약점이 된다는 거 알고 있지?"

"이석호."

동혁이 난희에게 시선을 묻은 채 조용히 말했다. 나지막한 음성엔 아무도 거역하지 못할 힘이 실려 있었다.

"아까처럼 경솔한 행동, 한 번만 더 하면 가만 안 둔다."

가슴이 뜨끔할 정도로 차가운 어조였다. 석호에게 뭐라 대꾸할 틈도 주지 않고 동혁이 계속했다.

"내 여자 앞이라 참았다. 하지만 내 여자를 모욕하면 그날로 너와 네 집안은 피곤해진다는 거 명심해라. 날 적으로 돌려서 좋을 거 하나 없다, 이석호."

"조, 조동혁!"

석호가 분에 못 이겨 버럭 소리를 질렀다. 그러는 남자를 아예 무시하고 동혁은 흥미진진한 눈길로 난희를 계속 관찰했다.

고교 시절, 귀찮게 시비를 걸어오던 석호를 한 방에 때려눕힌 뒤로 그는 석호에게 일말의 관심도 기울이지 않았다. 석호는 그의 적수가 될 수 없었다. 평소 샌님처럼 얌전하다가도 일단 링 위에 올라오면 필사의 일념으로 상대가 항복을 선언할 때까지 몰아붙이는 녀석이 동혁이었다. 그걸 떠올리자 석호는 분하지만 이쯤에서 접어야겠다고 생각했다. 쇼핑몰 운영에 관한 정보나 얻을 수 있을까 싶어 애써 친한 척 접근했는데, 아무래도 이놈의 질투심 때문에 침착할 수가 없었다. 그 옛날부터 동혁에게는 말이 곱게 나가지 않았다. 사람을 깔보듯이 실눈으로 내려다보는 버릇, 정나미 떨어지게 냉정한 말투와 유난스럽게 고고한 척하는 그의 모든 행동이 마음에 들지 않았다. 학창시절부터 그랬다. 입을 다물고 가만히 앉아 있어도 사람들의 시선을 끌었고, 모두 주목할 수밖에 없는 존재감을 뿌려대는 녀석. 얄미운 조동혁. 이제 쇼핑몰 업계에서 같이 경쟁하게 됐으니 싫더라도 녀석의 존재감을 계속 의식해야 할 것이다.

"간다."

동혁이 그 말만 내뱉고 뷔페 코너 쪽으로 걸어갔다. 잡아먹을 듯이 지켜보고 있던 자신의 여자에게로 다가가는 그를 보며 석호는 입술을 깨물 수밖에 없었다.

"우리 저기에 잠깐 앉았다 가요."

천천히 걸어가던 난희가 갑자기 걸음을 멈추고 한곳을 가리켰다. 그녀의 손이 가리킨 곳은 포장마차였다. 그 앞에 드문드문 놓인 테이블에는 서너 명의 사람들이 자리하고 있었다.

"저기에 가자고?"

동혁은 내키지 않은 어조로 물었다. 난희가 끄덕이고 그의 손을 잡아끌었다. 스스럼없는 그녀의 행동에 동혁이 움찔했다.

"잠시만요. 나, 우동 국물 먹고 싶거든요."

"아까 그렇게 먹고서도?"

어이가 없어 동혁은 말을 잇지 못했다. 클럽의 뷔페 음식을 세 접시나 먹어치운 여자가 또 먹을 걸 입에 올리는 것에 두 손을 들고 말았다.

"느끼해서 많이 못 먹었단 말예요. 사람들이 너무 쳐다봐서 소화도 안 될 것 같았고."

"당신처럼 먹을 걸 밝히는 여잔 처음이야."

"영광이네요, 내가 당신에게 처음이라서."

생긋 웃고는 동혁의 손을 잡은 채 포장마차 쪽으로 끌고 갔다. 동혁은 그녀가 이끄는 대로 마지못해 자리에 앉았다. 난희는 거침없이 주문했다.

"아저씨, 여기 우동 두 그릇, 오뎅탕 하나, 소주 두 병이요!"

소주?

"술은 마시지 말지."

동혁의 중얼거림에 난희가 웃는 얼굴로 쳐다보았다.

"느끼한 걸 먹었을 땐 소주가 좋아요. 소화가 훨씬 잘된다니까요."

"당신, 약사 맞아?"

"그럼요. 민간요법도 신봉하는 약사랍니다. 아, 이제 좀 살 것 같다!"

크게 기지개를 켜며 활짝 웃는 여자의 얼굴이 반짝반짝 빛났다. 동혁에겐 그렇게 보였다. 오늘 저녁 이후로 난희가 진심에서 우러나오는 웃음을 보인 건 이 순간이 처음이었다.

"많이 피곤했나?"

사람들에게 시달려서 그럴 만도 할 것이다. 그러나 난희는 콧등을 찡그리며 고개를 저었다.

"별로요. 대화의 수준이 맞지 않아서 견디기 힘들었지만 뭐."

"수준, 낮지. 그래서 나하고도 별로 안 친한 인간들이야."

그 말에 난희가 혀를 찼다.

"쯧쯧, 안 그런 척하느라 힘드셨겠어요. 정말 그 남자와 동창이에요?"

"음."

"당신의 동창이랍시고 싸가지없이 말하는 그 남자를 때려주고 싶었어요. 대체 당신 주위엔 평범한 정신의 소유자가 없는 거예요?"

동혁이 쿡쿡 웃었다.

"저래 봬도 여자들에게 인기가 많아. 부족한 게 없는 녀석이거든."

"어떤 멍청한 여자가 그런 남잘 좋아한대요? 조금만 방심하면 잡아먹으려 들겠더구만."

"그래서 얼른 나왔잖아. 내버려 두면 이성을 잃은 당신이 뷔페 음식을 다 먹어치울 것 같아서 말이야."

점잔을 빼는 말투에 난희는 까르르 웃었다. 그러자 동혁이 생각에 잠긴 눈으로 그녀를 물끄러미 바라보았다. 난희가 웃는 목소리로 그에게 물었다.

"왜 그렇게 봐요?"

"내 앞에서 그렇게 웃는 건 처음 봐."

그녀를 어루만지는 듯한 목소리. 괜스레 얼굴이 붉어졌다.

"나 실은 잘 웃는 여자예요. 댁을…… 동혁 씨를 만난 뒤에 별로 웃을 일이 없어서 그랬던 거지."

"웃을 일을 만들어주면, 계속 그렇게 웃어줄 건가?"

"아하하, 그거야 뭐······."

어쩐지 분위기가 묘하게 흘러가는 것 같아 난희는 얼버무리며 어깨를 움츠렸다. 동혁을 바라볼 수가 없었다. 그녀를 물끄러미 쳐다보는 남자의 강렬한 시선을 마음 편히 받아줄 수 없을 것 같아 일부러 주위를 둘러보았다. 그때 나직한 그의 음성이 들려왔다.

"그런데 여기 너무 지저분해."

홱 고개 돌려 동혁을 보자, 그의 눈이 테이블 위에 고정되어 있었다. 낡은 플라스틱 테이블 위에 얼룩이 몇 개인지 세고 있는 것 같았다. 떨떠름해하는 표정이 그의 심정을 알려주었다.

"야외에서 음식을 먹는 건 처음이야. 불결하잖아. 이런 곳에서 어떻게 음식을 먹으란 거야?"

그럼 그렇지. 투덜대지 않으면 조동혁 씨가 아니지.

"이런 곳에서 먹어야 제대로 맛이 나는 음식들이 있어요. 떡볶이, 순대, 오뎅 같은 거요. 먹어본 적 있어요?"

"내가 어릴 때 어머니가 만들어주신 적은 있어."

"아니, 집에서 말고요. 친구들이랑 분식집에도 가고, 소풍 가서도 먹고, 그런 적 없냐구요."

"소풍을 갔어도 식사는 실내에서 했지. 유치원 이후로 소풍이랄 것도 없었고. 학창시절에 해외 탐방을 목적으로 며칠씩 집을 떠나 있어본 적은 있지만."

난희의 입술이 삐죽 튀어나왔다.

"역시 재벌 2세라 나랑 노는 물이 다르군요."

그때 우동 그릇이 두 사람 앞에 놓였다. 팔짱을 끼고 찌푸린 얼굴로 앉아 있는 남자에게 난희는 직접 젓가락을 발라 건넸다.

"드세요."

"난 괜찮은데."

"혼자 먹으면 뻘쭘하잖아요. 그건 숙녀에게 실례예요."

마지못해 젓가락을 받아 든 동혁은 잠시 그녀가 먹는 걸 지켜보았다. 후루룩 소리를 내며 우동 국물을 마시는 여자는 주위의 시선을 전혀 신경 쓰지 않았다. 둘러보니 주위 사람들도 마찬가지였다. 그들은 함께 온 사람과 음식을 먹으며 대화를 나누느라 옆에서 누가 뭘 하든 신경도 쓰지 않았다. 자유롭고 신선한 공기가 감돌았다. 크게 숨을 들이마시자 고소한 음식 냄새와 함께 난희의 달콤한 향기가 맡아졌다. 동혁은 가만히 호흡을 멈추었다. 낯선 장소, 낯선 사람들과 함께하면서 이토록 편안한 느낌은 처음이었다. 시선에 신경을 쓰지 않아도 되는 경험 또한.

"한 잔 받으세요."

난희가 소주잔을 권했다. 동혁은 한숨을 쉬며 받아 든 술잔을 물끄러미 쳐다보다 조심스럽게 내려놓았다. 그러자 키득키득 웃는 소리가 들렸다.

"있잖아요, 그날 동혁 씨 진짜 귀여웠어요."

여자에게서 귀엽다는 말을 처음 들은 남자가 눈썹을 높이 치켜올렸다. 난희는 키득거리며 계속 말했다.

"소주를 막 들이붓는데 어찌나 비장한 표정인지, 내가 눈물이 다 나왔다니까요. 소주 말고 다른 술을 마셔도 되는데, 나한테 지기 싫어서 굳이 못 마시는 술을 억지로 마신 거잖아요. 쓰러지면 내가 업고 가야 하나 고민도 했어요."

동혁이 인상을 찡그려도 그녀의 말은 멈추지 않았다.

"남자들은 다 그런가 봐요. 여자 앞에서 강한 척하는 거요. 우리 상필 씨도……."

저도 모르게 덧붙인 말에 난희는 깜짝 놀란 표정을 지었고, 동혁의 얼굴에는 불길한 그림자가 깔렸다.

"아이 씨, 상필이 얘기가 왜 나오지?"

그녀가 답답하다는 듯이 중얼거리고는 소주를 입 안에 털어 넣었다. 동혁은 팔짱을 낀 자세 그대로 석상처럼 굳어 있었다. 무표정했지만 난희를 바라보는 시선에는 폭풍의 전조처럼 먹구름이 가득했다.

"문득문득 생각이 나서 미치겠어요. 단골 포장마차에서 그 애랑 우동을 나눠 먹던 일, 비가 오는 날이면 그 애가 버스 정류장에서 날 기다리고 있던 모습. 우리 할머니와 고스톱 치다가 돈을 몽땅 잃고 울상을 짓던 그 얼굴까지. 빨리 잊어버리고 싶은데, 이렇게 소주를 마실 때면 더 생각이 나네요. 아, 우습다. 벌써 취했나. 내가 왜 이러지?"

우울한 어조로 중얼거리더니 또다시 소주잔을 들었다. 그녀의 입으로 향하는 술잔을 동혁이 재빨리 낚아챘다.

"그만 마시고 일어나지."

무뚝뚝하게 울려나오는 그의 목소리. 난희는 그가 불쾌해하는 걸 알아차렸다.

"미안해요. 동혁 씨하곤 상관없는 소릴 지껄여서."

그에게서 손을 빼내고는 큰소리로 포장마차 주인을 불렀다.

"여기 파전이랑 사이다 좀 주세요!"

"일어나자니까."

"얼굴 좀 풀어요. 다신 쓸데없는 소리 안 할게요. 딱 한 잔만 더 요."

동혁은 기분이 좋지 않았다. 난희의 입에서 헤어진 남자 친구의 이름이 나온 순간, 나른하게 풀려있던 신경 줄이 바싹 당겨지는 느낌이었다. 남자 망신을 톡톡히 시킨 이상필, 그 어리석은 놈을 아직도 잊지 못하고 있는 여자가 마음에 들지 않았다. 정신적으로 자신을 괴롭히는 행위를 대체 왜 하는 건지 그는 이해할 수 없다. 동시에 영희와의 일을 깨끗이 잊어버린 자신을 깨달았다. 언제부터인지 몰라도 '한영희'라는 이름을 떠올리면 자연히 따라붙던 불쾌감이 씻은 듯이 사라진 상태였다. 그녀의 배신 행위를 떠올려도 가슴이 아무렇지 않았다. 이런 상태가 되도록 알지 못했던 자신에게 놀라면서 동혁은 못마땅한 얼굴로 소주잔을 비워내고 있는 여자를 응시했다.

"안 먹을 거예요?"

오뎅탕까지 먹어치운 여자가 젓가락을 내려놓은 그에게 물었다. 동혁은 입을 꾹 다물고 고개만 저었다. 실눈으로 그를 쳐다보던 난희가 그에게 사이다 잔을 건넸다. 소주를 못 마시는 그를 위한 배려인 듯했다. 파전 접시로 시선을 옮긴 난희가 혼잣말로 중얼거렸다.

"동혁 씨가 못 먹는 걸 시켰네."

깜짝 놀란 동혁이 신음처럼 속삭였다.

"어떻게 안 거야?"

"순대볶음집에서 술을 마실 때요. 당신, 파전엔 손도 안 댔죠. 어쩌다 젓가락에 파 줄기가 걸리면 얼굴을 잔뜩 찌푸리더군요."

정말 놀라웠다. 한 번에 그의 식성을 꿰뚫어 본 사람은 난희가 처음이었다.

"부끄러워하지 마세요. 못 먹는 건 못 먹는 거지, 부끄러운 일이 아니잖아요. 사실은 나도 못 먹는 게 있어요. 그게 뭐게요?"

동혁이 묻듯이 그녀의 눈을 응시하자, 그녀가 키득거리며 대답했다.

"버섯이요."

"왜?"

"당신이랑 이유가 같을 거예요."

"난 어릴 때 파가 잔뜩 들어간 국을 먹다가 토한 적이 있어. 입 안에 미끌거리는 느낌이 너무 싫어서 억지로 먹다가 그렇게 된 거지. 그 뒤로 그 녀석과 영원히 안녕했지."

"훗, 나는 대학 동아리에서 지리산으로 모꼬지를 갔었는데, 그게 너무 예뻐서 독버섯인 줄 모르고 따먹었다가 죽을 뻔했거든요. 그때 상필 씨가 날 업고 산을 내려가는데, 비는 부슬부슬 오지, 길은 미끄럽지, 정신을 잃은 여자는 점점 무거워오지, 너무 힘들어서 죽을 뻔했대요. 상상해 봐요, 얼마나 웃긴지. 독버섯을 먹고 혼수 상태에 빠진 여자 친구를 업고 가다 쓰러져 죽은 남자 친구라니. 큭큭큭, 그 뒤부터 상필 씨는 체력을 키운다고 헬스클럽엘 다니기 시작했죠. 그 날 이후로 난 버섯을 못 먹게 됐구요."

그 순간 동혁이 벌떡 일어났다. 놀라서 올려다보는 난희를 그가 거칠게 잡아 일으켰다.

"취했어. 술이 깰 때까지 잠시 걷지."

"아, 난 안 취했는데……."

난희의 불만스런 중얼거림은 무시당했다. 동혁이 그녀의 한 팔을 잡은 채 자신의 지갑을 꺼내 들었다. 그러나 열린 지갑 속을 보던 그가 험악하게 인상을 썼다.

"왜요?"

"수표밖에 없어."

난희는 한숨을 쉬며 그에게 자신의 클러치 백을 넘겼다.

"내 돈으로 계산해요."

동혁이 그녀를 대신해 지갑을 꺼내어 계산했다. 꺼림칙한 얼굴로 난희에게 클러치 백을 다시 건넨 그가 무뚝뚝하게 물었다.

"가위와 반창고는 왜 갖고 다니는 거야?"

"비상사태에 대비하려구요."

"여자들은 다 가방 속에 그런 걸 넣고 다니나?"

"글쎄요. 적어도 나는 넣어 다니는데요."

엉뚱해도 이렇게 엉뚱할 수가.

한숨을 쉬며 동혁은 포장마차를 나왔다. 그에게 팔을 잡혀 끌려가던 난희가 불만스럽게 투덜댔다.

"아까워. 다 먹지도 못했는데."

"나중에 실컷 사줄게."

"진짜?"

아이같이 반색하는 그녀를 동혁은 한심하다는 듯이 내려다보았다. 알코올 탓인지 그녀의 얼굴이 발갛게 달아올라 있었다.

"계약서 쓸까?"

난희가 손사래를 쳤다.

"아이고, 계약서란 말만 들어도 경기 일으키겠어요. 믿을게요. 나중에 곱빼기로 사줘요."

먹을 걸 사양하면 유난희가 아니지.

동혁은 고개를 절레절레 저으며 발길을 옮겼다. 울창한 가로수에 둘러싸인 도심 공원은 고즈넉한 분위기를 자아냈다. 혼잡한 대로변에 이런 공원이 있다니 신기했다.

그러나 제법 늦은 시각인데도 초여름의 더위를 식히러 나온 사람들로 붐비는 곳에서 한적한 곳을 찾기란 어려웠다. 클럽을 나와 잠시 걷자는 난희의 말을 듣지 않는 건데 그랬다. 동혁은 자신의 몸을 스치듯이 지나가는 사람들 때문에 짜증이 났다. 그를 힐끔거리는 시선들도 마음에 들지 않았다. 헬스클럽에서 가끔 몸을 푸는 것과 달리 산책이란 것이 이토록 짜증나는 짓이란 걸 동혁은 깨달아가고 있었다.

"뭐가 또 불만이에요?"

언제나 그렇듯이 난희는 민감하게 그의 상태를 알아차렸다. 동혁은 그녀의 팔을 잡았던 손을 떼고, 그녀가 사람들에게 부딪치지 않게 어깨를 잡아주었다.

"사람을 빤히 쳐다보는 게 실례라는 걸 모르는 인간들이 너무 많아."

"그러려니 하세요. 동혁 씨가 너무 잘생겨서 쳐다보는 거니깐."

눈을 꿈벅이며 자신을 쳐다보는 남자를 향해 난희는 달콤하게 웃었다.

"왜요, 내 말이 틀렸어요?"

동혁이 찌푸린 얼굴로, 당황할 때면 그렇듯이 한껏 가라앉은 음성으로 말했다.

"당신, 너무 솔직해."

"푸홋, 자신이 잘생겼다는 걸 알고 있나 봐요? 왕자병이 아니라 진짜 왕자네. 오리지널 왕자."

동혁은 깔깔 웃는 여자를 커다란 단풍나무 아래의 벤치로 끌고 갔다. 그리고 벤치 위에 손수건을 펼치더니 난희의 어깨를 눌러앉혔다. 그때 아기 손 모양의 푸른 잎이 난희의 머리 위에 떨어졌다. 그걸 집어 올리는 동혁의 손길은 무척 자연스러웠다.

"그런데요, 아까 클럽에서도 그렇고 왜 슬쩍슬쩍 내 몸에 손대는 거죠?"

동혁은 대답하지 않고 벤치의 등받이에 두 팔을 넓게 벌리고 앉았다. 난희는 등 뒤에 걸쳐진 그의 팔이 신경 쓰여 슬그머니 떨어져 앉았다. 다리를 벌린 채 앉아 있는 그는 어쩐지 편안해 보였다.

"불편하지 않아요? 여기 먼지가 꽤 많은데."

"억지로 참고 있으니까 말 시키지 마."

"그럼 가요."

"바람이 시원하네."

엉뚱한 대답을 한 동혁이 크게 숨을 들이마셨다. 하늘을 향해 쳐든 그의 조각 같은 얼굴이 어둠 속에서도 윤곽이 뚜렷하게 드러났다. 남자답게 시원시원한 실루엣은 눈이 아프도록 박혀 들어왔다. 빨라지는 심장의 고동 소리를 의식하며 난희는 침을 꿀꺽 삼켰다.

'내가 취했나……'

쭉 뻗어 내린 코 아래 단정히 자리 잡은 그의 입술이 자꾸만 눈에 들어왔다. 오래전의 일인데도 그 입술의 느낌이 오늘 일처럼 생생하게 떠올랐다. 때려주고 싶을 만큼 오만한 소리를 쏟아내던 입술이 그토록 달콤할 줄이야……. 게걸스럽게 그녀의 입술을 빨아대던 그의 입술. 또 느껴 버렸다. 그녀의 입 안을 거칠게 휘젓던 남자의 혀를.

'그래, 이 사람은 남자였어. 조동혁 씨는 남자야.'

어이가 없었다. 동혁이 남자라는 사실을 이제 깨달은 사람처럼 놀라워하다니.

그녀보다 두 배는 더 긴 것 같은 그의 다리가 천천히 접혔다. 단단한 근육으로 뭉친 남자의 허벅지가 그녀의 무릎을 살짝 스치는 순간 호흡이 멎을 만큼 강력한 전류가 흘렀다. 그도 느꼈을 것이다. 그녀의 몸이 감전된 듯이 떨리는 것을.

갑자기 숨을 쉬는 게 힘들어졌다. 난희는 떨리는 숨소리가 새어 나갈세라 입을 꾹 다물고 허공을 노려보았다. 두 사람을 둘러싼 침묵이 깊어졌다. 동혁이 무슨 생각을 하고 있는지 궁금했지만 차마 물어볼 수 없었다. 지나치게 그를 남자로 의식하고 있는 그녀의 상태를 들킬 것만 같았다. 엉큼하게 그와의 키스를 떠올리고 있는 여자에게 이 남자가 뭐라고 할까?

그때 갑자기 동혁이 그녀 쪽으로 머리를 숙였다. 뜨거운 숨결이 쏟아지는가 싶더니, 그녀의 입술에 뭔가가 와 닿았다. 너무 순식간의 일이라 실제로 그랬는지 의심스러울 정도였다. 낙인을 찍듯이 짧게 그녀의 입술에 머물렀던 숨결은 번개보다 더 빠르게 사라져 버렸다.

난희는 두 손으로 입을 가린 채 동혁을 보았다. 그는 아무 일도 없었다는 듯이 하늘을 올려다보고 있었다. 난희는 귓불까지 빨개졌다.

"당신이 원하는 것 같아서."

한참 후에 동혁이 무뚝뚝하게 말했다. 불빛이 있었다면 그 역시 귓불까지 빨개졌다는 걸 난희가 알아차렸을 것이다. 숨이 목까지 차 올라 헐떡이듯 그녀가 말했다.

"내, 내가 언제……!"

예고도 없이, 허락도 구하지 않고, 이게 뭐 하는 짓이야?

그렇게 외쳐야 하건만, 그녀는 떨리는 목소리를 내는 것만도 힘에 부쳤다.

"다, 당신 머, 멋대로 키스하지 말라구요!"

'왜 이렇게 떠는 거야? 유난희, 정신 차려.'

"내 입술이 당신 거예요?"

어린아이처럼 유치한 질문이었다는 걸 깨닫자 창피함에 몸이 떨렸다. 아무리 경험이 부족하기로서니, 방금 키스를 한 남자에게 '내 입술이 당신 거예요?' 라고 말하다니! 쑥맥이라는 걸 이렇게 광고해도 되는 거니, 난희야?

당황해서 어쩔 줄 몰라 하는 그녀, 그러나 동혁은 아무 말도 하지 않았다. 그 대신 그녀의 양어깨를 잡아 일으켜 세우더니 성큼성큼 걸어가기 시작했다. 난희는 그를 따라가려고 종종걸음 치며 헐떡임을 쏟아냈다.

"저기요, 손수건 안 챙겨요?"

우뚝 멈춘 동혁이 팔을 뒤로 뻗어 그녀의 손을 잡아당겼다. 그의 걸음은 빠르고 정확했다. 종종걸음 치는 난희의 걸음이 더욱 빨라졌다.

"어휴! 좀 천천히 가요!"

그의 손이 뜨거웠다. 큼지막한 남자의 손가락에 감싸인 그녀의 손은 아이의 것처럼 작고 보드라웠다. 한순간, 길고 단단한 손가락들이 그녀의 손가락 사이사이로 미끄러져 들어왔다. 그러고는 꼼짝도 할 수 없게 단단히 깍지를 끼었다. 마주 닿은 손바닥을 통해 그의 체온이 전해져 왔다. 데일 듯이 뜨거운데도 난희는 등줄기가 오싹하는 걸 느꼈다. 강력한 전류가 그녀의 몸 구석구석으로 번져 가는 것 같았다.

'어머, 어머, 어멋!'

난희는 소리 없는 비명을 질렀다. 숨이 턱 막혀 목소리도 낼 수 없었다.

이처럼 은밀한 접촉, 남자와 손을 깍지 끼고 거리를 걷는 여자가 자신이라는 걸 믿을 수 없었다. 그녀의 손을 녹여 버릴 듯이 강하게 그러잡은 남자가 동혁이란 것도 믿어지지 않았다. 거리의 사람들이 모두 그들을 쳐다보는 것 같았다. 동혁에게 머물렀던 경탄의 시선들은 깍지 낀 두 사람의 손에 이르면 놀라움으로 변했고, 부러워하는 여자들의 눈빛과 웃음소리가 귀를 스쳐 지나갔다. 그런 시선들을 모두 무시한 채, 동혁은 주차장으로 가는 동안 한순간도 속도를 늦추지 않았다.

마주 잡은 두 손 안에 땀이 솟았다. 그러나 불쾌하게 끈적이긴커녕, 야릇한 감촉이 더해져 난희는 어쩔 줄을 몰랐다. 짧은 거리임에도 이 순간이 영원히 끝나지 않을 것 같았다. 아니, 솔직히, 끝나지 않길 바랐다. 그런 자신의 마음을 깨닫고 난희는 더욱 당황했다.

차에 오른 두 사람은 잠시 침묵 속에 앉아 있었다. 난희는 벅찬 호흡을 진정시키느라 눈을 감고 있었다. 그러다 동혁이 먼저 입을 열었다.

"우리, 연애할까?"

눈을 번쩍 뜬 난희가 입을 벌린 채 그를 쳐다보았다. 뭔가 못마땅하다는 듯이 잔뜩 찌푸린 얼굴. 불빛이 희미해 표정을 읽을 순 없지만 그가 전에 없이 굳어 있다는 걸 느낄 수 있었다. 난희가 넋을 잃고 쳐다보는데 그의 얼굴이 천천히 다가왔다. 이내 그녀의 시야가 까맣게 변했다. 그리고……

제15장
줄줄이 반전

혀로 그녀의 입술을 벌리면서 탐욕스럽게 밀고 들어갔다. 뜨거웠다. 축축하게 젖은 살결이 너무 뜨거워 혀를 델 것만 같았다. 그런데도 그 뜨거운 숨결이 탐이 나서, 얕고 빠르게 토해내는 숨소리가 너무나 달콤해서 빨아 마시지 않을 수 없었다.

'날 허락해 줘.'

무언의 부탁이 들린 것일까? 긴장하고 있던 그녀의 입술이 넓게, 그가 들어가기 쉽도록 활짝 벌어졌다. 그녀의 뒷머리를 잡은 손에 힘을 주고 가냘픈 몸을 시트에 밀어붙였다. 떨고만 있던 그녀가 팔을 올려 그의 목을 감았다. 바늘 하나도 들어갈 틈 없이 두 육체가 밀착되었다. 그러는 동안 그녀의 입 안 깊숙이 들어간 그의 혀는 여린 살결을 맛보았다. 치아를 더듬어 단단함을 확인하고, 보드라운 혀의 뿌리까지 밀고 들어가 달콤한 숨을 빨아마셨다. 젖은 살결이 내는 야릇한 마찰음이 좁은 공간에서 울리며 흥분의 열기는 더욱 고조되었다. 너무 좋았다. 여자의 입술이 이렇게 맛있다는 걸 모르고 살아온 지난 세월이 원망스러울 만큼 좋았다. 연약한 여자의 입술에서 맛보는 쾌락은 천상의 기쁨이었다. 아아, 서른두 해를 통틀어 이렇게 황홀한 순간이 있었던가?

느릿느릿 움직이던 혀가 갑자기 빨라지면서 미친 듯이 그녀를 삼켰다. 빨아대고, 핥고, 좀 더 적극적으로 응하라고 채근했다. 그녀가 작게 흐느꼈지만 들리지 않았다. 안 들은 걸로 했다. 지옥 불에 던져진다 해도 지금 이 순간의 기쁨을 포기하고 싶지 않았다.

'날 받아줘, 내가 들어갈 수 있게.'

자꾸만 그의 몸이 외쳐 댔다. 의지를 띤 그의 손가락들은 이제 가느다란 등줄기를 어루만지다 옆구리를 스쳐 보드라운 가슴으로 기어올라 갔다. 봉긋한 둔덕에 손끝이 닿자 그녀가 항의하듯 신음했지만, 이 또한 듣지 않은 걸로 했다.

'어서, 어서!'

제멋대로 의지를 가진 그의 손가락들이 여자의 가슴을 덥석 움켜잡았다. 손 안에 적당히 들어차는 융기, 포근한 젖무덤은 기억하는 과거의 어떤 것과도 달랐다. 손가락을 벌려 너무 크지도, 작지도 않은 여자의 가슴을 덮었다. 밀려드는 흥분의 파도가 몸 안에서 거센 욕구를 불러일으켰다. 참기 힘들었다. 만지는 것만으로 만족할 수 없었다. 그녀를 좀 더 알고 싶었다. 그를 감싸오는 따뜻한 여자의 몸을 머리에서 발끝까지 소유하고 싶었다. 좀 더 깊이…… 거칠어진 욕망을 어떻게 해야 할지 알 수 없는 안타까움에 신음이 터져 나왔다.

무릎을 그녀의 허벅지 사이로 넣어 한껏 벌렸다. 성급하게 미끄러져 내려간 그의 손이 스커트 속에서 더욱 분주해졌다. 열기가 느껴지는 그 부분, 은밀하고도 축축한 곳을 찾아내어 살며시 문지르자 그녀가 흐느꼈다. 그와 동시에 그녀의 몸 가운데로 그의 손가락 하나가…….

"동혁아."

그때 그녀가 말을 했다. 아니, 그녀의 목소리가 아니다. 그러면 이건……?

"조동혁, 얼른 일어나."

그녀보다 더 깊고 온화한 목소리……. 맙소사, 어머니다!

동혁은 소스라치게 놀라 깨었다. 그러나 일어나 앉을 순 없었다. 이불 아래 그의 몸이 완전히 흥분해 있는 상태였으므로. 방문을 잠그지 않은 게 실수였다.

다행히 아무것도 눈치 채지 못한 정 여사는 협탁 위에 주스 잔을 내려놓았다. 각종 유기농 채소를 직접 갈아 만든 생즙이었다.

"오늘 아버지와 라운딩 약속이 있다면서?"

동혁은 이불을 가슴 위로 끌어 올렸다. 단단히 여민 걸 확인한 후에야 정 여사를 바라볼 수 있었다.

"준비하고 내려갈게요."

쉰 목소리가 어렵게 흘러나왔다. 그런 아들을 정 여사가 걱정스럽게 보았다.

"감기에 걸렸니?"

"아뇨. 씻고 나갈게요."

나가달라는 뜻이었는데 정 여사는 빙그레 웃으며 침대가에 앉았다. 동혁은 당황한 티를 내지 않으려 애썼다. 만일에 대비해 두 손으로 이불을 단단히 잡았다. 그에게 정 여사가 생즙을 내밀었다.

"마셔. 오랜만이지?"

동혁은 이불 속에서 한 손을 꺼내어 주스 잔을 받았다. 그대로 단숨에 마셔 버리자 정 여사가 만족한 듯이 미소 지었다.

"아버지와 화해하셨어요?"

아침의 생즙은 부부 싸움을 했을 때를 제외하고 빠지는 날이 없었다. 지난 한 달 동안 맛보지 못했던 생즙을 어머니가 갖고 오신 걸 보니 '칼로 물 베기' 전쟁이 끝난 모양이었다.

"화해할 게 뭐 있니, 네 아버지 고집을 꺾으려고 한 건데."

정 여사가 눈을 빛내며 말했다.

"말도 마. 내 기분을 풀어주려고 아버지가 어떻게 한 줄 아니? 미안하지만 그건 아들에게도 비밀이야."

'제발 나가주세요, 어머니!'

그런 속마음과 달리 동혁은 부드럽게 웃으며 말했다.

"섭섭한데요. 어머니가 제게 비밀을 만드시다뇨."

"후후, 이 엄마가 아들을 위해 애를 좀 썼지. 저녁에 난희 양이 오면 알게 될 거야."

눈을 찡긋하는 정 여사의 얼굴에 장난스런 빛이 가득했다. 어머니와 전혀 장난을 칠 기분이 아니었지만 동혁은 침착하게 맞장구쳤다.

"난희 씨를 잘 부탁해요, 어머니."

"당연하지. 누구 부탁인데."

"고마워요, 엄마."

'엄마' 라는 소리에 정 여사가 감동받은 표정을 지었다.

"딸 가진 집이 하나도 부럽지 않아. 네가 딸의 몫까지 다 해주니까 아쉬움을 느낄 새가 없거든."

"네, 엄마."

씨익 웃는 아들의 얼굴을 정 여사가 뚫어지게 응시했다.

"너 좀 달라진 것 같다. 사랑을 해서 그런가?"

동혁은 웃음을 멈추고 크게 한숨을 쉬었다. 흥분이 가신 그의 몸은 평상시의 상태를 되찾았다. 이젠 어머니가 장난을 치려고 이불을 확 들쳐도 문제없었다.

"사랑인지는 모르겠어요."

"네가 여자를 집에 데려올 땐 당연한 거 아닐까? 네 가슴을 두드린 여자가 어떤 사람인지는 직접 봐야 알 것이고."

"어머니만 믿을게요. 아버지가 또 결혼 말씀부터 하실 때 적당히 어시스트 해주세요."

"이제 네 아버진 이 엄마 손바닥 안이야. 걱정 마렴."

의뭉스럽게 웃던 정 여사가 말을 마치고 문으로 향했다. 그러다 문득 뒤돌아서서 그에게 속삭이듯이 물었다.

"네가 다섯 살 때의 사진을 난희 양에게 보여줘도 될까?"

"엄마!"

부르르 떨며 소리치는 아들, 언제나 그렇듯이 정 여사는 미안해하는 시늉도 하지 않고 방을 나갔다. 다섯 살 무렵의 동혁은 집 안에서 귀여움받는 딸이었다. 딸을 가지길 소원했던 정 여사 때문이었는데, 유치원에 가서야 성별을 구분하게 된 동혁은 엄청난 충격을 받아 며칠 동안 잠을 이루지 못했었다. 긴 머리에 핑크빛 리본을 달고, 하얀 원피스를 입고 찍은 그때의 사진을 어머니가 왜 버리지 않는지 이해할 수 없었다. 그걸 난희에게 보여준다면……! 꺼림칙한 생각에 사로잡히자 그의 몸이 급속도로 수그러들었다. 문이 닫히자마자 동혁은 부리나케 침실에 딸린 욕실로 달려갔다.

오늘은 일요일. 난희가 집에서 저녁식사를 함께하기로 한 날이다. 정확히 일주일 만에 난희를 만나는 터라 사뭇 긴장되었다. 일주일 전, 차 안에서 거의 그녀를 가질 뻔한 이후로 동혁은 그녀에게 전화도, 데이트 요청도 하지 않았다. 대신 미친 듯이 일에 몰두함으로써 자신의 실수를 잊으려 했다. 낮엔 그럴 수 있었다. 그러나 문제는 밤이었다. 그날 난희에게 다 하지 못했던 행위를 꿈속에서 실천하는 자신을 봐야 했다. 밤마다 그를 괴롭혔던 얼굴이 없는 여자와의 섹스. 그 여자의 얼굴을 비로소 확인할 수 있었다. 그건 난희였다. 그 사실만으로도 재앙인데, 그날 난희가 그에게 했던 말들이 새록새록 떠올라 기분을 밑바닥까지 끌어내렸다. 그녀는 말했었다.

"진짜 연애는 하고 싶지 않아요. 당신 표현대로, 그렇게 귀찮고 피곤한 일을 왜 해요?"

그 말에 기분이 나빠진 그는 난희와 말다툼을 벌였고, 그 어느 때보다 냉랭한 분위기에서 헤어졌다. 여자에게 난생처럼 먼저 사귀자고 했는데 무참히 거절당한 충격은 동혁을 한 방에 나가떨어지게 만들었던 것이다.

이상필. 그 나쁜 자식이 난희를 망쳐 놓았다. 남자를 믿지 못하게 된 난희가 장난 같은 가짜 연애만 허락하게 만들어놓았다. 그 호로 자식 때문에! 한 번도 본 적 없는 남자에 대한 적의로 온몸이 끓어올랐다. 동혁은 주먹을 불끈 쥐며 다짐했다. 그 나쁜 자식에게 밀릴 순 없다는 거. 그 자식에 대한 나쁜 기억을 난희의 머릿속에서 말끔히 씻어내겠다는 거. 그 생각으로 지그시 입술을 깨무는 동혁이었다.

잠시 후, 샤워를 마치고 나온 동혁은 폴로셔츠와 몸에 딱 맞는 면바지를 입었다. 오랜만에 아버지와 골프 연습장에 가기로 했기 때문이다. 오전 8시 30분. 약간 이른 감이 있지만 그는 휴대폰으로 난희에게 문자를 보냈다.

〈어떻게 하면 내 마음을 믿어줄래?〉

마음이라…….
자신이 무의식적으로 택한 그 단어에 신경이 쓰였다. 엉겁결에 쓰긴 했는데, 사실 동혁 그 자신도 자신의 마음이 무엇인지 알지 못했다. 유난희에 대한 자신의 감정, 당혹스러울 만큼 커져 가는 이 마음이 과연 무엇인지 궁금했다. 보고 싶고, 또한 얄미워서 보기 싫은 이율배반적인 감정의 정체가 무엇인지.

띠리링, 문자 메시지가 도착했다는 신호음에 난희는 잠에서 깨어났다. 머리맡을 더듬어 휴대폰을 잡았다. 잘 떠지지 않는 눈으로 문자를 확인한 그녀의 입술에서 깊은 한숨이 나왔다. 그때 노크 소리가 나더니 박 여사가 걸어 들어왔다.

"난희야, 일어나 밥 묵으라."

난희는 이불 속으로 몸을 깊숙이 밀어 넣었다.

"응…… 오늘은 일요일이잖아요. 조금만 더 잘게요."

"얼른 인나!"

그녀의 어깨에서 이불이 확 걷어지고 등짝에 매서운 손바닥이 날아들었다. 짝 소리와 함께 불만스런 비명 소리가 터졌다.

"아이, 할머니! 오늘 저 휴무잖아요. 모처럼 쉬는 건데 좀 더 자게 해주면 안 돼요?"

힘 좋은 박 여사는 항의에도 아랑곳없이 끈 티셔츠와 팬티만 걸친 손녀를 이부자리에서 끌어냈다. 노인네가 어찌나 힘이 좋은지 젖은 빨래처럼 널브러져 있던 난희의 몸이 순식간에 거실로 끌려나왔다.

"밥 묵고 나랑 사우나 가자."

"사우나는 왜요?"

난희는 방문 앞에 웅크리고 누운 채 시큰둥하게 말했다. 박 여사가 발로 그녀의 등을 죽죽 밀어 거실 가운데로 몰고 갔다.

"때도 밀고 마사지도 좀 받고. 아, 가스나 징하네. 얼른 인나라 안 카나!"

박 여사의 사투리 억양이 더 심해졌다. 난희는 정신이 번쩍 들었다. 이럴 때는 할머니 말씀에 재깍 복종하는 것이 상책이다. 그녀는 언제 늘어져 있었냐는 듯이 벌떡 일어나 앉았다.

"나 완전히 깼어요. 할머니, 굿모닝!"

"굿모닝은. 벌써 굿애프나눈이다, 가스나야."

박 여사가 눈을 흘기며 주방 쪽으로 걸어갔다.

"우와, 우리 할머니 영어도 잘하시네? 혹시 나 몰래 양코 할아방 만나는 거 아니우?"

"됐다 마. 내가 이 나이에 머슴아를 만나서 뭐 하노."

난희는 어슬렁어슬렁 할머니를 따라 주방으로 들어갔다. 식탁 위에는 신선한 야채 수프와 방울토마토, 브로콜리볶음 샐러드, 녹즙까지 온통 식물들만 떡하니 놓여 있었다.

"애걔, 나 염소 아닌데?"

"니 오늘 동혁이 집에 안 가나? 예뻐 보여야제. 얼른 묵고 마사지하러 가자."

그 말에 난희의 얼굴에서 미소가 사라졌다. 침울한 표정을 할머니에게 들킬세라 난희는 식탁 앞에 앉아 고개를 숙였다. 잊고 있던 기억이 떠올라 버렸다. 일주일 전, 늑대처럼 그녀에게 달려들었던 남자가.

〈어떻게 하면 내 마음을 믿어줄래?〉

생각해 보면 어이없는 말이 아닐 수 없다. 가짜 연애랍시고 만나온 남자를 갑자기 이성의 상대로, 진짜 연애의 상대로 받아달라니? 게다가 상대는 또 누구인가. 조동혁, 생긴 것부터 살아온 환경까지 그녀와는 천차만별, 몇 광년이나 떨어진 외계별과 같지 않은가 말이다.

그는 별. 아무나 함부로 딸 수 없는 드높은 존재.

그렇게 생각했기에 그를 마음 편히 만났다. 그에게 장난을 치고, 농담을 내뱉고, 데이트에 재깍재깍 응할 수 있었던 것이다. 굳이 자기비하를 하지 않더라도, 조동혁이란 남자는 근본부터 그녀와 다른 존재라고 생각했기에 마음 편히 대할 수 있었던 것이다. 하물며 연애 상대라니…….

"니 얼굴이 와 그래?"

어느새 옆에 앉은 박 여사가 의아하게 들여다보았다. 난희는 재빨리 생각을 지우고 웃어 보였다.

"헤헤, 나 변비."

"드럽게 무신 소리고. 니 변비 다 고쳤다 안 했나?"

"글쎄요…… 좀 있는 것 같은데."

얼버무리는 손녀의 손에 박 여사가 숟가락을 쥐어주었다.

"수프 묵으라. 그리고 이것들 싹 다 묵으라. 그람 변비 같은 쌍것들 싹 없어질 기다."

난희는 풋, 웃고 말았다.

"쌍것이 뭐예요, 할머니? 변비가 사람인가?"

"내 손녀를 괴롭히는 거는 뭐가 됐든 쌍것이다. 혹시 동혁이 갸가 니 괴롭히는 거 아이가?"

가슴이 뜨끔.

"아이고! 아닙니다요, 박 여사님. 잘 먹을게요."

부랴부랴 숟가락을 수프 그릇에 넣어 퍼 올리는데, 조용하면서도 굳은 어조의 목소리가 귓가를 스쳤다.

"혹시라도 동혁이 집에서 니를 반대하는 기미가 보이믄 때려치우야 된데이. 내는 니가 시집살이하는 거 하나도 안 바란다. 마음 맞춰서 살아도 힘든 게 결혼 아이가. 이 할미, 니 하나 보고 살아왔다. 니 알제? 언제든지 힘들믄 당장 때려치우라. 여자에게 결혼은 전부가 아이다."

눈앞이 부옇게 변했다. 눈물이 나올 것 같아 난희는 잠시 고개 숙인 채 호흡을 가다듬었다. 그런 뒤에야 박 여사를 볼 수 있었다.

"할머니, 제가 누구예요? 도도당당 유난희. 세상에 꿀릴 것 하나 없는 인간이잖아요. 우리 할머니가 계신데 누가 절 무시하겠어요?"

"내는 니가 누구한테도 무시당하고 사는 건 못 본데이. 이 동네 사람들 입이 무서우면 이사 가면 된다. 니가 어떤 놈이랑 사귀든 결혼을 하든 안 하든 그건 순전히 니 의지다. 짧은 인생사, 뭐 할라고 눈치 봐가면서 억지로 맞춰 살 끼고? 내 말 알겠나?"

여덟 살 때 함께 살기 시작한 뒤로 지금까지 한결같은 할머니의 말씀이었다. 당당하게 살 거라. 돌아가신 부모님이 하늘나라에서 지켜줄 거다. 그분들이 보시기에 멋진 삶을 살아보거라. 그렇게 박 여사는 손녀에게 말하곤 했다. 그걸 난희는 잊은 적이 없었다. 그래서 더 할머니를 실망시키고 싶지 않았다. 남자에게 두 번이나 배신당하는 일이 없도록.

"할머니, 동혁 씨 괜찮은 사람이에요. 내 의견을 존중하고 내 말에 귀 기울여 줘요. 사귀기로 한 순간부터 지금까지 후회해 본 적이 없어요. 진짜 그래요, 할머니."

말을 하다 보니 진실이 되어 있었다. 그랬다. 동혁과 가짜 연애 계약서를 쓴 순간부터 지금까지 진심으로 후회한 적이 없었다는 걸 깨닫고 난희는 묘한 기분에 사로잡혔다. 재수없는 남자라고 생각했던 동혁은 지금까지 그녀와 잘 지내왔고, 장난 같은 말다툼을 제외하고는 심각하게 다툰 적도 없었다. 오히려 상필과 사귈 때보다 더 순탄하다고 해야 옳았다. 동혁이 그녀에게 맞춰준 건지, 반대로 그녀가 그에게 맞춘 건지는 알 수 없어도 이것 하나는 확신할 수 있었다. 조동혁이 괜찮은 남자라는 거. 물론 남자치고 너무 깔끔을 떠는 게 재수없긴 하지만. 그런데 그런 남자와 진짜 연애를 하자고?

난희는 한숨을 쉬며 기계적으로 수프를 입에 가져갔다. 그런 손녀의 모습을 박 여사가 예리한 눈길로 살피고 있었다.

"어서 와요, 난희 양."

조신한 처녀의 표상처럼 다소곳이 두 손을 모으고 꾸벅 절을 하던 난희는 귀에 익은 음성에 깜짝 놀랐다. 재빨리 몸을 펴고 시선을 들자, 바로 눈앞에 두 여인이 서 있었다. 언젠가 약국에 들이닥쳐 약의 이름과 복용법을 알려달라고 했던 고집 센 노인과 중년의 여자가.

"어, 어떻게……?"

얼떨떨해서 물어보자 노인이 싱긋 웃었다.

"난 동혁이 할머니고, 여긴 내 며느리."

"반가워요, 유 선생님."

동혁의 어머니가 장난스럽게 한 손을 흔들었다. 마주 보고 웃음을 교환하는 두 여인의 얼굴에 의뭉스런 표정이 떠올랐다. 옴팡 속은 기분에 갑자기 어깨에서 힘이 빠졌다. 이제 와서 조신한 척해봐야 두 여인에게는 통하지 않을 터.

"정말 놀랐습니다. 진작 알았으면 좀 더 조심했을 텐데……."

난희의 힘없는 목소리에 두 여인이 동시에 고개를 저었다.

"아니, 궁금해서 참을 수가 있어야 말이지. 그래서 며느리와 둘이 살짝 가본 거야."

노인의 며느리가 거들었다.

"기분 나빴다면 사과할게요. 어머님이 너무 성화여서 안 갈 수가 없었어요. 그리고 사실 나도 궁금했었고. 우리 참 주책이죠?"

그에 대답은, 기가 차서 입을 벌리고 서 있던 동혁이 대신했다.

"어쩜 감쪽같이 그러실 수 있어요? 아버지보다 더 지독한 분들이네요."

"이 할미가 살날이 얼마 남지 않다 보니 생각이 나면 바로 실천

해야 한다는 강박증이 있지 않겠니? 그러니 내가 이해해라."

"그래, 동혁아. 별뜻없이 간 거야. 가만히 기다리고 있으려니 궁금해서 미칠 것 같잖니. 너도 알잖아, 이 엄마가 궁금한 건 못 참는 사람이라는 거."

"그래도 너무하셨어요. 이 사람이 우리 집안을 어떻게 생각하겠어요?"

난희 몰래 뒷조사를 벌인 아버지나, 작정하고 몰래 약국으로 난희를 만나러 간 두 어른들이나 못 말리기는 매한가지였다. 당황해서 얼굴을 붉히는 난희를 보자 동혁은 더욱 미안해졌다. 그에 두 여인을 싸늘하게 노려보고는 난희의 허리에 위로하듯 팔을 둘러 안았다.

"대신 사과할게. 우리 집안 어르신들이 평소엔 이렇지 않은데, 가끔 주책을 떠시거든. 마음 비우고 그러려니 하면 괜찮아. 그렇게 해서 나도 살아남았잖아."

난희는 웃어야 할지, 울어야 할지 알 수 없었다. 기분이 나빠야 하는 상황인데, 아이들처럼 눈을 빛내고 있는 두 여인을 보자 화를 낼 수도 없고, 진심으로 미안해하는 동혁에게 투덜대기도 뭐해 슬그머니 웃고 말았다. 그녀는 원망하는 척하며 김 여사에게 가볍게 항의했다.

"너무하셨어요, 할머니. 그때 신분을 밝히셨으면 좀 더 친절하게 설명해 드렸을 텐데요."

김 여사가 그녀의 두 손을 잡아 거실 안으로 들였다.

"그러면 재미가 없잖아? 그 덕분에 궁금했던 것들이 다 풀렸거든."

"뭐가 궁금하셨는데요?"

며느리와 마주 보고 웃는 김 여사의 얼굴에 의미심장한 표정이 떠올랐다.

"그건 나와 며느리만의 비밀이야."

"그런데 그때 제가 버리라고 말씀드린 약들은 다 버리셨어요?"

"아니."

"안 돼요, 할머니. 그건 다 버리셔야 돼요. 약은 아끼는 게 아니에요. 그냥 버리시고 병원에서 처방전을 받아서 다시 구입하세요. 꼭 그렇게 하셔야 돼요. 아셨죠?"

"어유, 잔소리. 어쩌면 동혁이랑 말하는 것도 비슷하니?"

몇 년은 알아온 사람들처럼 두런두런 대화를 나누는 여인들을 동혁은 물끄러미 보고 있었다. 그의 할머니와 어머니가 난희의 약국에 몰래 다녀왔다는 말에 놀란 것도 잠시, 염탐이나 다름없는 두 분의 처사에 기분 나빠하지 않고 자연스레 받아 넘기는 난희에겐 다시 한 번 감탄했다. 이석호의 파티장에서, 그리고 지금, 난희는 자신의 기분보다 상대방의 기분을 먼저 헤아리고, 상대가 어떤 사람인가에 따라 적절히 반응하고 있었다. 할머니의 말씀에 어이없어하는 표정이면서도 친손녀처럼 다정하게 맞춰주었다. 그보다 더 살갑게 할머니를 대하는 그녀를 보자 뿌듯하면서도 뭔지 모를 아쉬움에 한숨이 나왔다. 아까 그녀를 데리러 갔을 때, 난희는 그의 얼굴을 보자마자 대뜸 말했었다.

"계약서대로만 행동하세요."

찬바람이 도는 얼굴, 냉랭한 어조. 그게 뭘 의미하는지 그는 깨달았고, 어색한 침묵 속에 이곳까지 달려온 것이었다. 발정난 짐승처럼 그녀에게 달려들었던 기억이 내내 그를 불편하게 했지만 후회한 적은 없었다. 여자와 연애다운 연애를 해보자고 마음먹은 상대는 난희가 처음이었고, 여러 의미에서 그녀가 그에게 처음이길 원했다. 결과를 예측할 수 없는 일에 뛰어드는 건 무모한 바보들이나 하는 짓이라 비난하던 그가, 스스로 무모함에 몸을 내던졌다. 그런데도 해보고 싶은 마음이 드는 것이 연애라면, 기꺼이 해볼 생각이었다. 물론 유난희라는 얄미운 여자와 함께.

"아버지는요?"

거나하게 차려진 식탁 앞에 자리 잡았을 때, 동혁이 물었다. 가사도우미와 함께 식탁 위에 음식 접시를 늘어놓던 정 여사가 대답했다.

"글쎄다, 서재에서 뭔가 하시는 것 같았는데?"

"동혁이 네가 가서 모셔와라. 손님을 불러다 놓고 뭐 하는 짓인지 몰라."

김 여사가 혀를 차며 말했을 때 식당 안으로 조 회장이 들어왔다.

"어머니, 제가 없을 때 험담하지 말라고 했잖습니까?"

그가 투덜대다 일어서 있는 난희를 발견하고 반색을 했다.

"앉아, 앉아. 내가 늦게 와서 미안하지. 뭔가를 하다 보니 시간

가는 줄 몰랐지 뭔가."

정 여사가 의아하게 물었다.

"뭘 하셨는데요?"

"응. 내일 나갈 인터뷰 기사를 점검하느라고."

동혁이 놀라서 그를 쳐다보았다.

"인터뷰라니요?"

"투데이 경제의 김 부장이 부탁해서 말이다. 내가 쉬쉬해도 이미 알 사람은 다 알고 있으니 엉터리 기사가 나가기 전에 네 결혼 이야기를 좀 해달라고 부탁해 왔거든."

난희는 깜짝 놀라 수저를 떨어뜨렸다. 쨍그랑 소리에 시선들이 한꺼번에 몰리자 그녀는 빨개진 얼굴로 중얼거렸다.

"죄송합니다."

"놀랐나 보네. 아가, 난희 양 수저를 다시 갖고 와야겠다."

김 여사가 며느리에게 명령하고는 아들에게로 시선을 옮겼다.

"그럼 동혁이 일로 인터뷰를 하는 거야?"

"네, 어머니. 언론에서 대대적으로 떠들기 전에 김 부장이 먼저 기사를 쓰고 싶다고 해서요. 아시다시피 동혁이의 일이 언론에 오르내리지 않도록 그룹 차원에서 손을 쓰고 있잖습니까? 그런데 이석호 군의 쇼핑몰 오픈 파티에 저 둘이 나란히 참석하는 바람에 업계에 소문이 다 났잖아요. 들어보니 우리 아들 조동혁 군이 내달 결혼을 한다네요. 허 참."

난희는 어이가 없어 조 회장의 얼굴만 바라보았다. 그녀의 시선을 느낀 조 회장이 허허 웃으며 단호하게 말했다.

"말도 안 되는 소리를 지껄이는 것들은 가만 안 둘 거다. 단, 이렇게 된 이상 너희 둘 문제를 좀 더 구체적으로 언급해야겠구나. 언제까지나 쉬쉬할 수는 없으니까."

'저 오늘 여기에 처음 왔거든요? 저는 아직 결혼 생각 없거든요?' 라고 소리치고 싶은 마음을 꾹 누르고 난희는 최대한 조심스런 목소리로 입을 열었다.

"제가 며느릿감으로 적당한지 더 알아보셔야 하는 건 아닌지……."

"알아볼 건 다 알아봤네. 더 자세한 건 우리 어머니와 아내가 차차 알아낼 것이고."

조 회장이 거침없이 말했다. 그에 난희는 슬슬 기분이 나빠지기 시작했다.

"유난희가 어떤 여자이고, 며느릿감으로 적당한지 더 알아보시고 말씀을 하셔야 되지 않을까요?"

"내가 언제 두 사람의 결혼을 허락한다고 말했나?"

난데없는 소리에 모두 놀라서 조 회장을 쳐다보았다. 그의 눈은 험악하게 찌푸린 동혁의 얼굴에 사뭇 흥미진진하다는 듯이 고정되어 있었다.

"나보다 저 녀석이 먼저 난희 양에게 프러포즈를 해야 할 것이고, 그런 다음에 우리 어른들의 허락이 필요한 거지."

동혁은 아버지의 은근한 압력 행사에 떠밀려 두 손 들고 싶은 마음이 없었다.

"제가 어떻게 프러포즈 할 건지 아버지께 말씀드려야 합니까?"

"그럴 마음은 있냐?"

"참견은 여기까집니다, 아버지."

딱 잘라 말하는 동혁의 얼굴에는 짜증이 잔뜩 배어 있었다.

"네가 아무리 좋다 해도 내 마음에 안 들면 이 결혼 허락 못해. 나한테 잘 보여도 될까 말까 한 일에 네 녀석이 뻗대서 어쩌자는 거냐?"

"여차하면 둘이 도망가서 결혼해 버릴 겁니다."

"호오, 조동혁의 입에서 저런 말까지 나오고!"

여기서 투명인간 유난희의 의견은 필요없었다. 이때다 싶어 두 남자는 그녀와 상관없이 서로에게 비수를 들이대는 격전에 돌입했다.

어이없는 눈으로 두 남자를 바라보던 세 여자. 그중 가장 연장자인 김 여사가 식탁을 한번 내려치고는 매서운 어조로 명령했다.

"너희 둘, 나가서 싸워."

그런 어머니에게 길들여진 아들, 조 회장이 싱글벙글 웃는 얼굴로 대답했다.

"재미있잖아요, 어머니."

"밥은 먹어야지. 혁이가 삐치면 몇 날을 가는 거 알고 있잖아. 난 그런 애랑 밥 먹어서 소화불량에 걸리긴 싫다. 아니다! 약사 선생님이 계신데 뭐가 문제야? 아범아, 더해봐라. 우리 삐돌이 혁이가 얼마나 견디나 한번 보게."

이제 동혁의 얼굴은 빨갛다 못해 불타는 고구마가 되어 있었다. 난희는 그가 불쌍했다. 정신없는 가족들 틈에서 그나마 혼자서 이성을 유지하려다 보니 저렇게 오만불손한 성격의 소유자가 되었으리라 짐작했다. 근본은 착한 사람이 가족들에게 시달려 싸가지 백배의 가면을 쓰게 된 거라고.

잘 보이고 싶은 여자 앞에서 자존심을 무참히 짓밟힌 남자, 조동혁.

그는 울컥하는 마음을 큰 소리로 외쳐 보이려다 식탁 아래로 그의 무릎을 살며시 토닥이는 손길에 그만 굳어지고 말았다. 난희가 그의 무릎을 토닥토닥 두드리며 그에게만 들리도록 속삭였다.

"당신 마음 다 이해해요."

동혁은 손가락 하나 까닥할 힘이 없었다. 난희의 손길을 느낀 순간 코피를 쏟지 않은 것만도 다행이었다. 기가 찰 노릇이었다. 하루아침에 변태 짐승이 된 것도 아니고, 식탁 머리에서, 집안 어른들이 다 계신 이 자리에서 여자의 손길에 확 달아오르다니!

난희의 가느다란 손가락이 그의 무릎을 애무했다. 성적인 의도가 없을지라도 남자의 무릎을 함부로 만지면 안 된다는 것도 모르는 순진한 여자. 그녀가 바로 유난희였다. 이젠 다른 의미로 벌벌 떨고 있는 남자에게 아무것도 모르는 함박웃음을 보이고는 슬쩍 손을 거둬들이는 여자가.

전채요리를 맛본 후에 본격적인 식사가 시작되었다. 가사도우미가 식탁 위에 커다란 전골냄비를 내려놓았을 때, 난희는 맞은편에 앉은 정 여사와 조 회장의 심장병에 대한 이야기를 나누고 있었다. 그러다 무심코 전골냄비를 쳐다본 그녀의 얼굴이 하얗게 질렸다. 바로 옆에 앉은 동혁이 눈치 빠르게 알아차리고 의아하게 냄비 속을 들여다보았다. 버섯전골! 동혁이 작게 신음하며 그녀의 귀에 속삭였다.

"먹지 마. 내가 설명할게."

"괜찮아요. 국물은 먹어도 돼요."

하지만 독버섯을 먹고 사경을 헤매다 깨어났을 때의 그 절망적이었던 기분이 다시금 난희를 떨게 했다. 머리를 맞대고 소곤거리는 두 사람을 어른들이 쳐다보고 있는 것도 몰랐다.

"좀 먹어봐요. 내 친구가 버섯 농장을 하는데, 아주 좋은 걸로만 골라서 보내왔거든."

정 여사가 개인 접시에 전골을 듬뿍 떠서 난희 앞에 내려놓았다. 잠시 고민을 하던 동혁이 그 접시를 슬그머니 자기 앞으로 끌어당겼다. 의아해하는 어른들께 그가 설명했다.

"이 사람, 버섯 알레르기 있대요."

"어머나, 어떻게 해! 혁이 네가 미리 알려줬으면 좋았잖니."

"그러게요. 제 불찰이에요, 어머니."

그 대답에 세 어른 모두 뜨악한 얼굴을 했다. 난희는 민망함에 몸 둘 바를 몰랐지만, 동혁의 말에 경악해하는 어른들의 반응은 예의 주시하고 있었다. 그가 뭘 잘못 말했기에 저렇게들 놀라시는지 알 수 없었다. 동혁은 어른들의 그런 반응에는 아랑곳없이 난희의 앞에 소갈비 접시를 밀어주고, 영양가가 높은 반찬들을 하나씩 끌어다 주었다.

"이건 괜찮지? 많이 먹어. 우리 어머니가 음식 솜씨는 끝내주시거든."

침묵이 흐르는 동안, 난희는 빨개진 얼굴을 숙이고 있었다. 그녀의 앞에 즐비하게 놓인 음식 접시들을 보자 뭐라 말할 수 없는 기분에 사로잡혔다. 어른들이 물끄러미 보고 있는데, 동혁은 드러내 놓고 그녀의 앞에만 음식 접시를 끌어다 주었다. 헛기침 소리가 나더니 김 여사가 두 사람을 빤히 쳐다보며 말했다.

"혁아, 벌써부터 색시를 챙기는 거니?"

"챙기긴요. 난희 씨가 버섯을 못 먹으니 다른 거라도 먹여야죠."

아무렇지 않은 대답은 그가 진정 그렇게 생각하고 있다는 걸 의미했다. 저런 바보. 난희는 속으로 혀를 차며 그를 흘겨보았다. 어른들 앞에서 저러는 행동 자체가 팔불출이라는 걸 알고는 있을까? 그때 조 회장이 큰 소리로 웃음을 터뜨렸다.

"나랑 꼭 닮았네. 미래가 보인다, 보여."

정 여사가 볼을 붉힌 채 남편을 흘겨보았다.

"당신은 신혼 때 잠시 그랬잖아요."

"우리 혁이는 달라. 쟤는 자기 것은 끝까지 챙기는 녀석이잖소. 유치원 다닐 때 만든 로봇을 아직 갖고 있는 걸 봐요. 하물며 자기 집사람은 얼마나 끔찍이 챙기겠어."

난희는 낯이 뜨거워 고개를 들 수 없었다. 옆에서 동혁이 짜증을 냈다.

"밥 먹을 때 이상한 소리 하지 마세요, 아버지."

조 회장이 우렁찬 목소리로 다 들으라는 듯이 말했다.

"난희 양, 우리 혁이는 파를 못 먹는다오."

뭐든 대답을 해야 할 것 같아, 난희는 조그만 소리로 말했다.

"네, 지난번에 순대볶음집에 갔을 때 알았어요."

"순대볶음집?"

세 어른이 입을 맞춰 합창하듯이 외쳤고, 난희는 어리둥절하게 그들을 보았다. 갑자기 벼락을 맞은 것처럼 뻣뻣이 앉아 있던 어른들은 한참 만에야 정신을 차렸다. 안경을 벗어 눈물을 닦아내는 시늉을 하던 김 여사가 감개무량한 듯이 말했다.

"살다 보니 이런 날도 있구나. 우리 혁이가 사람이 다 됐네."

"아니, 할머니. 언제는 제가 사람이 아니었단 말씀이세요?"

"난희 양, 우리 혁이가 좀 까다롭다오. 어릴 때부터 남이 손 댄 음식은 거들떠도 보지 않고, 수학여행을 가서는 친구들이 자기 침대에 앉으면 거기엔 얼씬도 안 했다지?"

"할머니, 저 그만 먹을까요?"

투덜대는 동혁의 목소리는 어른들의 웃음소리에 묻혀 버렸다. 홱 고개 돌려 난희를 쏘아보는 동혁의 눈빛이 살벌했다. 왜 그러냐는 듯이 물끄러미 바라보자 그가 소리 죽여 경고했다.

"나중에 두고 봐. 백배로 갚아주지."

난희는 다른 사람들에게 보이지 않도록 한 손으로 입을 채 그에게 혀를 쑥 내밀었다. 그가 못마땅한 얼굴로 음식 접시를 공격하기 시작하자, 어른들의 웃음소리가 더 커졌다.

"우리 집안이 원래 이래요. 남자들은 기를 못 편다니까. 내가 그렇게 두질 않지. 인류의 어머니인 여자들은 존중받아야 하고, 남자들은 그런 여자들을 떠받들고 살아야 세상이 평화로운 거야."

식사가 끝난 뒤에 모두 거실의 소파에 둘러앉았을 때, 상석의 김 여사가 말했다. 그녀의 설명이 없더라도 충분히 이해가 되는 분위기였다. 회사에서 그토록 카리스마를 뿜어내던 조 회장과 동혁을 순식간에 고집쟁이, 삐침쟁이들로 전락시키는 김 여사의 화려한 말발에는 어지간한 난희조차 존경의 시선을 보내지 않을 수 없었다. 하마터면 김 여사 앞에 무릎을 꿇고 앉아 이렇게 외칠 뻔했다.

'사부님! 제게 한 수 가르쳐 주십시오!'

어머니에게 밀리긴 해도 역시 살아 있는 카리스마의 화신, 조 회장은 모처럼 만나게 된 아들의 여자를 교묘하게 이리저리 시험하고 있었다.

"그래, 상가가 없어지면 아가씨는 뭘 할 건가?"

조 회장의 질문에 난희는 상냥하게 대답했다.

"조금 쉬었다가 회사에 들어갈 생각입니다."

"자기 약국을 운영하다 남의 회사에서 일하는 게 쉽지 않을 텐데?"

"기업형 대형약국들에 비해 영세 약국을 유지하기가 너무 어렵습니다. 투자 받은 돈을 갚느라 이윤이 얼마 남지도 않고요."

"자네 약국에 박 여사님이 투자하신 게 아닌가?"

"네. 하지만 저희 할머니는 금전 관계를 분명히 하자는 주의시고, 저도 할머니께 더 이상 신세를 지기 싫어서요."

그때 포도알을 각자의 접시에 나누고 있던 정 여사가 끼어들었다.

"하나밖에 없는 손녀딸의 약국인데, 할머니가 좀 도와주시면 안 되나?"

난희는 정색을 하고 대답했다.

"지금까지 충분히 절 도와주신걸요. 스무 살 이후에는 할머니께 손을 벌리지 말자고 다짐했었는데, 어떻게 하다 보니 지금의 약국을 여느라 할머니께 돈을 빌릴 수밖에 없었어요. 그것만으로도 죄송한데, 더 이상은 손을 벌리지 말아야죠. 제 힘으로 어떻게든 해보려구요."

"아니, 뭘 고민하고 그래. 동혁이랑 결혼하면 자연히 해결될 걸."

김 여사의 말에 난희는 움찔했다. 그녀의 심란한 마음을 알지 못하는 김 여사가 웃으면서 말을 계속했다.

"파레스 쇼핑 타운에 입주하면 되잖아? 정 그것도 내키지 않으면 당분간 집에서 아이를 길러보는 것도 괜찮고. 약사 실력을 썩히면 아까우니까 아이가 좀 클 때까지만이라도 전업주부를 하는 것도 좋지 않아? 아가, 네 생각은 어떠냐?"

시어머니의 물음에 정 여사가 기다렸다는 듯이 대답했다.

"저도 그렇게 생각해요, 어머니. 우리 손주가 걸어다닐 수 있을 때까지만이라도 며늘아기가 집에 있어주면 우리야 고맙죠. 아무래도 나 혼자 손주를 보려면 힘에 부칠 테니까요."

그러더니 동혁을 쳐다보며 의미심장하게 덧붙이는 것이었다.

"아이를 길러본 지 삼십 년이 넘었어요. 둘째가 안 생겨서 마음

아팠는데, 손주를 안으면 그런 섭섭함을 느낄 새가 없을 거예요."

그때 난희는 보았다. 동혁이 목덜미까지 새빨개진 채 그녀의 눈을 황급히 피하는 것을.

대체 무슨 상상을 하기에 저러나 싶었다. 난희는 실눈으로 뚫어지게 그를 보았다. 동혁은 바닥만 내려다보며 딴청을 피웠다. 졸지에 유부녀에서 아이 엄마가 되어버린 난희를 조금도 비호해 주지 않은 채로.

세 어른은 서로 의미심장한 시선을 주고받았다. 둘을 나란히 앉혀놓고 보니 동혁의 마음 씀이 훤히 보였다. 그의 변화는 확연했다. 여자에게 시선을 주고, 여자에게 마음을 쓰고, 여자의 말 한마디에 좋았다 나빴다, 뭐 마려운 강아지마냥 안절부절못하며 여자의 주위를 맴돌았다. 그 여자가 바로 유난희였다. 조건으로만 보면 전혀 어울릴 것 같지 않지만, 동혁을 사람답게, 남자답게 변모시킨 대단한 아가씨였다. 게다가 어른을 공경할 줄 알고, 난처한 상황에서도 상대에게 먼저 마음을 쓰지, 이 눈치 저 눈치 보면서 약삭빠르게 굴지도 않지, 무엇보다 동혁이 가진 배경에 신경을 쓰지 않는다는 점이 좋았다. 박복순 여사라고 했던가? 알아보니 강남에 빌딩을 두 채나 소유한 알부자 노인이 손녀 하나는 똑 부러지게 키워냈다. 돈을 아낄 줄 알면서도 집착하지 않는 것. 난희의 그럼 점이 유달리 김 여사를 흡족하게 했다. 장차 큰 회사를 물려받아 밤낮으로 일해야 하는 막중한 책임을 안은 동혁에게 어울리는 짝이 아닐 수 없었다. 기가 세지 않으면서도 은근히 강단이 있는 여자가 고집 센 동혁에겐 그만이라고 내심 생각해 왔던 것이다.

"여보, 사진 한 장 찍읍시다."

주로 어른들이 말씀하시고, 두 젊은이가 들어주는 시간이 제법 흘렀을 때, 조 회장이 말했다. 그러자 정 여사가 사라지더니 금세 디지털 카메라를 들고 나타났다. 그녀가 카메라를 동혁에게 건넸다.

"우선 난희 양이랑 우리가 먼저 찍을게. 남자들은 이따 찍으렴."

동혁이 카메라를 조준했고, 엉겁결에 두 여인 사이에 끼어 앉게 된 난희는 그의 말에 따라 '김치'를 해야 했다. 익숙한 일인 듯이 사진을 찍는 두 여자 어른의 포즈가 예사롭지 않았다. 난희는 그들에게 안겨서 사진을 찍어야 했다. 두 어른의 품에 안겨 볼에 키스를 받고, 누구보다 다정한 포즈를 취해야 했음에도 전혀 귀찮지 않았다. 할머니와 단둘이 살아온 그녀에게 이처럼 시끌시끌하고 정신없는 가족의 단란함이 부럽기만 했다.

조 회장과 동혁이 차례대로 그녀와 사진을 찍었다. 두 남자는 같은 틀에서 나온 붕어빵처럼 똑같이 찌푸린 얼굴로 투덜댔지만 집안의 수장, 김 여사의 말 한마디에 대뜸 미소 지어야 했다. 마지막으로 김 여사가 사진을 찍어주겠다며 아들 내외와 손자 커플을 함께 앉으라고 했다. 같이 찍자는 아들의 청에 김 여사는 웃으면서 말하는 것이었다.

"정식으로 손주며느리가 들어오면 다같이 찍어야지. 이건 며느리 후보가 도망가지 말라는 계약서나 다름없으니까 모두 활짝 웃어. 김치!"

계약서.

그 한 단어에 난희는 웃지도 울지도 못한 채 카메라의 플래시가 터지길 기다려야 했다. 오늘 찍은 사진을 가족 홈페이지에 올릴 거라며 말하는 정 여사. 아직은 빠르다며 투덜대는 동혁, 도망가서 결혼이라도 할 거냐며 아들을 놀리는 조 회장, 그리고 흐뭇하게 그 모든 광경을 지켜보고 있는 김 여사까지, 너무도 단란한 가족의 모습에 난희는 몰래 부러운 한숨을 토해냈다. 어찌 되었든 이런 가족의 일원이 된다는 건 정말 근사할 거라는 생각이 들었다.

세 시간 후, 두 사람은 난희의 아파트로 달려가고 있었다. 차의 뒷좌석에는 박 여사가 보내준 건강식품에 대한 답례로 김 여사가 준비한 자연산 더덕 선물 바구니가 소담하게 자리하고 있었다.

"피곤하지?"

동혁이 전방을 보며 말했다. 생각에 잠겨 앉아 있던 난희는 그를 보지 않고 대답했다.

"오늘 처음으로 동혁 씨가 부러웠어요."

"뭐가?"

"동혁 씨를 그렇게 사랑하는 가족이 있다는 거요. 나는 할머니 한 분뿐인데, 동혁 씨에겐 세 분이나 되잖아요. 이 대 사로 싸우면 내가 불리해요."

동혁이 홱 고개 돌려 어이없다는 듯이 그녀에게 말했다.

"우리가 싸우긴 왜 싸워?"

"말이 그렇다는 거죠."

"하여튼 비유를 해도 꼭……. 당신, 무드없는 여자인 거 알아?"

"알거든요. 그래서 칠 년이나 사귄 남자에게 버림받은걸요."

"내 앞에서 그놈 얘긴 하지 말아줘. 불쾌해. 아주 싫어."

단호한 거부의 말에 난희는 찬찬히 운전석의 남자를 바라보았다. 동혁이 콧김을 내뿜으며 투덜댔다.

"내 여자의 과거에 신경이 안 쓰일 수 없잖아. 말로만 들었어도 그놈, 아주 나쁜 놈이라는 거 알겠는데, 내 여자가 그런 놈에게 배신당했다는 사실이 기분 좋겠어? 그래, 내가 대신 복수해야겠다."

'내 여자'라는 표현에 어이가 없어 멍하니 그를 보고 있던 난희는 마지막 말에 깜짝 놀랐다.

"뭘 어떻게 하려구요?"

"그놈 회사를 알아내서 쫓아내 버려야지."

"조동혁 씨, 아까 뭐 잘못 먹은 것 아니에요?"

그녀를 힐끔 쳐다보는 동혁의 표정이 너무 진지했다. 평상시처럼 투덜대는 말투인데 그 얼굴은 너무 굳어 있어 어쩐지 그를 타박할 수 없었다. 하여, 말투를 부드럽게 바꾸어 다시 말했다.

"동혁 씨가 그럴 능력 있다는 거 아니까, 그만 해요. 내가 상필 씨 얘길 나도 모르게 하게 되는 건 알아온 세월이 그만큼 길어서 그런 거라구요. 내가 당신을 알게 된 건 두 달도 안 됐잖아요. 그에 비해 상필 씨는 고등학교 때부터 합쳐서 팔 년이에요. 연인으로 사귀기에 앞서 내겐 가족처럼 가까운 사람이었어요. 그 남자의 배신을 기억하는 건 아프지만 내 과거 속에 살아 있는 그와의 추억을 한순간에 지울 순 없다구요. 지워지지도 않구요. 그걸 당신이 인정해 주지 않아도 상관없어요. 어차피 당신에게 허락 받고 말고 할 문제도 아니니까."

아파트 단지를 몇 미터 앞두고 도로변에 차가 멈췄다. 동혁은 차를 세운 뒤에도 한동안 입을 열지 않았다. 운전대를 쥔 그의 손마디가 하얗게 불거져 나왔다. 치미는 감정을 꾹 참고 있다는 증거였다. 그런 상태로 침묵이 흘렀고, 난희도 굳이 그에게 말을 걸지 않았다. 머리가 복잡하고 심란하기는 그녀도 마찬가지였으므로.

"나를 진지하게 고민하고는 있어?"

이윽고 그가 쉰 목소리로 물었다. 난희는 앞을 바라본 채 조용히 대답했다.

"네. 그래서 두려워요."

"뭐가?"

"칠 년간의 사랑이 진짜 사랑이 아니었다는 상필 씨의 말처럼, 내가 남자를 진심으로 사랑하고 받아들일 준비가 되어 있는 여자인지 잘 모르겠어서요."

"나도 사랑이 뭔지 몰라. 하지만 언제든지 시작할 준비는 되어 있어. 당신, 겁쟁이 아니잖아."

난희는 금방 대답하지 못했다. 지난 칠 년 동안 한 남자만 바라보고, 그를 사랑한다고 생각했었는데, 결국 연인이자 친구이면서 또한 가족이었던 그 남자를 잃었다. 내 몸처럼 잘 안다고 생각했던 오랜 연인이 사랑이 아니었다며 그녀를 떠나갔을 때, 대체 그가 말하는 '사랑'이 뭔지 알 수 없었다. 서로 마음을 나누고, 믿어주는 것이 사랑이 아니라면 뭐란 말인가? 그런데 만난 지 두 달도 안 된 남자에게 그녀의 가슴이 뛰고, 그의 입술을 느끼고 싶고, 그에게 안기고 싶은 마음이 드는 이 현상은 또 뭐란 말인가? 상필에게 느낄 수 없었던 감정이 욕망이라면, 그걸 지나치게 의식하게 만드는 동혁은 과연 그녀에게 어떤 의미인지 알 수 없었다.

그렇게 혼란에 휩싸인 그녀의 귀로 나지막하면서도 부드러운 남자의 음성이 들려왔다.

"박 여사님은 좋은 분이시지만 당신의 삶을 대신해 줄 수 없어. 내가 그래. 우리 가족들, 누구보다 소중하고 아끼지만, 나는 나야. 나의 감정, 내 선택이 무엇보다 중요해. 그렇게 살아왔어."

난희는 한숨을 쉬며 두 손에 얼굴을 묻었다. 그 손을 동혁이 단호히 잡아 내렸다. 그리고 그녀의 얼굴로 숨결이 느껴질 만큼 가까이 다가와 나직이 속삭였다.

"언제부터 우리의 가짜 연애가 혼란에 빠졌는지 모르겠어. 당신을 만나는 게 당연하게 느껴졌고, 만나서 다툴 때에도 기분이 들뜨고, 당황하는 당신을 더욱 놀려주고 싶고, 문득 전화를 걸어 당신이 투덜거리는 소리를 듣고 싶고, 당신의 입술이 맛있다고 느껴진 그 순간부터인지도 모르지. 나, 이런 말을 여자에게 하는 건 처음이야. 자존심 상하고 민망하지만, 꼭 하고 싶었어. 안 들어주면 두고두고 당신을 괴롭혀 주자는 마음이야. 이런 내가 유치하다 욕해도 좋고, 오만방자한 싸가지라고 평소처럼 말해도 좋아. 나를 고민해 줘."

기나긴 말이 이어지는 동안 난희는 홀린 듯이 그의 얼굴을 보고 있었다. 절절한 사랑 고백보다 더 절절한 그 무엇이 느껴졌다. 그게 정확히 무언지 알기도 전에 그녀는 감격했다. 이 남자에게서 결코 들을 수 없을 거라 여겼던 말을 이 순간 들은 것이다.

"당신, 이렇게 말을 많이 하는 건 처음이죠?"

동혁이 험악하게 인상을 썼다.

"지금 내가 억지로 참고 있는 거 안 보이나?"

난희는 두 손으로 그의 얼굴을 감쌌다.

"쪽팔리죠? 여자에게 이런 말을 하려니 자존심이 상해서 미칠 것 같죠?"

"잘 아네."

"좀 투덜대지 말고 곱게 말해주면 안 돼요?"

"날 분석하는 그 버릇, 안 고치면 국물도 없을 줄 알아."

"난 건더기가 더 좋답니다. 이왕이면 큰 거요. 우리, 키스해요."

그 말이 끝나자마자 난희가 먼저 그의 입에 입을 맞췄다. 이내 그가 반응해 왔다. 투덜거림을 쏟아내던 그의 입술은 열정적으로 그녀의 입술을 삼켰다. 능숙한 것 같으면서도 어딘지 묘하게 서툰 움직임에 가슴이 벅차올랐다. 민감한 표피를 훑으며 입 안에 들어오는 그의 혀를 느끼고 난희는 입술을 뗐다. 지금은 여기까지만.

"동네 사람들이 다 보는 데서 이러긴 싫어요."

욕구불만에 찬 남자가 거칠게 으르렁댔다.

"호텔도 싫은데."

내 집의 깨끗하고 안락한 침대 위에서 사랑을 나누고 싶다고 이 남자가 말했었지.

"누가 당신이랑 잔대요?"

"그럼 키스만 하자고?"

"엉큼하긴. 계약 연애에 이 정도면 감지덕지죠."

"젠장!"

동혁은 이 순간 빌어먹을 계약서를 만든 자신을 걷어차고 싶었다. 더불어 적극적으로 응해오지 않는 여자에 대한 섭섭함이 무럭무럭 피어올랐다.

이게 억지라는 건 안다. 그에겐 뭔가를 요구할 자격이 없다는 것도 안다. 그래서? 그래서 손 놓고 마음 졸이면서 바라만 보고 있으라고? 누굴 위해?

그는 품 안에 안긴 여자를 내려다보았다. 너무 평범해서 재미없고, 처치 곤란이라 생각했던 여자가 동그란 눈으로 그를 쳐다보고 있었다. 남자인 그를 겁내면서도 그의 눈을 피하지 않는 용기는 늘 존재했다. 사사건건 싸우게 되고, 싸울 때는 세상 누구보다 그를 분통 터지게 하지만, 그러는 새 공기만큼 친숙하고 편한 존재가 된 여자였다. 아니, 편하진 않았다. 언제부터인지 이 여자를 안고 싶은 마음에 안절부절못하게 됐으니까. 이제야 성(性)에 눈뜬 소년처럼.

'인간 조동혁. 갈 데까지 가는구나.'

라고 처절하게 의식하면서도 기분이 나쁘지 않으니, 이런 게 한영희가 말했던 '사랑'이라는 것일까?

"가요."

난희가 재촉했다. 동혁은 그녀의 입술에 한 번 더 쪽 소리 나게 입을 맞추고서야 그녀를 놓아주었다. 얼굴이 붉어진 난희가 손으로 부채질을 했다. 부끄러워하는 거다. 그처럼.

"우리 연애, 진짜 같다. 그치?"

난희는 그의 말에 대답하는 대신 창밖으로 고개를 돌려 버렸다. 동혁이 나직이 휘파람을 불자 그녀의 목덜미가 빨갛게 물들었다.

집에 들어온 난희는 할머니께 김 여사의 선물을 전하고 방으로 돌아갔다. 붉어진 얼굴을 들킬세라 부랴부랴 방으로 향했지만, 그녀의 등 뒤에서 박 여사가 의미심장하게 웃고 있었다.

잠자리에 들기 전, 난희는 오늘 있었던 일을 돌이켜 보았다. 예상외로 순탄했던 동혁의 부모님과의 첫 만남. 딱 잘라 '너는 내 며느리' 라고 말씀하진 않았지만, 은연중에 희망을 피력하던 어르신들의 의뭉스런 모습들이 떠오르자 가슴 한부분이 묵직해졌다. 난희는 가만히 손을 올려 그 부위를 문질렀다. 조동혁이란 남자가 차지하고 있는 마음의 크기. 이젠 가짜 연애이니 적당히 하자는 말로 변명할 수준은 넘어버렸다. 그가 알고, 그녀도 알고 있는 사실이었다. 말로만 안 했다뿐이지 연애의 수순을 착실히 밟아가고 있는 그들에게 계약서는 허울이란 것을.

어떻게 해야 할까?

그런 고민이 커질수록 더 의식하게 된다. 의식하기도 전에 이미 동혁이 그녀의 가슴에 오롯이 들어와 있다는 것을. 이렇게 다른 두 사람이, 심지어 좋아하지도 않았던 두 사람이, 진짜 연애를 시작한다고?

그때 휴대폰이 울렸다. 마치 자신의 생각을 들킨 것 같아 당황하며 난희는 휴대폰을 열었다.

"도착했어요?"

남에게 보여주기 위한 데이트를 끝내고 집에 돌아간 동혁은 늘 확인전화를 걸어왔다. 그러면 그는 불퉁한 목소리로 짧게 말하곤 했다.

"내 꿈, 꾸지 마."

마치 자기 꿈을 꾸라는 명령인 것 같아 깔깔 웃곤 했었다. 그랬는데 이 순간 휴대폰에서 들려오는 목소리는 그가 아니었다. 주저하는 목소리의 주인은 다른 남자였다.

[난희야.]

그녀는 얼어붙었다. 꿈에서도 듣고 싶지 않은 목소리, 상필이었다.

[전화번호 안 바뀌었네. 설마했는데 다행이다.]

다행히 놀랄 때만큼이나 빨리 정신을 차려 대답했다.

"무슨 일이야?"

[너한테 할 말이 있어. 지금 놀이터에 와 있어. 잠시만 나올래?]

"그럴 필요 있을까?"

[네가 나올 때까지 기다릴게.]

그러고는 전화가 끊어졌다.

난희는 휴대폰을 든 채 고민했다. 상필을 만날 일도 없었고, 만나서도 안 된다는 걸 알지만, 잔뜩 취해 흔들리는 그의 목소리가 심상치 않아 마음이 편치 않았다. 상필은 술을 즐기지 않았다. 그를 대신해 그녀가 술을 마셔줄 정도였으니. 그런 남자가 형편없이 취해서 그녀를 찾아왔다. 대체 무슨 말을 하고 싶은 걸까?

얼마나 방 안을 서성이며 갈등했는지 모른다. 은근히 고집이 있는 상필이 내버려 두면 밤새 그곳에서 기다릴 걸 알기에 더했다. 그녀와 헤어진 남자 친구가 아파트의 놀이터에서 널브러져 있는 걸 주민들이 발견하게 되면 또한 괴상한 소문이 돌지도 모른다. 일단 나가서 그에게 영원히 보지 말자고 말한 뒤에 쫓아버려야겠다고 생각하며 난희는 집을 나섰다. 박 여사에겐 잠시 슈퍼에 다녀온다고 말했다. 그러나 가슴 한구석이 찜찜한 건 어쩔 수 없었다. 남편 몰래 바람을 피우는 여자의 심정이 이럴까?

제16장
 질투작렬

"이상필, 너 참 뻔뻔하구나."

난희는 그네에 앉아 있는 남자에게 다가가 내뱉듯이 말했다. 그녀의 목소리를 들었음에도 그는 고개를 들지 않았다.

"너 바보니? 미쳤어? 여기가 어디라고 날 찾아와!"

있는 대로 짜증을 내며 그에게 퍼부었다.

"마지막으로 너한테 말할게. 나, 너 잊었어. 그러니까 구질구질하게 이런 짓 하지 마. 내 말 똑똑히 들어, 이상필!"

그렇게 말하면서도 난희는 의아했다. 속이 아무렇지 않다는 게 신기했다. 얼마 전까지만 해도 심장이 비틀리는 듯한 아픔이 느껴졌었는데, 지금은 그렇지 않았다. 오히려 술 냄새를 풍기며 앉아 있는 남자가 불쌍하게 느껴졌다.

"난희야, 내가 벌을 받나 보다."

불쑥 말을 꺼낸 상필이 힘없이 두 손으로 얼굴을 쓸어내렸다. 절망에 가득 찬 목소리라 난희는 더 이상 야멸치게 말을 할 수 없었다.

"내가 바닥을 기어와서 네게 용서를 빌게 할 거라고 말했었지?"

그러더니 털썩, 그녀 앞에 무릎을 꿇는 것이었다. 이에 당황한 난희가 날카로운 음성으로 소리쳤다.

"달밤에 쇼하니? 얼른 안 일어나?"

"난희야, 흐윽……!"

놀랍게도 그 순간 그가 울음을 터뜨렸다. 구슬픈 소리로 엉엉 울어대는 남자를 보고 있기가 민망했다. 난희는 어이가 없어 혀를 찼다.

"이럴 필요 없어. 난 다 잊었다니까."

상필은 모래 속에 꿇어앉은 채 한참을 울어댔다.

"그녀가…… 유산했어."

"……!"

"내 아이, 정말 보고 싶었거든. 흐윽, 그런데 이젠 없어. 볼 수가 없어……."

이 남자를 동정하지 않는다면 거짓이다. 옆집 사람이 아이를 잃어도 측은하게 여기는 법이니까. 하지만.

"아이한테는 미안한 말이지만, 자업자득인 것 같다."

난희는 억양없이 건조한 음성으로 말했다.

"내가 널 남자로 사랑하지 않았다고 했었니? 이제 와서 생각해

보니 천만다행인 것 같다. 남자로서 넌 개보다 못하거든."

내내 연습해 온 대사처럼 말이 술술 나왔다. 호된 비난도, 욕설도 아니건만 상필은 하얗게 질렸다. 눈물에 젖은 그의 얼굴에 회한과 충격의 빛이 교차했다. 아이를 좋아하고 사람들에게 친절하던 유난희가 이토록 냉랭하게 구는 걸 믿을 수 없는 듯했다.

"너는…… 변했구나."

"당연하지. 누구 덕분에 정신이 번쩍 들었거든."

"나 때문이라면 정말 미안하다."

난희는 발 아래에 무릎 꿇은 남자를 서늘한 눈으로 내려다보았다. 동정심. 그것 외엔 아무것도 없었다. 이 남자와의 추억에 아릿한 그리움을 느꼈던 것이 후회스러울 정도로.

"유산한 네 여자는, 네가 여기서 이러고 있는 거 알고 있니?"

"……."

"네 아이를 잃은 여자를 위로해 주진 못할망정, 네가 버린 여자를 찾아와 무슨 쇼를 하는 거니? 이 정도로 내가 널 용서할 거라 생각해?"

"난희야, 나는……."

"나와 헤어진 다음에 그 여자를 만났어야지. 사랑이 아니었다면 내게 먼저 이별을 고하고 새로운 사랑을 시작했어야지."

이 남자가 말하던 사랑. 너무 이기적이라 전혀 가슴에 와 닿지 않았다.

"그게 친절하게 헤어지는 방법이야. 적어도 우리 사이에 그 정도의 친절은 베풀었어야지. 잘은 몰라도 이것 하나만큼은 알겠다.

이상필처럼 사랑해선 안 된다는 거. 너처럼 사귀는 여자를 두고 딴 여자랑 관계를 가지는 짓이 진정한 사랑이 아니라는 것은 알겠다."

문득 그 남자가 보고 싶어졌다. '사랑이 뭔지 몰라도 언제든지 시작할 준비가 되어 있어'라고 투덜대던 남자가.

"그녀가 나와 헤어지고 싶대. 내 얼굴을 보면 아이 생각이 나서 너무 괴롭다고."

"그래서, 뭐?"

"그래서 네게 용서를 빌고 싶었어. 이게 모두 널 배신한 대가라고 생각했어."

난희는 기가 차서 고개를 저었다.

"너, 참 웃기다. 나한테 용서를 빌면 죽은 네 아이가 살아서 돌아오기라도 한대?"

"······."

"이런 말까지 하고 싶지 않은데, 너 같은 남자를 아버지로 두는 아이도 참 불쌍할 거다. 자신의 실수를 비겁하게 변명하고, 그 실수를 다른 여자 때문이라며 징징거리는 남자가 말이야. 하나만 물어볼게. 나한테 용서를 빌러오면 내가 널 동정해서 용서해 줄 거라 여겼니?"

"······넌 착한 여자니까."

"웃기고 자빠졌네. 나 몰래 딴 년이랑 자러 다닌 놈을 용서해 줄 만큼 바보는 아니거든? 딴 년을 임신시켰다고 말했을 때 이미 넌 아웃이었어. 유난희의 삶에서 이상필은 영원히 없어졌다고. 몰랐니, 어리석은 놈아?"

입을 벌리고 눈물을 줄줄 흘리는 남자의 얼굴이 참 보기 좋았다. 이제 와서 이 남자의 배신감에 치를 떠는 일은 없겠지만, 그녀를 찾아와 용서 운운하는 뻔뻔함이 곱게 와 닿을 리도 없었다. 달리 해석하면, 그 아이가 멀쩡히 태어나 둘이 잘 먹고 잘살았다면 평생 유난희를 찾아와 용서를 비는 일이 없었을 거라는 뜻이 아닌가? 난희는 입술을 야무지게 깨물었다. 처음엔 뭣 모르고 당했지만 이번만큼은 그냥 넘어갈 수 없었다. 추억 속의 이상필을 남김없이 씻어내야 하더라도 이건 반드시 해야겠다고 그녀는 결심했다.

난희는 상필의 멱살을 잡아 올렸다. 그는 순순히 따라왔다. 의아해하는 그와 시선이 마주친 순간, 난희는 씨익 웃으며 그의 얼굴로 주먹을 날렸다.

퍼억!

조용한 놀이터에 으슬으슬한 마찰음이 울려 퍼졌다. 상필은 저만치 나가떨어졌다. 몸을 일으킨 난희는 불이 붙은 주먹에 입김을 쏘이며 만족스럽게 중얼거렸다.

"옛다, 나쁜 놈아. 용서했으니 이만 꺼져."

주먹이 운다는 게 이런 것일까? 남자의 얼굴에 닿았던 그녀의 주먹이 너무 아팠다.

"난희야, 미안하다. 진짜 미안해."

쌍코피를 줄줄 흘리면서 상필이 말했다. 이젠 그런 그가 불쌍하다 못해 상대하는 것도 짜증이 났다. 찌질이 병신 같은 자식. 난희는 속으로 투덜대며 사뭇 오만하게 덧붙였다.

"그래그래, 알았으니까 얼른 네 여자에게로 돌아가. 애는 또 만들면 되잖아? 요즘 같은 불임 시대에 너처럼 애를 잘 만드는 자식이 기술을 발휘해야지. 부디 그 여자랑 애 낳고 잘 먹고 잘살아라, 이놈아. 앞으로 잘살라고 내가 축복할게. 그럼 됐지?"

상필은 고개 숙인 채 흐느끼기만 했다. 에이, 짜증나. 난희는 투덜대며 돌아섰다. 그때 그녀는 보았다. 온몸에서 불길한 오로라를 풍기며 놀이터의 끄트머리에 서 있는 한 마리의 야수를!

대체 언제부터 거기에 있었는지 알 수 없었다. 알 게 뭔가, 내내 염원해 온 상필이 자식에게 주먹 날리기를 실시한 통쾌함에 들떠 있었는데. 그러나 잠자고 있던 야수를 건드린 게 아닐까, 난희는 심각하게 고민하지 않을 수 없었다. 성큼성큼 걸어오고 있는 야수의 온몸에서 풍기는 야만스런 공기에 순간 가슴이 덜컥 내려앉았다.

"왜, 왜 돌아왔어요?"

지금쯤 집에 가 있어야 할 남자가 왜?

"지금 뭐 하는 거야?"

좌악 깔린 목소리. 계약서를 파기하자고 그녀가 말했을 때보다 더 무시무시한 얼굴의 동혁이 야수가 되어 으르렁댔다.

"저 자식이 이상필?"

동혁은 그녀를 보고 있지 않았다. 낯선 남자의 등장에 놀란 상필이 비틀거리며 일어났다. 동혁이 그에게로 다가갔다. 그러고는 난희가 미처 말릴 틈도 없이 상필에게 다짜고짜 주먹을 날렸다. 으윽, 신음 소리와 함께 상필의 몸이 두 번째로 날아 모래 바닥에 떨어졌다.

"조동혁 씨, 왜 그래요?"

당황해서 그를 잡아당기자 번들거리는 눈빛이 날아왔다.

"당신, 바보야? 저 자식을 왜 만나? 뭐가 좋다고 만나는 거냐고!"

난희는 입이 떡 벌어졌다. 대체 동혁이 왜 화를 내는지 이해할 수 없었다.

"아니, 내가 저 남자를 만나든 말든 무슨 상관이에요?"

"무슨 상관?"

험악한 목소리는 고함 소리로 변했다. 난희는 자신의 말에 동혁이 더욱 흥분하는 걸 보고 당황했다. 난데없이 질투의 화신이 되어 나타난 이 남자가 평소의 그 냉정, 침착한 조동혁이란 걸 믿을 수가 없었다.

"아니, 내 말을 먼저 들어보고……."

"들을 게 뭐 있나? 저 자식이 미안하다고 했고, 당신은 용서한다고 했잖아. 그래서 둘이 다시 만나기로 한 거 아닌가?"

"아니, 그게 아니고……."

"유난희, 실망이야. 당신이라면 저런 남자는 거저 줘도 발로 차 버릴 줄 알았어. 구질구질하게 받아들이는 게 아니라."

난희는 기가 막혀 입이 떡 벌어졌다. 대체 뭘 듣고 뭘 봤기에 이 남자가 이리 길길이 뛰는 건지.

"당신, 귀 먹었어요? 눈도 멀었죠?"

"농담할 기분 아니야!"

"당신이 무작정 나타나서 내게 뭐라 할 자격이 있어요?"

"자격 있지. 우린 키스를 했잖아!"

"그래서요? 그게 뭐 어떻다고?"

말을 하다 보니 짜증이 났다. 찔리는 일도 없는데 동혁의 비난에 가슴 한곳이 움찔움찔하는 걸 느끼고 어이가 없었다. 대체 뭐냔 말이다. 조동혁과 진짜 연애하기로 약속한 기억이 없는데, 그녀를 바람난 마누라 취급하고 있는 이 남자의 오만함이란 대체……

그때 끙끙거리던 상필이 일어나 동혁에게 다가왔다. 그는 취해서 비틀거렸지만 동혁을 꼬나보는 눈길은 제법 사나웠다.

"당신, 뭐요?"

동혁은 길바닥의 껌을 보듯 상필을 쳐다보았다.

"나, 이 여자의 애인이다. 왜?"

상필이 놀라서 난희를 쳐다보았다.

"너, 연애하니?"

난희는 동혁에게 이글거리는 눈을 꽂은 채 냉랭하게 상필을 향해 대답했다.

"꺼져, 자식아."

"난희야, 너 괜찮니?"

그 물음에 동혁이 포효했다.

"꺼지라고 했잖아!"

어찌나 서슬 퍼런 외침인지 듣고 있는 두 사람이 움찔할 정도였다. 난희는 일단 동혁을 진정시켜야 한다는 생각이 들었다. 이러다 온 아파트 주민이 다 일어나서 나올지도 모른다.

"당신 차로 가요."

동혁의 팔을 잡아 걸음을 옮겼지만, 그는 꼼짝도 하지 않고 상필을 턱짓으로 가리켰다.

"저 자식, 만나지 마. 내가 허락 안 해."

오만함에도 정도가 있다. 난희는 그 못지않게 흥분했다.

"빨리 안 따라오면 당신도 아웃이야!"

두 남자가 깜짝 놀라 그녀를 쳐다보았다. 난희는 발걸음도 거칠게 놀이터를 떠났다. 잠시 망설이던 동혁이 무슨 생각인지 상필의 멱살을 잡아 코앞으로 들어 올렸다. 상필보다 더 큰 키에 덩치도 커서 별로 힘들어 보이지 않았다.

"나쁜 자식. 너 때문에 난희가 남자를 못 믿게 됐잖아. 너 때문에 다른 남자와 사랑하길 두려워하잖아. 개 같은 자식. 남자 망신은 다 시킨 놈. 너 같은 놈은 남자 자격이 없어. 고추 떼라, 자식아."

그러고는 상필을 확 떠밀고 손을 탈탈 털었다.

뒤도 돌아보지 않고 사라지는 두 사람을 상필은 주저앉은 채 멍하니 바라보았다. 그러다 뺨을 문지르던 손이 코를 스치자 '아얏!' 소리치며 다시 흐느끼기 시작했다.

난희는 동혁의 차에 올라 씩씩대며 한동안 침묵했다. 그녀의 거친 숨소리에 화답하듯 동혁도 거친 콧김을 뿜어내고 있었다. 그러다 난희가 갑자기 고개를 홱 돌려 동혁을 노려보았다.

"진짜 실망했어요, 조동혁 씨."

화가 난 어조 대신 너무 조용한 음성이라 진실의 무게가 더했다. 동혁은 당황했지만 그에 지지 않고 턱을 치켜올렸다.

"헤어진 남자와 구질구질하게 얽혀 있는 건 당신이었잖아?"

그 순간 난희의 두 눈이 날카롭게 빛났다. 양 볼이 빨갛게 물들고 입술은 고집스럽게 다물어졌다. 동혁이 그녀를 만난 후, 이토록 화가 난 모습은 처음이었다.

"내가 헤어진 남자와 얽혀 있든 엎어지든 당신이 뭔 상관인데?"

"말조심해."

"웃기지 마요. 댁은 내게 아무것도 아니야. 키스 몇 번? 그래서 어쩌라고?"

동혁은 울컥했다.

"그럼 내가 구경만 하고 있어야 하나?"

"구경만 하고 있어야죠. 내가 처리하는 걸 끝까지 지켜봤어야지."

"보긴 뭘 봐? 그놈이 울면서 용서를 구하니까, 이제 용서한다고 말한 사람이 누군데."

"귀가 막혔어요? 아님 눈이 멀었어? 그게 어딜 봐서 용서하는 걸로 보여. 내가 상필이 자식 얼굴을 때리는 거 안 봤나?"

"봤어. 그래도 그놈을 용서한다고 했잖아. 때려놓고 받아들이려는 거 아닌가?"

답답해서 그를 마구 패주고 싶었다. 그런 마음을 억지로 누르다 보니 자연히 난희의 목소리가 떨려 나왔다. 주체할 수 없이 화가 난다는 듯이.

"질투도 상황을 봐가면서 해야죠. 내가 어떤 여자인지 몰라서 그래요? 나란 여자를 못 믿은 거예요?"

화가 나는 한편 실망스러웠다. 대체 동혁이 그녀를 얼마나 만만하게 봤기에 자신을 배신한 남자를 환영해 줄 거라 여겼나 싶어, 난희는 억울했다. 진지하게 이 남자와의 관계를 고민하기 시작한 그녀에게 이런 일은 전혀 도움이 되지 않았다. 그녀의 말도 들어보지 않고 주먹부터 날리는 남자와 무슨 연애를 한단 말인가!

"당신 일이니까 이성으로 제어가 안 돼. 그 자식이 울면서 당신에게 매달리는 걸 보니 눈이 확 돌아갔어. 생각하기도 전에 먼저 주먹이 나갔단 말이야."

동혁이 거친 어조로 빠르게 말했다.

"유난희라서 그래. 내 여자 유난희라서."

"누가 당신 여자 한다고 했어요?"

"자꾸 내숭 떨래?"

"뭐라구요, 내숭?"

난희의 날카로운 음성이 높이 갈라졌다. 그녀는 불타오르는 눈으로 옆의 남자를 죽일 듯이 노려보았다. 이렇게 성급하고 질투에 미친 남자를 위해, 이런 남자와의 관계를 위해 상필을 추억에서도 완전히 떨쳐 내자고 마음먹었나 싶어 너무도 후회스러웠다. 동시에 조동혁이란 남자가 그녀의 가슴에서 차지하는 부분이 너무나 커져 있는 것에 겁이 났다. 그의 말 한마디에 울고 웃는 자신이 낯설어 생각이 자꾸만 꼬였다. 얼른 혼자가 되어 정리해 봐야 했다. 이렇게 혼란스러운 상태에 계속 머물다간 그녀의 의지와 상관없는 일을 벌이게 될 것 같았다.

"……말을 말죠. 생각을 좀 해봐야겠어요."

그녀는 차가운 목소리로 잘라 말했다. 차 문을 열려는 그녀의 손을 동혁이 거칠게 잡아챘다.

"뭘 생각한다는 거야?"

미안하다고 한 마디만 하면 될 것을 이 남자, 매를 더 벌고 있다.

"우리 관계에 대해서요."

동혁은 초조하게 자신의 머리를 쓸어 올렸다. 전에 없이 서먹한 말투로 말하는 난희의 태도에 당황한 얼굴인데도 내뱉는 말들은 여전히 오만했다.

"계약 파기는 인정 못해."

그놈의 계약!

"계약은 이행하죠. 대신 당분간 나한테 연락하지 말아요. 남한테 보여주는 데이트, 이런 기분으론 할 수 없으니까."

그렇게 말하고는 차 문을 열고 밖으로 나갔다. 쾅 소리 나게 차 문을 닫고 종종걸음으로 사라지는 여자를 동혁은 어찌할 바를 모르는 얼굴로 쳐다보았다. 내려가서 붙잡으라는 내면의 소리가 크게 울렸지만 온몸이 사슬에 묶인 듯이 꼼짝도 할 수 없었다. 아마도 마지막으로 그를 바라보던 난희의 눈빛 때문일 것이다. 실망감에 젖어 있던 그녀의 눈동자 때문에.

"젠장, 젠장, 젠장!"

동혁은 운전대를 세게 내려쳤다. 손바닥의 얼얼함도 느낄 수 없었다. 단지 느낄 수 있는 건 못난 자신에 대한 후회와 자책. 얼른 집에 돌아가지 않고 난희의 방 창문에 불이 꺼지길 기다리고 있던 자신의 바보 같은 짓에 대한 후회뿐이었다. 그는 운전대에 머리를 박고 크게 한숨을 쉬었다.

"다음은, 중국 홈마트 진출 건에 대한 현황보고를 부탁하네."

조 회장의 걸걸한 음성이 회의실 안에 울리자 스크린에 불이 들어오면서 화면이 바뀌었다. 총천연색의 사진과 더불어 각각의 도표가 커다란 화면에 차례대로 나타났다. 일어서 있던 젊은 남자가 침착한 어조로 말을 시작했다.

"세한 홈마트 중국 법인은 지난 달 중국의 상하이에 7호점을 오픈한 데 이어, 모두 여섯 개의 매장을 확보함으로써 다점포 네크워크 기반을 구축하는 한편 까르프, 월마트, 테스크 등 다국적 할인점들과 본격적인 경쟁을 벌이게 됐습니다. 이와 함께 지난 3월 상하이에 진출한 당사의 홈쇼핑도 월 매출 사십억 원을 올리며 손익분기점을 넘어섰습니다. 이에 중국뿐만 아니라 일본 진출을 위한 마케팅과 네트워크 인프라 확보를 위한 사전 준비에 돌입했고, 향후에는 인수 합병을 통한 미국 진출도 고려 중에 있습니다."

"전반적으로 국내 유통업계의 사정이 좋지 않은 이때에 굳이 해외에까지 자본을 쏟을 필요가 있을까요? 출자액이 너무 부담스러운데."

착석하고 있던 나이 지긋한 남자들 중의 하나가 던진 질문에도 그는 당황하지 않았다.

"아시다시피 국내 유통 시장은 이제 포화 상태입니다. 적극적으로 해외 시장의 문을 두드려야 할 때가 온 겁니다. 이미 중국에 진출한 타사의 대형 마켓과 홈쇼핑 업체들의 발빠른 전략에 맞추기보다 그들을 선도해야 할 필요가 무엇보다 절실한 때입니다. 나

뉘 준 자료를 참고하시고, 해외 마케팅 확대를 위한 창의적이고도 혁신적인 아이디어를 부탁드립니다. 보고는 이걸로 마칩니다."

각 부서의 총책임자들과의 보고회는 최단 시간에 마무리되었다. 삼십 분. 그 놀라운 속도에 다들 믿을 수 없어하는 눈치였지만 그 누구도 동혁에게 질문을 하지 않았다. 아닌 게 아니라 젊은 사장의 얼굴은 '질문 금지'를 부르짖고 있었고, 경직된 몸에는 위험스런 분위기가 흐르고 있었기 때문이다. 조동혁 사장은 곧잘 화를 내지 않지만, 일단 화를 터뜨리면 사람의 혼을 쏙 빼놓을 정도였기 때문에 그 누구도 사장을 건드리려 하지 않았다.

회장이 보고회의 끝을 선언하자마자 사람들이 우르르 빠져나갔다. 넓은 회의실 안에는 동혁과 그의 아버지인 조 회장만이 남아 있었다. 침묵이 흐르는 가운데 '톡톡' 소리가 울렸다. 동혁이 멍한 얼굴로 허공을 바라보며 손끝으로 테이블을 두드리는 소리였다.

"조 사장, 걱정 거리가 있나?"

조 회장이 모른 척하고 물었다. 아침 식사 자리에 잠을 못 자서 벌게진 눈으로 나타난 아들을 보았음에도 그는 시치미를 뗐다.

"해외 진출 쪽 일은 나보다 더 잘해냈더구먼, 뭐가 걱정인가?"

동혁이 비로소 아버지의 존재를 깨달은 듯이 눈을 깜박였다.

"안 나가셨어요?"

"아들이 약 먹은 병아리처럼 골골거리는데 어떻게 나가?"

평소 같으면 발끈해서 소리를 쳐야 하는 아들이 놀랍도록 조용했다. 흔치 않은 반응에 조 회장은 미간을 찌푸렸다.

"직원들 앞에서 상사가 한숨을 쉬어서 어떻게 하나?"

"제가 그랬습니까?"

"그래. 말을 하면서도 딴생각이더구나. 대체 뭐가 문제야?"

동혁이 대답 대신 길게 한숨을 쉬었다. 녀석답지 않은 한숨이라 조 회장은 인상을 썼다.

"조동혁, 얼른 말 못하겠니?"

으름장에 놀라지도 않고 동혁이 두 손으로 얼굴을 쓸어내렸다. 피곤하고도 절망적인 그 몸짓에 조 회장은 놀랐다.

"너, 여자 때문이냐?"

동혁이 순순히 끄덕였다. 고분고분한 그 태도만 봐도 지금의 아들이 제정신이 아니라는 걸 알 수 있었다.

"난희 양이 그만두자고 하던?"

그 말에 동혁이 마뜩찮은 듯이 눈살을 찌푸렸다.

"그런 거 아니에요."

"아비 앞에서 아닌 척해도 너희 두 사람, 같은 마음은 아닌 거지."

"어떻게 아셨어요?"

깜짝 놀란 아들의 질문에 조 회장이 빙그레 미소 지었다.

"내가 인생 선배로서 네게 충고하는데 동혁아, 여잔 우리 손에서 놀아나는 사업이 아니다."

"그건 알고 있어요."

"쉽지도 않지만 금방 성과를 확인할 수도 없지. 두고두고 우려내야 맛이 나는 사골국처럼 정성을 다 쏟아야 한다. 때로는 쏟아부은 것만큼의 결과가 돌아오지 않지만 그걸로 포기하면 안 돼. 그럼 말짱 헛것이 되는 거지."

소리 없이 웃으며 동혁이 중얼거렸다.

"아버지께 연애 상담을 받게 될 줄 몰랐는데요."

"녀석아, 나도 마찬가지다. 내 아들놈에게 연애 코치를 하게 될 줄 누가 알았겠니?"

"그래서요?"

어느새 진지해진 동혁은 어느 때보다 진중한 눈길로 아버지를 응시했다. 아버지가 난희와의 연극을 꿰뚫어 보고 있으리라곤 꿈에도 몰랐지만, 어쩌면 아버지라면 가능하리라는 생각이 들었다. 오늘 날의 세한그룹을 이처럼 탄탄한 기업체로 일구어낸 아버지라면.

"난희 양이 뭘 원하는지 생각해 봤냐?"

그 순간 동혁의 뇌리에 한 여자의 목소리가 울렸다.

"내가 뭘 원하는지 알아요? 내가 어떤 여자인지 알고 싶었냐구요?"

영희가 흐느끼면서 그에게 했던 말이다.

"여자란 말이다, 남자의 손 안에 뜨거운 감자와 같아서 움켜쥐면 뜨거워서 던져 버리고 싶지만, 그걸 남이 주워 먹는다고 생각하면 또 억울하거든. 그래서 내키지 않아도 내가 먹는 게 차라리 낫겠다고 생각이 든단 말이다."

"어머니께 알려 드릴게요. 아버지의 손 안에 뜨거운 감자가 된 소감이 어떠시냐고요."

조 회장이 뜨끔한 얼굴을 했다.

"아, 자식. 뭔 말을 못해. 표현을 하자면 그렇다는 거지."

"난희 씨가 뜨거운 감자라는 건 상상이 안 됩니다. 고슴도치라면 몰라도."

"허허허, 그렇네. 작고 통통거리는 고슴도치지. 아주 귀엽단 말이야."

"아버지, 제 여자에 대한 소감은 넘어가시고요."

"그래, 흠흠, 하여튼 그런 여자를 사로잡는 단 하나의 방법이 뭔지 아니?"

느릿느릿한 어조로 약을 올리듯이 말하는 아버지의 태도에 동혁은 울컥하지 않으려 애썼다. 평소 같으면 아버지의 엉뚱한 지론을 가만히 듣고 있지 않았을 것이다. 그러나 지금의 그는 지푸라기라도 잡고 싶은 심정이었다. 사흘 연속으로 밤새 잠을 이루지 못했다. 시간이 지날수록 자신의 바보 같은 실수만 떠올랐고, 자책했으며, 후회에 몸부림쳐야 했다. 난희를 믿지 못한다는 걸 단적으로 드러내는 실수였다. 그녀가 상필에게 날린 것이 사랑의 주먹이 아니라는 걸 진작 깨달았어야 하건만, 질투에 눈이 먼 그는 미친 녀석처럼 달려들어 다짜고짜 그녀를 비난했던 것이다. 작은 여자가 어찌나 맵찬지, 그 후 난희는 그의 전화도 받지 않았고, 약국에 찾아간 그를 투명인간으로 취급했다. 오죽하면 그 건방진 동료 약사인 김성주가 그에게 힘을 내라며 박카스를 한 병 주었겠는가. 두 병째부터는 돈을 내라고 요구하던 그 여자를 떠올리자 더욱 비참했다. 어쩌다가 조동혁이 이런 처량한 신세가 되었나 싶었다.

"그 방법이 뭔데요, 아버지?"

"내게 약속 하나만 하면 가르쳐 주지."

하여튼 못 말리는 아버지.

"말씀하세요."

"다음번 골프 모임에 네가 내 캐디를 해다오."

동혁은 울컥했다. 진짜 안 그러려고 했지만.

"저보고 아버질 따라다니라구요?"

"싫으면 말고."

그러더니 일어나는 척했다. 그에 동혁이 잽싸게 아버지를 잡아 앉혔다.

"할게요. 하면 되잖아요!"

"예쁘게 부탁해 봐라, 아들아."

조 회장은 이때다 싶어 한껏 거드름을 피웠다. 아들이 어른이 된 후로 사업 문제에서든 아내에게서든 번번이 추월을 당한 조 회 장에게는 이번이 한 방에 아들을 손에 넣을 수 있는 기회였기 때 문이다. 특히 아내의 전폭적인 사랑과 관심을 받고 있는 아들에 대한 질투심을 한 방에 씻어낼 수 있는 기회였다. 땡볕에 땀을 삘 삘 흘리면서 그의 볼을 따라다니는 캐디, 조동혁을 상상해 보라. 음하하하!

"부탁합니다, 아버지. 제게 알려주세요."

"아빠라고 불러봐라."

아내에게 꼬박꼬박 '엄마'라고 부르던 녀석의 목소리가 얼마나 부러웠던지!

"……아빠."

동혁은 이를 악물고 다짐했다. 반드시 이 수모는 갚아줄 거라고. 아버지가 맡은 홈쇼핑의 매출액을 상회하는 사업적인 성과를 보여 아버지의 코를 납작하게 해줄 거라고.

"으하하하! 기분 좋다."

"아버지, 얼른 가르쳐 주세요."

초조해하는 아들과 달리 우렁차게 웃어 젖히는 아버지는 느긋하기만 했다. 그렇게 한바탕 웃어 젖힌 조 회장이 일어나 문으로 걸어갔다. 놀라서 따라 일어난 아들을 향해 그가 어깨 너머로 한마디 했다.

"여자를 감동시켜라. 그게 최선이니라."

그리하여 냉전 중인 아내와 화해하기 위해 밤마다 침실에서 여장을 하고 패션쇼를 벌여야 했던 조 회장의 입에서 나온 비전(秘傳)이었다. 그는 문 앞에서 한마디 더 했다.

"아들아, 약속은 꼭 지켜라."

회의실 밖으로 나온 조 회장은 닫힌 문 안에서 뭔가가 부딪치는 소리를 들었다. 그의 아들이 성질에 받쳐 뭔가를 문에 집어 던진 소리였다. 조 회장은 기분 좋게 껄껄 웃으며 발길을 돌렸다.

사무실에서 사장을 기다리고 있던 태호는 난데없는 폭풍을 만났다. 프랑스의 하이퍼마켓의 선구자인 블랑코 사와의 상호 입점 계약을 완료하고 달려온 참이라 사장에게 칭찬 받을 생각에 들떠 있던 그에게 그것은 핵폭탄에 맞먹는 위력이었다. 사장이 그를 보자마자 이렇게 말한 것이다.

"여자를 감동시키려면 어떻게 해야 돼?"

태호는 믿을 수 없었다. 천하의 조동혁 입에서 저런 소리가 나오다니!

"어떻게 해야 여자가 감동하냐고?"

동혁은 머리를 마구 쓸어 올리며 방 안을 서성였다. 짜증이 나서 견딜 수 없다는 몸짓인데, 질문은 엉뚱하기 짝이 없어 태호는 멍하니 보기만 했다.

"입에 파리 들어가겠다, 자식아."

동혁이 툭 내쏘는 말에 태호는 정신을 차렸다. 급히 입을 다물고, 입 안에 고인 침을 삼켰다. 그러나 한 가지는 깨달을 수 있었다. 동혁이 감동시키고 싶어하는 여자가 누구인지를.

"너, 진짜구나?"

맙소사, 조동혁이 진짜 연애를 하나 보다!

"유난희 씨가 그렇게 좋아?"

남자가 여자를 감동시키고자 마음먹으면 그 게임은 끝난 거나 마찬가지다. 여자의 승(勝).

"얼른 대답이나 해!"

"잠깐, 숨 좀 쉬고."

태호는 후욱 숨을 내쉬었다. 그러면서도 머릿속으로는 이 엄청난 사태를 받아들이려 애썼다. 동혁도 인간이니 언젠가는 인간 여자를 만나서 인간답게 사랑을 나눌 거라 막연히 생각했었지만, 이토록 뜻하지 않게 그 순간이 올 줄은 몰랐었다. 게다가 상대는 누군가? 이름만 말해도 질색 팔색 하던 유난희다. 재수없다며 그 여자 이름도 말하지 말라고 으름장을 놓던 녀석이!

"너, 그동안 내숭이었냐?"

동혁이 즉각 걸음을 멈추고 쏘아봤지만 태호는 천연덕스레 말을 이었다.

"하긴 네가 수십 억을 포기하고 진달래 상가를 끌어안을 때 이미 알아봤다."

"시끄러워. 내 말에 대답이나 해."

"여자를 감동시키는 방법?"

그 순간 장난기가 태호의 내부에서 꿈틀거렸다. 잘난 친구 녀석이 사랑에 빠졌으니 축하 세리머니로 살짝 장난을 치는데 뭐 어떨까 싶었다.

"그 영화 본 적 있냐?"

"무슨 영화?"

"리처드 기어와 줄리아 로버츠가 주연한 '프리티 우먼' 말이다."

"여자들이 보는 삼류멜로 영화를 내가 왜 봐?"

"자식, 그러니까 넌 연애를 못하는 거야. 거기에 백만장자로 나온 리처드가 콜걸이었던 줄리아를 진심으로 사랑하게 돼서 프러포즈 하는 장면이 나오거든."

걸음을 멈추고 책상에 돌아온 동혁이 의자에 털썩 앉았다. 대체 무슨 소리냐는 얼굴로 태호를 짜증스럽게 노려보았다.

"전형적인 신데렐라 이야기냐?"

"그래도 전 세계적으로 대히트를 쳤잖아. 롱 다리 줄리아의 벗은 다리가 끝내줬지."

"그래서?"

"거기 맨 마지막에 리처드가 줄리아의 집을 찾아가는 장면이 나와. 그걸 잘봐. 여자라면 누구나 감동할 수밖에 없는 최고의 프러포즈 장면이 나오거든. 그걸 참고해."

태호의 말이 끝나자 침묵이 흘렀다. 곰곰이 생각에 잠긴 동혁의 표정이 심각해졌다. 이윽고 그가 혼잣말처럼 중얼거렸다.

"옛날 영화를 어디에서 구하라는 거야?"

"내가 구해다 줄게. 여자와의 관계에선 내가 너보다 대선배니까 내 말만 믿어."

뽐내는 친구를 동혁은 살벌하게 노려보았다.

"너까지 날 짜증나게 하지 마라."

그러나 사랑에 빠진 조동혁을 놀리는 기적 같은 기회를 마다할 태호가 아니었다. 바야흐로 조동혁에게도 봄날이 찾아온 것이다. 꽃샘추위가 없으면 진정한 봄이 아니라는 거. 태호는 문 쪽으로 슬금슬금 다가가 안전거리를 확보한 후에 큰 소리로 말했다.

"그래도 좋지? 즐겁지? 살맛 나지?"

쾅!

태호는 아슬아슬하게 날아오는 서류철을 피해 문밖으로 도망쳤다. 포커페이스 여비서 희정이 한숨을 쉬며 그를 바라보았다. 태호는 그런 그녀에게 윙크를 하고 휘파람을 불며 사라졌다.

제17장
달콤한 사랑의 시작

*저*녁 어스름이 깔리기 시작한 시각.

하루 일과를 마치고 집에 돌아온 가족들이 함께 둘러앉아 저녁 식사를 하는 때이다. 온 동네에 음식 냄새가 진동하고, 이런저런 생활의 소리들이 뒤섞여 여름날 저녁의 대기를 울렸다.

그런 가운데 하얀색의 오픈카가 방금 진달래 아파트 단지의 정문을 통과했다. 경비실의 직원들은 난생처음 보는 외제 오픈카에 압도당해 입을 벌린 채 구경했다. 미끈한 차체는 TV에서나 보던 외국의 명마를 연상시켰고, 활짝 열린 선루프의 뒤쪽 좌석에는 핏빛의 탐스런 장미꽃이 가득 자리하고 있었다. 앞좌석만 제외하고 온통 장미꽃 천지였다. 화원에서 나온 홍보 차량이라기엔 너무 고급스러웠다. 이에 두 명의 경비원은 일단 차를 뒤따라가 보기로 했다. 이런 동네에서는 좀체 볼 수 없는 고급 외제차가 이 아파트에 무슨 볼일이 있나 궁금했기 때문이다.

1단지 앞으로 천천히 미끄러져 들어간 차가 완전히 멈추었다. 운전석의 젊은 남자가 선글라스를 머리 위에 올렸다. 그 순간 경비원들은 깜짝 놀랐다. 운전석에서 일어선 남자는 검은 나비넥타이와 검은 야회복을 입은, 여느 영화배우보다 더 잘생긴 얼굴을 하고 있었다. 크고 늘씬한 몸을 감싼 검은 정장은 잘생긴 외모와 더불어 감탄을 자아내기에 충분했다. 혹시라도 이 아파트에서 영화 촬영이 있나 기억을 헤집어봤지만 관리실로부터 연락 받은 바가 없었다.

넋을 잃고 쳐다보던 경비원들은 그 젊은이가 왠지 낯이 익다고 생각하며 좀 더 차에 다가갔다. 그때 갑자기 음악이 울리기 시작했다. 소리가 어찌나 큰지 아파트 건물 전체를 울리고, 온 동네를 다 들썩이게 할 정도였다. 중후한 테너의 노랫소리는 아파트 단지 안에서 돌림 노래처럼 메아리쳤다. 난데없는 음악 소리에 놀란 아파트의 주민들이 베란다로 쏟아져 나왔다. 조용한 저녁 시간의 평화를 깨뜨린 오페라의 아리아는 우렁차게 대기로 퍼져 나갔다. 그것이 베르디의 오페라 '일 트로바토레' 중 '그대는 나의 사랑'이라는 걸 금방 알아차리는 사람은 많지 않았다. 대신 너무도 유명한 테너 가수, 플라시도 도밍고의 노래임을 알아본 사람들이 자신의 가족들에게 알려주기에 바빴다. 성미가 급한 사람들은 이게 무슨 일인가 싶어 건물을 뛰쳐나와 오픈카 주위로 몰려들었다.

노래가 퍼져 나가는 동안, 눈을 감고 서 있던 운전석의 남자가 갑자기 눈을 뜨고 한곳을 올려다보았다. 남자의 눈길이 닿은 곳은 1단지의 구층이었지만 아무도 알아채지 못했다. 그의 얼굴에 비장한 표정이 어리면서 침을 삼키는지 목울대가 꿈틀거렸다. 실제로 짧은 순간이었으나 난생처음 접하는 광경에 놀란 경비원들은 멀뚱멀뚱 젊은이를 보고만 있었다. 비장한 얼굴로 한곳을 뚫어지게 올려다보던 그 남자, 한 손을 내려 어딘가를 더듬어 찾아 올린 것은 확성기였다. 테너의 구성진 노랫소리가 울리는 가운데, 남자가 말하기 시작했다. 테너의 목소리에 질세라 강렬하게 딱딱 끊어지는 엄청난 성량의 목소리였다.

"유난희! 어서 나와라, 유난희!"

유난희? 들어본 이름이라 두 경비원은 또 한 번 놀랐다. 그때 젊은 남자가 숨이 찬 목소리로 또다시 외쳤다.

"날 용서해 줘! 내가 잘못했어! 그리고 날 만나줘! 앞으로 잘할게! 약속해! 조동혁의 이름을 걸고 맹세한다! 유난희, 내 말 들리면 어서 나와!"

그와 때를 같이해 경비실의 내선 전화벨이 요란하게 울리기 시작했다. 달려가서 받아 드니 항의 전화였다. 대체 온 동네가 떠나가라 음악을 틀어댄 미친놈이 누구냐며, 당장 조용히 시키라는 아파트 주민들의 항의였다. 부리나케 경비실을 나온 직원들이 오픈카로 달려갔다. 그리고 구름 떼처럼 차 주위에 몰려 있는 사람들을 헤치고 운전석의 남자에게로 뛰어들었다.

"이것 보세요! 뭐 하는 짓입니까? 당장 음악 안 꺼요?"

동혁은 양옆에서 달려드는 나이 지긋한 경비원들을 팔을 흔들어 떼어냈다. 얼굴이 화끈거려 눈을 뜨고 있기도 민망했다. 무수히 달려드는 시선들을 꿋꿋이 견디기란 여간 어려운 게 아니었다. 그러나 이미 각오하고 온 터. 난희의 아파트 베란다 문이 열리고 그녀가 그의 말에 귀를 기울여 줄 때까지는 포기할 수 없었다. 오늘 저녁 평생 들어먹을 욕을 다 먹고 사람들의 손가락질을 받아도 할 수 없었다. 눈 딱 감고 한 번이면 된다. 이 한 번의 얼굴 팔림으로 평생의 사랑을 얻을 수 있다면……. 그래, 이제 인정한다. 이렇게 부끄럽고 자존심 상하고, 내가 미쳤나 싶으면서도 포기할 수 없는 이 마음이 사랑이라는 것이다. 다른 누구도 아닌, 유난희라는 여자를 얻기 위해 조동혁이란 이름에 먹칠을 한다 해도 참으려 한다. 그러니 눈 딱 감고 저지르자. 참으로 여러 의미에서 유난희는 그에게 첫 경험을 선사했다.

"이봐요! 얼른 끄라니까!"

"안 됩니다. 제 여자가 나올 때까지 끌 수 없어요!"

너무 정신이 없어 확성기를 입에 대고 있다는 걸 깜박했다. 머릿속에 오직 유난희를 만나야 한다는 일념 외에 다른 생각이 없었다. 벌게진 얼굴로 버럭버럭 소리를 질러대는 그를 경비원들은 기가 차서 쳐다보았다. 남의 동네에 와서 이게 무슨 행패냐는 얼굴이었다.

"경찰을 부르기 전에 얼른 나가요!"

"안 됩니다!"

"이봐, 젊은이! 지금 장난하는 거요? 시끄럽다고 난리잖아. 알 만한 사람이 이게 무슨 행패요?"

"아저씨, 내 팔에서 손 떼요! 에이 씨!"

다급해진 동혁은 욕설을 내뱉으며 붙들린 팔을 흔들었다. 그 바람에 그의 몸이 앞으로 기우뚱하자 몰려 있던 사람들이 '우와!' 하고 소리를 질렀다. 동혁의 욕설은 확성기를 통해 적나라하게 방송되었다. 점잖은 오페라의 아리아와 생생한 한국어 욕설은 묘한 조화를 이루며 단지 내에 메아리쳤다. 이에 박장대소하는 사람들, 눈살을 찌푸리며 투덜대는 사람들, 그리고 영화의 한 장면을 연출한 남자의 미모와 용기에 반한 여자들이 넋을 잃고 구경하기에 바빴다. 진달래 아파트 단지 내에서 벌어지는 로맨틱한 라이브 쇼를 보기 위해 다른 동네의 주민들이 더욱더 많이 모여들기 시작했다. 저마다 이 소식을 전하며 아파트를 향해 달려가는 사람들 속에 난희와 그녀의 할머니도 끼어 있었다.

마침 두 사람은 동네 목욕탕에서 돌아오는 길이었다. 오는 길에 슈퍼에서 산 아이스 쭈쭈바를 입에 문 두 사람은 두런두런 대화를 나누며 느리게 걷고 있었다. 그러다 희미하게 들려오던 오페라 음악이 점점 더 크게 들려왔고, 그것이 진달래 아파트 단지에서 흘러나온 것이라는 걸 깨달은 난희가 의아하게 미간을 찌푸렸다. 박여사도 그 소릴 들은 듯이 손녀를 쳐다보았다.

"저게 무신 소리고?"

"오페라예요, 할머니."

"날도 더운데 어떤 미친 아가 저라노?"

"글쎄요. 더위에 맛이 갔나 봐요."

참 별일도 다 있다 싶어 두 여자는 고개를 저으며 걸음을 재촉했다. 그때 난희 옆을 지나가던 두 여자가 말하는 소리가 귀에 들어왔다.

"엄청 잘생겼대. 장미꽃밭을 통째로 담아왔는지, 차 안에 온통 꽃이란다."

"어머, 정말 로맨틱하다! 그런데 저거 어디에서 본 것 같지 않니?"

"기억 안 나? '귀여운 여인'에 나오는 장면이잖아. 여자의 집 아래에서 남자가 오페라의 아리아를 크게 틀어놓고 프러포즈 하는 거 말이야."

"맞다. 그 여자, 누군지 되게 부럽네. 얼른 가보자. 그 남자 얼굴이나 함 보게."

후다닥 뛰어가는 여자들을 멍하니 보며 난희는 생각했다. 저런 프러포즈를 받은 여자는 쪽팔려서 죽을지도 모른다고.

"쯧쯧, 사내 자슥이 얼마나 속이 타믄 저런 짓을 하노?"

"그러게요. 우리 아파트에 사는 여자인 것 같은데, 쪽팔려서 어떻게 살죠?"

"하모. 이사를 가야제. 그 여자는 이제 시집은 다 갔다 아이가."

아무것도 모르고 터덜터덜 아파트 단지 안으로 들어간 두 여인. 그러나 곧이어 들려온 확성기의 남자 목소리에 온몸이 굳어지고 말았다.

"유난희! 날 용서해 줄 때까지 기다릴 거야! 어서 나와!"

얼어붙어 있던 두 여인 중 박 여사가 먼저 정신을 차렸다.

"야야, 유난희라는 이름, 많이 들어본 것 같지 않나?"

난희는 입에 물고 있던 쭈쭈바를 툭 떨어뜨렸다. 너무 놀란 나머지 입은 벌어지고 두 눈이 튀어나올 것처럼 휘둥그레졌다. 그런 손녀를 감탄의 눈으로 바라보던 박 여사가 낄낄 웃으며 한마디 했다.

"니는 이제 클났다. 조 사장 아이면 시집은 다 간 기라."

당황해서 넋이 나갔던 난희는 재빨리 정신을 차렸다.

'지금 필요한 건?'

위기 상황에서 더욱 기민하게 돌아가는 그녀의 머리가 대답했다.

'스피드!'

그녀는 두 번 생각할 것도 없이 돌아섰다. 그러나 그때,

"유난희! 거기 서!"

아뿔싸! 난희는 한 발을 허공에 올린 자세 그대로 얼음이 되었다. 남자의 고함에 놀란 사람들이 일제히 그녀 쪽을 쳐다보았다. 홍해가 갈라지듯이 사람들 사이로 길이 생기고 그 끝에 난희가 오롯이 나타났다. 목욕을 마치고 온 길이라 민소매 티셔츠와 핫팬츠, 슬리퍼 차림인 그녀였다.

"집에 없었던 거야?"

경악하는 남자. 그도 그럴 것이 아무도 없는 집에 대고 지금까지 라이브 쇼를 벌였다는 걸 깨달았음이라.

가만히 보고 있던 박 여사가 난희의 어깨를 툭툭 치며 소곤거렸다.

"난희야, 저놈아 얼굴 좀 봐라. 불타는 고구마데이. 얼른 가서

끌고 나온다. 저러다 남사시러버서 죽는다 안 하겠나?"

할 수만 있다면 삼십육계 줄행랑을 쳤을 것이다. 그러나 그때 또 누군가가 외쳤다.

"어머, 소망약국의 약사 선생님이잖아!"

그리하여 난희는 조용히 발을 내려 천천히 뒤돌아섰다. 그러고는 창백한 얼굴의 남자를 향해 애써 미소를 보냈다.

"안녕하세요."

안녕? 저 여자가 진짜!

동혁은 분노의 불길이 머리끝까지 치솟는 걸 느꼈다. 머리꼭지가 돈다는 건 이런 경우를 두고 말하는 것이겠지. 분함에 그는 거품을 물고 쓰러질 뻔했다.

"집에 없었어? 없었냐구?"

사람들이 귀를 막았다. 사납게 포효하는 남자의 음성이 확성기를 통해 쩌렁쩌렁 울렸다. 괜히 미안해진 난희가 사색이 되어 그를 말렸다.

"그 확성기 좀 끄고 말해요!"

움찔 놀란 동혁이 자신의 손에 들린 확성기를 발견했다. 그제야 자신이 거기에 대고 말을 하고 있었다는 걸 안 표정이었다. 그가 확성기를 사납게 내던졌다. 있는 대로 성질을 내는 그가 전혀 로맨틱하지 않은 표정으로 난희에게 소리쳤다.

"날 용서해 주지 않으면 당신, 가만 안 둬!"

애처롭게, 절절하게 용서를 바라던 남자는 이미 사라졌다. 오페라의 아리아도 꺼졌다.

모두 숨죽인 가운데 난희의 입에서 나올 대답을 기다렸다. 혼자 엉뚱한 쇼를 벌인 남자에 대한 동정심과 그의 연인이라기엔 지극히 평범한 여자가 할 말에 대한 궁금증은 바야흐로 폭발할 지경이었다. 그런 가운데 난희는 어쩔 수 없이 말했다.

"용서할게요."

사람들이 박수를 쳤다. 휘파람을 불며 몇몇이 외쳤다.

"키스해! 키스해!"

진달래 아파트 역사상 최고의 라이브 쇼를 연출한 남자는 그제야 표정을 풀었다. 만족스럽게 씨익 웃자 드러난 하얀 이와 여심을 녹이기에 충분한 보조개의 출현에 여기저기서 감탄의 비명이 나왔다. 불타는 얼굴로 동혁에게 빠르게 다가간 난희는 그의 옆에 올라탔다. 그리고 눈을 감은 채 명령했다.

"무조건 여길 나가요, 어서!"

동혁은 군말없이 복종했다. 그의 머릿속은 복잡했다. 내일 신문에 나올지도 모른다는 생각이 이제야 떠오른 것이다. 일을 저지르기 전에 어째서 그 생각을 못했는지 스스로도 어이가 없었다. 박태호, 그 자식 때문이다. 그 자식의 말에 홀랑 넘어가서 이성을 잃었던 것이다. 뒤늦은 후회에 치가 떨렸지만 목적은 달성했기에 참을 만했다. 난희에게 용서를 받았다는 사실이 더 중요했다. 안도감이 온몸으로 번졌다. 난희를 태우고 가는 길은 천국으로 향하는 실크로드였다.

"나 이제 쪽팔려서 어떻게 살아요?"

귓가를 스치는 바람을 만끽하며 달려가는데, 난희가 갑자기 말했다. 빨간 얼굴은 잔뜩 일그러져 있었다.

"조동혁 씨 때문에 나는 이제 이사를 가야 돼요."

"왜?"

"왜냐구요?"

기가 차서 목소리가 몇 옥타브나 올라갔다.

"당신이 그런 짓을 하는 바람에 나는 이제 시집은 다 갔다구요. 온 동네에 소문이 좍 돌 텐데 무슨 낯짝으로 살아요?"

"내 손해가 더 커. 나는 조동혁이야. 세한그룹의 후계자가 저런 동네에서 광대 짓을 했다고 신문에라도 나봐. 그날로 내 체면은 꽝 되는 거야."

"그런데 왜 그런 짓을 했어요?"

그 말에 동혁이 눈썹을 치켜올려 위협적인 표정을 지었다.

"몰라서 묻나?"

"그러니까 왜요?"

"당신이 날 영원히 당신 인생에서 아웃시킨 것 같아서 불안했으니까."

"내가 그렇게 대단한 여자예요? 나 같은 여잔 널리고 널렸어요."

"그래, 당신 정도의 얼굴은 흔해. 거저 줘도 안 가져."

"뭐라구요?"

"하지만 유난희는 세상에서 단 한 명이잖아. 내가 아는 유난희는 오로지 당신 하나뿐이잖아. 그런 여자가 없으면 나는 무슨 재미로 살라고?"

서로 바락바락 소리 질러대던 두 사람은 동시에 고개를 정면으로 돌렸다. 난희는 동혁의 말에 가슴이 뛰었지만 못마땅해하는 얼굴과 험악한 목소리에 기가 막혔다. 고백을 저렇게 험악하게 하는 남자가 엉뚱한 쇼를 벌였다니 믿을 수가 없었다. 그녀는 다시 고개를 돌려 실눈으로 그를 노려보았다.

　"진심으로 내게 사과한 거예요?"

　"아니면 내가 뭐 하러 그런 쇼를 했겠어?"

　그런 쇼를 너무도 후회하는 말투인지라 난희는 이렇게 물었다.

　"누구 아이디어예요?"

　"있어, 정신 나간 놈."

　"그걸 하라고 말한 사람이나, 시킨 대로 한 당신이나 둘 다 똑같아요."

　"그만 하지. 사고 날지도 모르니까."

　"성질 좀 눌러요. 이렇게 후회할 거면서 그런 짓을 왜 해요?"

　침묵하던 동혁은 이내 내뱉듯이 물어왔다.

　"감동받지 않나?"

　난희는 아닌 척했다.

　"감동은 무슨. 쪽팔려서 미치겠구만."

　"젠장."

　동혁이 입속으로 험하게 욕을 했다. 난희는 웃음을 참느라 배가 아팠다. 동혁 몰래 고개를 돌린 채 큭큭 웃는 게 얼마나 힘든지, 차가 갑자기 멎었을 때는 딸꾹질이 다 나왔다.

　"여긴 왜 왔어요?"

멀리 어둠에 잠긴 바다가 보였다. 인천을 지나 한참을 달려온 것 같은데 차의 계기판의 시계는 한 시간도 지나지 않았다. 그러고 보니 그녀의 수중에 지갑은커녕 휴대폰도 없었다. 집에 돌아가려면 동혁에게 신세를 져야 할 판이었다.

"아니, 생뚱맞게 바다엔 왜 왔냐구요?"

동혁은 아무 말 없이 차에서 내렸다. 야회복의 재킷을 벗어 던지고는 나비넥타이도 끌러 바지주머니에 쑤셔 넣었다. 그러는 그의 얼굴에는 못마땅한 기색이 가득했다.

"내 체면 다 버리고 준비한 일이 실패했어. 당신 때문이야."

무슨 일에든 완벽을 추구하는 조동혁 사장님다운 말이었다. 어이가 없어 난희는 그냥 웃었다.

"내가 그런 짓 하라고 한 적이 없는데요."

"날 만나주고 용서해 줬으면 그런 짓 안 했을 거야."

"진짜 고민을 했군요?"

"내가 거짓말한 적이 있었나?"

"아뇨."

"믿어. 내가 지난번에 한 실수를 사과할게."

"그래요. 용서해요. 됐죠?"

너무도 가벼운 대답에 분통이 터지는지 동혁이 크게 한 팔을 휘저었다.

"뭐야, 대체! 나만 고민한 건가?"

사실 동혁과 싸우고 헤어진 그날 밤, 난희는 한숨도 자지 못했다. 그리고 밤새 고민한 결과 하나의 결론에 도달했다. 동혁과 연애다운 연애를 한번 해볼까? 굳이 결혼까지 생각하지 않더라도 연애를 하는 게 뭐 어떨까 싶었다. 가만 생각해 보니 질투심에 사로잡힌 남자의 행동이라 이해가 되었다. 무작정 주먹을 날린 건 마음에 안 들지만, 그녀와 진심으로 연애를 하기 바라는 남자에겐 그런 오해를 불러일으킬 만한 장면이라는 생각이 들었다. 더구나 동혁이 질투심에 이성을 잃었다는 사실이 신기했다. 평상시에 얄미울 정도로 냉정한 척하던 남자가 그렇게 무너질 줄 누가 알았겠는가? 돌이켜 보면 그 자신도 얼마나 민망하겠는가, 그러니 그녀가 구제해 줄 수밖에.

"나도 고민했어요. 그래서 당신에게 기회를 주기로 한 거예요."

동혁이 멍한 얼굴로 그녀를 보았다. 감히 희망을 가져도 되나 하는 표정이었다.

"네. 가져도 돼요. 기꺼이 줄 테니깐."

"그, 그럼 당신 입술도?"

난희는 끄덕였다. 동혁의 잘생긴 얼굴에 웃음꽃이 활짝 피었다.

"몸도?"

"조동혁 씨!"

빽 소리 지르자 그가 귀를 막는 시늉을 했다.

그러고 보니 참 단순하다, 이 남자. 그녀의 말 한마디에 화를 냈다, 웃었다 하는 이 남자가 처음 만났을 때의 그 싸가지 왕재수라는 걸 상상이나 할 수 있을까?

난희는 그걸 생각하니 감개무량했다. 지금까지는 좋았다. 계속 만나다 보면 조동혁이 어떤 남자인지 더 잘 알게 되어 감동을 받기도 하고 실망하는 일도 있을 테지만, 유난희라는 여자와 진지하게 사귀고 싶다고 말하는 그의 진심을 의심하지는 않았다. 동혁은 헛소리를 지껄일 남자도 아니거니와 그녀가 그렇게 하게 놔두지도 않을 것이므로.

"그런데 바다엔 왜 왔는지 아직 대답 안 했는데요."

난희는 드러난 팔을 문지르며 물었다. 민소매 티셔츠와 핫팬츠는 밤 외출복으로는 부적절했다. 동혁이 장미꽃 한 송이를 그녀에게 건넸다. 그걸 받아 들면서 난희는 저도 모르게 중얼거렸다.

"이거 비싸죠?"

"돈 얘긴 그만 하지."

그가 기분 상한 투로 내뱉고는 헛기침을 했다. 그러고는 계속 말했다.

"아까 실패한 쇼를 마무리해야지."

물기를 머금어 촉촉한 꽃잎을 어루만지며 난희는 행복한 표정을 지었다. 계속해 보라고 동혁을 쳐다보자 그가 그녀의 시선을 피하면서도 무뚝뚝하게 말했다.

"나는, 유난희를 나의 연인으로……."

그때 굵은 빗방울이 뚝 떨어졌다. 둘은 동시에 하늘을 올려다보았다가 다시 서로를 응시했다. 난희는 너무 뜸을 들이는 남자에게 얼른 말하라고 소리치고 싶었다. 한기에 소나기까지 합세해 감기에라도 걸리면 큰일이다 싶었다. 그런 마음에 초조해지는 마음을 억누르기가 쉽지 않았다.

"나의 첫 번째 연인으로 유난희를……."

귀가 솔깃한 난희가 날카로운 어조로 끼어들었다.

"당신의 약혼녀를 사랑한 게 아니었어요?"

헛소리하지 말라는 얼굴로 동혁이 그녀를 흘겨보는 바람에 입이 쏙 들어갔다. 그리고 동혁이 다시 입을 열었다.

"내가 진심으로 연애를 하고 싶은 여자는 당신이 처음이고, 따라서 내가……."

그 순간 갑자기 하늘에 구멍이라도 뚫린 듯이 굵은 빗방울들이 우수수 쏟아지기 시작했다. 하루 종일 날씨가 흐리더니 기어이 한바탕 비가 올 모양이었다.

동혁이 오픈카의 선루프를 작동했으나 움직이지 않았다. 그에 동혁이 욕을 하며 손수 선루프를 꺼내려 했다. 그러나 어디가 잘못됐는지 꼼짝도 하지 않는 선루프. 그동안 완전히 비에 젖은 두 사람은 줄줄 흘러내리는 비 사이로 서로 당황해서 쳐다보았다. 두 팔로 자신의 몸을 끌어안고 오들오들 떨고 있는 난희에게 동혁이 벗어놓은 재킷을 걸쳐 주었다.

"이 차, 고물이죠?"

"아니야! 가장 좋은 걸로 고른 거야!"

그러면서 동혁이 미친 듯이 선루프의 작동 버튼을 누르고, 그래도 되지 않자 주먹으로 계기판을 내려치며 욕설을 퍼부었다. 홀딱 젖은 두 사람. 그리고 미친 듯이 화를 내는 동혁. 난희는 참지 못하고 웃음을 터뜨리고 말았다. 깔깔깔 웃어대는 소리에 동혁이 서늘하게 노려보았다.

"우리 너무 웃기지 않아요?"

비에 젖은 옷이 그의 상체에 딱 달라붙어 단단한 근육질의 가슴이 드러났다. 그런 그에게서 남자의 향기를 느낀 난희는 얼굴을 붉혔다. 미친 듯이 퍼붓는 비에 맞추어 그녀의 심장도 미친 듯이 펌프질을 했다. 온 세상이 제 박자를 잃고 빙글빙글 돌아가는 것 같았다. 동혁이 인상을 쓰며 차의 시동을 걸었다.

"당신, 감기에 걸리겠어."

"우선 비부터 피하고 봐요."

두 번의 로맨틱한 시도가 모두 실패로 돌아갔으니 저 완벽주의자가 얼마나 실망을 하겠는가?

그러나 너무 추워 더 이상의 쇼는 무리였다. 차에서 내린 난희는 입술을 떨며 젖은 남자의 옷 속에 몸을 밀어 넣었다. 이미 젖어 보온 효과가 하나도 없었다. 이 빗속에 오픈카를 타고 집에 돌아갈 상황도 아니었다. 어쩔 수 없이 두 사람은 비가 그칠 때까지 잠시 기다리기로 했다. 바닷가에 즐비한 러브 모텔들, 그중에서 그나마 가장 고급스러워 보이는 곳에 두 사람은 내키지 않는 걸음으로 들어갔다.

"쉬고 갈 거예요, 아니면 자고 가요?"

카운터에서 TV를 보고 있던 여자가 심드렁하게 물었다. 프로그램에 정신이 팔린 여자는 두 사람을 쳐다보지도 않았다.

"이런 데서 어떻게 자란 겁니까?"

동혁이 불만스럽게 말하자 여자가 느릿느릿 쳐다보았다. 비에 흠뻑 젖은 두 사람을 보더니 심술궂게 중얼거리는 것이었다.

"일기예보도 안 보고 다니나."

동혁이 발끈하려는 기색이라 난희가 대신 나섰다.

"금방 나갈 거예요. 몇 호예요?"

"이 열쇠 받아가슈. 그리고 선불이유."

생각보다 방값이 비싸 난희가 따지듯이 물었다.

"아니, 호텔도 아니고 무슨 방값이 이리 비싸요?"

"휴가철이잖수."

"아주머니, 휴가철은 아직 멀었잖아요."

"싫음 말고."

난희가 항의하려는 순간 동혁이 그녀의 팔을 잡고 걸음을 옮겼다. 그의 얼굴에 불길한 그림자가 어른거리는 걸 보고 난희는 입을 다물었다. 그의 짜증이 폭발하기 직전의 표정이었다.

"꼭 이런 데서 돈돈 해야겠나?"

엘리베이터 안에서 동혁이 악문 잇새로 내뱉었다. 난희는 콧등을 찡그리며 투덜댔다.

"완전 바가지잖아요. 저 돈이면 웬만한 호텔에 투숙하겠어요."

"호텔을 많이 아나 봐?"

"그런 건 왜 물어요?"

난희가 날카롭게 째려보자 동혁이 재빨리 바닥으로 시선을 내렸다.

"아니, 나는 그냥 궁금해서."

"내가 상필이와 호텔에 자러 다녔나 궁금한 거죠?"

"아니, 그게 아니고……."

"당신이 이런 질문을 하는 걸 보니 진작 그러지 않은 게 후회되네요."

"무슨 말을 그렇게 해?"

"한순간 당신이 여자의 순결에 집착하는 원시인으로 보였거든
요."

"말을 말지."

"그러는 당신은 안 다녔어요?"

그 질문에 동혁이 진심으로 모욕을 받은 듯한 얼굴을 해, 난희
는 금세 미안해졌다.

"참, 당신이 전에 사랑하는 여자와의 섹스는 내 집의, 편안하고
안락한 내 침대 위에서 하겠다, 라고 말했었죠?"

동혁이 헛기침을 했다.

"이런 곳에서 섹스라는 단어는 좀 쓰지 말지?"

난희도 얼굴을 붉혔다. 갑자기 이곳이 러브 모텔이라는 자각이
들면서 가슴이 덜컥 내려앉았다. 겁도 없이 이런 상태로 동혁과
한 방에 들어가도 되나 걱정이 되었다. 그녀가 원하지 않는 짓을
할 남자가 아니지만, 남녀 관계라는 게 어디 이성으로만 굴러가는
건가 말이지. 그런데 순간 자신이 단순한 흰색 면 속옷을 입고 있
다는 게 떠올랐다. 목욕을 하고 대충 꿰어 입은 속옷은 오래 빨아
입어 섹시한 것과는 거리가 멀었다. 이럴 줄 알았으면 성주 말대
로 평소에도 속옷에 신경을 쓰는 건데 그랬다.

그녀가 엉큼한 생각을 하고 있는 자신을 깨닫지 못한 상태에서
두 사람은 어느 방문 앞에 섰다. 동혁은 침착한 얼굴이지만 방문
열쇠를 두 번이나 떨어뜨리는 걸 봐서 그도 난희 못지않게 긴장한

것 같았다. 두 사람 모두 모텔은 처음이라, 야하면서도 화려한 인테리어에 놀라지 않을 수 없었다.

꽃무늬 벽지와 둥근 침대, 천장의 거울까지 어느 것 하나 정상적인 게 없었다. 놀라서 서로 쳐다보다가 흠칫해서 후다닥 떨어져 섰다. 동혁이 TV를 켜자 요상한 신음 소리와 함께 적나라한 살색의 향연이 펼쳐졌다. 사실적인 베드신에 사실적인 신음 소리. '오빠, 더!'라고 외치는 여배우의 목소리를 끝으로 TV가 뚝 꺼졌다. 동혁이 리모컨을 탁자에 놓고 창문으로 갔다. 블라인드를 올리자 비에 잠긴 바다가 보였다. 전망이 끝내줬다. 저도 모르게 그의 곁으로 다가선 난희는 잠시 동안 바다를 구경했다. 그러다 그녀를 물끄러미 쳐다보는 남자의 시선을 느끼고 흠칫해서 방 가운데로 달려갔다.

"나 좀 씻고 올게요!"

욕실은 더 대단했다. 월 풀 욕조와 세면도구가 완벽히 갖춰진 욕실은 두 사람이 함께 써도 될 만큼 넓고 쾌적했다. 난희는 잠시 망설이다 젖은 티셔츠와 바지를 벗었다. 뜨거운 물로 샤워를 하자 몸의 떨림이 멎었다. 이제야 살 것 같다고 생각하며 샤워기 아래에서 나왔지만, 젖은 옷을 다시 걸치는 게 꺼림칙했다. 할 수 없이 젖은 속옷은 마른 수건으로 꼭 짜서 대충 걸치고, 겉옷은 빨아서 수건걸이에 널어놓았다. 하얀 타월지의 가운에 그녀의 작은 몸이 완전히 감싸였다. 속옷을 입고 있지만 이대로 나가려니 민망했다. 그때 노크 소리와 함께 그의 목소리가 들렸다.

"아직 멀었나?"

난희는 심호흡을 한 뒤 문을 열었다. 바로 앞에 서 있던 동혁이 그녀를 물끄러미 쳐다보았다.

"이제 씻으세요."

곱슬곱슬한 머리와 발그레한 얼굴. 그의 시선을 피하는 것까지 도무지 성인 여자의 모습으론 보이지 않았다. 그녀에게서 상큼한 향기가 났다. 먹어버리고 싶을 만큼 달콤하면서도 향긋한 체취에 동혁은 긴장했다. 아니, 남자로서 정직하게 반응했다. 그런 자신에게 당황해서 난희를 밀치고 욕실 안으로 들어갔다.

빗소리는 점점 더 크게 들려왔다. 이러다 밤새 내리는 게 아닌가 슬슬 걱정이 되었다. 창가에 서 있던 난희는 달칵하고 욕실 문이 열리는 소리에 깜짝 놀라 돌아섰다. 그 순간 자신도 모르게 침을 꿀꺽 삼켰다. 가운을 입고 머리를 털며 걸어나오는 장신의 남자가 너무도 남자다워 보였기 때문이다. 남자가 없는 집안에서 자라난 난희에게 막 씻고 나온 남자, 그것도 사귀고 싶은 남자의 모습은 경이로움 그 자체였다. 상필이 샤워를 마치고 나온 모습을 본 적이 없어, 실제로 욕의만 걸친 남자를 보기는 이번이 처음이었다. 그녀의 노골적인 시선을 느꼈는지 동혁이 의아하게 쳐다보았다.

"왜 그래?"

눈을 동그랗게 뜨고 입을 벌린 채 서 있는 난희는 앳된 얼굴만큼이나 어려 보였다.

"남자가 샤워한 걸 처음 보나?"

"네에……."

정직한 대답에 동혁이 헛기침을 했다. 그의 볼이 약간 불그스름했다.

"드라마나 영화에서 봤을 텐데."

그의 말에 긴장이 깨어졌다. 난희는 왠지 아쉬움을 느끼며 그를 흘겨보았다.

"썰렁한 개그는 사양하겠어요."

두 사람은 키득거렸다. 그러다 또다시 침묵.

난희는 생각했다. 사람들은 러브 모텔에서 뭘 하면서 시간을 보내는 걸까? 방에 들어오자마자 침대로 뛰어드는 건 아니겠지? 궁금하기는 동혁도 마찬가지였다. 그의 친구들은 모텔이란 곳에 가본 적도 없었다. 별장이나 특급 호텔을 애용하는 녀석들이 자랑스레 여자와의 경험을 떠들 때에도, 몹쓸 성병을 걱정하지 않는 그들을 이해할 수 없었고, 이 남자 저 남자와 자고 다니는 여자와 깊은 관계를 가질 생각이 없을뿐더러 불결한 호텔 방에서 뒹굴고 싶은 마음 따윈 추호도 없었다. 따라서 이런 장소는 처음이었고, 하필 난희와 이런 경험을 하게 되어 안타까웠다. 이왕이면 특급 호텔이 나았을 텐데. 그런데 여기 분위기가 너무…… 야릇하잖아?

"휴대폰 좀 빌려주세요."

그때 난희의 목소리가 들려와 퍼뜩 정신이 들었다. 찰나이지만 생각이 위험한 방향으로 흐를 뻔했다. 일어나 있어야겠다, 그러면 나쁜 생각을 하지 않겠지.

난희가 할머니와 통화를 하는 동안, 동혁은 하릴없이 방 안을 둘러보았다. 그러다 침대 머리맡에 줄줄이 늘어놓은 뭔가에 시선이 닿았고, 그중 하나를 생각없이 집어 들었다. 은박 포장지의 말 랑말랑한 그것이 콘돔이라는 걸 깨닫고 그는 화들짝 놀라 재빨리 내려놓았다. 그런데 자그마치 여섯 개였다!

"우리 뭐 할까요?"

등 뒤에서 난희가 말했다. 동혁은 식은땀이 흐르는 이마를 손등 으로 훔치며 그녀를 보았다. 방 안이 어째 더워진 것 같았다.

"글쎄, 뭐 하고 싶은데?"

"당신이 말해봐요."

"좀 누울까?"

젠장, 이게 아니잖아~!

"어, 내 말은 피곤한 것 같으니까 편히 쉬라는 뜻이야."

난희가 키득키득 웃었다. 그 웃음소리가 묘하게 섹시하게 들려 동혁은 또다시 긴장 상태에 돌입했다.

"당신, 당황했죠?"

"흠흠."

"나도 당황했어요. 내 생전 이런 델 다 와보고 말이죠."

그러더니 그의 옆에 다가와 앉았다. 그녀에게서 풍기는 복숭아 향기가 진해졌다.

"시간을 보내긴 해야 하는데 조용히 있으면 더 어색할 것 같아 요. 그러니까 우리, 게임 해요."

"게임?"

"네. 끝말잇기 게임."

동혁이 눈살을 찌푸렸다.

"애도 아니고 그게 뭐야?"

"둘이 할 수 있는 게임이 없잖아요."

하마터면 동혁은 '침대 게임이 있잖아'라고 말할 뻔했다.

"할 수 없지. 당신이 먼저 시작해."

애써 정신을 가다듬고 난희의 요구대로 유치하기 짝이 없는 게임을 시작했다. '소나기'라는 단어를 시작으로 몇 분 동안 순조롭게 게임이 이어졌다. 그러다 어느 순간부터 분위기가 야릇하게 돌아가기 시작했다. 아마도 동혁의 입에서 '콘돔'이란 단어가 나온 그 순간부터일 것이다. 난희가 애써 평범한 단어를 골라놓으면 그 뒤를 이어 동혁이 '물침대', '피임', '애무' 등의 야릇한 단어로 받아치니 자연히 난희의 얼굴이 붉으락푸르락해졌다. 그러다 동혁이 '전희'라고 말했을 때 그녀는 결국 폭발하고 말았다.

"그러면 내가 어떻게 받아쳐요?"

승리감에 젖은 남자는 뻐기듯이 웃었다.

"당신이 졌지?"

"엉큼하게 왜 그래요? 당신 이런 남자였어요?"

동혁이 실눈으로 그녀를 보았다.

"여자와 이런 곳에 들어오면 남자들은 다 이렇게 돼."

"경험이 많은 사람처럼 말하네요."

동혁은 그 말에는 대답을 하지 않고 행동을 개시했다. 너무 참았더니 온몸이 뻣뻣해진 것 같았다. 그는 피가 뜨거운 남자였다. 마음에 둔 여자와 이런 곳에 들어와 끝말잇기 게임이나 하고 있다니, 박태호가 보면 손가락질을 하면서 비웃을 게 뻔했다. 그래서 동혁은 인생 최초로 자신의 신념을 버리기로 했다. 이 순간만큼은 본능에 충실하자고.

"키스하고 싶어."

그가 불쑥 말하자 난희가 당황했지만 싫어하는 티는 없었다. 그에 동혁은 재빨리 그녀의 허리에 한 팔을 둘러 바싹 당겨 안았다. 보드라운 여체의 느낌이 가운을 통해 전해오자 그의 피가 끓어오르기 시작했다.

"해도 될까?"

확인 차원에서 물어보았다. 그래야 나중에 도둑놈이란 소리를 듣지 않을 것 같기에.

난희가 대답 대신 그의 얼굴에 손을 댔다. 그녀의 발그레한 얼굴이 너무 예뻐서 깨물어주고 싶었다. 이 여자가 언제부터 이렇게 예뻐 보였는지 생각조차 나지 않았다.

"멈추지 못하면 어떡하지?"

철저한 남자인지라 확인 작업을 한 번 더.

"일단 키스부터 해봐요."

잠긴 목소리로 난희가 요구했다. 눈을 반짝이며 그를 바라보는 여자가 사랑스러워 주체할 수 없었다. 보이는 것만큼 달콤한지 알아보고 싶었다. 그래서 동혁은 그녀의 어깨에서 가운을 내려 보안살을 살짝 깨물었다. 으으, 달콤했다!

"아얏, 뭐 하는 거예요?"

"내 거라는 영역 표시."

진지한 남자의 대답에 난희는 더 이상 웃을 수 없었다. 장난스럽게 응하는 것도 더 이상은 불가능했다. 이 순간 그들은 남자와 여자였고, 그 자체로 오롯이 마주하고 있었다. 그녀가 하지 말라고 하면 동혁은 언제든지 그만둘 것이다. 선택권은 그녀에게 있었고, 그녀는 마침내 선택했다. 베르디의 아리아를 커다랗게 틀어놓고 그녀에게 진심을 고백하던 이 남자에게 무얼 주든 아깝지 않을 거라고. 아니, 줄 게 너무 적어서 안타까웠다. 상필에겐 한 번도 느껴보지 못한 기분. 남자에게 그녀의 모든 걸 아낌없이 주고 싶은 이 애틋한 마음이 상필이 말하던 사랑이라는 걸까?

"시작하세요, 조동혁 씨."

그녀의 말이 끝나자 그가 신음을 하며 얼굴을 내렸다. 따뜻한 입김이 그녀의 입술을 가만히 덮어왔다. 조심조심 움직이는 그의 입술에서 자제하려고 애쓰는 남자가 느껴졌다. 살짝 고개를 기울여 그녀의 입술을 완전히 벌려 가만히 혀를 밀어 넣는 동작은 눈물이 날 만큼 다정했다. 그녀가 겁을 먹지 않도록 배려하는 거였다. 그러나 이 순간 난희는 친절한 동혁을 원하지 않았다. 몸 안에 이는 갈증을 시원하게 씻어줄 그의 사랑이 필요했다. 태어나서 처음으로 남자의 품에 안겨 그의 심장이 뛰는 소리를 듣고, 그 안에 살아 있는 자신을 느끼고 싶었다. 그래서 난희는 감질나게 들락거리는 그의 혀를 사납게 감아당겼다. 그가 움찔한 것도 잠시, 키스가 갑자기 격렬해졌다. 그녀의 머리 뒤를 두 손으로 잡고 미친 듯이 키스를 퍼붓는 남자는 더 이상 평소의 그가 아니었다. 떨리는 손으로 그녀의 목을 만지고, 가운을 젖혀 가슴을 움켜쥐는 그는, 그냥 남자였다. 한 여자를 안고 싶어 애가 타는 남자. 그러는 동안에 키스의 농도는 더 짙어졌다. 혀의 뿌리까지 빨아들이는 깊은 키스가 이어졌다. 헐떡임이 새어나오기도 전에 서로의 입 안으로 빨려 들어갔다. 주고 받는 숨소리는 더욱 거칠어져 신음 소리로 변했다. 너무 서툴고, 또한 지나치게 빨랐지만 상관없었다. 서로의 입술을 느끼고 체온을 나누는 것만으로도 그들에겐 감동이었으니까.

어느 순간, 난희는 자신이 침대에 누워 있는 걸 깨달았다. 그녀 위에서 덮치듯이 내려다보고 있는 남자는 제법 무거웠지만 두렵지는 않았다. 그가 주는 묵직한 중량감을 기분 좋게 만끽하며 그녀는 두 팔을 벌려 그의 넓은 등을 끌어안았다. 어느새 가운이 벌어져 그녀의 속옷이 완전히 드러났지만 느낄 새도 없었다. 그녀의 가슴을 소중하게 어루만지는 남자는 열에 들뜬 눈으로 오직 그녀만을 바라보았다. 간절하게 뭔가를 바라는 아이처럼 반짝이는 그의 눈을 보자 애틋한 마음이 더욱 깊어졌다. 자신이 이 남자에게 사랑받고 있다는 걸 느낀 건 그 순간이었다. 아랫배를 누르는 남자의 흥분한 몸이 고스란히 전해져 왔지만 그녀를 응시하는 그의 눈은 따뜻하게 빛났다.

"괜찮겠어?"

여기에서 더 하면 영원히 돌아올 수 없다는 걸 난희는 안다. 그러나 그녀는 입술을 지그시 깨물고 끄덕였다. 이후의 일에 대해서는 생각하지 않기로 했다. 이렇게 머릿속이 텅 빈 건 처음이지만, 지금 동혁과 함께 있는 이 순간의 기쁨이 더 중요하게 여겨졌다.

동혁이 그녀의 입술에 다시 키스했다. 어느새 그녀의 몸에서 속옷이 벗겨져 나갔다. 언제 그랬나 싶게 그는 침착하고도 능숙했다. 한두 번 해본 솜씨가 아니라는 생각에 항의를 하려고 한 순간, 그녀의 허벅지 사이로 남자의 무릎이 파고들었다. 그와 동시에 아랫배에서 다리의 끝까지 남자의 몸과 한 치의 틈도 없이 밀착되었다.

두려움이 없다면 거짓말일 것이다. 난희가 저도 모르게 깨문 입술을 그가 혀로 부드럽게 핥아주었다. 누구의 것인지 모를 심장이 미친 듯이 뛰고 있었다. 그 심장의 고동 소리를 확인하듯 그가 고개를 숙여 그녀의 가슴에 얼굴을 묻었다. 아무도 손대지 않았던 곳에 그가 입을 맞추고, 소중히 보듬어 쥐었다. 그러면서 머리맡을 더듬어 은박지의 물건을 찾았다. 난희는 온몸을 긴장한 채 눈을 감았다. 너무 떨려서 비명이 나올 것 같았다. 뭔가 부스럭거리는 소리가 들리더니 동혁이 그녀의 허벅지 사이에서 손을 꼼지락거렸다. 긴장 상태를 견디지 못해 그녀가 헐떡이며 물었다.

"뭐, 뭐 하는 거예요?"

"피임."

소름 끼치게 섹시한 남자의 음성이 들려왔다. 짧은 욕설도 들린 것 같았다. 그렇게 한참을 부스럭대던 남자가 '됐어'라고 말하고는 다시 그녀의 허벅지 사이에 집중했다. 살그머니 그의 손끝이 은밀한 곳을 문지르자 난희는 더욱 긴장했다. 그가 살살 달래도 긴장감은 더욱 높아지기만 했다. 그러다 그녀의 다리가 넓게 벌어지면서 커다랗게 부푼 뭔가가 몸 안으로 들어오기 시작했다. 순간 엄청난 통증에 비명을 지르며 난희가 상체를 일으켰다. 그러나 동혁의 넓은 어깨가 그녀를 가로막았다. 난희는 흐느끼며 그의 어깨를 물었다. 그녀의 허리를 안은 그의 팔에 바싹 힘이 들어가고 머리 위에서 신음 소리가 들렸다. 힘들어하는 건 그녀만이 아니었다. 제대로 진입하지 못한 남자가 애원하듯이 말했다.

"제발 긴장 좀 풀어."

"하지만…… 너무 아파서……."

"금방 괜찮아질 거야. 나만 믿어."

그 순간 난희는 '이 오빠만 믿어'라고 말하는 에로영화의 대사가 생각났다. 그러자 웃음을 참을 수 없었고, 아픔으로 흐느끼는 사이사이 웃음소리가 새어나왔다. 그러자 동혁의 움직임이 거칠어졌다. 이제 완전히 그녀의 안에 잠긴 그가 규칙적이고도 거친 리듬으로 허리를 움직이기 시작했다. 밀어올리고 끌어당기고, 잠시도 그녀를 버려두지 않았다.

시간이 지날수록 통증은 엷어져 야릇한 쾌감이 그 자리를 대신했다. 난희는 그의 허리에 두 다리를 감고 힘껏 매달렸다. 이렇게 하면 오르가슴이 빨리 온다고 성주가 말했었다. 경험이 많은 친구가 가르쳐 준 대로 남자에게 매미처럼 매달려 그를 꽉 움켜잡았다. 그러나 그녀의 의식적인 노력은 점차 무아지경의 리듬으로 변해갔다. 거칠게 밀려오는 남자를 느끼는 순간이면 저절로 비명이 나왔고, 빠져나가는 그가 안타까워서 허겁지겁 붙들어야 했다. 저절로 하체에 힘이 들어가자 동혁이 앓는 듯한 소리를 냈다. 아픔이 아니라 좋아서 죽겠다는 소리다. 쾌감에 젖은 남자의 신음 소리를 들으며 그녀는 온몸이 부서지는 것 같은 열락의 입구에 다다랐다. 뭔가가 느껴졌다. 아니, 그러려는 찰나였다. 하나, 비명을 지르며 '더 빨리!'를 외치려는 그 순간, 그가 부르르 떨며 커다랗게 신음했다. 경직된 그의 몸이 막대기처럼 딱딱했다. 그녀의 몸 안에서 그는 한참 동안 꼼짝하지 않았다.

"미안."

잠시 후, 그녀의 이마에 입을 맞추며 그가 중얼거렸다. 만족감이 밴 그의 목소리에 난희는 다른 말을 할 수 없었다. 뭔가 2% 부족한 느낌이 들었지만 초보자인 그녀에게는 그게 뭔지 알 길이 없었다. 동혁이 그녀의 몸 안에서 빠져나갔다. 그러다 그가 놀라서 소리 질렀다.

"큰일났다!"

땀에 젖어 나른하게 누워 있던 난희는 시트로 몸을 가리고 일어나 앉았다. 등을 돌린 채 침대가에 앉은 동혁이 잔뜩 당황한 것 같았다

"자, 잠시만. 여기로 오지 마!"

"왜 그래요?"

머뭇거리던 동혁이 쉰 소리로 말했다.

"콘돔이 빠졌어."

난희는 굳어졌다. 재빨리 그녀의 다리 사이를 내려다보자 무릎 근처에 피임 기구가 얌전히 누워 있었다. 그녀는 창백해졌다.

"어, 언제 빠졌는데요?"

"나오면서."

막혀 있던 숨이 겨우 트였다.

"그러면 괜찮아요. 다 끝난 뒤니까."

동혁이 안도의 한숨을 쉬었다. 그러는 그가 한심해서 난희는 사납게 흘겨보았다.

"그것도 제대로 못해요?"

"써본 적이 없어서."

"그럼 평소엔 여자들한테 피임을 맡긴 거예요?"

"……."

유난스럽게 조용한 그의 뒷모습이 불길하게 느껴졌다. 그래서 난희가 슬금슬금 침대를 내려가려고 하는데, 갑자기 거대한 남자의 몸이 덮쳐왔다. 난희는 그대로 침대 속에 파묻혔다.

"날 무시하지 마!"

"도, 동혁 씨, 잠깐……."

"내 실력을 보여주지."

"아하하…… 무리 안 해도 돼요."

완전히 흥분한 그의 몸을 느끼고 난희는 깜짝 놀랐다.

"아니, 벌써?"

"응, 벌써. 너무 굶었거든."

그가 으르렁대며 그녀의 몸에서 시트를 걷어냈다. 그런데 그녀의 허벅지를 물들인 붉은 피를 보자 그가 멈칫했다. 난희는 한숨을 쉬며 그의 목에 팔을 감았다.

"당신, 피도 무서워하죠?"

"……."

"아주 얼음이 되셨네. 휴우."

난희는 한숨지었다. 이것도 팔자인가 싶었다. 첫 경험에서 남자를 리드하게 될 줄이야.

그런데 생각보다 피가 너무 많이 나왔다. 동혁은 그녀를 안고 싶어 안달을 하면서도 피 때문에 그 이상의 진도를 나가질 못했다. 하여, 난희는 그의 귓속에 가만히 속삭였다. 그 말에 동혁이 반색을 했다. 그가 알몸으로 그녀를 번쩍 안아 올렸다. 그의 감촉이 그대로 전해져 왔지만 난희는 하나도 부끄럽지 않았다. 신기한 일이라고 그녀는 생각했다. 벗은 남자의 몸이 이토록 친근할 수 있으니 말이다.

기록적인 속도로 샤워를 마치고 침대로 돌아온 그들은 두 번째 실험에 돌입했다. 전적으로 쌍방 합의에 이뤄진, 야릇하고도 섹시한 실험이었다. 자정이 다 될 때까지 이어진 그들의 실험이 끝났을 때, 땀에 젖은 그녀를 품에 안은 남자가 침대에 누우며 이렇게 중얼거렸다.

"왜 여섯 개가 있는지 알 것 같아."

한껏 포식한 표정으로 그의 옆에 누운 여자도 이렇게 중얼거렸다.

"감동했어요. 진짜."

제18장
에브리바디 해피!

"**손**녀따님과의 교제를 허락해 주십시오."

이틀 뒤, 박 여사를 찾아온 동혁이 무릎을 꿇고 말했다. 난희는 약국에 출근한 뒤였다.

"결혼을 전제로 난희 씨와 사귀기 전에 할머님의 허락을 구하고 싶습니다."

긴장한 말투로 말하는 그의 얼굴에는 간절한 빛이 가득했다. 훤칠한 몸은 무릎을 꿇은 채 얼어붙은 것 같았다. 가만히 보고 있던 박 여사가 그의 어깨를 두드렸다.

"일어나게. 다리에 쥐가 나겠어."

"아닙니다. 허락해 주실 때까지는 일어날 수 없습니다."

"허어 참, 허락할 테니까 일어나."

"진짜요?"

박 여사가 끄덕이자 동혁이 벌떡 일어났다. 그러다 '앗!' 소리를 지르며 다시 주저앉았다. 쥐가 난 모양이었다. 박 여사가 빙그레 웃었다.

"익숙하지 않으니 그런 거야."

"익숙해지도록 더 연습하겠습니다."

냉큼 대답한 동혁이 박 여사가 앉아 있는 소파 옆의 일인용 소파에 조심스럽게 걸터앉았다.

박 여사는 동혁이 보면 볼수록 괜찮은 청년이라는 생각이 들었다. 처음 만났을 때에도 이 청년은 깍듯하면서도 예의 바르게 행동했다. 물론 둘 사이에 땅 문제가 끼어 있었지만, 예쁘장한 얼굴하며 고운 말씨에 몸에 밴 매너까지 어디 한 구석 모가 난 부분이 없는 청년이라 내심 감탄했었다. 이런 청년이 난희의 배필이 되면 어떨까, 순전히 이기적인 할미의 욕심을 부려보기도 했었다. 그런데 오늘 이 자리에서 얼굴이 벌게지도록 무릎을 꿇고 앉아 난희를 달라고 애원하는 이 청년이 어찌 예뻐 보이지 않겠는가?

"난희를 사랑하나?"

박 여사는 가장 묻고 싶었던 질문을 던졌다. 그러자 동혁의 얼굴에 난감해하는 표정이 떠오르면서 금방 대답을 하지 않았다. 설마하면서 그를 노려보는데, 나지막한 대답이 들려왔다.

"솔직히 저는 사랑이 뭔지 잘 모릅니다. 사람들이 떠드는 사랑이라는 걸 제 눈으로 본 적이 없고, 그게 어떤 감정인지 피부로 느껴본 적도 없으니까요."

"그럼 왜 난희가 아니면 안 된다고 말하는 겐가?"

"제 심장이 그렇게 말을 하고 있으니까요. 난희 씨와 함께 있을 때의 저는 가식을 모릅니다. 제 자신을 있는 그대로 느낍니다. 그래서 난희 씨를 더 많이 알고 싶고, 난희 씨가 바라는 대로 살아가고 싶고, 난희 씨가 제 옆에 있으면 더 행복해질 것 같습니다. 이런 느낌이 사랑 같은 게 아닌가 생각합니다. 제가 정의하는 사랑은 이런 겁니다, 할머니. 함께 있음으로 해서 내가 더 완전해지고 행복해질 것 같은 느낌이요. 이게 옳은 대답인지 모르겠습니다."

만약 사탕발림처럼 달콤한 말이었다면 그의 진실성을 의심했을 것이다. 사람들이 부르짖는 사랑을 똑같이 얘기하고, 그런 식으로 난희를 소유하고 싶다고 말했다면, 그를 믿지 못했을 것이다.

그러나 동혁은 거절당하리라 불안해하면서도 정직하게 자신의 신념을 밝혔다. 사랑이 뭔지 잘 모른다고 했음에도 그것의 본질은 정확하게 꿰뚫어 보았다. 둘이 함께 있음으로 해서 서로 완전해지는 행복. 박 여사는 억눌렀던 숨을 조용히 내쉬었다. 이 청년이 진심이라는 건 흔들리지 않는 그의 눈빛에서, 야무지면서도 정직한 말투에서 느껴졌다. 무릎을 꿇기 전이나 지금이나 동혁은 한결같았다. 난희와 칠 년이나 사귀고도 한순간에 돌아서는 그 누구와 달리 처음부터 정직하게 자신의 내면을 들여다보면서 난희와 함께하고 싶어서, 그녀를 더 알기 위해 사귀고 싶다고 말했다. 난희와 반드시 결혼하겠다느니, 그녀가 없으면 죽겠다느니 하는 말로 난희의 할머니를 설득하려 들지 않았다. 대신 정직한 말로 자신의 진심을 고백하고, 형식적이나마 할머니의 허락을 구하러 온 것이다. 할머니의 허락 없이도 둘이 좋다면 충분히 연애를 하고 결혼까지 할 수 있는 상황인데 말이다.

그런 걸 따지자니 동혁이 더욱 예뻐서 박 여사는 그를 얼싸안아 주고 싶었다. 하나, 근질거리는 손을 가만히 깍지 끼고 앉아 점잖은 투로 그에게 말했다.

"자네 집안에서 반대 안 하나? 우리가 너무 평범한 집안이라 조건이 안 맞다고 말이야."

이번에는 동혁이 정색을 했다.

"아닙니다. 어른들께서는 오히려 제가 난희 씨에게 부족하다고 말씀들을 하십니다. 제가 할 줄 아는 게 돈 버는 일밖에 없다고요."

"난희도 할 줄 아는 게 뭐가 있나? 약 파는 일은 잘하겠지만."

"정직하고 성실하고, 돈의 가치를 알고 아낄 줄 알고, 사람이 소중하다는 걸 잘 아는 사람입니다. 사람이 갖춰야 할 미덕을 다 갖추고 있는 여자가 난희 씨입니다."

그의 대답에 흡족했지만 박 여사는 의뭉스럽게 웃었다.

"두 사람이 이미 사귀기로 얘기가 된 거 아이가? 이틀 전 밤에 난희가 집에 돌아와서 그런 말을 하던데?"

슬쩍 떠보듯이 말하자 예상했던 대로 동혁이 반색을 했다.

"난희 씨가 그렇게 말씀드리던가요?"

"글쎄, 둘이 좋은 감정으로 더 깊이 사귀게 될지 모른다고 하던데?"

"깊이 사귄다는 말은……."

"나도 모르지. 걔 마음을 누가 아노?"

박 여사의 입에서 사투리가 나왔다. 그건 동혁을 받아들인다는 의미였다. 거리를 두고 만나는 사람들에겐 표준말을 써온 박 여사이니 말이다.

"혹시 결혼이란 단어는 안 쓰던가요?"

다급하게 묻는 청년을 보자 장난기가 일었다. 이에 박 여사는 시치미를 떼고 말했다.

"가스나가 남사시럽게 우째 결혼하자꼬 하겠노. 그런 건 머슴아가 먼저 말해야 하는 거 아이가?"

동혁의 얼굴이 화악 붉어졌다. 뭘 상상하는 건지 잘생긴 얼굴에는 해석하기 힘든 표정들이 연달아 떠올랐다 사라졌다. 감탄의 눈길로 그를 지그시 보고 있던 박 여사, 내내 궁금했던 질문을 던지고 말았다.

"참 잘났데이. 너거 엄마가 뭘 먹었다 카드노?"

"네?"

사투리를 금방 알아듣지 못한 동혁이 당황했다.

"너거 엄마가 뭘 먹고 니를 낳았나 말이다."

"밥을 드시지, 뭘 드셨을까요?"

순식간에 대화의 방향이 바뀌어서 정신이 하나도 없었다. 그래도 동혁은 조심스럽게 대답했다.

"밥이야 당연히 먹는 기고, 너거 엄마가 뭘 먹고 이리 이쁜 아를 낳았나 말이다. 참말 이쁘데이."

대놓고 예쁘다는 소릴 들은 남자는 전혀 기쁘지 않았지만 꾹 참았다. 난희의 할머니이니 가능했다.

"니 태몽이 뭐꼬?"

"어머니가 바다에서 커다란 물고기를 낚아 올리셨다고 들었습니다."

"하이고, 우리 난희 태몽도 물고기 아이가. 팔딱팔딱 뛰는 붕어 새끼 말이다. 그람 너거 둘이 한 동족이가?"

이상한 논리를 펴시는 할머니를 향해 동혁은 애써 웃음 지었다. 난희가 이틀 전 밤에 할머께 뭐라 말씀드렸는지 궁금하지만, 그 반면 초조함은 심해졌다. 돌아가는 분위기를 보아하니 그에게 호의적인 상황인 것 같은데, 이러면 얼른 서둘러야 하지 않을까 싶었다. 어디로 튈지 모르는 그 여자를 단단히 잡아두려면 말이다.

"그럼 할머니, 허락하신 걸로 알아도 될까요?"

박 여사가 끄덕였다.

"우리 난희, 잘 부탁한데이. 갸가 외롭지 않게 자네가 잘 보듬어 줘. 이 세상 천지에 이 할미 빼고는 난희를 사랑해 주는 사람이 없었다 아이가. 그런데 자네가 생겼으니 어찌나 안심이 되는지 몰라. 갸 마음이야 모르겠다. 나는 일단 자네를 잡고 싶으이. 그러니 자네가 무조건 갸를 사랑해 줘야 돼. 둘이 같이 행복해져야 돼. 알겠나?"

동혁은 진지한 얼굴로, 진심을 다해 약속했다.

"네, 할머니. 조동혁의 이름과 자존심을 걸고 약속하겠습니다."

"그럼 이쁜이 좀 안아보자."

말과 동시에 동혁은 조그마한 품 안으로 끌려 들어갔다. 왜소한 노인의 품은 생각인지 몰라도 하늘만큼 깊고 넓었다. 긴 세월 홀로 난희를 키워주신 분. 살아온 세월이 녹록치 않았음에도 한결같은 믿음으로, 인간에 대한 신뢰와 정직함이 최고의 미덕이라는 걸 난희에게 가르쳐 주신 분.

'지켜봐 주십시오, 할머니.'

동혁은 속으로 다짐하며 여윈 등을 살그머니 끌어안았다.

"자자, 한 잔 더 받아."

이로써 넉 잔째였다. 소주잔은 끊임없이 돌고 돌아 그녀의 손에 들어왔다. 이러다간 곧 뻗지 않을까 싶었다. 중요한 약속을 앞두고 있는데 말이다.

"장 사장님, 저 취한 것 같아요. 이제 그만 마실래요."

난희가 일부러 혀 꼬인 소리로 말하자, 취기에 얼굴이 벌게진 대머리 아저씨가 혀를 찼다.

"무슨 소리! 난희가, 아니, 유 선생이 술 잘 마시는 걸 내가 아는데 말이야!"

"아이, 그건 어릴 때 얘기죠. 저도 나이 들었잖아요. 조금만 더 마시면 정신을 잃을 것 같아요. 그러니까 봐주세요, 사장님~"

"말 잘 하는구먼? 그럼 아직 멀었어. 자, 한 잔 더."

〈행복비디오〉의 장 사장은 이 동네에서 소문난 애주가였다. 술 때문에 아내와 이혼할 뻔했다는 소문이 들렸는데, 아닌 게 아니라 진달래 아파트 상가 철거 전의 마지막 파티에서도 술자리를 주도하고 있어 음식상을 차리느라 바쁜 아내의 눈총을 받아야 했다.

"어이, 장 씨. 결혼을 앞둔 처녀한테 너무하는 거 아냐?"

테이블 건너편에서 빵집 주인이 장 사장을 타박했다. 그러자 휙 돌아본 장 사장이 입을 삐죽이며 소리쳤다.

"너무하긴! 섭섭해서 그러지. 잘 키운 딸을 홀랑 뺏기는 기분인데, 자넨 안 억울한가?"

"안 억울하긴. 우리 유 선생이 얼마나 고운데. 어떤 놈한테 줘도 아깝단 말이야."

"그래, 곱지. 요즘 이런 처녀가 흔한가? 나도 한 잔 주게, 장 사장."

그때 〈스피드 세탁소〉의 박 사장이 합류했다. 제법 마신 듯하지만 난희와 건배를 하는 박 사장의 얼굴빛은 그대로였다.

"유 선생, 고마워. 우리 입주민들이 유 선생 덕분에 숨을 쉬어. 참 막막했거든. 쥐꼬리만한 돈 가지고 어디에 가서 또 장사를 해야 하나 싶어서 밤에 잠도 못 잤지."

"제가 한 게 뭐 있나요?"

"아니야. 처음 난희가, 아니, 유 선생이 조 사장과 사귄다는 말을 들었을 때, 그러지 말라고 하고 싶었어. 조 사장을 언제 만났다고 우리 유 선생을 갖다 붙여. 그런데 둘이 같이 있는 걸 보니 알겠더라. 그 뭐냐, 낌새? 그래, 낌새라는 말 있잖아. 둘이 수상하더라고. 아닌 척해도 둘이 서로 눈을 못 떼는데 느낌이 딱 왔지. 아, 저 둘이 잘 지내겠구나. 어떤 놈처럼 한순간에 우리 유 선생을 버리고 돌아설 놈은 아니겠구나 싶었지."

난희는 박 사장의 술잔을 채우면서 조용히 물었다.

"아저씨는 상필 씨가 싫으셨어요?"

"그놈은 너무 약해 빠졌어. 사내자식이 밸이 있어야지, 걸핏하면 질질 짜고, 응석이나 부리고, 여자한테 안기려 들고 말이야. 세상이 다 변해도 남자는 변하지 말아야지. 여자를 확 휘어잡는 기개가 있어야지. 그리고 그놈은 난희, 아니, 유 선생의 오라비 같았어. 그 뭐냐, 둘이 손을 잡고 있어도 전기가 안 통하는 것 같던데 뭘."

"전기가 통하는 게 무슨 뜻인데요?"

"순진한 척하기는. 그래서 남잔 여자를 이끌어야 돼. 그러면 좋은 일이 생기지."

"에이, 그 말씀은 너무 남성우월주의예요."

"그래도 남잔 남자다워야지. 그 성질 나쁜 조 사장을 봐. 알고 보니 그리 나쁜 놈이 아니잖아. 뉴스에서 떠들어대는 것처럼 조 사장이 살짝 맛이 갔나 싶지만 그게 다 난희, 아니, 유 선생을 생각해서 그런 거 아니겠어? 사랑하는 여자의 소원이라는데 그걸 안 들어주면 사내자식이 아니지. 아무튼 고마워. 유 선생에게 우리가 크게 신세를 졌어."

그때를 같이해 테이블에 자리하고 있던 입주민들이 큰 소리로 난희에게 고맙다고 말했다. 얼떨결에 감사의 인사를 받은 난희는 어색함을 감추느라 술잔을 한 번 더 돌렸다. 그런데 할머니는 왜 안 오시는 걸까? 병원에 입원한 친구 분을 뵙고 오신다고 하셨는데, 이러다 술판이 끝난 뒤에야 오시는 게 아닌가 몰라.

혼자 술잔을 받아내야 하는 처지를 한탄하며 손목시계를 보았다. 앗! 동혁과 만나기로 한 시간에서 십 분이 더 지났다. 난희는 화장실에 가는 척하며 일어서려 했다. 그러나 눈치 빠른 박 사장이 냉큼 잡아 앉혔다.

"오늘 주인공은 유 선생이야. 도망가지 마."

"아니, 오늘의 주인공은 사장님들이잖아요."

"아니지. 오늘이 우리 상가 영업 마지막 날인데, 이 뜻 깊은 날을 있게 해준 유 선생이 당연히 주인공이지."

여기저기에서 '유 선생이 주인공이야!' 라는 말이 들려오고, 난희의 손에 또다시 소주잔이 쥐어졌다. 난처하게 술잔을 바라보는데 누군가가 '노래해!' 라고 외쳤다. 그러자 기다렸다는 듯이 모두 합창을 하기 시작했다. 언젠가 상가 입주민 야유회를 갔을 때, 줄줄이 다섯 곡을 쉬지 않고 불러댄 난희의 노래 실력을 다들 인정하는 것이다.

"아이, 이런 곳에서 어떻게 노래를 부르라구요?"

그러면서도 빈 소주병에 숟가락을 꽂고 일어서는 난희였다. 박수가 터져 나오고 부끄러운 척 고개를 숙이고 있던 난희가 갑자기 노래하기 시작했다.

"곤드레만드레~ 나는 취해 버렸어. 너의 사랑의 향기 속에 빠져 버렸어. 곤드레만드레~ 나는 지쳐 버렸어. 나의 심장이 멎기 전에 제발 돌아와!"

'와아' 하는 함성과 함께 모두 '곤드레만드레'를 합창하기 시작했다. 흥을 주체하지 못해 일어나 덩실덩실 춤을 추는 아저씨, 술병을 두드리며 웃어대는 아저씨, 그리고 부침개를 굽다 프라이팬을 버리고 숟가락으로 장단을 맞추는 아주머니도 있었다.

내세울 건 없다지만 니 곁에서 있어줄게.

변함없는 그림자로 영원히 사랑해.
비 오는 날 흐린 날도 햇살처럼 안아줄게.
너의 흔들리는 사랑을 꽃으로 피워줘.

난희는 코끝이 찡해오는 걸 느꼈다. 트로트의 가사가 마치 그녀의 마음을 노래하는 것 같았다.

언제 시작되었는지도 모르게 깨달은 감정. 하지만 아침에 눈을 떠서 밤에 눈을 감는 순간까지 그녀의 머리와 가슴에서 숨을 쉬고 있는 그 남자, 조동혁을 더 알고 싶었다. 그와 함께라면 사람들이 말하는 '사랑'이라는 거대한 모험에 뛰어드는 일이 두렵지 않을 것 같았다. 아니, 두렵지 않았다. 잘 삐치고, 못 먹는 것, 못해본 일들이 수두룩한 그 남자와 함께라면. 뭐, 여차하면 그녀가 리드하면 되니까.

이틀 전의 그날 밤. 동혁에게 그녀는 몸과 마음을 모두 열어주었다. 남자에게 몸을 허락한다는 건 유난희에게 있어 마음을 내어준다는 뜻이었다. 뭐든지 어중간한 건 싫다고 동혁이 말했었다. 그녀도 마찬가지였다. 모두, 혹은 아무것도 아닌 것. 적어도 그것 하나만큼은 둘이 통한다는 걸 알아냈다. 시간이 지날수록 알아내는 게 더 많아지겠지. 그러니, 사귀자.

왁자한 웃음과 박수 소리가 터지면서 노래가 끝났다. 난희는 우아하게 무릎 굽혀 인사를 하고, 장난스럽게 손으로 키스를 날렸다. 그러다 저 멀리 놀이터 입구의 벽에 기대서 있는 남자를 보았다. 그녀와 눈이 마주치자 동혁이 고개를 저었다. 그녀의 노래를 들은 모양이었다. 난희는 달아오르는 볼을 두 손으로 감싸고 시선을 돌렸다. 왠지 동혁을 보고 있기가 부끄러웠다. 그를 만난 이후 지금처럼 부끄럼을 느낀 건 처음이었다. 아마도 이틀 전의 일이 떠올라서 그런 건지 몰랐다.

난희는 약속이 있다는 말로 양해를 구하고 그 자리를 나왔다. 아파트 놀이터 옆의 빈 주차 공간에서 벌어지는 술 파티는 아마 늦은 밤까지 계속될 것이다.

"늦었죠? 미안해요."

동혁이 피식 웃었다.

"오늘 파티가 있다기에 내가 데리러 오는 게 낫겠다는 생각이 들었어. 그런데 이젠 리사이틀까지 여는 건가?"

난희의 얼굴이 더욱 빨개졌다. 동혁이 그녀의 얼굴로 고개를 숙이더니 코를 킁킁거렸다.

"술도 마셨네?"

"지, 징그럽게 왜 이래요?"

난희가 투정하듯 그의 가슴을 콩콩 때리자, 그가 눈썹을 치켜올렸다.

"안 어울리게 귀여운 척은 왜?"

"아이, 몰라요."

"평소대로 해. 유난희가 아닌 것 같단 말이야."

그렇게 말한 동혁은 난희의 눈빛이 변하는 걸 보고 냉큼 뒤로 물러섰다.

"아하하! 농담이야, 농담!"

"쳇, 나는 뭐 내숭도 못 떠는 줄 아나 봐."

"내숭이야 여자들의 특허 아닌가?"

"말은 바로 하죠. 내숭쟁이는 조동혁 씨잖아요."

"또 따진다. 오늘은 싸우려고 만나는 게 아니잖아."

그 말에 난희는 두근거리는 가슴을 진정시켰다.

"맞아요. 나도 당신에게 할 말이 있어요."

"일단 나가자."

동혁은 늘 그래 온 것처럼 난희의 손을 잡고 걷기 시작했다. 등 뒤에서 상가 입주민들이 휘파람을 불며 박수를 쳤다. 올려다본 동혁은 목까지 벌겋게 물들어 있었다. 부끄러워하면서도 자신의 손을 놓지 않는 그가 사랑스러워 난희는 그의 어깨에 머리를 살짝 부딪쳤다. 그녀의 머리를 쓰다듬는 그의 손길이 너무도 부드러웠다.

"이런 델 자주 다니면 간덩이가 커지는데."

〈메종 뒤 쥬르〉. 두 번째 방문이지만 고급스러운 분위기는 영 익숙지 않았다. 동혁이 주위를 두리번거리는 그녀의 팔을 잡아 실내로 데려갔다. 문 앞에 서 있던 양복 차림의 두 남자가 친절하게 웃으며 그들을 맞이했다. 그런데 난희는 이상한 느낌이 들었다. 한창 저녁 시간이니 손님들로 가득 차 있어야 할 실내가 텅 비어 있었던 것이다. 예약을 하지 않으면 들어올 수 없을 정도로 유명한 프렌치 레스토랑이라고 성주가 호들갑을 떨었었는데…….

"저기요, 여기 오늘 장사 안 하나요?"

"해."

그녀의 물음에 짧게 대답한 동혁은 아무렇지 않게 그녀를 이끌고 일층 한가운데로 갔다. 불이 꺼진 실내에 홀 중앙의 테이블 위에만 불이 밝혀져 있었다. 휘황찬란한 샹들리에 불빛이 부담스러울 정도로 환히 빛나는데, 그 아래 자잘한 유리 알갱이들이 줄줄이 엮어 길게 늘어뜨려져 환상적인 분위기를 연출했다. 그 유리 알갱이들에 반사된 불빛이 눈을 부시게 했다.

"우와, 이거 돈 많이 들었겠다!"

또 돈 얘기를 하는 여자를 동혁이 한심하다는 듯이 흘겨보았다.

"당신보고 돈 내라고 안 할 테니까 촌스럽게 굴지 말고 일단 앉지?"

이젠 그의 존댓말이나 무뚝뚝한 음성이 신경 쓰이지 않았다. 그의 마음은 누구보다 말랑말랑하다는 걸 난희는 알고 있었다.

"그런데 왜 이렇게 손님이 없죠?"

"내가 통째로 빌렸거든."

뜻밖의 말에 난희는 입을 쩍 벌렸다.

"당신, 돈을 아주 뿌리고 다니는군요?"

"오늘처럼 중요한 날엔 돈 좀 뿌려도 돼."

"좀이 아니잖아요. 조동혁 씨, 구두쇠인 줄 알았는데 한 방에 날리기 선수 아냐?"

동혁이 킬킬 웃으며 두 손가락을 탁 튕겼다. 그러자 하얀 유니폼을 입은 금발의 남자가 다가왔다. 동혁이 유창한 불어로 그와 대화를 하고 돌려보냈다. 의아하게 바라보는 난희에게 동혁이 웃으며 말했다.

"셰프에게 내가 알아서 주문했어. 괜찮지?"

"저 사람이 주방장이에요?"

"그렇게 말하면 안 돼. 피에르의 자존심이 대단하니까, 셰프라고 불러."

"쳇, 왼쪽 궁뎅이나 좌측 볼기짝이나 그게 그거 아닌가요?"

동혁이 입 다물라는 듯이 사납게 노려보았다. 난희는 그에게 재빨리 혀를 날름거렸다. 기가 차는지 허허 웃어버리는 동혁. 그를 따라 난희도 깔깔 웃었다.

"있죠, 나도 좀 낭만적으로 굴고 싶어요. 그런데 당신만 보면 개그 소녀가 돼버리니, 이 일을 어쩌죠?"

"소녀라는 말은 어폐가 있지. 개그 노처녀라면 모를까."

"왜 다들 날 노처녀라고 하지?"

부르짖는 난희에게 동혁이 한 눈을 찡긋했다.

"기대해. 조만간 노처녀 타이틀을 뗄 수 있을 테니까."

가슴이 두근두근.

난희는 전채 요리에 이어 정통 코스 요리가 끝날 때까지 두근거리는 가슴을 의식해야 했다. 고급 레스토랑을 통째로 빌려 근사한 저녁을 먹고, 또…….

상상만으로도 호흡이 곤란했다. 왠지 오늘 저녁은 그녀의 일생을 통틀어 가장 낭만적이고도 아름다운 시간이 이어질 것 같았다. 그녀를 바라보는 남자의 부드러운 눈빛에서, 그리고 테이블 위로 손을 겹쳐 부드럽게 애무하는 그의 손길에서 그런 느낌이 왔다. 오늘 저녁 유난희의 인생에 전환점이 찾아올 것이라고.

그러나 디저트로 커피를 마실 때에도 동혁은 아무 말이 없었다. 일상적인 대화와 별로 중요하지 않은 얘기만 나눌 뿐, 이렇다 할 눈치가 없어 난희는 애가 탔다. 대체 언제 중요한 용건을 꺼낼까 싶었다. 애가 타니 목이 말랐다. 그래서 난희는 디저트로 나온 요구르트 아이스크림을 스푼으로 박박 긁어 한입에 넣어버렸다. 장미꽃잎 모양의 초콜릿 조각을 삼키고 차가운 얼음덩이를 아삭아삭 깨어 먹었다. 그러다 뭔가 어금니 사이에서 '딸깍!' 하는 소리를 냈다. 순간 이가 깨진 줄 알고 혼비백산했다. 순식간에 얼굴이 창백해진 그녀를 보고 동혁이 소리쳤다.

"삼키면 안 돼!"

그 말이 끝나기도 전에 난희가 손바닥에 뱉어냈다. 입 안에서 나온 것은 묵직한 금속이었다. 이놈의 셰프가 먹는 것에 장난을 쳤나 싶어 사납게 노려보는데 둥근 링의 가운데에 뭔가가 박혀 있는 걸 보았다. 난희는 냅킨을 든 손으로 조심조심 금속 링을 집어올렸다. 눈앞에서 뜯어보니 그건 반지였다. 한가운데에 새빨간 보석이 박힌 백금 링.

"이 무드없는 여자야! 당신이 다 망쳤어!"

난희는 어안이 벙벙해서 동혁을 쳐다보았다. 그가 얼굴이 빨개져서 화를 냈다.

"지난번에 라이브 쇼를 벌일 땐 집에 없었지, 이번엔 끼우라고 준 반지를 씹어 먹었지, 대체 당신은 어떻게 해야 감동할 거야? 내가 이 이상 어떻게 해야 하냐고?"

가슴 저 아래에서부터 감동의 물결이 밀려왔다. 그것은 뜨거운 심장으로 흘러들어 곧장 온몸으로 잔잔한 파문을 일으키며 번져 나갔다. 난희는 눈물이 글썽이는 눈으로 그를 보았다. 번번이 자신의 계획을 망쳐 놓은 여자에 대한 섭섭함으로 펄펄 뛰고 있는 남자를.

"이거 무슨 반지예요?"

"무슨 반지긴, 우리가 정식으로 사귄다는 증표지."

동혁이 무뚝뚝하게 내뱉고 찬물을 들이켰다. 속이 타는 모양이었다.

"무슨 여자가 아이스크림을 물처럼 퍼마시나? 그걸 한입에 다 넣어? 유난희 당신, 진짜 못 말리는 여자야."

"끼워줘요."

그가 불평을 하든 말든, 난희는 그 아름다운 보석이 마음에 들었다. 너무 요란하지 않으면서도 품위있는 디자인이라 손에 끼고 다니면서 동네방네 자랑해도 될 것 같았다. 특히 성주가 보면 부러워서 거품을 물고 쓰러질 것이다.

"자기가 끼워!"

동혁이 앙도라진 말투로 내쏘았다. 난희는 상체를 내밀고 그의 손등을 살살 애무했다.

"아이, 동혁～ 씨이～"

"돈이 얼마나 들었는데. 국내 최고의 이벤트 회사에 문의를 해서 준비한 건데."

"아이, 미안해요. 다시는 안 그럴게요. 알아도 모른 척하고 속아줄게요. 네?"

"흥!"

"그럼 당신과 사귀는 걸 진지하게 고려해 볼게요."

난희의 말에 동혁이 홱 고개를 돌려 사나운 눈빛을 보냈다.

"고려한다고? 우리, 사귀는 거 아닌가?"

"내가 언제 사귄다고 말했어요?"

시치미를 뚝 떼고 반문하자 동혁의 얼굴이 붉으락푸르락해졌다.

"유난희, 나와 잤잖아."

"그게 왜요?"

그가 충격에 빠진 듯이 멍한 얼굴을 했다.

"당신…… 나와 잤으니 책임져야 하는 거 아냐?"

"요즘 세상에 잠 한 번 잤다고 책임지는 법이 어딨어요? 처녀 딱지를 뗀 게 뭐 대수라고."

그 말에 동혁의 입술이 파르르 떨렸다. 그는 새파랗게 변한 얼굴로 한동안 난희를 노려보더니 휴대폰을 꺼내어 버튼을 누르기 시작했다.

"어디로 전화하는 거예요?"

"당신 할머니. 나와 자놓고 책임을 안 지겠다는 여자를 고발하려고."

신호음이 울린 순간 난희가 잽싸게 휴대폰을 빼앗았다. 어이가 없는 건 이제 그녀였다.

"아니, 무슨 남자가 그깟 일로 고자질을 해요?"

"그깟 일?"

동혁이 다시 찬물을 들이키고는 쏘아붙이듯이 말을 이었다.

"호텔도 아니고 모텔에서 여자와 잤어. 그게 내게는 뭘 의미하는지 아나?"

"무슨 의미인데요?"

"이성을 잃었다는 뜻이야. 정신 나간 거라고!"

"여자에게 정신이 나간 거, 그게 뭐 자랑이에요?"

"젠장, 그게 당신이니까 그런 거잖아. 내가 뭐 하러 아무 여자한테 큰돈을 써가면서 이런 짓을 하겠어? 이건 다 당신 때문이잖아. 당신이 유난희라서. 내 여자, 유난희라서."

난희는 눈을 감고 그의 말을 음미했다. 가슴이 터질 듯이 부풀어 올라 금방이라도 하늘로 날아갈 것 같았다. 하지만 가려면 같이 가야지. 이 남자와 함께.

다시 눈을 뜬 난희는 물기 어린 눈으로 동혁을 바라보았다. 그는 상처를 받은 표정으로, 거의 울 것처럼 쉰 목소리로 어쩔 줄을 몰라 했다. 생긴 것과 달리 소박하고 단순한 남자. 바로 이 남자였다. 처음부터 지금까지 그녀를 울게 하고, 웃게 하는 유일한 사람. 유난희의 짝, 조동혁.

난희는 동혁에게 가까이 오라고 손짓했다. 시무룩한 얼굴로 그가 고개를 숙였다. 그의 귓가에 난희가 입술을 대자 그가 움찔했다. 느끼는 거다.

"오빠라고 부를까요?"

그의 귓불이 빨개졌다.

"불러줘."

"오빠."

동혁이 부들부들 떨었다.

"동혁 오빠. 오빠, 오빠, 오빠!"

난희는 최대한 섹시하게 들리게끔 어조를 내리깔아 연방 소곤거렸다.

"오빠가 좋아요. 나, 오빠랑 사귈래. 오케이?"

"저기, 내가 먼저……."

"오빠랑 계속 함께하고 싶어. 우리 변치 말고 잘 사귀어보자. 응? 내가 잘해줄게, 오빠!"

휴대폰으로 날아오는 야릇한 스팸 문자에 이렇게 적혀 있었다. 세상의 오빠들이 그 문구에 얼마나 설레었겠는가! 그러나 유난희의 오빠, 조동혁 씨는 그렇지 않은가 보다. 그녀의 말이 끝나자마자 그의 얼굴이 파랗게 질리면서 서슬 퍼렇게 일어섰으니 말이다.

"유난희, 용서 못해."

그가 이를 갈며 말했다. 이에 난희는 적잖이 당황했다.

"왜, 왜요?"

"발칙한 여자야! 내가 먼저 고백하려고 했단 말이야!"

눈이 휘둥그레진 난희, 곧이어 커다랗게 웃어버리고 말았다. 깔깔깔 웃어대는 그녀의 머리 위에서 동혁이 사납게 포효했다.

"내 돈! 아까운 내 돈을 돌려줘!"

이벤트에 연달아 실패한 남자. 그러나 발칙한 연인의 키스 한 번에 억울함이 눈 녹듯이 사라졌다나 뭐라나……?

에필로그

–이것이 진실이다

〈소_{망약국.}〉

 파레스 쇼핑 타운 일층 정문 옆에 위치한 약국에는 손님이 끊이지 않았다. 두 명의 여자 약사가 공동으로 운영하는 그곳이 왜 그렇게 인기가 좋은가 하면, 그건 영화배우 뺨치게 잘생긴 남자 직원(?) 때문이었다.
 짙은 회색의 고급 양복을 빼어 입고, 심장을 떨리게 하는 살인 미소와 별처럼 반짝이는 눈빛으로 손님을 맞이하는 그는, 매일 오후 두 시면 이곳에 나타났다. 그가 소망약국의 실질적인 주인이라는 소문이 횡행했는데, 그를 보기 위해 일부러 약을 사러 오는 여자들에겐 그리 중요한 문제가 아니었다. 문제의 심각성을 인식한 상대는 소망약국의 김성주 약사뿐이라고 할까.

"어서 오십시오. 뭘 도와드릴까요?"

오늘도 정확히 두 시에 나타난 그는, 살인미소로 손님을 맞이했다. 황홀해하던 여자 손님이 얼굴을 붉히며 더듬더듬 주문을 했다. 박카스 한 박스와 까스활명수 한 박스. 굳이 살 필요가 없는 반창고 종류까지 골고루 주문하고는 넋을 잃은 표정으로 남자를 쳐다보는 것이었다. 그러자 남자는 싱긋 웃으며 여자 손님에게 섬유음료를 내밀었다.

"이것 드세요. 그리고 자주 좀 들러주세요."

그러면 여자 손님은 얼굴이 빨개져서 그러마고 했다. 그 뒤를 이어 찾아오는 손님들의 대부분은 여자들이었고, 한결같이 상냥한 그의 응대에 녹아내렸다. 단골손님 확보는 그리 어려운 게 아니었다. 그가 소망약국에 있는 동안에는.

"아예 여기에 취직을 하지 그러세요?"

팔짱을 낀 채 구경하고 있던 성주가 삐딱한 어조로 말하자, 그가 씨익 웃었다.

"그래도 됩니까?"

"아니, 무슨 사장님이 할 일이 그렇게 없어요? 날마다, 하루도 빠지지 않고 여기에 죽치고 앉아 있으면 어떡해요?"

"성주 씨가 걱정하지 않아도 내 할 일은 잘하고 있습니다."

"조동혁 씨, 이렇게 망가져도 되는 거예요? 그 얼음 사장님은 어디로 갔냐구요?"

성주의 면박에도 아랑곳없이 동혁은 빙글빙글 웃기만 했다.

"망가지긴요. 건설적으로 변한 거지."

"어휴, 말을 말죠. 그런데 음료수 무료 증정은 불법인 거 알죠? 그거 하다가 걸리면 여기 문 닫아야 해요."

그 말에 동혁이 바지 주머니를 뒤져 동전을 몇 개 꺼냈다. 그걸 카운터 위에 탁 내려놓으며 그가 아무렇지 않게 말했다.

"내가 돈 냈습니다. 그럼 됐죠?"

두 사람은 살벌한 눈으로 서로 노려보았다. 한창 대치중인 두 사람을 그만두게 한 것은 화장실에서 돌아온 또 한 여자였다.

"둘이 눈싸움 하는 거예요?"

유난희다운 말이었다. 성주가 고개를 홱 돌려 밉지 않게 친구를 흘겨보았다.

"얘, 네 남자 좀 어떻게 해봐라. 내게 장사할 기회를 안 줘. 이러다 내 자리까지 뺏기겠어."

"걱정 마. 저러다 시들해질 거야."

단정하는 말투에 동혁은 기분이 나빠졌다.

"여보, 그건 너무 심한 말이 아닌가?"

"아유, 징그러. 난 당신의 여보 소리는 아무리 들어도 적응이 안 되더라."

난희가 몸을 부르르 떨자 성주가 깔깔 웃어댔다.

"속도위반 커플이 쌍으로 웃겨요, 그냥."

그 말에 동혁이 집게손가락을 자신의 입에 대고 조용히 하란 표시를 했다. 그의 다른 손은 난희의 아랫배를 덮고 있었다. 한눈에도 임산부임을 강조하는 볼록한 배였다.

"우리 기적이가 들으면 섭섭하겠어요."

아내의 아랫배를 살살 문지르는 그의 표정이 무척 부드러웠다.

"볼 때마다 신기해. 기적 같아. 이 작은 뱃속에 우리의 분신이 들어 있다니 말이야."

"아이, 오빠~"

또 시작이다. 속도위반 커플의 닭살 행각이.

성주는 신음하며 멀찍이 물러섰다. 그랬다. 동혁과 난희는 프렌치 레스토랑에서의 이벤트가 끝난 뒤 정확히 한 달 만에 결혼을 했다. 정식으로 사귀기로 한 약속이 초스피드 결혼식으로 이어진 것은 난희의 입덧 때문이었다.

어느 날 아침, 화장실에서 구역질을 심하게 하는 손녀를 발견한 박 여사가 눈치 빠르게 산부인과에 데려갔고, 그 결과 임신 사 주라는 진단을 받은 것이다. 임신 초기부터 입덧이 심해 고생한 난희는, 연애다운 연애도 못해보고 유부녀가 됐다며 남편인 동혁을 들들 볶아댔다. 바닷가의 모텔에서 처음 사랑을 나눈 날, 콘돔을 여섯 개나 썼음에도 피임에 실패한 남자에게 실망했다며 한동안 날뛰었다. 그러나 졸지에 유부남에 아이 아빠가 된 동혁은 얼떨떨함을 지나자 끓어오르는 기쁨에 정신을 차리지 못했다.

뜻하지 않은 경사에 두 집안은 물론 환호했고, 며느리와 손주를 동시에 안게 된 조 회장은 이제 죽어도 소원이 없겠다며 눈물을 찍어냈다. 물론 두 할머니는 함께 손을 잡고 기뻐하셨다. 난희의 시어머니인 정 여사는 이제 임신 오 개월인 며느리를 위해 임신복을 만드느라 여념이 없었다. 아기 배냇저고리는 애초에 완성한 후였다. 이렇듯 온 가족의 축복과 기대 속에 착실히 배를 불리고 있는 난희는, 넘치는 사랑을 받아 날마다 살이 쪘다. 포동포동 살이 오른 그녀의 손을 어루만지는 남편은, 그럼에도 불구하고 아내가 세상에서 가장 섹시하다며 밤마다 그녀의 품에 안기고 싶어했다.

난희는 남편에 대해서 좀 더 많은 걸 알아냈다. 조동혁이 다섯 살 때까지 여자 아이로 자랐으며, 시어머니에게 가끔 엄마라 부르고, 밤에 아내의 젖무덤을 만지작거려야 깊이 잠을 잘 수 있다는 것을. 그 외에도 그의 생김새와는 전혀 어울리지 않는 엽기적인 버릇들이 몇 가지 더 있었는데, 이젠 알아내는 것도 두려울 정도였다. 양파처럼 껍질을 한 겹씩 벗길 때마다 새로운 모습을 보여주는 남편이 일단 집을 벗어나면 세상에서 가장 오만하고, 쌀쌀맞고, 냉정한 남자인 척하는 것에 난희는 거품을 물지 않을 수 없었다. 하여, 그녀는 남편이 마음에 들지 않는 행동을 할 때마다 이렇게 협박을 했다.

"이혼하면 당신의 실체를 낱낱이 고발해 버리겠어!"

물론 그녀 앞에 동혁은 꼬리 내린 호랑이였다. 아니, 귀여운 고양이였다. 그리하여 오늘도 이들 부부는 외로운 싱글, 김성주 앞에서 발칙한 행위를 서슴지 않았다.

아내의 배를 쓰다듬으며 황홀해하는 변태 남편과 그의 건방진 아내를 한참 동안 지켜보던 성주, 한숨을 쉬며 뒤돌아섰다. 그때 검은 양복을 입은 키가 큰 남자가 다가오는 게 보였다. 성주는 무아지경에 빠진 부부를 대신해 그 남자를 맞이했다.

"어서 오세요, 박 변호사님."

"수고 많으십니다. 오늘도 그 부부는 여전한가요?"

차마 볼 수 없다는 듯이 태호는 친구 내외 쪽을 보지 않았다. 몇 번 경악할 장면을 목격한 뒤로 눈을 버렸다며 그는 밤새 베개를 쥐어뜯어야 했기 때문이다. 외로운 싱글에게 저 속도위반 커플의 애정 행각은 위험천만한 짓이었다.

"말도 마세요. 이젠 말리기도 겁이 나요."

"휴우, 여러모로 성주 씨가 고생을 하시네요."

"그런데 그저께 크리스탈 호텔 나이트에서 본 사람이 박 변호사님 맞죠?"

성주의 은근한 질문에 태호는 얼굴을 붉혔다. 그저께 밤, 그가 호텔 나이트에서 여자와 부킹을 하다 뺨을 맞는 장면을 성주에게 목격당했기 때문이다. 짓궂은 여자가 그냥 넘어갈 리 없었다. 제발 함구하라고 애원했건만, 고약한 김성주는 그걸 빌미로 한동안 그를 놀려댈 모양이었다. 태호는 그녀에게만 들리도록 작은 목소리로 내쏘았다.

"선수끼리 왜 이러십니까? 밤의 환락은 그날 밤으로 끝내야죠. 훤한 대낮에 끌고 나오면 어쩌십니까?"

"선수도 선수 나름이죠. 댁은 어설픈 선수잖아요. 기술 부족, 노력 부족, 근성 부족. 그게 없으면 돈이라도 많아야지. 참, 돈은 많아요?"

태호는 이를 갈았다.

"두고 봅시다. 내 기필코 김성주 씨의 코를 납작하게 해줄 테니."

"두고 보면 누가 무섭대요? 그나저나 날 따라오려면 아주 바쁘시겠어요. 나는 잘나가는 선수라 어설픈 선수에게 절대 추월당하지 않거든요."

자신의 말에 파르르 넘어가는 남자를 보자 성주는 기분이 좋았다. 박태호는 귀여운 남자였다. 그는 여자를 밝히는 바람둥이이지만, 천성적으로 착한 남자였다. 여자에게 뺨을 맞고 눈물을 글썽이던 이 남자가 기업 전문 변호사라는 걸 누가 믿겠는가?

"태호야, 여긴 웬일이야?"

그때 동혁이 그를 불렀고, 재빨리 표정을 수습한 태호가 사장에게로 다가갔다.

"결재를 받아야 할 게 있어서요."

"내가 여기에 있는 건 어떻게 알았어?"

"모르면 파레스 쇼핑 타운 주민이 아니죠. 이 시간에 사장님이 이곳에 계시는 건 다 알고 있는데요."

"모두 내 스토커란 말이야?"

어이없어하는 동혁을 보자 태호는 한숨이 나왔다. 본사의 업무를 줄이고 파레스 쇼핑 타운에 상주하다시피 하는 사장이 아내를 끔찍이 위한다는 소문은 공공연한 비밀이었다. 기분 나빠하는 동혁은 자신이 팔불출이라는 걸 몰랐고, 자신의 행적이 낱낱이 목격당하고 있음에도 눈치 채지 못했다. 눈치에서는 둘째가라면 서러울 녀석이 이토록 무뎌지다니, 태호는 역시 결혼은 남자에게 못할 짓이라는 걸 새삼 느끼고 있었다.

동혁이 결제 서류에 사인을 하고 아내의 손을 잡은 채 일어섰다.

"저녁에 할머님들과 함께 〈자애원〉에 가봐야 돼. 유치부 학예 발표회가 있거든."

〈자애원〉은 두 분 할머니가 공동으로 출자하고 설립한 미성년자 장애우 양육 시설이다. 태호가 이맛살을 찌푸리며 물었다.

"석호 자식, 자기 약혼식에 네가 안 가면 욕을 해대지 않을까?"

"결혼 안 한다고 버티던 놈이 약혼식이 뭐가 그리 자랑이라고. 하여튼 나는 못 가니까 네가 나 대신 참석해 줘."

"그 자식은, 동혁이 너를 좋아한단 말이야."

그 말에 동혁이 째려보자 태호가 움찔했다.

"만날 나한테만 그래. 내가 무슨 동네북이야?"

"농담이라도 그 자식이 날 좋아한단 소리 하지 마. 소름 돋으니까."

"그래도 꼬박꼬박 널 오라고 초대장 보내는 걸 봐라."

"자학하는 걸 즐기는 변태 놈에겐 관심없어."

태호가 낄낄거렸다. 돌아선 동혁이 아내의 친구에게 정중하게 부탁했다.

"아내와 어디 들를 데가 있는데, 일찍 나가봐도 될까요?"

"안 된다고 하면 또 이 약국을 빼라고 협박하실 거잖아요?"

"잘 아시니 다행이고요. 그럼 우리 먼저 갑니다."

난희는 생각했다. 자신의 남편과 성주가 실은 자신 몰래 사귀는 게 아닐까 하고.

그에 주차장으로 나가자마자 그녀는 추궁하기 시작했다.

"말해봐요. 당신, 배불뚝이 아내를 두고 바람피우는 거 아냐?"

"그게 무슨 소리야?"

깜짝 놀라는 그녀의 남편. 이내 억울하다는 듯이 인상을 찡그렸다.

"성주랑 너무 싸우잖아. 사이좋게 지내면 의심 안 할 텐데, 만나기만 하면 싸우니 내가 의심이 될밖에. 우리도 싸우다가 정이 들었잖아요."

"여보, 기적이 엄마. 모든 사람이 우리 같진 않아요."

"수상해. 수상해."

그때 남편이 그녀의 이마에 꿀밤을 먹이자 그녀는 볼멘소리로 항의했다.

"아이, 씨! 걸핏하면 때려요!"

"말조심."

"그리고 기적이 엄마라고 하지 마요. 기저귀 엄마로 들리잖아."

동혁이 웃음을 터뜨렸다. 그렇게 투닥거리며 두 사람은 주차장을 빠져나갔다.

신생아실의 유리창을 통해 나란히 누워 있는 아기들이 보였다. 모두 빨간 얼굴에 손바닥만큼 작고 귀여운 아기들이었다.

유리창에 코를 붙이고 한참 동안 아기들을 구경하던 유난희, 그녀가 이렇게 평했다.

"못생긴 제리 같아."

그녀의 옆에 서 있는 훤칠한 남자가 눈살을 찌푸리며 물었다.

"제리?"

"톰과 제리의 그 제리 말예요."

어이없어하는 남편의 시선은 모른 체하고 난희는 구석의 여자 아기를 정신없이 바라보았다.

"영희 씨를 닮았네."

〈엄마: 한영희, 아빠: 김창식.〉

그렇게 쓰인 명찰을 달고 있는 여아는 갓 태어난 아기인데도 이목구비가 뚜렷한 것이 여간 예쁜 게 아니었다.

동혁이 결혼하는 날, 남편과 함께 식장에 나타난 한영희는 동혁에게 진심으로 사과했다. 그리고 처가에 인정을 받지 못해 죄스럽기만 하다는 그녀의 남편, 김창식은 두 사람의 결혼을 진심으로 축복했다. 업계에서 꽤 유명한 메이크업 아티스트인 그는 아내의 약혼자였던 동혁이 아무런 보복(?)을 하지 않아줘서 고맙다는 말도 덧붙였다. 멋진 외모만큼이나 위트가 넘치는 남자는 자신의 아내에게서 한순간도 눈을 떼지 못했다. 배가 불러 나타난 한영희를 보고 난희는 적잖이 놀랐지만, 누구보다 서로 사랑하는 게 분명한 그들 부부를 보고 안심했다. 사실 동혁이 약혼녀에 대해서 약간이라도 야릇한 감정을 품고 있지 않았나 의심했기 때문이다. 그리고 영희가 어제 무사히 출산을 했다는 소식을 받고 잠시 병원에 들른 것이다.

한참 동안 영희의 아기를 관찰하던 난희가 혼잣말처럼 중얼거렸다.

"닮았어. 아무리 봐도 닮았단 말이야."

무슨 소리냐는 표정으로 남편이 쳐다보는 걸 느끼고 그녀는 장난기를 발동시켰다.

"으흠. 아무도 모르지. 헤어지기 전에 이미 뱃속에 들어 있었을지도 모르잖아."

동혁은 불안했다. 아기를 쳐다보는 아내의 눈빛이 심상치 않았기 때문이다. 얼른 도망가라는 내부의 경고등이 켜졌지만, 배부른 아내를 두고 도망갔다간 몇 날 며칠을 또 시달릴 게 뻔했기에 꿋꿋이 자리를 지켰다. 그는 조심조심 물어보았다.

"여보, 그게 무슨 말이야?"

그를 휙 올려다보는 난희의 눈빛이 사나웠다.

"솔직히 말해봐요. 영희 씨의 아기, 당신 닮은 것 같지 않아요?"

"뭐, 뭣?"

동혁은 기가 막혀 말을 잇지 못했다.

"저 봐, 제 발이 저리니까 아무 말 못하지."

"아, 아니, 나는……."

"수상해. 진짜 수상하단 말이야."

파랗게 질리는 남편의 얼굴을 보며 난희는 속으로 쾌재를 불렀다. 심심하던 차에 잘됐다. 나중에 키스 한 방이면 풀리는 남편이니 좀 더 약을 올려야지.

"나, 속은 게 아닐까?"

"이봐, 유난희!"

동혁이 버럭 소리쳤다. 그 바람에 옆에 서 있던 산모와 가족들이 일제히 놀라서 그를 쳐다보았다. 그러나 흥분한 남자의 눈은 오직 아내에게만 꽂혀 있었다.

"난 당신이 처음이었어! 눈처럼 순결했다고!"

누군가가 '헉!' 소리를 냈다. 구경하고 있던 사람들 중의 하나인 모양이다. 난희는 상당히 민망했지만 강도를 더 높였다.

"키스도 잘하고 침대에서 기술도 좋던데, 당신 말을 어떻게 믿어요?"

"나가지. 내 말의 진실을 당장 밝혀주겠어."

동혁이 그녀의 손을 잡고 성큼성큼 걷기 시작했다. 난희가 비명을 지르며 외쳤다.

"여보! 영희 씨는 보고 가야죠!"

그 말이 들리지 않는지 동혁은 씩씩대며 계속 걸어갔다.

남편에게 끌려 나가는 난희의 얼굴에 함박 웃음꽃이 피었다. 그녀는 볼록 솟아오른 자신의 배를 어루만지며 아이에게 속삭였다.

"기적아, 아빠가 오늘 힘 좀 쓰시려나 보다. 넌 두 눈 꼭 감고 있어야 돼. 알았지?"

그리고 한숨을 쉬며 속으로 덧붙였다.

'그때 여섯 개씩이나 필요했던 이유가 이거였어. 어이구, 내 팔자야.'

그러나 그녀의 얼굴은 기대감으로 반짝이고 있었다. 남편에게 사랑을 받는 여자만이 낼 수 있는 은밀하고도 달콤한 웃음소리가 봄을 알리는 대기 속으로 퍼져 나갔다. 사랑의 계절이 다시 시작되었다.

"지금까지 즐거우셨습니까?"

위의 말씀으로 제 소원을 대신합니다.

어둡고 강렬한 소설에 치여 있던 저를 상큼한 세계로 이끈 소설입니다. 읽을 때에 콧노래가 나오듯이 유쾌하고 행복한 기분을 느끼셨기를 바랍니다. 『발칙한 프러포즈』라는 제목처럼 발칙한 작가의 발칙한 소원입니다. "여러분, 느끼셨나요?"

재벌 2세와 평범한 여자의 사랑.

여러 소설에서 수차례 울궈먹고, 재탕하고, 복습한 설정입니다. 사실 현실에서는 이뤄지기 힘든 사랑입니다. 그래도 왠지 두근두근하지 않습니까? 특히 그 재벌 2세가 우리가 상상한 것과 달리 완벽하지가 않다면요.

이 소설의 남자 주인공인 조동혁은 로맨스 소설의 단골 주인공의 전형입니다. 잘생기고 돈 많고, 일도 잘하고, 카리스마를 마구 날려주시고, 한 마디로 뻔한 주인공이죠. 그러나 여자 주인공인 유난희를 만나면서 그의 평온했던 일상은 와르르 무너집니다. 자존심이 상하기는 물론이요, 번번이 난희의 말발에 밀리고, 그녀의 장난에 약이 올라 부르르 떱니다. 그녀가 너무 얄미워 잠을 잘 수 없을 정도입니다. 그러다 뻔한 흐름대로 그녀와 사랑에 빠집니다.

작가후기

감정보다 이성이 전부였던 그에게 놀라운 일들이 벌어집니다. 소설의 설정과 흐름이야 뻔한데, 완벽한 것 같지만 어수룩한 남자와 평범한 것 같은데도 좀체 종잡을 수 없는 여자의 밀고 당기기가 유쾌하게 펼쳐집니다. 끝까지 유쾌한 리듬을 잃지 않으려고 고민을 많이 했습니다. 〈국민건전 연애소설〉이라는 타이틀에 맞게 과도한 애정 행각과 러브신을 배제하고, 사람과 사람이 만나서 공기처럼 자연스럽게 서로에게 익숙해지는 과정을 그리고 싶었습니다. 그걸 알아차리셨다면 이 소설이 성공한 거라 감히 말씀드립니다. 끝까지 유쾌하고 즐거운 느낌을 받으셨다면요.

워낙 문체가 직설적이고 적나라해서 취향을 많이 타는 소설을 써온 제가, 오랜만에 선보이는 건전소설입니다. 인터넷 사이트에 연재를 하지 않고 혼자 작업을 하느라 고민도 더 많이 했고, 불안한 것도 사실입니다. 하지만 이 소설을 쓰면서 제가 느꼈던 즐거움과 행복을 독자 여러분께 전하고 싶습니다. 느끼셨습니까? 그렇다면 여러분, 고맙습니다.

늦장 원고를 기다려 준 청어람 출판사 관계자 분들, 특히 아름다운 종민 씨. 두 번째 작업이라 이젠 가족처럼 친근한 분. 고맙습니다. 이번엔 특히 고생 많이 하셨습니다. 고생 끝에 낙이 온다고, 좋은 결과 있으면 좋겠네요. 그리고 줄줄이 감사드릴 분들이 많습니다. 부산의 친구 경인이. 너의 엽기발칙한 제안에 늘 감사한다. 정상인이 아닌 나를 그나마 정상인처럼 생각하고 글을 쓸 수 있게 도와줘서 늘 고마워. 역시 뽀뽀 백만 번! 그리고 저와 같은 정신세계의 동족들. 피우리넷의 가족들, 우리 '樂카페'의 식구들, 오랜만에 출간 소설로 여러분께 인사드립니다. 이걸 시발점으로 연재에 박차를 가할게요. 기다려 주시고, 지켜봐 주셔서 항상 감사합니다. 그런 의미에서 라꾸사랑 여러분께도 뽀뽀 백만 번!

　마지막으로 세상 누구보다 소중한 우리 가족, 부모님, 고맙습니다.

　제가 아플 때에, 너무 힘이 들어 포기하고 싶을 때, 다시 살아갈 용기를 주시고, 살아가는 이유를 주신 분들입니다. 고맙습니다. 사랑합니다.

　지금까지 『발칙한 프러포즈』를 시청, 아니, 즐독해 주신 여러분께 진심으로 감사드립니다.

　열혈 글쟁이 김수희, 이만 지방 방송을 마칩니다.

　여러분, 늘 건강하십시오!

　　　　　　　　　　　　　—2007년 가을을 앞둔 오늘, 김수희 올림.